K I

GRAF/NEUBURGER

KILL
MR
₿ITCOIN

THRILLER

emons:

Bibliografische Information der Deutschen Nationalbibliothek
Die Deutsche Nationalbibliothek verzeichnet diese Publikation
in der Deutschen Nationalbibliografie; detaillierte bibliografische
Daten sind im Internet über http://dnb.d-nb.de abrufbar.

© Emons Verlag GmbH
Alle Rechte vorbehalten
Umschlagmotiv: shutterstock.com/Titima Ongkantong
Umschlaggestaltung: Nina Schäfer
Gestaltung Innenteil: César Satz & Grafik GmbH, Köln
Lektorat: Lothar Strüh
Druck und Bindung: CPI – Clausen & Bosse, Leck
Printed in Germany 2018
ISBN 978-3-7408-0385-8
Thriller
Originalausgabe

Unser Newsletter informiert Sie
regelmäßig über Neues von emons:
Kostenlos bestellen unter
www.emons-verlag.de

1

Jerusalem, 30. Mai

Vor fünf Wochen hätte ich mir nicht träumen lassen, dass ich heute hier am Rabinovich Square stehen würde. Von der schwarzen Kuppel der al-Aqsa-Moschee bis zur großen Goldkuppel des Felsendoms erstreckt sich der Tempelberg in östlicher Richtung. Eine Etage über mir wird in einem Glasschrein ein riesiger siebenarmiger Leuchter verwahrt, der für den dritten Tempel in Jerusalem bestimmt ist. Einen Tempel, der wahrscheinlich niemals gebaut wird. Es gibt einen orthodoxen Rabbiner, der behauptet, dass gläubige Juden erst dann ihren Mund mit Gelächter füllen dürfen, wenn der dritte Tempel steht. Also nie. Das alles geht mir durch den Kopf, kriecht und stolpert in mich hinein, während ein Schuss den lauen Frühlingsabend zerfetzt und mein Freund, der eben noch neben mir saß, von der Bank rutscht und hart auf das Pflaster schlägt.

Morgen ist Sabbat, in Jerusalem werden keine Busse fahren, mit Ausnahme der arabischen, und die Aufzüge werden in jedem Stockwerk halten, damit gläubige Juden keinen Knopf drücken müssen, denn das ist am Sabbat verboten. Die orthodoxen Juden werden in Männergruppen oder Familienclans schwatzend durch das arabische Viertel der Altstadt zur Klagemauer ziehen, um zu beten. Die Männer mit Schläfenlocken, Bärten, langen schwarzen Mänteln und Fellhüten. Das Haar ihrer Frauen ist unter Perücken verborgen.

Ein Junge steht drei Meter neben mir, auf ein Mäuerchen gestützt, und betrachtet den Platz vor der Klagemauer, auf dem sich rechts die Frauen zum rituellen Händewaschen anstellen, links die Männer, die sich je einen Gebetsriemen um den Arm und um die Stirn binden. Einige junge Männer stehen in Gruppen zusammen um einen Tisch, beten und diskutieren miteinander. Andere berühren mit dem Oberkörper wippend fast die Mauer.

Der Junge kann noch nicht lange da stehen, ich habe sein Kommen nicht bemerkt. Unter seinem Hemd hängen dünne weiße Fransen über die dunkle Hose. Sie haben einen lustigen Namen, aber er fällt mir im Moment nicht ein. Die Bändchen sollen ihre Träger an die sechshundertdreizehn Gebote erinnern, die von den Gläubigen eingehalten werden müssen. Sechshundertdreizehn. Ist das nun zum Lachen oder zum Weinen? Ich weiß es nicht. Mir ist jedenfalls nicht zum Lachen, auch wenn die Situation so womöglich leichter zu ertragen wäre. Wobei, es gibt nichts mehr zu ertragen. Für ihn, meinen Freund, hat es sich erledigt. Und wie ich damit fertigwerden soll, weiß ich jetzt nicht. Es ist so viel passiert in den letzten Wochen.

Der Junge dreht langsam den Kopf, seine Kippa wandert von mir weg. Ich nehme lieber keinen Blickkontakt zu ihm auf. Ich will nicht, dass er auf mich aufmerksam wird, auf uns. Es ist so schon schlimm genug.

Wir saßen ganz nah zusammen auf dieser Bank und sahen uns in die Augen. So viele Jahre waren wir Freunde. Ich lebte in Kreuzberg, er in Friedrichshain, nur ein paar Straßen trennten uns, nicht mehr. Wenn mir vor fünf Wochen einer gesagt hätte, du wirst deine Liebe finden und sie wird dir wieder genommen werden. Du wirst einen Freund verlieren, zwei Mal. Erst durch Verrat und schließlich noch einmal, dann aber endgültig. Wenn mir vor fünf Wochen, als ich noch Barmann in Berlin war, einer gesagt hätte, ich werde nach Jerusalem gehen, um am Rabinovich Square einen Freund zu treffen, und während ich ihm in die Augen sehe, wird ein roter Punkt von einem Laserpointer auf seine Stirn flattern, nicht zwischen die Augen, sondern ein wenig darüber, ich hätte es für kompletten Schwachsinn gehalten. Nie und niemandem hätte ich geglaubt, dass mir passieren würde, was mir passiert ist, seit ich weg bin aus Berlin.

2

Berlin-Köpenick, 27 Tage zuvor

Dave sah durch die schmale Fensterluke im vorderen Turm der ehemaligen Fotochemie-Fabrik. Ihre roten Klinkergebäude standen auf der Landzunge zwischen Alter Spree und Müggelspree. Backsteinbauten und mehr als hundert Jahre alt. Das Besondere an dieser Industriebrache war ihre Lage. Die reichen Berliner waren verrückt nach Wohnungen am Wasser. Fluss- oder Seegrundstücke waren die Bestseller. Köpenick lag bis vor einigen Jahren noch jwd – janz weit draußen, dort, wo keiner hinwollte. Ehemaliger Osten. Aber jetzt war der Großteil der geplanten Wohnungen schon verkauft, obwohl der erste Bagger frühestens im kommenden Jahr anrücken würde.

Bis dahin mussten sie sich nach etwas Neuem umsehen. Noch krähte kein Hahn nach den paar Import-Export-Firmen, die hier ihren dubiosen, halblegalen oder illegalen Geschäften nachgingen. Das würde sowieso bald aufhören und sich von selbst erledigen, da lohnte der Aufwand nicht.

Daves Handy klingelte. Das war Ira.

»Na, wie ist die Lage?«, fragte sie.

»Er ist auf jeden Fall der Falsche. Wir können ihn wieder laufen lassen«, antwortete Dave.

»Moment«, sagte Ira. »Ich rufe den Major an und frage, was nun aus ihm werden soll.«

Dave wartete. Der zweite Anruf von Ira kam exakt eine Minute später.

»Bleib dort«, sagte sie. »Ich komme.«

»Wieso?«, fragte Dave. »Du wirst auch nichts anderes aus ihm herausbekommen als ich. Er ist nicht der, den wir suchen.«

»Jetzt warte doch mal ab. Du kennst meine Methoden.«

Dave ging nicht auf ihre »Methoden« ein. »Was hat der Major gesagt?«, fragte er stattdessen.

»Warte auf mich«, antwortete sie. »Ich bin gleich da.«

Dave wartete und sah zum Fenster hinaus. Es war immer noch Nacht, kein Streifen Morgenlicht am Horizont. Der Parkplatz wurde durch die Lampe über der Eingangstür des Gebäudes nur schwach beleuchtet. Das Außenlicht flackerte unruhig und fiel für Sekundenbruchteile ganz aus. Wann war ihm hier zum letzten Mal ein Bulle unter die Augen gekommen? Es war bestimmt schon sehr lange her. Da fiel auch Iras Porsche 911 Targa in Kackbraun, Baujahr 1975, niemandem auf. Bis vor einigen Jahren war sie tatsächlich in einer alten Pontiac-Bonneville-Limousine herumgekurvt, doch das hatten sie ihr irgendwann verboten. Zu auffällig. Aber der alte Porsche war durchgewinkt worden, als wäre er ganz und gar diskret.

Dave sah zu, wie der Wagen heranrollte, die kugelrunden Scheinwerfer ausgingen, die Wagentür geöffnet wurde und Ira mit ihren elend langen Beinen aus dem Auto sprang. Sie war groß und knabenhaft schmal. Ihr Gang dynamisch, fast zackig und irgendwie militärisch. Eine von diesen superfitten Joggerinnen, die selbst ohne ihr Sportprogramm nie zunahmen. Ira ging um den Porsche herum, öffnete den Kofferraum und nahm zwei Koffer heraus. Sie enthielten ihr übliches Werkzeug.

Jetzt sah sie nach oben und entdeckte ihn am Fenster. Sie gab sich keine Mühe, ein Lächeln zustande zu bringen oder irgendein anderes Zeichen, das man als Gruß hätte interpretieren können. Und er zeigte ebenfalls keine Reaktion. Wurde auch Zeit, dass sie anrückte. Für die Drecksarbeit war er nicht zuständig. Verhöre ja, aber damit hatte es sich. Gewalt war nicht sein Metier. Bei Ira sah es auf den ersten Blick auch so aus, als mache sie sich nichts aus Gewalt. Aber das täuschte. Auf Ira war Verlass. Sie war durch und durch Profi, kannte kein Zaudern und hatte sich noch nie vor einer Anweisung gedrückt oder es in Erwägung gezogen.

Insgeheim beneidete er Menschen wie Ira, die einfach funktionierten und sich keinen Kopf machten. Sie hatten es in seinen Augen leichter im Leben. Und doch hatte er Ira in Verdacht, dass es ihr Spaß machte, Leute zu quälen, auch wenn sie so tat, als wäre sie hier nur der Klempner, der kam, um die Heizung zu reparieren. Sobald Ira oben war, würde er abhauen. Genau wie immer.

Er schlüpfte in seinen Trenchcoat. Während er darauf wartete, dass Ira mit ihren beiden Koffern heraufkam, warf er noch einen Blick auf den Gefangenen. Trotz seiner Kapuze, mit der er aussah wie einer dieser Iraker in Abu Ghraib, obwohl sonst alles mit ihm in Ordnung war – kein Dreck, kein Blut, Gott bewahre –, warf er jetzt den Kopf unruhig hin und her. »Mister«, flüsterte er. »Mister.« Doch Dave gab ihm keine Antwort. Der schmächtige Japaner tat ihm leid. Aber Daves Mitleid würde ihm auch nichts helfen. Er hatte getan, was man von ihm verlangte. Jetzt war Ira an der Reihe.

Tock, tock, Pause, dann folgten weitere Klopfzeichen. Beim vierten öffnete Dave die Stahltür und hob die Hand zu einem wortlosen Gruß, Ira nickte ihm zu, ging zum Tisch und legte die beiden Koffer darauf ab. Sie trug eine schwarze Jeans, Länge sechsunddreißig, und braune Sneakers. Mit ihren kurzen Haaren sah sie von hinten aus wie ein Kerl. Dave fragte sich nicht zum ersten Mal, ob sie in ihrer Freizeit auch so burschikos rumlief und ob sie wohl auf Frauen stand.

Der Gefangene schien zu spüren, dass die eingetretene Veränderung nichts Gutes bedeutete, denn er ruckelte hektisch auf dem Stuhl herum. Sobald Ira den Verschluss des ersten Koffers aufspringen ließ, würde er ganz sicher wieder anfangen zu wimmern und zu betteln, sie sollten ihn gehen lassen.

»Was hat der Major gesagt?«, fragte Dave noch einmal.

»Dass ich übernehmen soll.«

»Aber das ist einfach irgendein Japaner mit einem gar nicht so ungewöhnlichen japanischen Namen«, behauptete Dave.

»Du meinst, er ist nicht unser Mr Bitcoin?«

»Nein, das ist er sicher nicht.«

»Befehl ist Befehl, Dave, das muss ich dir doch nicht erklären. Oder doch?« Ira sah ihn prüfend an.

Da war er wieder, dieser nahtlose Übergang von kaltblütiger Professionalität zu etwas anderem, dachte Dave. Er zog den Gürtel seines Trenchcoats enger und verließ den Raum. Nur keine Sentimentalitäten. Sie konnten ihn teuer zu stehen kommen. Aber ja, eindeutig: Der Kerl tat ihm leid. Und er war definitiv der Falsche.

Die schwere Stahltür und der Widerhall seiner Ledersohlen auf dem Steinboden im Treppenhaus verhinderten, dass er hören konnte, welche Methode Ira heute für den Anfang ausgewählt hatte. Nur wie ganz weit entfernt drang ein gleichmäßig surrendes Geräusch an sein Ohr, das aber auch aus einem anderen Teil der Fabrik, vielleicht sogar aus einem anderen Gebäude auf dem weiten Gelände am Fluss kommen konnte. Es war der Lärm einer Bohrmaschine, die mit maximaler Geschwindigkeit, aber noch ohne Widerstand lief. Schreie, erst recht solche, die Ira mit Hilfe eines Knebels im Keim erstickte, würden im Treppenhaus nicht zu hören sein. Das hier war nicht Bagdad, sondern Berlin-Ost.

Dave trat aus dem Gebäude und blieb einen Moment stehen. Die Tür fiel hinter ihm zu. Die Leuchtstoffröhre in der Außenlampe über dem Eingang setzte alle drei Sekunden für den Bruchteil einer Sekunde aus. Ein beunruhigender Rhythmus. Er schlug den Mantelkragen hoch. Der endlos lange Berliner Winter mit seinem schneidenden Eiswind verzog sich nur widerwillig nach Osten. Vom Frühling lag nicht mehr als eine Ahnung oder nur ein schwacher Wunsch in der Luft. Wieder musste er an den Japaner denken, der nicht der war, nach dem sie fieberhaft suchten. Er hatte sich verboten, »armer Teufel« zu denken, wenn er an ihn dachte, und tat es jetzt doch. Dann gab er sich einen Ruck, stieg die Treppe hinunter und schlenderte an Iras braunem Porsche Targa entlang.

Wieso hatte eigentlich noch nie einer mit dem Schlüssel die Seite ihres Wagens zerkratzt? Weil dieses Auto irgendwie Kult war und sogar den bescheuerten Schlüsselkratzern Respekt einflößte? Er fuhr mit der Daumenkuppe über seinen Hausschlüssel in der Manteltasche. Hin und her. Dann lief er hinauf zur Friedrichshagener Straße. Vielleicht fuhren um diese Zeit die Busse nach Köpenick schon. Wenn nicht, konnte er immer noch ein Taxi nehmen.

Er wartete eine Viertelstunde auf den ersten Bus. Als er kam, setzte er sich auf einen Platz ganz hinten, zog sein russisches Prepaid-Handy aus der Manteltasche und rief die Bullen an.

»In einem der Gebäude der ehemaligen VEB Fotochemische Werke Köpenick an der Müggelspree …«, sagte er.

Der Beamte in der Telefonleitstelle wartete. »Ja und? Was soll dort sein?«, fragte er schließlich.

Dave zögerte.

»Sprechen Sie doch weiter. Hallo! Wer spricht da? Wo sind Sie denn? Dort draußen in Köpenick, bei diesem Werk?«

Keine Antwort.

»Hallo! Sind Sie noch dran?«

Dann beendete Dave das Gespräch. Er zwang sich, nicht mehr an Ira und den Mann dort oben im Turm zu denken. Als er in Köpenick am S-Bahnhof ausstieg, zählte er seine Schritte auf dem Pflaster. Bei jedem siebten machte er einen Wechselschritt. Dave suchte den Horizont nach dem Schein des Sonnenaufgangs ab, doch die Lichter der Großstadt waren überall, und sie waren stärker als der schwache Schein des neuen Morgens.

3

Berlin-Friedrichshain, 2. Mai

Ständig quietscht der Barhocker, auf dem Joe sitzt. Er schafft es einfach nicht, sich ruhig zu halten. Julia und Joe haben eine hitzige Diskussion. Julia behauptet, dass das Weltall unendlich sei und daher alles ständig und unendlich oft passiere. Denn wegen der im Weltall unendlich vorhandenen Atome gebe es alle möglichen Kombinationen unendlich oft. »Das ist ein mathematisches Gesetz«, sagt sie. Dagegen behauptet Joe, dass es nichts, aber auch gar nichts gebe, zumindest nicht in unserer Welt, und dass wir alle nur Informationen einer perfiden Simulation auf einer gigantischen Festplatte seien. Den ganzen Abend geht das nun schon so, und gerade sieht es danach aus, als könnten sie sich heute wieder einmal nicht einigen, ob sie anschließend lieber zu Julia oder zu Joe gehen. Ich verstehe Julia nicht, denn hier in der Bar weiß jeder, dass Joes Dusche seit vier Wochen kaputt ist.

Ohne zu fragen stelle ich Joe noch einen Flying Hirsch auf den Tisch. Julia nippt am Glas und schüttelt sich. »Wie du so was trinken kannst.«

Joe hat vor einigen Jahren einen Orden gegründet, den »Orden der heiligen Festplatte«. Natürlich hat er einen Knall, aber ganz von der Hand weisen kann man seine Vorstellung über das Sein auch nicht. Trotzdem vermeide ich es, mit ihm zu diskutieren, denn selbst wenn er recht haben sollte, ist jedes Gespräch mit ihm darüber zu ermüdend. Außerdem bin ich Agnostiker.

Seit ich Julia kenne, ist sie Aktivistin. Womit genau sie ihr Geld verdient, weiß ich nicht. Einige behaupten, sie sei früher Model gewesen, doch davon sieht man gar nichts. Ich finde, sie ist viel zu schön, um als Model gearbeitet zu haben. Zurzeit engagiert sie sich dafür, dass Yoga im Vorschulalter gelehrt und der Dalai-Lama endlich aus chinesischer Haft entlassen wird. Als ich ihr sagte, dass der Dalai-Lama in Indien lebe und gar nicht in chinesischer Haft sei, sah sie mich an, als wäre ich blöd wie zehn Meter Feldweg. »Von dir hätte ich nicht erwartet, dass du auf diese chinesische Propaganda hereinfällst«, sagte sie.

Momentan ist Joe etwas im Vorteil, denn Julia ist kurz eingenickt und hat im Halbschlaf bestätigt, dass es doch sein könnte, dass wir nur dächten, dass wir seien. Denn wenn wir ein Computerprogramm wären, das so programmiert ist, dass es denkt, ein Mensch zu sein und Dinge zu sehen, zu fühlen, zu hören und zu spüren, die in Wirklichkeit nur andere Programme sind, also beispielsweise ein Computerprogramm, das sich für Programme, die sich für Menschen halten, wie ein Tisch verhält, dann gäbe es in unserer Welt überhaupt keine Atome, sondern nur Programme, die sich wie Atome verhalten. Und in Wirklichkeit gäbe es dann unsere Welt gar nicht, sondern nur die Welt, in der wir Informationen auf einer Festplatte sind. Julia kommt wieder zu sich.

»Und was ist dann mit unseren Festplatten?«, fragt sie.

»Das sind natürlich nur Programme, die sich so verhalten, als wären sie Festplatten, ist doch logisch«, sagt Joe.

»Du hast doch einen an der Klatsche.« Julia gibt mir ein Zeichen, dass sie zahlen möchte.

»Kannst du für mich mitbezahlen?«, fragt Joe. »Ich habe mein Geld vergessen.«

Julia bezahlt für Joe mit, zieht dabei jedoch eine Grimasse, um klarzumachen, dass sie das beschissen findet. Keine Ahnung, ob sie nun zu Julia oder zu Joe gehen. Ist mir auch egal. Endlich kann ich den Laden dichtmachen und muss mir nicht noch mehr von diesen abstrusen Theorien anhören. Mich würde wirklich interessieren, woher Julia ihre Kohle hat.

Es beginnt schon, hell zu werden, als ich endlich abschließe und nach Hause gehe. Die Laterne von gegenüber spiegelt sich im regennassen Asphalt. Autos stehen an den Straßenrändern. Ein absolutes Rätsel, wie sie die Abwrackprämie überleben konnten. Eine der Rostlauben verliert Öl, und ein in Blautönen schillerndes Band zieht sich zur Straßenmitte. Von Zeit zu Zeit wird das Blau vom Rot einer flackernden Hotelreklame überlagert, und ich denke, für mich wird es Zeit, etwas ganz anderes zu tun. Es hat nichts mit Joes Festplatte zu tun und auch nicht mit der Geschichte, dass alles, was möglich ist, sowieso passiert. Zumindest denke ich das, denn ich glaube nicht an diese Welterklärungen. Aber selbst das ist falsch. Ich denke nicht einmal darüber nach, ob ich an diese Welterklärungen glaube, ich denke nur, dass es eben Zeit für mich ist, etwas anderes zu tun.

Ich krame in meinen Taschen nach dem Wohnungsschlüssel und merke, dass die Jacke, die ich anhabe, nicht mir gehört. Die Taschen sind leer, nur ein benutztes Papiertaschentuch kann ich ertasten. Reflexartig ziehe ich die Hand aus der Jackentasche. Irgendwann musste es passieren. Joe hat die gleiche Jacke wie ich. Er rennt jetzt mit meiner Jacke durch die Stadt. Noch ein Grund mehr, endlich etwas anderes zu tun.

Meine Wohnung ist im dritten Stock, Licht brennt, und das Fenster ist geöffnet. Dabei schließe ich immer mein Fenster, und das Licht war definitiv aus, als ich in die Bar gegangen bin. Die Haustür ist geschlossen. Ich sehe Schatten in meiner Wohnung und überlege, ob ich klingeln soll. Ich kann mir überhaupt nicht vorstellen, wer in meiner Wohnung sein könnte. Da höre ich ein Stöhnen. Soll ich die Polizei rufen? Nein, lieber nicht. Man weiß ja nie, ob man nicht zufällig auf irgendeiner Fahndungsliste steht. Seit die Bullen einen Computer halbwegs bedienen können, habe ich immer das Bedürfnis, um alles, was uniformiert ist, einen Bogen zu machen. Klick. Es geht verdammt schnell, dass Handschellen sich um die Gelenke legen und zuschnappen, und dann braucht man eine Ewigkeit, ihnen zu beweisen, dass man nichts ausgefressen hat und in Wirklichkeit nur eine Verwechslung vorliegt. Wenn überhaupt eine Verwechslung vorliegt, denn woher bitte soll man genau wissen, was alles verboten ist?

Wieder höre ich ein Stöhnen. Es beginnt rhythmisch zu

werden. Ahh, ahh, ahh. Eine Frauenstimme. Jetzt wird mir klar, was los ist. Joe hat bemerkt, dass es meine Jacke war, die er angezogen hat, und sie konnten sich wie üblich nicht einigen, ob sie zu ihm oder zu ihr gehen sollen. Da kam ihm die Verwechslung gerade recht, besonders, weil in meiner Wohnung die Dusche funktioniert. Ich latsche auf und ab, kann mich aber nicht entschließen, zu klingeln. Ich denke, dass es ja nicht ewig dauern kann, aber immer wieder fängt Julia zu stöhnen an, und ich verstehe langsam, was sie an Joe schätzt.

Endlich sehe ich, wie Joe sich aus dem Fenster lehnt und eine Zigarette anzündet. Ich rufe ihm zu, er soll mich reinlassen. Der Türöffner summt. Aus einer alten Gewohnheit heraus drücke ich auf den Knopf am Aufzug, gehe aber weiter, ohne abzuwarten, ob der Aufzug reagiert, denn er ist seit Wochen kaputt. Es fällt mir nur immer erst dann ein, wenn ich bereits gedrückt habe. Ich bin schon am ersten Treppenabsatz, als ich kapiere, dass das Summen vom Aufzug stammt und er aus einem unerfindlichen Grund wieder läuft. Als ich in meiner Wohnung ankomme, höre ich Duschgeräusche aus dem Badezimmer. Joe steht immer noch am Fenster und raucht seine Zigarette.

»Hallo, Noah, ich habe unsere Jacken verwechselt.«

»Die Wohnungen anscheinend auch, diese hier ist nämlich meine.«

»Ach ja, ich dachte, ich warte hier gleich auf dich, damit ich dir deine Jacke zurückgeben kann.«

»Und weil hier die Dusche funktioniert, stimmt's?«, frage ich, weil das unverkennbare Geräusch des herabprasselnden Wassers an meine Ohren dringt.

»Ach so, ja, das ist Julia. Ich dusche zu Hause, ist doch klar, oder?«

»Deine Dusche ist doch kaputt.«

»Stimmt, hab ich ganz vergessen. Aber morgen kommt der Klempner.«

Ich bin hundemüde, mein Kopf brummt, und ich habe

keine Lust auf Diskussionen, Entschuldigungen, blöde Geschichten. Ich will nur noch meine Zähne putzen und dann ins Bett. Als ich das Bad betrete, schlägt mir eine Dampfwolke entgegen, so als wäre ein türkischer Hamam mein neuer Untermieter.

Es riecht edel, nach einer Mixtur aus Zitronenöl, Maiglöckchen und Melisse, so wie ich mir in etwa den Geruch vorstelle, wenn jemand auf die Idee käme, meine drei teuersten Duschbäder zu mischen, auf die Haut aufzutragen und dann mit dem heißen Wasserstrahl abzuspülen.

Als ich genervt die Tür etwas zu laut hinter mir schließe, höre ich, wie Julia »Joe, komm und besorg's mir unter der Dusche« ruft.

Mein Blick fällt auf den Fliesenboden, der mir immer noch gut gefällt. Schwarz-weiß, wie ein Schachbrett. Auf den schwarzen Fliesen ist jetzt ein nasser Fußabdruck zu erkennen. Besser gesagt der Abdruck einer Fußspitze. Mit genau sechs Zehen. Ich presse meine Augen zusammen, reiße sie wieder auf. Es bleibt dabei: sechs und keiner mehr oder weniger. Ich denke, vielleicht ist Julia doch kein Model, sondern ein Alien. Mir fällt eine skurrile Tierschau ein, in der ich als Kind gewesen war. Am meisten beeindruckt hatte mich ein Kalb mit sechs Beinen in einem riesigen Aquarium mit Formaldehyd. Ich fand damals, dass das Kalb aussah wie der Agip-Hund. Julia ist wahrscheinlich zwischendurch mal aus der Dusche rausgegangen aufs Klo, ohne sich abzutrocknen. Ganz sicher sogar, denn nicht nur der Boden, auch die Klobrille ist nass.

»Ich bin nicht Joe, der ist draußen und besorgt es gerade einer Zigarette«, gebe ich mich zu erkennen, bevor es zu weiteren Peinlichkeiten kommt. »Ich bin Noah. Aus irgendeinem Grund, den ich nicht verstehe und noch weniger akzeptiere, stehst du unter meiner Dusche, verbrauchst mein Duschgel und Shampoo, mein heißes Wasser und meine Luft. Ich habe heute achtzehn Stunden gearbeitet und möchte nur noch meine Ruhe und schlafen, verstehst du?« Auf diese Weise versuche ich ihr einzuschärfen, dass sie erstens leise sein und zweitens schnellstmöglich abhauen soll.

Einem völlig unangebrachten Anstandsgefühl folgend, starre ich beim Zähneputzen ins Waschbecken. Erst als mir in vollem Umfang bewusst wird, dass Julia einfach in meine Wohnung eingedrungen ist und sich einen Scheißdreck um meine Privatsphäre kümmert, höre ich damit auf und sehe sie direkt an. Besser gesagt das, was ich von ihr durch das geriffelte Glas der Duschabtrennung sehen kann. Für mich ein ziemlich erregender Anblick, wie sie sich in der Dusche dreht und streckt und das Duschgel auf ihrem Körper verteilt.

»Hey, was glotzt du so? Bist du ein Spanner oder was?«, schreit sie mich plötzlich an.

Sofort fühle ich mich wieder schuldig, aber nur für einen kurzen Augenblick. »Spiel hier bloß nicht die empörte Diva. Hab ich dich vielleicht zu einer Duschparty eingeladen? Ich kann mich nicht erinnern«, versuche ich mich zu rechtfertigen. Trotzdem fühle ich mich ertappt und verschwinde in mein Schlafzimmer, das die beiden aus Anstand oder weil es ihnen im Wohnzimmer besser gefallen hat, wenigstens in Ruhe gelassen haben.

»Es ist mir egal, was ihr macht«, sage ich im Vorbeigehen zu Joe. »Aber wenn ihr dabei laut seid, erschieße ich euch. Ich schwör's dir. Ich habe eine Pistole aus NVA-Beständen, und ich werde einfach abdrücken.«

Ich liege schon im Bett, als ich höre, wie Julia zu Joe sagt: »Ey, was ist denn mit Noah los? Kommt einfach ins Badezimmer, während ich dusche.«

Joe macht »Pst!«, dann höre ich nur noch leises Getuschel und schlafe ein.

Am nächsten Morgen werde ich von Telefonklingeln geweckt.

Es ist neun Uhr, eine Zeit, zu der es mein Wecker nur ein Mal wagen könnte, zu klingeln. Er steht in Griffweite, seine Flugkurve wäre eher eine Gerade und würde an der Nord- oder Ostwand meines Schlafzimmers ihr Ende finden.

»Joe vom Orden der heiligen Festplatte«, kann ich hören.
Dann ist das Gespräch zu Ende.

»Wer war denn dran?«, fragt Julia, und ich denke mir: Sind die denn immer noch da? Haben sie den Rest der Nacht einfach im Wohnzimmer auf der Couch geschlafen oder mit Kochen und Trinkgelage meine Küche versaut? Wieder klingelt das Telefon. Jetzt geht Julia ran.

»Hier bei Noah Franzen. … Der schläft noch, vielleicht rufen Sie in einer Stunde noch einmal an.«

»Wer war's denn?«, schreit nun Joe wieder.

»Noahs Mutti«, antwortet Julia.

Nun halte ich es nicht mehr aus und schleppe mich in die Küche. Joe und Julia haben meinen Kühlschrank leer geräumt und sitzen am fett gedeckten Tisch. Sogar Schampus und Kaviar, die ich im Kühlschrank hatte für den Fall, dass es eines Tages mal etwas zu feiern gibt, haben sie aufgemacht.

»Wer hat angerufen?«, frage ich Julia.

»Jetzt schrei nicht so ungemütlich rum. Du könntest zumindest Danke sagen für das tolle Frühstück, das wir für dich gemacht haben.« Julia macht schon wieder ihr empörtes Gesicht.

Der Schampus ist fast leer, und Kaviar zum Frühstück schmeckt mir nicht. In Gedanken führe ich ein Selbstgespräch. Du bist friedlich, ganz friedlich, sage ich zu mir, trotzdem steigt mein Blutdruck, und meine Birne läuft wahrscheinlich krebsrot an. *Ganz ruhig. Einatmen, ausatmen.* Es hilft, meine Lautstärke unter Kontrolle zu halten, aber ich fühle mich mies dabei. Bestimmt wäre es gesünder, einen ganz normalen cholerischen Anfall zu kriegen.

»Wer hat angerufen?«, frage ich noch einmal.

»Deine Mami war's«, behauptet Julia.

»Meine Mutter spricht seit zehn Jahren nicht mehr mit mir, außerdem hat sie nicht einmal meine Telefonnummer.«

»Hab ich mir gleich gedacht, dass mich die Tussi anlügt. Ihre Stimme war ja auch viel zu jung, als dass es deine Mutter hätte sein können.«

»Was hat sie denn gesagt?«, frage ich.

»Sie hat sich mit Gianna Mutti gemeldet. Ich hab mir gedacht, wer meldet sich denn mit Gianna Mutti? Ist doch blöd, oder? Und dann hat sie mich noch gefragt, ob ich deine Freundin bin. Da hab ich natürlich Ja gesagt, und dann war sie weg. Aber das ist doch jetzt Nebensache. Wir wollten dir was sagen. Es gibt nämlich was zu feiern.«

Ich habe sofort die Szene aus »Metropolis« vor Augen, in der die riesige Dampfmaschine explodiert und sich in ein menschenverzehrendes Ungeheuer verwandelt. Trotzdem gelingt es mir, nicht zu explodieren. Es wäre genauso sinnlos, sarkastisch zu werden, doch darauf zu verzichten, dazu reicht meine Selbstbeherrschung nicht aus.

»Was gibt es zu feiern? Dass sich das blödeste Paar in Berlin bei mir in der Wohnung einnistet und der Frau, in die ich einmal schrecklich verliebt war und die ich wahrscheinlich immer noch liebe und nach deren Anruf ich mich seit Wochen sehne, sagt, dass die eine meine Freundin ist, während ich noch im Bett liege? Ist es das, was es zu feiern gibt, oder feiern wir eine noch größere Katastrophe? Zum Beispiel, dass du von diesem Schwachsinnigen seit etwa acht Stunden schwanger bist?«

»Scheiße«, sagt Julia, »das tut mir leid. Aber wenn sie dich liebt, renkt sich das wieder ein. Außerdem darfst du das nicht so persönlich nehmen. Es passiert sowieso alles, was passieren kann, wegen der Unendlichkeit. Also das, was du gerade erlebst, ist ja nur *eine* Wirklichkeit. In einer anderen sind wir nicht da, und in einer weiteren bist du tot. Du empfindest das jetzt nur deshalb als schrecklich, weil dir nicht bewusst ist, dass dies nur ein kleiner Teil der Wirklichkeit ist. In einer anderen Wirklichkeit ist dagegen alles in Ordnung.«

Ich spüre, dass sich genau jetzt in meinem Magen ein Geschwür bildet. In dieser Wirklichkeit und in allen anderen.

»Das ist doch Unsinn«, sagt Joe, »wir sind doch nur eine Simulation auf der heiligen Festplatte. Wenn wir herausfänden, wie wir die Variablen der Simulationsprogramme ändern könnten, dann würden wir das alles ungeschehen machen. Wir müssen nur kapieren, dass wir nicht wirklich existent sind und dass das, was wir zu empfinden und zu erleben glauben, nur das Produkt einer Simulation ist. Dann macht uns das nichts mehr aus, und es ist alles gut, verstehst du?«

»Ich verstehe. Ich gehe jetzt in mein Schlafzimmer, öffne die Schublade meines Nachttisches und hole dort die in einen öligen Stofflappen eingewickelte Makarow PM aus Beständen der NVA heraus. Ich werde die Pistole laden und wieder hierher zurückkommen. Wenn ihr dann noch da seid, dann erschieße ich euch, und es ist mir völlig egal, ob ihr das dann als Teil einer oder mehrerer Wirklichkeiten oder als eine Simulation der heiligen Festplatte beschreibt. Ist das klar?«

»Du willst eine Pistole besitzen? Das habe ich dir doch gestern schon nicht geglaubt«, sagt Joe.

»Lass uns abhauen«, schlägt Julia vor. »Wir wissen ja nicht, in welcher Wirklichkeit wir sind, und ich möchte nicht in der Wirklichkeit sein, in der ich gleich erschossen werde.«

»Der blufft doch nur, der hat doch niemals eine Waffe«, sagt Joe.

Ich gehe ins Schlafzimmer, und es ist mir absolut ernst. Hätte ich diese Scheiß-Pistole, ich würde sie abknallen wie Hasen. Ich höre Julia, wie sie Joe anbrüllt, dass er endlich kommen soll, denn das Universum sei unendlich, und dann gebe es klarerweise auch eine Wirklichkeit, in der ich eine Waffe besäße. Joe protestiert immer noch und behauptet, dass es keine so bescheuerte Simulation auf der Festplatte geben könne, in der ausgerechnet ich eine Waffe hätte. Trotzdem zieht er mit Julia Leine. Sie diskutieren noch draußen auf dem Flur über die Festplatte und das Universum. Ich höre, wie sich die Tür des Aufzugs öffnet und wieder schließt. Dann ein Rattern, so als wären dem wichtigsten Zahnrad mit einem Mal die Hälfte der Zähne ausgefallen, gefolgt von einem erbärmlichen Quietschen und Kreischen. Aber von mir aus kann der Aufzug abstürzen oder zwischen dem dritten und zweiten Stock feststecken. Mich interessiert nur, dass ich sofort Gianna anrufen und ihr alles erklären will. Ich muss eine glaubhafte Lüge erfinden, denn wenn ich ihr erzähle, was sich gerade in meiner Wohnung abgespielt hat, wird sie mich für einen Lügner halten und mir niemals verzeihen.

Ich drücke die Rückruftaste, und Gianna geht tatsächlich ran. Ich scheitere damit, ihr die eigentümliche Situation mit Hilfe einer Lüge zu erklären, sodass ich es aus Verzweiflung doch mit der Wahrheit probiere, die sie mir prompt abnimmt.

»Warum sagst du denn nicht gleich, was bei dir los war? Ist doch nicht schlimm.« Wieder einmal wird mir klar, dass ich die Welt und vor allem die Frauen irgendwie nie ganz verstehen werde.

Noch während ich erleichtert aufatme, fragt mich Gianna, ob Julia meine einzige Freundin ist oder ob es mehrere davon gäbe. Ich frage sie nicht, ob es für sie irgendeinen Grund gibt, eifersüchtig zu sein. Aber hinter ihrer schnippischen Frage spüre ich doch ein echtes Gefühl, und es berührt mich.

»Wie geht es dir?«, frage ich. »Bist du glücklich?«

»Ach, das Glück«, antwortet sie, und mit ihrem Akzent klingt es eher wie »Gluck«. »Das Gluck habe ich mit dir erlebt, in Berlin und später am Lago di Como, weißt du noch?«

Klar weiß ich das noch, ist ja auch noch nicht so lange her. Zwei Jahre. Damals hatte ich tatsächlich geglaubt, Gianna würde ihren Mann verlassen und zu mir ziehen. Ich dachte, mein Leben würde sich durch die Liebe verändern. Wie im Film, ich Narr.

»Bist du immer noch bei ihm?«, frage ich.

»Ach, weißt du, das ist nicht so einfach, wie du dir das vorstellst.«

Sie sagt noch viel mehr, sie macht unendlich viele Worte um diese simple Geschichte, aber ich kann es schon nicht mehr hören. Ich bin nämlich dabei, mir die Schutzweste wieder anzuziehen, von der sie mir gerade mit ihrem »Gluck« den Reißverschluss aufgezogen hat. Alles beim Alten, denke ich. Wäre ja jetzt auch zu schön gewesen.

»Allo?«, schreit Gianna mir ins Ohr. »Bist du noch da?«

Ja, ich bin immer noch da. Genau da, wo ich vor zwei Jahren auch schon war. Und meine Freundinnen sind es nicht wert, dass du auf sie eifersüchtig bist, könnte ich zu ihr sagen. Aber ich tu's nicht. Lieber bin ich der strahlende Liebhaber von damals als der frustrierte Antiheld von heute. Dann sagt Gianna mir noch, dass sie mich gern wiedersehen würde und dass sie oft an mich denkt. Etwas in mir wird ganz weich und warm, das muss meine Seele sein. Mein Hirn arbeitet standhaft dagegen. Mit einer verheirateten Frau heimlich ins Bett steigen, ist das der großartige Beginn eines großartigen neuen Lebens? So schlecht kann ich diese Alternative aber auch wieder nicht finden, weshalb der Kampf unentschieden ausgeht. Wir beenden das Gespräch, bevor einer von uns zu sentimental wird.

Der Schampus ist leer und die Butter weich. Ich nehme meinen kalten Kaffee mit ins Wohnzimmer und lümmle mich in den Sessel neben dem Fenster. Plötzlich taucht Hermann, der kastrierte Kater meiner Nachbarin, auf. Seit Längerem vermute ich, dass dieses Tier eine ägyptische Tempelkatze ist, denn offensichtlich kann es durch Mauern und geschlossene Fenster gehen. Jedenfalls taucht Hermann immer wieder aus dem Nichts auf, um dann genauso wieder ins Nichts zu verschwinden. Hermann hat ein Rotschwänzchen im Maul. Allein deshalb kann ich Katzen nicht ausstehen. Was, wenn der Vogel die Grippe hat? Als ich »Hermann!« schreie, öffnet er kurz das Maul, und der Vogel sitzt auf meinem Regal, scheißt auf Proust und Hemingway und macht mit seinem aufgeregt hüpfenden Kehlchen »keck, keck« dazu. Hemingway ist mir egal, aber Proust, das geht zu weit. Ich öffne das Fenster und versuche, den Vogel aus meiner Wohnung zu scheuchen. Er fliegt zweimal gegen die Scheibe, bevor er es endlich trotz seines kleinen Gehirns schafft, in die Freiheit zu entkommen. Hermann sitzt am Fensterbrett und sieht in die Richtung, in der das Rotschwänzchen verschwunden ist. Dabei klappert er vor Frust, dass ihm die sichere Beute entkommen ist, mit den Zähnen.

Ich nehme ihn auf den Schoß und versuche ihn zu beruhigen. Als er sich wieder gefasst hat, erkläre ich ihm lang und breit, dass es absolut verboten ist, Singvögel zu fangen oder gar zu fressen, erzähle ihm von Roten Listen und Naturschutzgesetzen. Als ich fertig bin, gähnt er mit weit aufgerissenem Maul und sieht mich an, als wollte er sagen: »Wir haben schon Singvögel erlegt, da habt ihr noch auf Bäumen gesessen und euch von gegrillten Regenwürmern ernährt, und niemals gab es zu wenige Vögel. Dass man heute so selten ein Vögelchen erwischt, ist ganz allein eure Schuld und hat mit uns nicht das Geringste zu tun.«

Ich weiß nicht recht, was ich davon halten soll. Ich setze Hermann auf den Boden und öffne die Wohnungstür zum Treppenhaus, damit er nicht durch die Wand gehen muss, sondern ganz normal wie jedes andere Tier an der Tür zur Wohnung seines Frauchens scharren kann, bis sie ihm aufmacht oder eben nicht. Irgendwie habe ich das Gefühl, dass dieser Tag schon zu lange dauert, obwohl noch nicht einmal der Frühstückstisch abgeräumt ist. Als Konsequenz meiner Überlegung räume ich den Tisch ab und ärgere mich dabei, dass Joe und Julia sich einfach so verkrümelt haben. Wahrscheinlich sind sie jetzt bei Julia, wegen der Dusche.

Ich sollte Horvath anrufen und ihm sagen, dass es nun ernst wird und er sich endlich einen neuen Barmann suchen muss. Außerdem brauche ich das Geld, das er mir noch schuldet. Dreitausend Euro immerhin, ohne die vereinbarte Umsatzbeteiligung. Die macht noch einmal tausendfünfhundert aus. Mein Entschluss steht fest. Entweder er rückt die Kohle raus, oder ich kassiere an einem der nächsten Abende den Umsatz. Da kann er jammern, wie er will.

»Ich bin es, Noah. Wie geht's? Hast du schon einen neuen Barmann?«

»Wieso einen neuen Barmann? Du bist der beste, den ich je hatte. Dich gebe ich nicht mehr her.«

Ich weiß genau, warum er das sagt. Er ist zu faul, um sich einen anderen zu suchen, außerdem gefällt ihm an mir, dass ich nicht so hinter der Kohle herhechle wie all die anderen.

»Danke für das Kompliment, aber spätestens in einer Woche bin ich weg, und dann stehst du selbst in der Kneipe, oder sie ist zu. Außerdem brauche ich die Kohle, die du mir schuldest, mindestens die Hälfte davon. Und zwar sofort.«

»Ey, Noah, das kannst du nicht machen. Mindestens zwei Wochen, ich brauche dich mindestens noch zwei Wochen, denk daran. Ich habe dich schließlich auch nie hängen lassen.«

»Was soll denn das heißen? Wann hast du mich nicht hängen lassen?«

»Na ja, wenn du mal Geld brauchtest oder ein Auto oder so.«

»Wenn ich Geld gebraucht habe, dann immer deshalb, weil du meinen Lohn nicht bezahlt hast. Weißt du, dass es Firmen gibt, die ihre Angestellten zum Ersten eines Monats einfach so bezahlen, per Überweisung? Das Geld haben die dann auf dem Konto, ohne dass sie dreimal vorbeifahren, jammern und drohen müssen. Kannst du dir das vorstellen?«

»Spießer«, sagt Horvath. »Seien wir ehrlich, du würdest doch niemals für so einen arbeiten wollen.«

»Ich liebe Spießer, und ich sag dir noch etwas: Ich werde in Zukunft nur noch für Spießer arbeiten, und wenn alles glattgeht, dann werde ich selbst bald Spießer sein, so mit allem Drum und Dran. Der größte Spießer, den du jemals gesehen hast. Und weil wir schon dabei sind: Ich bekomme viertausendfünfhundert Euro von dir, und zwar sofort und mit Zinsen, denn dieses Lotterleben ist jetzt vorbei.«

»Du kleiner Spießer, du, ich hatte schon immer so ein Gefühl, dass mit dir irgendetwas nicht stimmt. Sagen wir, fünfhundert Euro sofort, also am Abend. Du kannst auf mich zählen, wenn du Geld brauchst, kein Problem. Also fünfhundert Euro, das sind tausend Mark, den Rest später, das ist doch okay.«

»Horvath, du bist ein Träumer. Fünfhundert Euro, das ist nichts. Davon kann ich grade mal meine Miete bezahlen. Ich brauche mindestens zweitausend Euro und nicht Mark, die gibt es nämlich schon seit ungefähr 1984 nicht mehr. Abgeschafft, kapierst du? Zweitausend Euro heute Abend, klar?«

»Das kannst du nicht von mir verlangen. Ich brauch das Geld! Mein Auto steht in der Werkstatt, und die Spießer geben es mir nur zurück, wenn ich die Rechnung sofort bezahle. Außerdem, Miete zahlen, warum denn? Deine Vermieterin hat genug Geld, die braucht doch deine paar Hunderter gar nicht. Da gehst du morgen einfach hin, trinkst mit ihr gemütlich Kaffee und erzählst ihr eine Geschichte. Die gibt dir Kredit bis nächstes Jahr. Die ist doch froh, wenn sie wieder mal jemanden zum Quasseln hat.«

»Horvath, hör zu, ich brauche keinen Kredit. Ich habe genug Geld. Du musst mir nur geben, was mir zusteht.«

»Okay, nimm dir siebenhundert aus dem Tresor. Oder nein, nimm dir gleich siebenhundertfünfzig, aber dann kannst du mich auch nicht im Stich lassen und machst mir den Barmann, bis ich einen neuen gefunden habe, okay? Das ist doch mehr als okay. Und bestimmt mehr, als du erwartet hast.«

»Okay, einverstanden«, sage ich.

Ich weiß nun ganz genau, was ich zu tun habe. Ich nehme mir das Geld, und zwar dann, wann es mir passt. Vielleicht schon heute Abend. Dieser Idiot meint doch tatsächlich, dass es mich interessiert, ob er seine Karre wieder zurückkriegt. Nicht die Bohne interessiert mich das.

Ich habe genug von meiner Wohnung, dem Telefon und dem Aufzug sowieso. Ich muss sofort raus, sonst fällt mir die Decke auf den Kopf. Immer noch regnet es, und zwar Hunde und Katzen.

Am Abend ist die Bar wie üblich voll. Ahmed ist da, ein Gast, den ich ewig nicht gesehen habe. Er sieht ziemlich desolat aus.

»Weißt du, schuld ist nur diese linke Bazille von Gerichtsvollzieher«, versucht er mir gerade zu erklären. Ahmed ist ziemlich säkular, deshalb stelle ich ihm noch einen Tequila Sunrise vor die Nase.

»Geht auf mich«, sage ich.

»Weißt du«, fängt er wieder an.

»Ja, ich weiß«, sage ich. »Die linke Bazille, der Gerichts-vollzieher, ist schuld.«

»Nein, ich selbst bin schuld. Ich hätte merken müssen, dass dieser Bazillus nur so getan hat, als wären wir die besten Freunde. Verstehst du, einem Gerichtsvollzieher darfst du niemals trauen, das ist ganz wichtig.«

»Klar«, sage ich. »Ich hab noch nie einem Gerichtsvollzie-her getraut.«

»Sehr gut. Du machst das richtig. Ich habe es falsch ge-macht, und jetzt kann ich mich eigentlich gleich erschießen«, sagt Ahmed.

»Aber nicht bei mir«, sage ich. »Bei mir wird nicht ge-schossen, klar?«

»Natürlich, Noah, bei dir würde ich mich nie erschießen.«

»Okay. Also, was war denn los?«

»Na, dieser Gerichtsvollzieher trinkt meinen Tee, redet mit mir über Autoreifen und wie teuer das Heizen ist, und dann fragt er so ganz nebenbei: ›Hast du sonst noch ein Konto?‹, und da leg ich ihm meine Kontokarte hin. Sag ihm aber, da geht nur die Stütze rauf.«

»Ja und?«, will ich wissen.

»Gestern wollte ich das Zugticket bezahlen, damit ich am Wochenende nach München zu meiner Freundin fahren kann, und nichts geht mehr. Dieser Scheißer hat doch glatt mein Konto mit den fünfhundert Euro von meinem Hartz IV pfänden lassen. Das darf der gar nicht, dieses Schwein. Und jetzt kann ich nicht nach München, obwohl ich meiner Freundin versprochen habe, dass diesmal ganz sicher nichts dazwischenkommt. Die macht garantiert Schluss mit mir.« Ahmed schüttet den Tequila Sunrise in sich hinein.

»Quatsch, erstens macht deine Freundin nicht Schluss«, verspreche ich ihm, »und zweitens fährst du doch nach Mün-chen, das habe ich gerade beschlossen.« Ich kann es kaum glauben, aber zehn Sekunden später stehe ich auf meinem Tresen.

Ich schlage zwei Gläser zusammen, damit es still wird. Alle sehen zu mir hoch. Einmal noch durchatmen. Ich spüre, wie mein Puls steigt und eine Wut in mir hochkocht, die mir fast den Schädel sprengt und rausmuss, bevor etwas passiert. Es gibt Menschen, die es hassen, sich vor Leuten hinstellen zu müssen, um zu reden. Sie bekommen Schweißausbrüche, ihre Hemden sind unter den Achseln nass, und Schweißperlen stehen ihnen auf der Stirn. Es gibt sogar Leute, denen versagt die Stimme, der Mund geht auf und zu, und doch kommt kein Laut heraus. Ich dagegen mag es, wenn die Menschen ihre Augen auf mich richten, wenn sie still werden, um mir zuzuhören, wenn sie neugierig sind, was jetzt kommt, ob es etwas ist, dem sie zustimmen oder das sie ablehnen werden.

Ich mag es, wenn ich etwas mit meinen Zuhörern machen kann. Ich spüre, was ich tun muss, damit sie lachen oder sie das Gefühl beschleicht, etwas falsch gemacht zu haben. Ich kann ihnen das Gefühl vermitteln, dass sie genau jetzt handeln müssen, wenn sie zu den Guten gehören wollen, und ich weiß, dass alle, sogar die schlimmsten Schurken, zu den Guten gehören wollen. Was gut ist, das bestimme ich. Wenn ich wollte, dann würden sie mir glauben, dass nur derjenige, der jetzt noch ein Bier bestellt, zu den Guten gehört und alle, die Tee trinken, verirrte Seelen sind. Oder umgekehrt.

Ich steige mit einer Pause ein. Es ist nicht schlecht, wenn sie denken, dass ich unsicher geworden bin oder meinen Mut erst noch sammeln muss. Wenn sie denken, ich sei ihnen unterlegen, gelingt es mir noch besser, die Knöpfe zu drücken, die sie lachen oder weinen lassen, sie dazu bringen, vor Wut und Zorn auf die Barrikaden zu steigen oder Mitleid zu empfinden.

Dann beginne ich ganz leise, als würde ich nur mit meinem Tischnachbarn sprechen. Als hätte ich vergessen, dass da unten drei Dutzend Leute sitzen, die mich verstehen wollen. Sie spitzen die Ohren, das Gemurmel verstummt, denn alle möchten hören, was ich zu sagen habe.

»Wer ist der Feind?«, frage ich. Das kann mir natürlich

keiner sagen. Ich sehe es ihnen an, wie sie überlegen. Die Amerikaner, die Russen, Monsanto, die Bundesbahn oder die Telekom? Jeder findet schnell seinen persönlichen Feind, doch würde er ihn nicht herausrufen. Es könnte ja sein, dass sein Nachbar ein Russe oder Amerikaner ist, bei der Telekom oder der Bahn arbeitet. Selbst wollte man ja auch nicht gern für seinen Job oder die eigene Herkunft blöd angemacht werden.

Und trotzdem sind alle neugierig geworden. Sie wollen wissen, ob ich auf der richtigen Seite stehe und die Unverschämtheiten der gleichen Partei dicke habe und sie daher zum Feind erkläre oder ob sie sich darauf gefasst machen müssen, im nächsten Augenblick zu denen zu gehören, die ich zu Feinden erkläre.

»Menschen sind nie unsere Feinde«, nehme ich wieder ein wenig Druck aus der Sache. »Die Umstände sind unsere Feinde. Die Umstände und die Gerichtsvollzieher.« Ein erstes befreites Lachen. Umstände und Gerichtsvollzieher, da kann jeder zustimmen.

»Ist euch aufgefallen, wie traurig Ahmed – das ist der, der hier unter mir an der Bar sitzt – heute schon den ganzen Abend aussieht? Oder seid ihr so herzlos, dass es euch nicht nur völlig kaltlässt, sondern nicht einmal mehr auffällt, wenn einer eurer Nachbarn nicht hierhergekommen ist, um Spaß zu haben, sondern nur, um seinen Kummer zu ertränken? Seid ihr schon so abgebrüht? Habt ihr wirklich das verloren, von dem man sagt, dass es Menschen von Hyänen unterscheidet, nämlich dass sie Mitgefühl zeigen und auch dann ihrem Nächsten helfen, wenn sie dadurch keinen Vorteil erlangen?«

Nach einer solchen Frage muss man eine Pause einlegen, damit sie einsickern kann. Manche gucken auf ihre eigenen Füße, während sie ihre Antwort abwägen. Den anderen schaue ich nacheinander ins Gesicht. Erst dann rede ich weiter: »Es ist eine grobe Fehleinschätzung, Hyänen für herzlos zu halten, denn sie helfen einem Gefährten in Not. Und euch schätze ich auch so ein, dass ihr nicht Party machen wollt, wenn mitten unter euch einer traurig ist, dem ihr mit einer Kleinigkeit aus der Patsche helfen könntet. Es hat mit den Umständen zu tun und mit dem Gerichtsvollzieher, mehr brauche ich euch nicht zu sagen. Doch, eines noch: Seine Freundin wartet auf Ahmed, und zwar in München, einer Stadt, in der keiner von uns alleine zurückgelassen werden möchte. Aber sie weiß noch nicht, dass sie vergeblich warten wird, denn Ahmed kommt nicht mehr an das Geld ran, das er sich für das Ticket zusammengespart hat.«

Ich kann zwar auf Knöpfe drücken, aber die jeweiligen Reaktionen setzen unterschiedlich schnell ein. Deshalb muss ich wieder kurz warten, bis alle das Gleiche fühlen.

»Weil ich euch kenne, habe ich ihm versprochen, dass er nicht traurig sein muss, denn er wird von euch nicht nur das Geld für ein Ticket bekommen, sondern auch noch so viel, dass er seine Liebste in München zu einem schicken Abendessen ausführen kann. Jeder so viel er mag und kann. Wenn jeder fünf Euro gibt, dann retten wir Ahmeds Arsch, und ich würde sagen, ein paar von uns sollten auch einige Euro mehr spenden und das ausgleichen, was andere sich gerade nicht leisten können. Wir sind ja hier nicht in Schwabing, sondern in Friedrichshain.«

Fast reißen sie mir den Sektkübel aus der Hand, den ich jetzt nach unten gebe. Die Erste, die ihr Portemonnaie öffnet und tatsächlich einen dieser seltenen gelben Zweihunderter in den Topf wirft, ist Julia. Nicht ohne ihn vorher noch herumzuzeigen. Kein Mensch weiß, woher sie ihre Kohle hat, denke ich wieder. Mir wird fast schwindelig, als ich den Kübel zurückbekomme, so viel Geld liegt darin. Die Gäste grölen, als ich alles in eine Plastiktüte schütte, sie Ahmed in die Hand drücke und von ihm verlange, dass er jetzt auf der Stelle abhaut und uns gefälligst ein Foto von seiner Braut beim Dinner schicken soll.

Natürlich heult er, und wenn er noch länger so weitermacht, fange ich auch noch damit an. Also schiebe ich ihn zum Ausgang und schreie ihm nach, er soll jetzt nach München fahren und dann nach Berlin zurückkommen, aber nicht alleine.

Später sitzt Joe auf Ahmeds Hocker herum und hört nicht auf, mich zu belabern. Dass er ja schon öfter Kostproben von meinem rhetorischen Talent mitbekommen habe, aber dass ich mich heute selbst übertroffen hätte und dass er wirklich beeindruckt sei.

»Weißt du, dass wir so jemanden wie dich brauchen werden?«, fragt er.

»Wann? Heute noch?«

»Nicht heute, aber vielleicht schon bald.«

»Und wer ist überhaupt ›wir‹?«

»Na wir, die vom Orden der heiligen Festplatte«, sagt Joe ungerührt.

»Du hast sie doch nicht mehr alle«, sage ich, um das Gespräch zu beenden.

»Wieso klingt das so verrückt für die meisten Menschen?«, fragt Joe. »Aber dass die Zehn Gebote in Stein gemeißelt auf dem Berg Sinai auftauchen, das ist okay, oder?«

»Die Geschichte kennt halt jeder«, sage ich, »aber den Orden der heiligen Festplatte eben nicht.«

»Noch nicht«, sagt Joe. »Aber das wird sich ändern.«

»Ich will gerade gar nicht mehr wissen, nimm's nicht persönlich.«

»Okay«, sagt Joe, »dann bist du eben noch nicht so weit. Aber glaub bloß nicht, dass ich die Flinte ins Korn werfe. Für heute gebe ich Ruhe, aber irgendwann kriegen wir dich.«

Ich schüttle den Kopf. Was so viel heißen soll wie: Vergiss es!

»Du wirst sehen«, redet er leise auf mich ein. »Es wird dich glücklich machen.«

So sehen also meine letzten Stunden in der Uberbar aus. Gegen vier Uhr schließe ich die Vordertür ab, nachdem der Ami, der für die Uberbar viel zu alt aussieht, als letzter Gast gegangen ist. Die Gläser sind gespült, der Tresen ist abgewischt. Ich will nicht, dass man mir nachsagt, ich hätte einen

Saustall hinterlassen. Am Ende bleibt mir nur noch, das Licht zu löschen und abzusperren. Zum Abschied sage ich nichts, weder leise noch laut. Und ganz bestimmt nicht »Servus«. Ich lege einen Zettel für meinen Chef in den Tresor. Ich könnte ihn auch auf den Tresor legen, um ihm den Anblick des geplünderten Safes zu ersparen. Aber es gibt keinen Grund mehr für mich, ihn zu schonen.

»Horvath!«, schreibe ich. »Du hast noch Lohnschulden bei mir, deshalb ist der Tresor leer. Denk lieber nicht daran, die Polizei zu rufen, denn damit handelst du dir nur noch mehr Schwierigkeiten ein. Abgesehen von dem leeren Safe ist alles in Ordnung. Ich habe meinen Arbeitsplatz sauber hinterlassen. Die Schlüssel werfe ich dir in den Briefkasten. Ja, dann bin ich also weg. Wie du das mit der Bar regelst, ist mir jetzt schnuppe, und wenn ich dich in diesem Leben nicht mehr wiedersehen muss, so ist das für mich echt okay. Im nächsten werden wir uns eher nicht treffen, denn ich vermute, dein Karma-Konto ist ungefähr so leer wie der Tresor der Uberbar.«

4

Das war es also. Jetzt frage ich mich, wieso ich so lange gebraucht habe für diesen Schritt. In diesem Moment habe ich jedenfalls nicht das Gefühl, dass mir etwas fehlen wird, was mit dieser Bar zu tun hat. Licht aus, Tür zu und absperren. Den Schlüssel in den Briefkasten. Jetzt ist es vorbei, selbst wenn ich wollte, den Schlüssel könnte ich nicht wieder herausfischen.

Ich fühle mich noch einsamer als sonst, wenn ich um diese Zeit nach Hause gehe. Hoffe, wenigstens einer Katze zu begegnen, die vor einer der fetten Ratten flieht, die vom Fluss einen kleinen Ausflug hierherauf gemacht hat. Aber nichts, keine Katze, keine Ratte. Nicht einmal das Flackern irgendeiner defekten Leuchtreklame. Da nehme ich eine Bewegung in einem unbeleuchteten Hauseingang neben mir wahr und höre eine Männerstimme etwas sagen. Es ist nur ein Satz, und er klingt auf jeden Fall englisch. Drei Wörter, und wenn ich es richtig verstanden habe, dann waren es diese drei: »Kill Satoshi Nakamoto.« Ein Witz, denke ich und bleibe kurz stehen. Ich kneife die Augen zusammen und versuche in dem Dunkel irgendetwas zu erkennen. Da schaltet sich die Beleuchtung im Hauseingang an, und ich sehe durch die Milchglasscheiben der Eingangstür meinen letzten Gast, den zu alten und zu dicken Amerikaner, wie er sein altmodisches Handy zuklappt. Vielleicht doch kein Witz.

Sein rundes Gesicht mit der kleinen Nase und den fleischigen Lippen erinnert mich an Orson Welles. Und die Szenerie an »Der dritte Mann«. Das Licht geht aus, und der Mann mit dem Handy versinkt wieder in der Dunkelheit. Ich renne weg und höre hinter mir Schritte, die schneller sind als meine.

Als ich jünger war und Radrennen gefahren bin, habe ich gelernt, niemals den Kopf zu wenden, wenn man von einem Konkurrenten verfolgt wird. Man riskiert sonst, das Rennen zu verlieren. Sich umzusehen gilt als Zeichen von Schwäche. Der Verfolger spürt, dass der Vorausfahrende an seiner eigenen Kondition zweifelt. Er versucht abzuschätzen, ob der Verfolger näher kommt und ob es nun wirklich notwendig ist, alle Kraftreserven zu mobilisieren. Für den Verfolger ist dieser Augenblick wie eine Aufforderung: »Los, noch ein bisschen schneller, gleich hast du ihn.« Diese Aussicht lässt ihn vergessen, dass seine Lunge bei jedem Atemzug brennt wie Feuer. Dass sein Herzschlag bis in den Kopf hinein zu spüren ist. Er vergisst alles, die schmerzenden Oberschenkel, die Waden, den Rücken. Er sieht nur noch das ihm zugewandte Gesicht des Vordermanns und sagt sich: »Der sieht doch verdammt müde aus.«

Ich muss mich gar nicht umdrehen. Muss nicht sehen, ob er zwanzig oder bereits fünfzehn Meter hinter mir ist. Ich muss einfach nur ein bisschen schneller werden. Der Ami wird mir nicht allzu lange folgen können. Viel zu dick, zu alt und zu unsportlich. Immer noch höre ich seine Schritte. Sie werden weder lauter noch leiser. Vielleicht ist es gar nicht der Ami, der hinter mir her ist, sondern ein jüngerer Komplize? Aber den hätte ich doch sehen müssen. Nein, ich werde mich nicht umsehen. Ich werde einfach schneller, noch ein bisschen schneller. Ich beginne zu joggen, biege ab, laufe nicht direkt zu mir nach Hause, sondern mache einen Umweg einmal um den Block herum. Ich denke, es ist besser, mein Verfolger weiß nicht, wo ich wohne. Trotzdem krame ich während des Laufens schon in meiner Tasche nach dem Schlüssel. Ich halte ihn in meiner rechten Faust, es fühlt sich an, als hätte ich einen Schlagring zwischen meinen Fingern.

Jetzt wird sein Laufen ungleichmäßig, fast stolpert er vor sich hin. Gleich wird es leiser werden, und da höre ich auch schon, wie er stehen bleibt. Keine Schritte mehr, trotzdem blicke ich nicht zurück.

Ein Klicken oder Klacken, kaum zu hören. Mein Atem ist laut, übertönt alles. Trotzdem das Klacken. Ich weiß, wo ich dieses Geräusch zuletzt gehört habe. Es war im Kino.

»Der Malteser Falke« mit Humphrey Bogart. Ich weiß nicht mehr, wer mir gesagt hat, dass ich diesen Film unbedingt sehen müsste. Ich habe mich tödlich gelangweilt. Aber jetzt weiß ich, dass ich in ebendiesem Film dieses Klacken gehört habe, genau wie jetzt. Klack, und dann hat es geknallt.

Mir ist klar, es ist dieser Scheißer, zu fett, um mich einzuholen. Immer noch drehe ich mich nicht um, versuche, zickzack zu laufen. Ich mache es ihm nicht leicht. Ohne mich umsehen zu müssen, habe ich ein Bild vor Augen: Er steht da, außer Atem, viel erschöpfter als ich. Steht da mit ausgestreckten Armen. Mit beiden Händen hält er einen silberfarbenen Revolver, einen Colt oder eine Smith & Wesson Model 60 Boar Hunter, so genau kann ich das in meiner Phantasie nicht erkennen. Es ist dunkel, und ich weiß, so leicht ist es nicht, jemanden, der im Dunkeln steht, zu erschießen. Besonders wenn man den Herzschlag wegen Überanstrengung bis in den Scheitel spürt und das Ziel außerdem in Schlangenlinien läuft. Und das Ziel bin ich! Es knallt. Der Schuss peitscht durch die Nacht, und mein Herzschlag setzt aus. Panisch renne ich weiter.

Rechts in einen Durchgang zum Hinterhof, noch mal rechts, ich kenne diesen Hof. Ein schmaler Weg führt von hier zur Parallelstraße, kein Licht. Ich bemühe mich, so leise wie möglich zu sein. Manchmal ist es wichtiger, leise zu sein als schnell, denke ich. Ich versuche die Luft anzuhalten, aber es geht nicht. Vielleicht würde ich die Polizei ja doch anrufen, wenn mein Handy-Akku noch nicht leer wäre, ist er aber schon seit fünf Stunden.

Ich bin zu schnell gelaufen. Zu viel Stress, zu viel Angst habe ich. Meine Brust bewegt sich heftig auf und ab, und am liebsten würde ich laut vor mich hin keuchen. Ob es auch einen anderen Zugang zum Hinterhof gibt? Hat er Komplizen? Hat er ihnen schon gesagt, wie ich aussehe und wo ich ihm entkommen bin? Und wie verdammt bin ich in diese beschissen schlechte Filmszene geraten? Das darf doch alles nicht wahr sein.

Zuerst strecke ich meinen Kopf aus der Deckung und linse um die Ecke. Die Parallelstraße ist frei. Kein Auto, keine Katze und keine Ratte. Auch der Ami ist nicht zu sehen. Ich laufe über die Straße und verschwinde gleich im nächsten Durchgang. Das einzig Gute an der Situation ist, dass ich sicher sein kann, mir das alles nicht nur einzubilden. Dieser Kerl ist öfter bei mir in der Kneipe gewesen. Irgendeiner hat mal spekuliert, der Typ wäre vom Geheimdienst und hinter Snowden her.

»Snowden, der ist doch bei Putin«, hab ich gesagt, daran kann ich mich noch erinnern.

»Das glaubst du«, hat der- oder diejenige gesagt, ich weiß nicht mehr, wer es war.

Immer diese Verschwörungstheorien, denke ich. Egal, was es ist, um was es geht, in Berlin ist immer jemand zur Stelle, der dir erklärt, dass es sich um eine Verschwörung handelt. Immer. Mich regt das schon so auf. Doch überraschenderweise hat sich jetzt mein Puls etwas beruhigt, meine Atemfrequenz verlangsamt. Ich bin ihm entwischt, denke ich und hoffe gleichzeitig, dass er nicht an der nächsten Straßenecke wieder auftaucht. Ich würde mir in die Hosen machen.

Nein, ich gehe auf keinen Fall nach Hause. Vielleicht weiß er längst, wo ich wohne. Vielleicht steht er schon vor meiner Haustür, oder seine Kollegen haben bereits meine Wohnungstür aufgebrochen. Mit dem Messer in der Hand stürmen sie ins Bad, dann ins Schlafzimmer. Ich weiß es nicht, habe aber so ein ungutes Gefühl und überlege, bei wem ich zumindest für diese Nacht unterkommen könnte. Irgendwer, bei dem ich nicht klingeln muss und der nicht schreit, wenn er oder sie merkt, dass sich jemand in seine oder ihre Wohnung geschlichen hat.

Mir fällt nur Janis ein. Der ist zwar immer stocksauer, wenn ein Fremder seine Wohnung betritt, weil er Messie ist und sich dafür schämt. Dabei sieht es in seiner Wohnung nicht schlimm aus, nur seltsam. In einer Ecke stehen gefühlt dreitausend Pizzaschachteln sauber aufeinandergestapelt. In der gegenüber ein Würfel aus Pflastersteinen. Und zwischen diesen beiden Endpunkten alles andere, was sonst keiner sammeln würde. Janis hat 'ne Meise. Zwei Blöcke weiter wohnt er, ein Eckhaus mit fünfzig Wohnungen. Nur er und im Vorderhaus ein Rentner, alle anderen haben schon das Handtuch geworfen. Der Notschlüssel liegt hinter dem losen Ziegelstein, Janis hat ihn mir mal gezeigt und dazu gesagt: »Nur für Notfälle.« Wenn das heute kein Notfall ist, dann gibt es keine Notfälle.

Ich öffne leise die Tür, schleiche mich rein und setze mich in den Polstersessel mit den großen Lauschohren. Der grüne Samt ist ausgeblichen, obwohl Janis niemals die Jalousien öffnet. Er muss schon ausgeblichen gewesen sein, als Janis ihn hierherbrachte. Ich werde ihn nicht wecken. Mit etwas Glück bin ich schon wieder weg, bevor er aufwacht. Das wäre mir am liebsten. Dann muss ich ihm keine blöde und vor allem nicht diese Geschichte erzählen.

Es dauert ein paar Sekunden, bis ich merke, dass dieses Geräusch, das ich höre, tatsächlich da ist und ich es nicht träume. Ein Pfeifen und Zischen, und es wird immer lauter. Ich öffne ein Auge. Das andere bleibt zu, weil mein Ellbogen daraufliegt und es zudrückt. Zwei wachsbleiche, extrem dünne Storchenbeine von hinten. Nur durch die rechte Kniekehle schlängelt sich eine pralle Krampfader die Wade hinunter und verschwindet in einem kleinen weißen Muskelknödel. Karierte Boxershorts und ein verknittertes, vom Waschen grau gewordenes Schlafshirt. Janis.

»Tee oder Kaffee?«, fragt er mich. »Ich hab aber nur löslichen.«

»Kaffee«, sage ich und versuche aus dem Ohrensessel rauszukommen. Mein Rücken ist wie ein einziger Krampf vom Steißbein bis zum Nacken. Ich bewege meinen Kopf langsam von rechts nach links und richte mich auf.

»Was machst du eigentlich hier, Noah?« Janis stellt mir eine schwarze Brühe in einem angeschlagenen Becher auf den Tisch. »Zucker?«

»Nicht nötig«, sage ich und verbrenne mir den Gaumen beim ersten Schluck.

Als ich von Janis' Toilette zurückkomme, die zugleich sein Archiv aller Berliner Stadtzeitungen der letzten zwanzig Jahre ist, zieht er gerade den Teebeutel aus seiner Tasse und wirft ihn in die Spüle zu den zwanzig anderen, die da schon liegen wie Sandsäcke an der Elbe.

»Warum bist du hier, Noah?«

»Ich hab mich ausgesperrt aus meiner Wohnung.« Janis ist nicht der Typ, den man mit irgendwelchen Problemen belasten könnte. Er hat selbst genug.

»Und was machst du so?«, frage ich ihn. »Hab dich länger nicht mehr gesehen in der Uberbar. Gehst du jetzt woandershin, abends? Sag bloß, zu Lehmann.«

»Nee, Lehmann ist verschwunden«, sagt er und schlürft seinen Tee. »Die Bar macht jetzt sein Onkel.«

»Lehmanns Onkel?«, frage ich. Von dem hab ich ja noch nie gehört.

»Onkel«, wiederholt Janis. »Oder Neffe oder so. Ich bin jetzt immer in so 'nem Club, mit Livemusik und so.«

Wo, will er mir offensichtlich nicht sagen. »Und was machst du sonst?«

»Hab jetzt Arbeit«, sagt er. Seit ich ihn kenne, lebt er von Hartz IV. Janis ist nicht vermittelbar, nicht als Grafiker, was er wohl mal gelernt hat, und als was anderes auch nicht.

»Echt? Was machst du denn da?«

»Ist so 'ne Maßnahme. Von elf bis vierzehn Uhr. Wir bauen so Nistkästen für Hummeln und noch andere Insekten und auch für Vögel. Die kommen nach Tempelhof und so.«

Da glüht doch tatsächlich ein kleiner Funke in seinen Augen auf, die so grau sind wie sein Gesicht, nur etwas dunkler.

»Wir sind zu fünft, bei Ina. Das ist unsere Sozialpädagogin.«

»Ah«, sage ich. Ich trinke noch einen Schluck von Janis' Kaffee, um ihn nicht zu kränken.

»Was machst du jetzt?«, fragt er.

»Tja, wenn ich das wüsste«, sage ich und höre wieder den Schuss aus der Pistole des dicken Amerikaners durch die Nacht peitschen.

»Schlüsseldienst anrufen«, sagt Janis. »Soll ich dir die Nummer raussuchen?«

»Nee, lass mal. Ich kenn da jemanden, der mir helfen kann.« Schön wär's.

»Ach so.« Janis schwenkt den letzten Schluck Tee in seiner Tasse, dann schüttet er ihn über die Beutel in der Spüle, als müssten sie gegossen werden.

»Mach's gut, Janis, ich werd dann mal verschwinden. Kann sein, dass ich für 'ne Weile weggehe aus Berlin.«

»Hast du Urlaub?«

»Ja, ich hab Urlaub.«

»Und was macht Horvath ohne dich?«

»Keine Ahnung.«

»Vielleicht könnte ich mich ja um deinen Job bewerben.«

»Mach das«, sage ich und schreibe ihm Horvaths Nummer auf einen Zettel. »Aber nicht dass du ihm schöne Grüße von mir ausrichtest.«

»Nö, mach ich nicht. Kannst dich auf mich verlassen.«

Als ich Janis zum Abschied umarme, fällt mir auf, dass er einen Bauch bekommen hat. Er ist richtig alt geworden, seit ich ihn das letzte Mal gesehen habe. Er schaut mir nach, während ich zur Tür gehe, und rührt sich nicht. Wie ein Gespenst steht er da in seiner Küche.

Ich weiß nicht mal, wie spät es ist. Irgendwas am für mich frühen Morgen. Ich laufe zu meiner Wohnung. Als ich in meine Straße einbiegen will, fällt er mir sofort auf. Ein Mann, der da nicht hingehört. Typ Bankangestellter im Freizeitlook. Jeans, Sneaker, dunkles Hemd, Kunstlederjacke. Einer, der um diese Zeit am Schalter sitzt oder an seinem Schreibtisch in der Meldebehörde des Bezirks Friedrichshain-Kreuzberg und dort Leute schikaniert. Schräg gegenüber von meinem Hauseingang, andere Straßenseite, Bushaltestelle. Kein Mensch außer ihm. Ich trete einen Schritt zurück und bleibe an der Ecke stehen, beobachte ihn. Der Bus kommt, hält an, fährt weiter. Eine alte Türkin mit zwei Lidl-Tüten überquert die Straße. Der Typ steht immer noch da. Und mein Herz klopft mir bis zu den Ohren, das Adrenalin rauscht nur so durch meinen Körper.

Paranoia oder nicht, das weiß man oft nicht einmal hinterher. Der Speicher! Ich checke kurz durch, ob das tatsächlich eine Lösung wäre. Doch, das müsste gehen. Das Eckhaus, in dem ich wohne, steht an der Samariterstraße, und dort ist auch mein Eingang, der jetzt anscheinend unter Beobachtung steht. Der andere Eingang befindet sich in der Dolziger. Die ziemlich stark bemalte und bekritzelte Haustür an der Dolziger ist, genau wie die in der Samariter, meist nicht abgesperrt. Ist einfach praktisch, wenn du grade keinen Schlüssel zur Hand hast. Natürlich wissen das auch die Obdachlosen im Viertel, dass es hier, wenn alle Stricke reißen, immer einen Schlafplatz gibt.

Okay, die Dolziger ist auf. Ich gehe ins Haus, renne die fünf Stockwerke rauf plus die letzte Treppe zum Dachgeschoss. Die Brandschutztür ist ebenfalls nicht abgesperrt. Ich kenne die Speicher hier, in denen einige Leute noch ihre Wäsche aufhängen. Andere haben sich kleine Verschläge gebaut, in denen sie irgendwelches Gerümpel lagern. Ein historisches Schild warnt vor dem Gebrauch von Feuer und mahnt, die Fenster geschlossen zu halten, wegen der Tauben, die sonst alles vollkacken. Das Dachgeschoss geht über beide Flügel des Eckhauses ohne Sperre hinüber bis zum Treppenhaus in der Samariter. Ich hatte das kurz nach meinem Einzug herausgefunden, als ich einen Platz für meine Bücherkisten suchte. War mir im Sommer zu heiß und im Winter zu kalt für meine Schätze, weshalb sie heute noch unausgepackt bei mir im Flur stehen, als Bücherturm und Kleiderbügelhalter.

Vorsichtig lausche ich ins Treppenhaus. Aus einer Wohnung dringt gedämpftes Kindergeschrei, irgendwo läuft eine Wäscheschleuder. Ich schließe die Brandschutztür hinter mir und gehe hinunter in den dritten Stock. Lege das Ohr an meine Wohnungstür, die geschlossen ist und unberührt aussieht. Nichts. Ich hole den Schlüssel raus, stecke ihn ins Schloss, drehe ihn um und stehe im Flur. Ich spähe in jedes Zimmer, vergesse auch nicht, nach Schuhen, die unter den Vorhängen hervorgucken, zu sehen, und öffne meinen Schlafzimmerschrank. Aus meiner Wäschekommode hängt eine schwarze Socke über den Schubladenrand, was mich irritiert. Sie stört nicht nur mein ästhetisches Empfinden, ich habe auch das flatternde Gefühl, dass ich sie zurückgestopft hätte beim Hinausgehen. Vorsichtig öffne ich die Schubladen, nichts Auffälliges.

In der Küche steckt noch mein Ladekabel in der Steckdose. Ich hänge mein Handy endlich zum Laden an. Irgendwo müsste ich auch ein mobiles Ladegerät haben. Ich finde es im Schlafzimmer, es hat sogar Ladung. Vom Küchenfenster sehe ich hinunter auf die Samariter. Jetzt steht da ein Neuer. Er ist jünger und trägt einen blauen Kurzmantel. Ich trete vom Fenster zurück. Mein Herz fängt wieder an zu rasen. Meine Bude ist eine Falle, denke ich, die jederzeit zuschnappen kann. Raus hier!

Ich stecke das Handy samt Ladekabel und Powerbank ein, grapsche mir noch die paar Geldscheine, die als eiserne Reserve in meiner Küchenschublade liegen, und stopfe sie mir in die Hosentasche. In der Innentasche meiner Jacke spüre ich das Bündel Scheine aus dem Tresor der Überbar. Dass ich mir gerade lieber akute Geldnot wünschen würde, als diese Scheiße am Hals zu haben, ist eine der Überraschungen, die das Leben immer wieder bereithält, wenn man am wenigsten damit rechnet.

Ich ziehe die Wohnungstür hinter mir zu. Irgendwelche Sentimentalitäten verbieten sich gerade von selbst. Dann tapse ich wieder hinauf ins Dachgeschoss. Wenn mir das Gehör keinen Streich spielt, dann geht unten die Haustür auf, Straßengeräusche, Schritte. Männerschritte, sagt mir mein Hasenherz.

Schutztür auf, rein ins Dachgeschoss, ich laufe durch bis

zur Dolziger. Treppenhaus runter, raus auf die Straße und hinunter Richtung Proskauer, nur weg von hier. An der Ecke Dolziger/Proskauer schließe ich mein Handy an das mobile Ladegerät an. Es dauert ein paar Minuten, bis die Ladung reicht, um das Gerät hochzufahren. Ich stehe auf den Stufen hinauf zum »Eisbein Eck«, in dem es selbst am Morgen so riecht, als wären noch genügend Sauerkraut und schales Bier über. Urige Alt-Berliner Eckkneipe und absolut hipsterfreier Raum. Manche stehen auf so was.

Ich setze mich mitten hinein in den fettigen Wirtshausgestank und mache kurz die Augen zu. Wie geht es jetzt weiter und in welcher Reihenfolge? Mein Hirn rattert, aber irgendwer muss was unternehmen, damit es verwertbare Informationen ausspuckt. Tief durchatmen und bloß nicht an Bier und Eisbein denken.

Soll ich jetzt die Polizei anrufen? Ich zögere. Dagegen spricht, dass in meinem Leben noch nie etwas besser geworden ist, wenn die Polizei auftauchte. Das prägt. Ich musste als Jugendlicher nur nach zweiundzwanzig Uhr durch die Bahnhofshalle gehen, schon wollten sie meinen Ausweis sehen und meinen Rucksack durchwühlen. Wegen der etwas längeren Haare und des Hoodies.

Zuerst Tante Google und dann Satoshi Nakamoto eingeben, einen Namen, von dem ich nicht einmal genau weiß, wie man ihn schreibt. Schon in Janis' grünem Ohrensessel hatte ich Alpträume, in denen ich mir ausmalte, wie es diesem armen Satoshi an den Kragen geht. Und gleichzeitig gehofft, dass man ihn verschont, weil jemand – nämlich ich – Zeuge des Mordbefehls geworden ist. Dass sie sich vielleicht zurückhalten und ihn erst umbringen, wenn der lästige Zeuge aus dem Weg geräumt ist. Inzwischen weiß ich, dass ich keinesfalls aus dem Weg geräumt werden möchte. Erst recht nicht von Leuten, die ich nicht einmal kenne.

Google kennt diesen Satoshi Nakamoto und sagt, dass er so etwas wie der »Erfinder des Bitcoin« ist. Erfinder des Bitcoin? Und wenn er der Erfinder des Selfiesticks wäre, würde mich das jetzt auch nicht tiefer berühren. Klar habe ich von Bitcoin und anderen Kryptowährungen gehört. Joe und Julia sprechen ja, wenn sie nicht gerade über den Orden der heiligen Festplatte oder die Simulation schwadronieren, von nichts anderem. Wenn ich es richtig verstanden habe, halten sie dieses virtuelle Geld für eine Erfindung, die ungefähr so wichtig ist wie damals die Dampfmaschine. Für die anderen, wenn ich mal ab und zu die News durchblättere, sind Kryptowährungen das Böse schlechthin. Wenn jemand nur »Bitcoin« sagt, krakeelen sie drauflos: Drogen, Geldwäsche, Darknet, Kinderschänder, ungefähr in dieser Reihenfolge.

Und dann gibt es natürlich diejenigen, die einfach rechtzeitig welche gekauft haben, als sie noch günstig waren, und heute über eine schöne stille Reserve im Hintergrund verfügen. Das sind die, bei denen alle halbe Stunde so etwas wie die Börsenkurse auf dem Handydisplay aufploppen. Wenn man sie fragt: »Na, alles gut, Alter?«, recken sie entweder den Daumen, falls die Kurse steigen, oder winken lässig ab. Soll heißen: »Das Gegenteil ist der Fall, aber kein Stress, das gibt sich alles wieder. Spätestens morgen, übermorgen, in einer Woche, nächsten Monat geht's wieder rauf. Wirst schon sehen.« Ich persönlich vermute ja, dass Julias Wohlstand eher von so einem Kryptokonto kommt und nicht vom Laufsteg oder sonst woher. Aber vielleicht hat sie auch einfach 'ne reiche Tante beerbt.

Satoshi Nakamoto. Ich lese, dass keiner weiß, wer dieser Satoshi eigentlich ist. Ein Phantom, das ausgerechnet in Berlin aufgespürt und gekidnappt wurde, und jetzt wollen sie ihn totmachen? Die Amis? Als wäre ich aus Versehen in die Dreharbeiten zu einem Agentenfilm gestolpert. Kann aber nicht sein, die würden doch nicht scharf schießen beim Film. Nicht einmal Tarantino macht das.

So ein blöder Mist! Jetzt, wo ich meinen Job losgeworden bin und endlich frei sein könnte, sitze ich hier fest und weiß nicht, wie's weitergehen soll. Nur: Vom »Eisbein Eck« muss ich irgendwann weg, sonst wird mir schlecht.

Ich rufe meinen Freund Dave an, aber er ist nicht da, wie immer, wenn ich ihn brauche. Es nützt nichts. Hier geht es möglicherweise um Leben und Tod. So wie es aussieht, bin ich sogar selbst in Gefahr. Also rufe ich doch besser bei der Polizei an, ist wahrscheinlich das Vernünftigere. Halt, denke ich dann, einen Versuch, mit jemandem darüber zu reden, mache ich noch.

Ich rufe Joe an. Joe ist wie immer die Freundlichkeit in Person. Mich würde interessieren, was man anstellen muss, damit Joe beispielsweise mal richtig wütend wird und einen anschreit oder gar tobt. Frühmorgens anrufen genügt jedenfalls nicht. Als ich ihm mein Erlebnis von heute Nacht erzähle, und dass sie vor meiner Haustür die Nummer mit der Wachablösung spielen, denke ich schon, er wäre wieder eingepennt. »Joe? Bist du noch dran?«

»Hau ab!«, kommt es ziemlich unfreundlich aus dem Lautsprecher.

»Was?«

»Hau einfach ab, sonst erlebst du den heutigen Abend nicht. Leuten, die Satoshi Nakamoto ermorden wollen, sollte man lieber aus dem Weg gehen.«

»Wieso? Du meinst, das ist wirklich dieser Mr Bitcoin, den sie gekidnappt haben?«

»Das weiß ich nicht, aber das heißt doch, dass sie hinter ihm her sind und jemanden in ihrer Gewalt haben, den sie dafür halten.«

»Ich glaube, ich verstehe überhaupt nichts mehr. Und was habe ich denn überhaupt damit zu tun? Und wer sind *die* überhaupt?«

»Komm vorbei, dann erzähl ich dir, was ich darüber weiß. Aber du musst wirklich weg, Noah.«

»Und wohin soll ich abhauen, hä?«, frage ich. Vielleicht schwingt darin sogar die Hoffnung mit, Joe könnte mir anbieten, erst mal bei ihm unterzutauchen, bis sich die Situation klärt.

»Je weiter weg, desto besser. Am besten geeignet wären

Nordkorea, Krasnojarsk oder Samarkand. Auf alle Fälle ein Ort, an dem sich ein westlicher Geheimdienst alles andere als wohlfühlt.«

»Vielleicht sollte ich einfach bei der Polizei anrufen.«

»Spinnst du?«, fährt Joe mich an. Wenigstens weiß ich jetzt, wie man den freundlichen Joe aus der Reserve locken kann.

»Da kannst du dich gleich bei der CIA oder der NSA melden. Hast du denn gar nichts mitgekriegt da in deiner Bar? Die NSA und der Verfassungsschutz und wie all die anderen Beschützer heißen, die liegen alle im selben Bett. Wie lange, denkst du, dauert es, bis du von einem Berliner Polizeipräsidium in die Botschaft der Amis kommst? Eins musst du dir merken, egal, was kommt: Du willst auf keinen Fall in die amerikanische Botschaft und auf keinen Fall in die Vereinigten Staaten, ist das klar?«

Er tut so, als wäre ich so jemand wie Snowden oder Assange, dabei bin ich nur ein kleiner Barmann, der gekündigt hat.

»Italien?«, frage ich, meinen einzigen Geistesblitz, der mich selbst überrascht, ausplaudernd.

»Besser als hier ist das auf jeden Fall, aber nicht besonders gut«, meint Joe.

»Und kannst du mir jetzt vielleicht noch verraten, wie ich wieder nach Hause komme, ohne dass mich der Kerl in seinem blauen Mäntelchen oder einer seiner Kollegen sieht, die auf der Samariter stehen und meine Haustür im Blick haben?«

»Nein, kann ich nicht«, sagt Joe.

»Und warum nicht?«

»Weil ich damit keine Erfahrungen habe, deshalb. Ist mir noch nicht passiert, so ganz offensichtlich.«

»Wie jetzt?«, frage ich. »Was soll das heißen? Ist es dir passiert oder nicht?« Immer diese Andeutungen. Das ist ja unheimlich. Oder macht er sich über mich lustig?

»Na, es gibt ja auch noch andere Methoden der Überwachung. Schon mal was von Lauschangriffen, Abhören, Spähtrojanern, Handy-Ortung und so weiter gehört?« Joe wirkt ziemlich genervt. »Außerdem möchte ich nicht länger mit dir telefonieren, wahrscheinlich hast du dein Telefon nicht einmal verschlüsselt.«

Telefon verschlüsselt? What the f…!

»Vergiss jetzt deine Wohnung. Wenn du sie abgehängt hast, dann komm bei mir im Büro vorbei.«

»Büro?« Ich denke, ich habe mich verhört. »Hast du eben ›Büro‹ gesagt?«

»Habe ich. Was ist denn daran so seltsam? Ich könnte mir vorstellen, dass sogar mehr Leute tagsüber in einem Büro als nachts in einer Bar arbeiten. Ich selbst nenne mein Büro auch nicht ›Büro‹, sondern ›Labor‹«, sagt Joe.

»Labor?«, frage ich. »Und wieso weiß ich nichts davon, dass du in einem Labor oder Büro arbeitest? Dass du überhaupt etwas arbeitest?«

»Tja. Was soll ich sagen, Noah?«

»Adresse?«, frage ich, um die Sache abzukürzen.

»Grünberger Straße.«

»Und?«

»Und was?«

»Die Hausnummer.«

»69. Fünfter Stock. Aber komm auf jeden Fall ohne Begleitung, hörst du? Ich krieg die Krätze bei diesen Typen.« Ich denke schon, er legt auf. »Du gehst am besten nicht mehr in deine Wohnung, klar?«

»Ich bin ja nicht doof.«

»Und du erzählst jetzt auch nicht irgendwelchen Leuten von dem, was dir heute Nacht passiert ist. Viel zu gefährlich. Also bis gleich.«

Aufgelegt. Auf Google Maps sehe ich, dass Joes Büro beim Boxhagener Platz ist, also »umme Ecke«. Ich muss die Proskauer runter bis zur Frankfurter Allee, drüber und dann irgendwann links. Ganz in der Nähe, zwischen Frankfurter Tor und Warschauer Straße, wohnt mein Freund Dave. Kann sein, dass er zu Hause ist und einfach noch schläft. Ich will unbedingt noch bei ihm vorbeischauen, bevor ich zu Joe gehe.

Er ist immerhin mein Freund, wenn auch kein besonders verlässlicher, und vielleicht muss ich ja wirklich weg, wie Joe meint. Krasnojarsk, also wirklich. Der Typ ist doch irre.

Ich überquere die Rigaer. Vor dem Lidl ist die Straße aufgerissen. Ein Haufen Sand liegt auf einer gesperrten Fahrspur, daneben Pflastersteine, die einmal das neue Kopfsteinpflaster werden sollen. Jede Menge Munition für Randale, denke ich. Hier gibt es noch ein oder zwei besetzte Häuser, die praktisch rund um die Uhr unter Polizeischutz stehen. Damit den Häusern ja nichts passiert bis zum Rauswurf der Bewohner und zur anschließenden Luxussanierung.

Fast hätte ich angefangen zu vergessen, was passiert ist und weshalb ich auf dem Weg zu Dave und dann zu Joes Büro in der Grünberger bin, als mir in der Proskauer/Ecke Rigaer, also da, wo ich gerade vor einer Minute über die Straße gelaufen bin, der Mann von der Tagschicht auffällt, der vorher noch in seinem blauen Mäntelchen vor meinem Haus stand. Wie kommt der jetzt hierher? Mir haut es fast die Beine weg, so weich sind meine Knie auf einen Schlag. Ich hatte ihn doch abgehängt, wie kann das sein?

Jetzt tut er so, als suche er irgendwas auf seinem Handy, und tippt darauf herum, zieht irgendeine Meldung auf dem Display größer. In meinem Hirn hat sich schon wieder ein langer Stau gebildet. Ausgang verstopft. Nein, Moment, da kommt was durch: Das erste Wort heißt »Handy«, das zweite »verschlüsselt«, das dritte ist ein Fragezeichen. Nein, nichts verschlüsselt, schießt es mir durch die Eingeweide. Ich weiß nicht mal, wie das geht. Dann schaltest du das verdammte Ding am besten ganz schnell aus, sagt irgendwer zu mir, Geist, Schutzengel, vielleicht sogar mein Verfolger, der mir grade eine SMS schreibt, aus purer Schadenfreude. Panisch drücke ich auf die Ausschalttaste. Zu spät, wie ich weiß, denn der Kerl steht ja fünfzig Meter von mir weg, und ich könnte die Farbe seiner Augen erkennen, wenn er von seinem Display aufblicken und mich ansehen würde.

In der Rigaer sehe ich die Einsatzwagen der Polizei an-rollen und höre, wie Parolen gebrüllt werden. Es klingt wie »Raus hier, raus hier« und irgendwas wie »Ihr habt die ganze Stadt verkauft«. Plötzlich kommt mein vegetatives Reptilhirn meinem Normalhirn zu Hilfe, und ich habe eine Idee. Es ist vielleicht eine Schnapsidee, aber was anderes hab ich nicht. Ich laufe die Rigaer rauf und mische mich unter die Demons-tranten, die fast alle schwarze Kapuzenpullis tragen.

Ein paar von den Schwarzgekleideten stehen jetzt in einer Reihe in höchstens einem Meter Abstand vor den geschlos-senen Visieren der Helme der Polizisten, die hier die Straße absperren und keinen durchlassen. Ich drehe mich um. Mein Verfolger steht am Straßenrand und beobachtet ebenfalls die Szene. Er hat sich unter eine Gruppe von Anwohnern der Rigaer gemischt. Sie halten ein Transparent hoch. »Wir wol-len unsere Straße zurück«, steht da. Und: »Polizei raus!« Ich weiß nicht, ob mein Plan klappen wird, aber ich muss es ver-suchen. Ich gehe zu einem hageren, baumlangen Typen in der ersten Reihe. Der hat sich vor einem Bullen aufgebaut, der ihm gerade mal bis zur Schulter reicht.

»Der Typ dahinten ist vom Verfassungsschutz«, sage ich zu dem Langen.

»Welcher?«, fragt er und sieht zu der Gruppe Anwohner, auf die ich zeige.

»Der mit dem blauen Mantel.«

»Bist du sicher?«

»Todsicher.«

Noch einer aus der Gruppe ist auf uns aufmerksam gewor-den. Der Lange spricht mit zwei von seinen Kollegen, Kerle mit Strickmützen, die doppelt so kräftig sind wie er.

»Danke für den Tipp, Kumpel«, sagt der Lange und tippt sich an die Stirn.

»Immer gerne«, antworte ich und sehe zu, dass ich aus der ersten Reihe wegkomme. Bei dem Eins-siebzig-Bullen bemerke ich ein nervöses Zucken am rechten Auge, aber der Arme darf seinen Platz bestimmt unter keinen Umständen verlassen. Ich schaue mir an, was nun passiert. Die Dreiergruppe bahnt sich einen Weg durch die Menge auf das Transparent zu. Man ist auf den angeschwärzten Verfassungsschützer aufmerksam geworden. Einer quatscht ihn an und fragt etwas. Vielleicht, ob er irgendein Problem mit den Typen hat, die da auf ihn zusteuern. Ich kann natürlich nicht hören, was er antwortet, aber ich sehe, dass ihm überhaupt nicht wohl ist in seiner Haut. Schließlich dreht er ab und will Fersengeld geben. Aber die Leute um ihn herum halten ihn fest. Die drei Jungs sind jetzt auch auf seiner Höhe. Alle reden auf ihn ein. Hoffentlich keine körperliche Gewalt, denke ich. Ich finde schon Tiere quälen und töten scheiße, und für Menschen gilt das Gleiche. Selbst wenn sie tatsächlich für den Verfassungsschutz oder einen ausländischen Geheimdienst arbeiten.

Also, Jungs, bitte, ich habe nicht gesagt, dass ihr ihm wehtun sollt. Klar? Ich bin Pazifist durch und durch. Wurde mir sozusagen in die Wiege gelegt. Mein Opa war ein Deserteur und mein Vater Wehrdienstverweigerer. So sieht's aus. Ich könnte nicht einmal einen Pflasterstein in die Hand nehmen und damit auf einen Menschen zielen, egal, ob in Zivil oder Uniform, da bin ich mir sicher.

Da stehe ich also immer noch in der ersten Reihe vor dem kleinen Mann mit den Schweißperlen hinter dem Visier und einer johlenden Gruppe von Männern im Rücken, die mein pazifistisches Problem eher nicht haben. Es hört sich zumindest so an, denn mit Drohungen wird hier nicht gespart.

Jetzt herrscht dahinten Tumult. Ich verrenke mir den Hals und sehe, wie einer der Jungs mit der Faust vor dem Gesicht meines Verfolgers herumfuchtelt. Dann gelingt es ihm, abzuzischen. Ich nutze die Gelegenheit und biege auf der Stelle in die Liebig ab. Dave wohnt ein paar Straßen weiter. Ich hoffe jetzt einfach, er ist da und ich kann mit ihm reden und es war nicht alles umsonst.

Als ich bei Dave klingle, bellt ein ausgewachsener Hund. Ich kenne den Gag, den sich Dave vor zwei Monaten einfallen ließ, und finde ihn längst nicht so originell wie er. Es summt, und die Wohnungstür geht auf. Dave sitzt am Schreibtisch, hebt die Hand, ohne sich zu mir umzudrehen.

»Hallo, bist du auch mal wieder hier?«, fragt er.

Auf seinem Schreibtisch sind vier Flachbildschirme im Halbkreis aufgebaut. In der rechten oberen Ecke eines Monitors sehe ich die Einblendung einer Kamera, die auf den Platz vor seiner Wohnungstür gerichtet ist. Dave weiß alles. In jedem Ohr hat er ein Funk-Headset und telefoniert offensichtlich mit zwei Leuten gleichzeitig. Dabei tippt er auf seiner Tastatur. Über seine Bildschirme flitzen Bilder. Zahlenkolonnen und Texte entstehen. Ich habe keine Ahnung, ob die Texte von ihm getippt werden oder gerade von jemandem aus Amerika oder Asien und sein Getippe vielleicht erst gar nicht auf seinen Bildschirmen erscheint, sondern sofort von der Tastatur in den Cyberspace irrt.

Kurz denke ich, mir wird schwindelig, und lasse mich auf das Sofa fallen, das ich mit Dave über die Treppen heraufgeschleppt habe, nachdem er es im Sperrmüll auf der Straße gefunden hatte und zu der Ansicht gelangt war, dass es hervorragend in seine Wohnung passen würde. Es stimmt, dass es gut hierherpasst, trotzdem riecht es vermodert.

Dave spricht abwechselnd Spanisch und Englisch. Ich kann kein Spanisch, aber sein Spanisch kommt mir grottenschlecht vor. Auf alle Fälle hat sein Spanisch einen grässlichen amerikanischen Akzent; um das zu erkennen, muss ich kein Wort verstehen.

»What's on, warum bist du hier?«, spricht er mich völlig unerwartet an. Keine Ahnung, ob er nebenbei telefoniert. Tatsache ist, dass er gerade mit mir spricht.

»Ich muss mit jemandem reden.«

»Okay«, sagt er, »verstehe.« Er spricht weiter sein schlimmes Spanisch, ich glaube, in das rechte Headset, denn er dreht beim Sprechen den Kopf nach rechts.

»Schieß los!«, fordert er mich auf und unterbricht oder beendet sein Telefonat mit der spanischsprachigen Welt. Ob auf der anderen Leitung noch jemand dran ist, weiß ich nicht. Das alles verwirrt mich so, dass ich nicht weiß, wo ich anfangen soll.

Während ich noch meine Gedanken sortiere, klingelt schon wieder ein Telefon.

»Yes, Dave. Hello, Maria, what's up? Nein, nein, ich habe Zeit, du kannst gern vorbeikommen, ich habe sowieso nichts zu tun. … Nein, mach dir keine Sorgen, ich bin allein. Noah ist noch da, aber er wollte gerade gehen. … Gut, dann bis in fünf Minuten.«

»Hey, Dave, ich wollte überhaupt nicht gehen. Ich habe eine Krise, Mann. Ich wollte mit dir reden.«

»Noah, wir holen das nach, versprochen. Später nehme ich mir ganz viel Zeit für dich und deine Krise. Aber weißt du, das könnte heute eine wirklich tolle Chance sein. Hast du eine Ahnung, wie lange ich schon keinen Sex mehr gehabt habe?«

Ich verdrehe die Augen. Interessiert mich das? Nein, es interessiert mich nicht.

»Pass auf, heb dir deine Krise auf bis später und drück mir die Daumen, dass das mit Maria klappt.«

Ich will »Arschloch!« sagen, aber da klingelt es, und bevor ich A sagen kann, ist Dave schon an der Haustür und lässt Maria herein.

»Ah, hi, Noah, wie geht's?«

»Wenn du es genau wissen willst, beschissen. Ich wollte mich gerade bei Dave ausheulen, da rufst du an, und der seit Wochen auf Entzug lebende Dave hat keine Zeit mehr für seinen besten Freund, weil er hofft, dich ins Bett zu kriegen.«

Dave spielt mit einer Schublade, in der ich die Steakmesser vermute, hat aber immer noch keines in der Hand, und ich fühle mich absolut im Recht. Wegen so ein bisschen Sex verrät man doch keinen Freund.

Maria geht zu Dave und legt ihm den Arm um die Schulter.

»Warum sagst du denn nichts? Sich selbst so aushungern. Du hättest mich doch anrufen oder vorbeikommen können, dann hätten wir's uns schön gemütlich gemacht.«

Ich fasse es nicht. Irgendwie werden die Zeiten immer verrückter, und ich begreife, dass es völlig sinnlos ist, auch nur eine Minute länger hierzubleiben. In dieser Scheißstadt sind wirklich alle verrückt. Vielleicht sollte ich doch mal aufs Land fahren. Als ich mich bei dem Gedanken ertappe, erschrecke ich. Ich habe immer die großen Reden geschwungen, dass es auf dem Land nichts als Langeweile, Kirchenchöre, Schultheater und Bauerndisco gibt. Welcher normale Mensch möchte schon dort sein? Außerdem habe ich gelesen, dass die Lebenserwartung auf dem Land um mehr als zwei Jahre kürzer ist als bei Menschen, die in der Stadt leben.

»Ich muss mal für kleine Mädchen«, behauptet Maria und verschwindet in Richtung von Daves im Normalfall ziemlich ungepflegtem Badezimmer.

Das ist für meinen Freund das Signal, mich zur Tür zu schieben und hinauszukomplimentieren. Ich kann es nicht fassen. Dave ist mein Freund, ein echter Freund, und zwar schon seit einigen Jahren. Ich habe hier nicht so viele, dass ich sie mir als Gesprächspartner aussuchen könnte. Ich weiß nicht, wie lange ich überhaupt noch in Berlin sein werde, bin auf dem Sprung, und er schiebt mich zur Tür hinaus. Und wenn es dieser sexgeilen Maria auch noch einfällt, zum Abendessen vom Asialaden um die Ecke zu bleiben oder sich von Dave irgendwohin einladen zu lassen, dann ist der Tag gelaufen.

»Scheiße, Mann.« Mehr fällt mir nicht ein zu sagen.

»Jetzt übertreib nicht so«, antwortet Dave. Er nimmt mich gar nicht ernst. »Mach keinen Aufstand wegen einer Stunde, die ich jetzt keine Zeit für dich habe.«

»Okay, aber dann geh wenigstens mal an dein Telefon, wenn ich versuche, dich anzurufen. Du kennst doch meine Nummer, du Idiot.«

»Ja, ja, mach ich«, behauptet er, und rumms, fällt die Tür ins Schloss. Für den Fall, dass sein Blick auf die Türkamera fällt, recke ich ihm einen Stinkefinger entgegen und strecke ihm auch noch die Zunge raus. Er soll schon merken, dass er den Bogen überspannt hat. »Freunde verraten einander nicht wegen flüchtiger Frauenbekanntschaften«, will ich ihm auch gern noch mitgeben, aber dass die Kamera ein Mikrofon eingebaut hat, glaube ich dann doch nicht. Prompt knarzt es ein wenig, und ich höre klar und deutlich Daves Stimme, verstärkt durch einen Lautsprecher.

»Verschwinde endlich, Noah. Maria kommt gleich aus dem Bad.«

»Du mieser Verräter«, schreie ich zurück, so laut, dass er es auf jeden Fall hört, wenn nötig durch die Wohnungstür. Erst dann gehe ich.

Der Wind hat wieder gedreht. Ich hasse den Berliner Ostwind. Anderswo laufen die Leute schon in luftigen Shirts durch die Städte, in Berlin haben sie immer noch Russenmützen auf dem Kopf und Stiefel an. Und einer wie Henry Kissinger läuft in den Staaten mit der Sammelbüchse rum, damit in bester Disney-Manier das Berliner Stadtschloss wieder neu aufgebaut werden kann. Komische Stadt. Es ist definitiv Zeit für mich, sie zu verlassen. Am besten noch bevor sie das Stadtschloss gebaut und das letzte Hausprojekt in Friedrichshain geräumt haben.

Am liebsten würde ich mich in das Straßencafé nebenan setzen. Dasitzen, durchs Fenster nach draußen gucken, Leute anstarren, abwarten und hoffen, dass sich diese Verfolgung von heute Nacht als Irrtum, als Fehlschaltung, meinetwegen als Alptraum herausstellt. Geht aber nicht, leider. War keine Wahnvorstellung und kein Filmdreh. Wenn mir dieser Irre nicht nachgelaufen wäre, nicht auf mich geschossen hätte, wäre für mich und ihn jetzt alles in Ordnung. Ich wär doch nicht zur Polizei gegangen. Oder doch?

5

Ich lese die Klingelschilder an der roten Eingangstür des gepflegten Altbaus, neben die jemand, dem die Fassade vielleicht zu sauber war, einen Satz gesprüht hat: »Sky blue is my favourite colour.« Fünfter Stock rechts, hatte Joe gesagt. Am Klingelknopf steht »Cryptonizer«. Nach dem Klingeln kein Muh oder Mäh, keine Frage, nur das Summen des Türöffners. Fünf Stockwerke, sechzig Stufen zähle ich beim Hochgehen, jeder Schritt hallt. Keine einzige vergilbte Grünpflanze ist im Treppenhaus, kein Gerümpel, nichts, es stinkt nicht mal nach Kochen und Mittagessen, und vor den Wohnungs- und Bürotüren stehen weder Schuhe noch Gummistiefel.

Fünfter Stock rechts. Die Tür ist angelehnt. Ich bin froh, dass Joe mir helfen will, und ich traue ihm auch zu, dass er es kann, aber trotzdem. Ich komme mir ungefähr so vor, als hätte mir meine Mutter wochenlang verheimlicht, dass mein Hund gestorben ist. Was ich auf dem Weg hierher nur ahnte, nach dem Öffnen der Bürotür ist es völlig klar: Meine Freunde Joe und Julia haben die ganze Zeit eine Show abgezogen. Auch vor mir, und genau deshalb fühle ich mich hintergangen, obwohl sie vielleicht im Grunde gar nicht gelogen haben. Okay, Julia hatte wenigstens immer Geld, aber Joe, der hatte weder Geld noch eine funktionierende Dusche. Über Wochen hinweg dachten alle, er könnte sich den Klempner nicht leisten.

Und jetzt stehe ich hier in diesem Büro. Es ist geschätzt ungefähr dreimal so groß wie meine Wohnung und so extrem bescheiden eingerichtet, dass sofort klar ist, dieser Purismus kostet ein Vermögen. Überhaupt sieht es hier aus wie bei Krösus, schlicht, aber teuer. Vielleicht war das vorher mal eine Ballettschule.

»Hi!« Eine Frau mit raspelkurzem pechschwarz gefärbten Haar begrüßt mich von ihrem Vollholz-Japankiefer-Schreibtisch aus. »Ich bin Tamy, aber du kannst auch Tamara zu mir sagen, wie Joe. Gefällt ihm besser.«

Die gebrauchte schwarze Lampe auf ihrem Tisch sieht nach echter Antiquität aus.

»Hi, ich bin Noah.«

»Weiß ich«, sagt sie und steht auf. Tamy ist maximal eins zweiundfünfzig groß und trägt wahrscheinlich Kinderkleidung. Sie ist keine fünfundzwanzig. »Komm, ich zeig dir, wo Joe sitzt. Er ist«, und jetzt wechselt sie in einen Flüsterton, »gerade total in seinen PC abgetaucht, aber er wird dir bestimmt bald Hallo sagen. Muss ja auch irgendwann mal nach Luft schnappen.«

Sie öffnet die Tür zum nächsten Raum.

Auf der Seite zum Innenhof hohe Fenster, die fast bis zum Boden reichen und höher sind, als ich groß bin. Gegenüber eine fensterlose Wand. Vom Boden über die Mitte verspiegelt. Davor eine Ballettstange. Echt cool.

»Möchtest du was trinken?«, fragt mich Tamy, der kleine Hobbit.

»Nein, nein, lass mal«, antworte ich und setze mich Joe gegenüber an seinen Schreibtisch.

»Haben wir noch Mangosaft?«, fragt Joe, ohne einen von uns anzusehen.

»Ich geh mal suchen«, sagt Tamy oder Tamara.

Irgendwie sind Programmierer und Computermenschen anders als andere Menschen. Das fällt mir bei Dave auch immer wieder auf. Genauso bei den Typen aus den Start-ups, die abends bei mir in der Bar rumhängen. Manchmal merkt man es nicht sofort, aber irgendwann kommt es doch raus. Mich würde es komplett gaga machen, wenn ich den ganzen Tag in einen Rechner starren müsste.

Die puristische Eleganz des Lofts wird ein wenig von großen Flatscreens gestört, die an fünf oder sechs Stellen von der Zimmerdecke hängen. Ständig bewegt sich etwas auf ihnen. Grafiken und Statistiken, Zahlen, Zahlen und noch mehr Zahlen. Programmierer sind immer Zahlenfreaks, darauf kannst du dich verlassen. Mission Control Center in Houston, Texas, denke ich, oder Hacker's Paradise.

Plötzlich ein Lärm, als hätte jemand die Tür zum Flughafen geöffnet und je eine reaktivierte Concorde und eine Tupolew Tu-144, das erste Überschallverkehrsflugzeug der Welt, würden gerade in Formation starten. Instinktiv springe ich auf, um zu sehen, wo der Krach herkommt. Da steht Julia zwischen Tür und Angel eines Technikraums.

»Noahhhhh«, schreit sie in voller Lautstärke und übertönt dabei mit Leichtigkeit die gerade startenden Überschalljets, rennt auf mich zu und drückt mich, als hätten wir uns seit Jahrzehnten nicht mehr gesehen. »Ist das scheiße, ist das scheiße. Joe hat mir erzählt, was bei dir heute Nacht los war«, sagt sie und macht keine Anstalten, mich je wieder loszulassen.

»Wir hätten nicht so früh gehen sollen, Joe. Wenn wir bis zum Schluss geblieben wären …«

»Das ist doch Blödsinn, Julia. Was hättest du denn gemacht, um Noah zu schützen? Hättest du den Kerl umgenietet? Womit denn? So schnell wie Noah hätten wir nicht weglaufen können«, ruft Joe.

»Bah, ist das eine verdammte Kacke.« Julia lässt sich nicht aus dem Konzept bringen. »Diese Arschlöcher. Aber wir werden's denen zeigen. Solange ich da bin, kriegen sie dich nicht«, sagt sie und lässt mich endlich los. Ich wusste gar nicht, dass sie so herzlich sein kann, und mir wird innerlich ganz warm.

»Was hast du denn in der Schepperkammer da versteckt?«, frage ich.

»Komm doch mit und sieh es dir an«, fordert sie mich auf.

Der Technikraum ist so groß wie meine Küche, und darin herrschen ungefähr vierzig Grad Celsius. Zum Glück hat mir Julia beim Reingehen Ohrenschützer auf den Kopf gedrückt. Trotzdem ist es immer noch laut. Stahlregale vom Boden bis zur Decke und ein grauer Kasten neben dem anderen. An den Gehäuseseiten fällt mir ein Logo auf: eine schwarze stilisierte Ameise. Julia zeigt auf den Schriftzug darunter.

»Das sind Antminer«, sagt Julia wohl. Ich lese es von ihren Lippen ab. Hören kann ich ja kaum was wegen des Lärms und der Ohrenschützer. Fragen stellen wäre jetzt sinnlos. Aber nachdem wir die dicke Lärmschutztür hinter uns geschlossen haben und wieder im Büro stehen, will ich doch wissen, was das für Dinger sind.

»Das sind *Miner*«, sagt Julia. »Damit werden Bitcoin und andere Kryptowährungen *gemint*, geschürft, also eben gemacht.«

»Und wie macht man Bitcoin?«

»Indem diese Hochleistungsrechner rechnen, was das Zeug hält, und dabei die schwierigsten Rechenaufgaben lösen. Jeder dieser Kästen denkt sich pro Sekunde dreizehn Komma sechs Billionen komplizierte Zahlen aus. Die vergleicht er mit einer Rätselaufgabe, und wenn eine dieser Zahlen zum Rätsel passt, darf dieser Rechner einen Block mit der passenden Zahl versiegeln. Wenn eine Lösung errechnet ist, wird sie in die Blockchain eingetragen und macht den Block fälschungssicher. Als Belohnung bekommt der Finder der richtigen Zahl zwölfeinhalb Bitcoin, die er sich mit anderen, die mit ihm zusammen im Pool gearbeitet haben, teilen muss.«

»Wie viel ist das in Euro?«, frage ich.

»Heute sind es zehntausend Euro, morgen vielleicht siebentausend und übermorgen zwölftausend Euro. Im jetzigen Stadium ist das noch ziemlich wechselhaft. Im Durchschnitt wird von allen Rechnern weltweit alle zehn Minuten eine solche Zahl gefunden.«

»Heißt das, dass alle zehn Minuten Bitcoin im Wert von etwa zehntausend Euro ausgespuckt werden?«

»Ganz genau«, sagt Julia.

»Dann ist das hier also eine Gelddruckerei«, sage ich.

»Falsch.« Julia schüttelt den Kopf. »Wir bedrucken hier nichts, also kein wertloses Papier wie die Notenbanken. Wir schaffen Werte, nämlich soundso viele Bitcoin pro Rechenaktion. Und Bitcoin wird im Gegensatz zu Dollar und Euro immer selten bleiben.«

»Wieso das?«

»Weil die Menge begrenzt ist. Es wird nie mehr als einundzwanzig Millionen Bitcoin geben.«

»Was passiert denn dann? Explodieren dann alle Antminer,
oder geht dann der Strom aus, oder warum ist das so?«

»Mathematisches Gesetz! Das Bitcoin-System ist so programmiert, dass bei einundzwanzig Millionen Schluss sein
wird.«

»Aber ihr benötigt dafür unendlich viel Strom. Nach der
Hitze in dem Raum zu schließen, bräuchtet ihr hier ein kleines Windkraftwerk für euch allein.«

»An dem Problem arbeiten wir noch«, behauptet Julia.
»Aber wir finden eine Lösung, ganz bestimmt.«

Sie schiebt mich in Richtung von Joes Schreibtisch. »Ich
muss noch Flüge buchen, ich komm dann zu euch rüber.«

Ein paar Minuten später sind wir endlich zu zweit und können reden.

»Deinen Verfolger hast du mit Sicherheit abschütteln können?«, fragt mich Joe.

»Zweimal schon«, antworte ich, nicht ohne Stolz. »Einmal
vor meiner Wohnung und ein zweites Mal in der Rigaer mit
Hilfe einer Gruppe Autonomer.«

»Zweimal? Das heißt, er hat dich auch zweimal gefunden.
Wieso das denn?«

»Ich hab mein Handy eingeschaltet, das ebenso unver-
schlüsselt ist wie beim Rest der Menschheit, mit Ausnahme
einiger über den Globus verstreuter Nerds.«

»Das war nicht besonders schlau, Noah. Gib mir mal dein
Handy.«

Ich gehorche, und schneller, als ich schauen kann, hat er
mein Handy in vierzehn Einzelteile zerlegt, zieht die SIM-
Karte raus und schabt mit einem Minischraubenzieher zwei
Kontaktnippel von der Platine ab. Dann gibt er es mir verschlossen wieder zurück.

»Zur Sicherheit hab ich auch gleich deine GPS-Antenne

deaktiviert. Jetzt lade dir vom App Store ein Programm herunter, das Wire heißt, und dann telefonierst und chattest du nur noch über Wire. Dann ist deine Kommunikation wenigstens verschlüsselt, und die NSA hört allenfalls ein freundliches Pupsen.«

»Wie soll ich denn telefonieren oder chatten, wenn ich keine SIM-Karte habe?«

»Du gehst von jetzt an nur noch über öffentliche WLAN-Netze ins Internet, so telefonierst du auch. Alles andere ist zu gefährlich. Wenn du nämlich über die Telefonleitung reingehst, also über die SIM-Karte, wirst du sofort geortet.«

»Okay, das habe ich kapiert. Aber weißt du, was ich noch nicht kapiert habe? Die Sache mit Satoshi Nakamoto leuchtet mir nicht ein. Was hat dieser Mr Bitcoin hier in Berlin zu suchen, und weshalb will den irgendjemand umbringen?«

»Also Noah, du kennst doch sicher Goethes ›Faust‹.«

»Was hat der denn jetzt damit zu tun?«

»So wie Heinrich Faust in der Tragödie einen Pakt mit Mephisto geschlossen hat, um seine Ziele zu erreichen, hat Satoshi Nakamoto mit dem Boss der NSA einen Pakt geschlossen. Die NSA hat versprochen, die Bitcoin-Bewegung nicht schon im Keim zu ersticken und sogar dabei zu helfen, die neue Kryptowährung sattelfest zu machen. Im Gegenzug musste Satoshi der NSA eine Million Bitcoin überlassen, damit die Vereinigten Staaten den Bitcoin, falls er sich tatsächlich zu einer Weltwährung entwickelt, so beherrschen können, wie sie eben heute den Dollar beherrschen.«

»Für diesen Faust endet die Sache aber ziemlich übel, wenn ich es recht in Erinnerung habe.«

»Na ja, war ja auch ein anderer Pakt. Und Satoshi war so clever, zum einen seine Identität nicht preiszugeben und zum zweiten die NSA aufs Kreuz zu legen. Und zwar, das ist zumindest meine Überzeugung, weil er nicht wollte, dass sein geniales Geldsystem in die Hände machthungriger Staaten und ihrer Geheimdienste gerät, die daraus wieder nichts Gutes machen, sondern nur auf ihren Profit schielen. Und jetzt, das kannst du dir sicher vorstellen, hat die NSA mindestens zwei Gründe, Amok zu laufen. Grund eins: Sie haben keinerlei Kontrolle über die Währung. Grund zwei: Der Bitcoin hat jetzt schon eine Größe erreicht, die ihn unangreifbar macht. Außerdem sind die Amerikaner in ihrer Eitelkeit gekränkt, weil sie so vorgeführt wurden – und das von einem Phantom.«

»Okay, das verstehe ich, dass die Amis sauer sind auf ihn. Aber müssen sie ihn deshalb gleich umbringen?«

»Vorher werden sie schon noch versuchen, an die eine Million Bitcoin zu kommen. Das ist klar.«

»Eine Million Bitcoin, wie viel wäre das heute wert?«

»Aktuell etwa eins Komma vier Milliarden Dollar. Das können aber in ein paar Jahren bereits einige Billionen sein.«

»Wahnsinn! Und ist denn nun dieser Mordbefehl, den ich gehört habe, ausgeführt worden oder nicht?«

»Woher soll ich das wissen, Noah? Ich war nicht dabei.«

»Was ist jetzt dieser Satoshi Nakamoto für einer? Ist er von der Gier besessen, ein Supersuperreicher zu werden, oder warum macht er das?«

»Ich bin davon überzeugt, dass er einer von den Guten ist.«

»Hast du dafür auch eine Begründung?«

»Natürlich, und nicht nur eine. Satoshi Nakamoto hat immer klargemacht, dass er das herrschende Finanzsystem nicht nur für marode, sondern auch für extrem ungerecht hält. Ein neues System, das auf der Basis einer Kryptowährung wie dem Bitcoin aufgebaut wäre, hätte auf jeden Fall die Faktoren Gerechtigkeit und Zugänglichkeit für jeden mit eingebaut.«

Weiter kommt Joe nicht mit seiner Erklärung, denn plötzlich schrillt eine Alarmglocke. Ich weiß nicht – soll ich mich unter einen Tisch flüchten, weil eine Explosion bevorsteht, oder wird in den nächsten Minuten das Büro von einer Sondereinheit gestürmt?

Was macht Joe? Er prügelt auf seine Tastatur ein, ruft zu

Julia rüber: »Sofort den Cache leeren!«, und zu Tamy: »Blockier den Tunnel und bau ihn ab, sobald Julia dir das Okay dafür gibt! Ich versuche noch, unsere Ergebnisse zu retten.«

Eine Minute später schreit Julia: »Okay!«, Tamy ruft: »Fertig!«, und Joe: »Ich hab die Dateien!«

Wie in einem festen Ritual springen alle drei gleichzeitig auf und laufen in die Mitte des Büros. Tamy hebt die Hand zum High five, und die anderen beiden schlagen ein.

»Und was war das jetzt für eine Showeinlage? Macht ihr das, um ahnungslose Besucher wie mich zu Tode zu erschrecken, oder was soll das?« Ich denke, ich werde irre.

»Schon mal was von Hackern gehört?«, fragt Julia. »Sie stehen vor dir.«

Ich kann Julias Fröhlichkeit so spontan nicht teilen. Sind sie jetzt alle übergeschnappt hier?

»Und wo hackt ihr euch da ein, Bundestag oder was?«

»Viel zu langweilig«, sagt Tamy.

»Wir waren jetzt gerade im NSA-Zentralrechner. Natürlich treffen wir bei so einer Aktion Vorkehrungen wie mit diesem Alarmprogramm, damit wir nicht überrascht werden.«

Ich starre Julia fassungslos an.

»Unser Alarmprogramm schaltet die Sirene an, sobald es feststellt, dass die NSA Security den Hacker-Angriff auf ihren Zentralrechner bemerkt hat.«

»Und was macht ihr dort?«

»Wir suchen im NSA-Zentralcomputer – das ist der derzeit stärkste Rechner der Welt – nach geheimen Dokumenten, die uns Hinweise zur Bestätigung der Simulationstheorie liefern können«, erklärt sie mir strahlend.

»Ey, Julia, du bist doch auf der komplett falschen Seite! Deine These war doch immer die Viele-Welten-Theorie. Nicht die Simulation. Das war Joes Baustelle.«

»Das war doch nur unser kleines Rollenspiel nachts in der Bar. Es war unterhaltsam, und es hat uns immer so richtig schön heiß gemacht. Stimmt doch, Joe?«

»Mhm«, sagt Joe. »Wo machen wir das übrigens in Zukunft, wenn Noah nicht mehr in der Uberbar ist? Da müssen wir uns noch was einfallen lassen.«

»Ihr habt sie doch nicht alle«, sage ich. »Eines verstehe ich jetzt immer noch nicht. Wie kommen diese Dokumente, die ihr da sucht, überhaupt auf den NSA-Rechner?«

»Edward Snowden hat das NSA-Projekt Stellar Wind bekannt gemacht. Dadurch sind wir überhaupt erst auf die Idee gekommen, dass wir im NSA-Zentralrechner nach diesen Dokumenten suchen«, mischt Joe sich ein und hat es wieder geschafft, dass ich nur Bahnhof verstehe.

»Sorry, Joe, kannst du das bitte so erklären, dass man auch als Nicht-Mitglied im Chaos Computer Club eine Chance hat, was zu kapieren?«

»Google möchte das gesamte Weltwissen speichern und analysieren. Deshalb haben sie schon 2004 angefangen, weltweit die Gesamtbestände aller Bibliotheken zu scannen. Und weil die NSA nicht damit leben kann, dass irgendwer mehr weiß als sie, haben sie Google gehackt und kopieren alles, was Google weiß, auf ihre Server. Dann analysieren sie diese Daten mit ihrer künstlichen Intelligenz, die pro Sekunde mehrere Millionen Seiten lesen kann. Außerdem stellen sie fest, wie wichtig die Bücher oder Dokumente sind, mit welchen anderen Dokumenten sie in Beziehung stehen und ob ein Mitarbeiter aus einer ihrer Fachabteilungen sich mit dem Buch oder Dokument befassen sollte.«

Die NSA und Google werden von Berlin aus gehackt? Nicht schlecht, denke ich mir und ertappe mich bei so etwas Ähnlichem wie Nationalstolz. Denn wenn die NSA das Telefon unserer Kanzlerin hackt, dann hat es für mich etwas Tröstliches, dass mein Freund Joe die NSA hackt. Die Frage, ob er dann auch bei der Kanzlerin mithören kann, stelle ich mir lieber nicht.

Wir stoßen jetzt alle mit Mangosaft an, an den Tamy sich doch noch erinnert hat.

»Du solltest schon längst auf dem Weg nach Nordkorea oder Krasnojarsk sein«, fällt Joe plötzlich wieder ein.

»Das ist doch ein Witz, oder? Ich kenne keine Sau da und beherrsche die Sprache nicht. Ich kann nicht mal die Buchstaben entziffern.«

»Und wo kennst du jemanden, bei dem du für die nächsten Wochen unterschlüpfen kannst? Hast du nicht irgendwas von Italien gesagt?«

Ich nicke. »Ja, da kenne ich jemanden.«

»Ist das diese Mutti?«

»Sie heißt Muti«, sage ich, »mit nur einem t.«

»Mit Vornamen?«, fragt Joe.

»Natürlich nicht.«

»Italien könnte gehen, zumindest fürs Erste. Welche Stadt?«

Als ich »Bergamo« sage, runzelt Joe die Stirn. »Rom ist besser. Und kein Mietwagen, kein Telefon, verstehst du?«

»Okay, dann hole ich jetzt meine Sachen aus der Wohnung«, schlage ich vor, obwohl ich merke, dass mir der Abschied ganz schön schwerfallen wird. Ist gerade so spannend hier – und natürlich genau dann, wenn ich weggehe.

»Das soll Julia machen, du gehst nicht mehr in deine Wohnung. Zu gefährlich. Und Julia kennt sich ja aus bei dir.«

Das hat Julia jetzt auch gehört. »Soll ich deine NVA-Pistole auch mit einpacken, wenn ich sie finde?«, fragt sie und grinst. »Das haben wir dir sowieso nicht geglaubt, Noah. Niemals.«

»Tja, war auch nur ein Rollenspiel, was?«, frage ich. »Die Angst, die du hattest, als ich euch mit Erschießen gedroht hab. Ihr seid dann auch ziemlich flott gegangen.«

Ich weiß nicht, ob Julia das noch gehört hat. Sie ist schon wieder an ihrem Computer.

»Ich muss jetzt noch schnell die Tickets für Jerusalem buchen«, ruft sie. »Fliegen wir denn jetzt zu zweit oder zu dritt, Joe?«

Sie sieht zuerst mich an, dann Joe, und ich sehe mich zu Tamy um, traue mich aber nicht, zu fragen, für wen dieses dritte Ticket sein soll.

»Wir nehmen drei«, entscheidet Joe.

»Okay, erledigt«, meldet Julia. »Ich fahr jetzt gleich zu deiner Wohnung, Noah.«

»Wo treffe ich dich dann überhaupt?«, frage ich sie.

»Am besten am Alex. Weißt du, wo früher die Schlecker-Filiale in der Karl-Liebknecht-Straße war?«

»Ich denke schon.«

»Das Schild hängt auch immer noch da, glaube ich.«

Ich gebe Julia meine Schlüssel.

»Okay, bis dann«, sagt sie. »'ne Stunde oder anderthalb werde ich schon brauchen, nicht dass du ungeduldig wirst. Ich komme bestimmt.«

Damit zieht Julia ab. Tamy verkündet, dass sie sich was zu essen holt, und fragt, ob wir auch was wollen. »Ihr mögt doch Falafel?«, fragt sie.

Wir nicken und gehen schon mal in die Küche, um den Tisch zu decken. Joe stellt Wasser und seinen offenbar geliebten Mangosaft auf den Tisch, von dem ein ganzer Kasten in der Ecke steht.

»Joe, wer seid ihr eigentlich?«, frage ich. »Ich weiß nicht mehr, was da unten am Klingelschild stand, irgendwas mit ›Crypto‹, aber ich meine, seid ihr eine Firma oder so was? Produziert ihr irgendwas, forscht ihr, oder was tut ihr? Außer hacken, natürlich.«

»Weißt du doch selbst«, sagt Joe. »Wenn du ein bisschen nachdenkst, kommst du drauf. Wir sind der Orden der heiligen Festplatte.«

Da bin ich jetzt aber schon platt. Dabei dachte ich, bei Joe und Julia kann mich so leicht nichts mehr erschüttern. Joe tut doch jetzt wirklich so, als wäre sein Orden eine ganz normale Geheimgesellschaft. So etwas wie die Freimaurer, die Illuminaten oder die Rosenkreuzer. Er muss verrückt sein. Wer bitte schön sollte in einen Orden eintreten, der behauptet, wir alle wären Bewohner einer überdimensionalen Festplatte?

»Noah, hör zu, ich weiß, dass in dir viel mehr steckt, als du selbst ahnst. Dein Misstrauen kommt wahrscheinlich einfach daher, dass du darüber noch nicht richtig nachgedacht hast.

Ich nehme es dir nicht einmal übel, dass du mich für einen Spinner hältst. Du kanntest mich bisher ja auch nur aus deiner Bar.«

»Dann erzähl mir doch was von dir. Eine Stunde habe ich bestimmt noch Zeit, bevor ich zum Alex fahre. Und dann, wer weiß. Was hast du eigentlich gelernt, ich meine, so beruflich?«

»Ich bin Physiker. Früher habe ich an verschiedenen Unis geforscht, verrücktes Zeug, das man Astrophysik nennt. Nur wenige können mit dieser Physik etwas anfangen, weil sie nichts davon verstehen und die Beschäftigung damit ziemlich anstrengend ist. Und egal, wo ich gelehrt habe, am MIT oder in St. Petersburg, überall gab es Kollegen, die ernsthaft ergründen wollten, ob wir vielleicht doch in einer Simulation leben. Das klingt für Leute, die sich nicht damit beschäftigen, vielleicht irre. Aber als Astrophysiker muss man fast zwangsläufig auf diese Idee kommen. Wir zählen einfach eins und eins zusammen und stellen dann eine Wahrscheinlichkeit fest. Eins und eins, das sind bei uns allerdings zwei Billionen mal fünfhundert Milliarden, denn wir gehen heute davon aus, dass es in unserem Universum zwei Billionen Galaxien gibt. Jede Galaxie hat im Durchschnitt fünfhundert Milliarden Sterne, sodass es nach dieser Rechnung über zwei Quadrillionen Sterne in unserem Universum gibt und entsprechend noch mehr Planeten. Ich möchte jetzt nicht auch noch die Möglichkeit unendlich vieler Universen ins Spiel bringen.«

Er schenkt uns Mangosaft ein. »Quadrillionen«, ich glaube, dieses Wort habe ich überhaupt noch nie gehört oder gelesen.

»Bei dieser Menge an Planeten«, spricht er schon weiter, »kann es doch auch sein, dass es Zivilisationen gibt, die Millionen, vielleicht sogar Milliarden Jahre älter sind als unsere, und dass es Wesen gibt, die den Intelligentesten bei uns um ein Tausendfaches überlegen sind. Und natürlich kann es auch sein, dass es Technologien gibt, die uns erst, falls unsere Zivilisation überlebt, in Millionen von Jahren zur Verfügung stehen werden.«

Es sprudelt nur so aus Joe heraus, und ich höre ihm mit offenem Mund zu. Ich verstehe bestimmt nicht alles, was er daherredet. Aber interessant finde ich es doch.

»Ich glaube, das ist noch ziemlich leicht zu verstehen«, sagt Joe gerade, und ich muss wirklich lachen.

»Ziemlich leicht«, sage ich.

»Was folgt also daraus?«, fährt er fort. »Es liegt nahe, dass eine Zivilisation, die technisch in der Lage ist, das Universum zu simulieren, das auch tun wird. Schon allein aus purer Neugier und um ein paar neue Erkenntnisse zu gewinnen. Oder um zu erfahren, was passiert, wenn man etwas an den Gesetzen der Physik ändert. Oder wie Evolution funktioniert, ganz banal auf unseren wissenschaftlichen Horizont übertragen. Denn wenn es eine Welt gibt, die über diese technologischen Möglichkeiten verfügt, dann wird diese Zivilisation vermutlich nicht ein einziges Simulationsprojekt laufen lassen, sondern viele, vielleicht sogar Tausende oder gar Billionen, sodass wir uns im Endeffekt mit größerer Wahrscheinlichkeit in einem simulierten als in einem realen Universum befinden.«

Oh mein Gott, mir bleibt echt die Spucke weg. Billionen Simulationsprojekte?

Zum Glück kommt Tamy mit ihrer Familientüte Falafel. Ich verteile Joghurtsoße, Weißbrot und Salat auf unsere Teller.

»Das war der Ausgangspunkt für meine Forschung«, macht Joe weiter. »Irgendwann habe ich physikalische Indizien entdeckt, die nahelegen, dass wir tatsächlich in einer Simulation leben. Und dann kam ein Tag, der so heiß war, dass ich meine Forschung Forschung sein ließ und einfach nur rauswollte in die Natur, egal, ob sie nun simuliert oder echt war. Mein Kopf fühlte sich an wie zwischen den Wänden meines Arbeitszimmers zerquetscht. Ich wollte nichts mehr mit Physik zu tun haben, nur noch raus und den Sommer spüren. An einen See, einfach ins Wasser springen, Kopf abschalten.«

Endlich etwas, was ich prima verstehe. »Wo warst du da?«, frage ich. »In Berlin?«

»Ja, hier in Berlin. Tamara kennt die Geschichte ja schon.«

»Die mit dem Strandbad?«, fragt Tamy.

Joe nickt.

»Das macht nichts«, sagt Tamy, »ich hör die ganz gern noch mal.«

»Ich fuhr also mit der Tram nach Pankow und ging zum Strandbad Weißensee«, erzählt Joe. »Dort hab ich mich in die Schlange an der Kasse gestellt und bezahlt. Nachdem mir die Kassiererin das Wechselgeld zurück in die Hand gegeben hatte, strich sie plötzlich über meine Handinnenfläche. Und zwar nicht aus Versehen und wie nebenbei, sondern ganz konzentriert und fast zärtlich. Ich war total verblüfft. War das Anmache? Ein Versehen? Ich hatte die Frau oder die Person beim Bezahlen noch nicht einmal angesehen. Selbst wenn ein Wesen vom Restaurant am Ende der Galaxis hier gesessen hätte, hätte ich es nicht bemerkt, so sehr war ich in meinem Tunnel. Erst die zärtliche Berührung holte mich da raus und schrie mir zu, dass ich endlich die Augen aufmachen soll, um zu sehen, dass ich nicht allein auf der Welt bin.«

Joe wischt sich einen Spritzer Joghurtsoße aus dem Bart.

»Die Frau sah ein bisschen aus wie ein Vogel mit ihrer gekrümmten Nase, dem spitzen Mund, der gekräuselten Oberlippe und den dünnen Ärmchen. Sie hat mich direkt angelächelt. Dann knisterte es, und ein Funke wie nach einer statischen Aufladung sprang von ihren Fingerkuppen zu mir über, und ich war für kurze Zeit wie benommen. Ich weiß nicht, wie lang dieser Zustand tatsächlich andauerte. Aber währenddessen sah ich einen Film, der so rasend schnell ablief, dass ich keine Chance hatte, die einzelnen Szenen zu verstehen oder auch nur die Orte zu erkennen, an denen sie spielten. Zurückgeholt wurde ich von einer Stimme hinter mir, die rief: ›Jetzt gehen Se doch endlich weiter!‹

Ich bin hinunter zum See und hab mich an den Sandstrand gesetzt. Ein Stück weiter bauten ein dicker Mann mit Bart und eine Frau in neongelbem Bikini mit ihrem kleinen Jungen eine Sandburg. Der schnappte sich sein blaues Eimerchen und lief damit ans Wasser. Weiter draußen durchkraulte ein Schwimmer im festen Rhythmus wie ein Uhrwerk den See: Gleiten, Körperrotation, Wasserfassen, Ziehen, Drücken, Rückholen, Atmen. So hatte ich das Kraulen mal gelernt. Ich starrte aufs Wasser und versuchte mich an die Bilderflut zu erinnern, die zuvor an der Kasse auf mich eingeprasselt war. Und plötzlich kamen die Bilder zurück. Sie waren ebenso deutlich wieder da, wie ich sie gesehen hatte. In der Wand hinter der Kassiererin hatte sich ein Riss gebildet, nicht senkrecht, sondern eher im Zickzack. Und dieser Riss hatte sich zu einem breiteren Spalt geöffnet, in dem es taghell gewesen war, nur wie mit leichtem Nebel oder feinem Rauch durchzogen. Ich konnte hineinsehen wie in einen Guckkasten oder in eine andere Welt. Nein, falsch, ich konnte nicht hineinsehen, sondern wie eine Drohne hineinfliegen, denn ich sah, was ich sehen konnte, von oben. Ich überflog ein antikes Bauwerk, eine Arena mit mehreren Galerien übereinander. Ich kannte das Gebäude. Rom, das Kolosseum. Aber ich hatte keinen Schimmer, warum ich es jetzt dort sah. Dann war da eine weite südliche Landschaft, die an einer Steilküste am Meer endete. Ein Strom von Menschen zog durch dieses Land wie ein Zug von Flüchtenden. Ein Gebäude, das ich ganz weit entfernt sehen konnte, erkannte ich wieder. Es war die goldene Kuppel des Felsendoms in Jerusalem. Hast du sie mal gesehen?«, fragt mich Joe unvermittelt, und es fühlt sich an, als würde ein Hörbuch einem plötzlich eine Frage stellen.

Ich schüttle den Kopf und nehme einen Schluck Wasser, denn mein Mund ist trocken wie Löschpapier. Ich weiß nicht, was ich zu der Geschichte sagen soll. Kommt mir vor wie ein Bild, so ein großes Gemälde mit einer Geschichte und Menschen im Vordergrund, etwas, was weiter hinten passiert, und ganz hinten, wenn man genau hinsieht, entdeckt man wieder etwas anderes. Oder wie eine Reise. Ein bisschen phantastisch, wie in Videogames, Mittelalter, Städte mit Mauern und Zinnen und Bauwerken mit goldenen Kuppeln. Verrückt, aber irgendwie auch, ich weiß nicht, bewegend.

Ich bin jedenfalls voll mit dabei und Tamy ebenfalls, wie es aussieht.

»Bist du da noch mal raufgegangen zu dieser Frau und hast dir diese Wand angeschaut, hinter der du das alles gesehen hast?«, fragt Tamy.

Joe nickt. »Habe ich. Aber anstelle der Vogelfrau saß ein Mann mit Doppelkinn und Halbglatze da, und die Wand war intakt. Kein Riss oder sonst irgendwas Auffälliges.«

»Ganz schön abgefahren«, sage ich.

»Jetzt könnte man denken, dass ich eine Halluzination, eine Psychose oder irgendeine andere Bewusstseinsstörung hatte. Vielleicht auch nur einen Hitzschlag, aber dafür war es nicht heiß genug. Und in den folgenden Tagen gelang es mir, genau diese Situation zu wiederholen. Es war wie ein festgelegtes Programm. Ich musste nur bestimmte Handlungen beobachten oder selbst ausführen, die einem relativ komplexen Ablauf folgten, wie die Bewegungsabläufe beim Kraulen. Durch diese Art von Meditation habe ich einen Punkt erreicht, an dem sich die andere Welt für mich öffnete. Also, das ist jedenfalls meine Erklärung für dieses Phänomen.«

Joe nippt an seinem Saft.

»Seitdem recherchiere ich in Bibliotheken nach ähnlichen Ereignissen und lese Berichte von Medizinmännern, Schamanen und Heiligen der katholischen Kirche. Alles in der Hoffnung, Stück für Stück mehr darüber zu erfahren, ob solche Phänomene vielleicht auch früher schon beschrieben wurden. Das könnte doch sein. Wieso sollten erst wir in unserem Jahrhundert solche Erscheinungen haben? Solche Berichte könnten die mögliche Existenz der Simulation bekräftigen.«

»Und bist du schon einmal auf solche Texte gestoßen?«, fragt Tamy.

»Leider nein«, antwortet Joe. »Aber wenn es die Simulation gibt, dann bin ich sicher, dass es auch lange vor unserer Zeit jemandem gelungen sein muss, in sie einzudringen wie ich und damit die uns bekannten Naturgesetze außer Kraft zu setzen.«

»Und du meinst, die findest du bei den Schamanen und Heiligen?« Vielleicht kennt Tamy ja welche, also wahrscheinlich eher Schamanen als Heilige, denke ich mir.

»Nicht nur. Ich denke da an die Genies aus der Renaissance zum Beispiel. Leonardo da Vinci hat ja vor fünfhundert Jahren einen Helikopter gezeichnet, also ein Ding mit der Funktionsweise, das natürlich nicht aussah wie ein Hubschrauber, den wir erkennen. Aber de facto war es einer. Vor fünfhundert Jahren! Versteht ihr?«

Ich zucke die Achseln. »Kann ich jetzt nicht sagen, ob ich alles verstanden habe«, sage ich. »War ja auch viel auf einmal. Aber es klingt irgendwie schon, äh …«

»Klingt absolut geil, finde ich«, hilft Tamy mir aus. »Ich will das auch, Joe. Kannst du mich da mal mitnehmen?«

»Kann ich versuchen.« Joe zwinkert Tamy zu.

»Das alles jetzt erst mal nur, damit du ein bisschen mehr von dem weißt, was zwischen Himmel und Erde so alles passieren kann und womit ich mich den ganzen Tag beschäftige, Noah. Also in der Zeit, in der ich nicht in der Uberbar sitze und mit Julia Blödsinn rede.«

Ich muss grinsen und fühle mich den beiden auf einmal sehr nahe, auf eine Weise, die mich fast überwältigt und mich die Angst, die ich habe, für kurze Zeit vergessen lässt.

»Dich habe ich übrigens auch gesehen«, sagt Joe gerade wie nebenbei, und ich bekomme sofort Gänsehaut am Rücken.

»Ja und? Als was oder wo?«, frage ich. »Was habe ich gemacht?«

Joe schüttelt den Kopf. »Ich erinnere mich nicht mehr so genau«, sagt er.

»Du wirst mich jetzt nicht mit dieser komischen Andeutung hier sitzen lassen. Joe, du sagst mir jetzt auf der Stelle, was ich gemacht habe in deiner Vision im Strandbad. Ey, bitte. Sonst wird Julia bis zum Sankt-Nimmerleins-Tag auf mich warten, weil ich mich nicht von hier wegbewege.«

»Also gut«, sagt Joe. »Ich glaube, du hast mir das Leben gerettet.«

»Was?«, frage ich. Meine Stimme schnappt fast über. Die Rolle als Super Mario schmeichelt mir schon. »Und wo soll das gewesen sein, in Berlin?«

»Nein, nicht hier. Das war irgendwo in der Wüste.«

»Ey, Noah, du wirst ein Held sein!«, lacht Tamy und gibt mir ein High five. Was bleibt mir anderes übrig, als einzuschlagen?

Die letzten Krümel Falafel sind aufgegessen. Es wird jetzt wirklich Zeit für mich, zu gehen. Joe bringt mich zur Tür.

»Okay, dann fährst du jetzt zum Alex und wartest, bis Julia dir die Tasche mit deinen Sachen bringt«, sagt Joe. »Alles Gute, Mann!«

Er zieht mich zu sich heran und umarmt mich. Es ist ein richtiger Abschied, und ich spüre so etwas wie Wehmut und auch ein bisschen Trauer. Nicht nur, weil ich jetzt weggehe, denn das wollte ich ja. Gerade macht mir etwas ganz anderes zu schaffen: Da habe ich jahrelang wie ein Maulwurf in meiner Bar gestanden, und während ich meine Tage verschlief, haben die anderen hier virtuelle Münzen geprägt, sich mit der Simulation und ich weiß nicht was noch beschäftigt und versucht, die Welt neu zu erfinden. Sie arbeiten womöglich für die richtige, für die gute Seite, und ich wollte da auch schon immer mit dabei sein und dazugehören. Aber ich habe es verpennt. Sie haben mir jahrelang ihr Theater vorgespielt, und ich habe es ihnen abgenommen. Das regt mich jetzt schon auf.

»Pass auf dich auf, Noah«, sagt Joe. »In dem Dschungel da draußen schleichen auch immer ein paar Hyänen herum. Aber jetzt geht es doch erst richtig los. Wir sind ein Team geworden. Du kannst auf uns zählen. Und wir werden uns wiedersehen. Ganz bestimmt.«

Draußen auf der Straße blendet mich das Tageslicht. Ich blinzle. Ein kleines Mädchen kommt mir in Schlangenlinien auf dem Fahrrad entgegen, und ich denke, ich habe das alles doch nur geträumt. »Emilia, nun mach doch endlich!«, ruft die Mutter des Mädchens, das nun noch langsamer fährt, um mich ausgiebig anstarren zu können. Ich ziehe eine Grimasse, keine zum Fürchten, sondern eine zum Lachen. Emilia kann sich trotzdem nicht zwischen beidem entscheiden, erinnert sich aber plötzlich wieder an ihre Mami und tritt in die Pedale.

Ich überlege, wie ich jetzt am besten zum Alex komme. Eile habe ich keine. Und wenn Julia gar nicht kommt? Klar kommt sie.

Eine Weile später stehe ich am Alex, wie beordert vor der ehemaligen Schlecker-Filiale in der Karl-Liebknecht-Straße, die natürlich keine Schlecker-Filiale mehr ist, sondern so etwas wie ein Café. Mein Handy ist nur noch eine bessere Taschenlampe, zumindest kann ich ohne WLAN nicht mehr damit telefonieren. Ich hoffe, Julia lässt mich hier nicht warten, bis ich schwarz werde oder mir die Sache doch noch einmal anders überlege. Zwischen Autos saust eine gelbe Straßenbahn heran, über die Bahnbrücke darüber rattert ein Regionalzug.

An der Mauer zu einer Fußgängerunterführung steht: »Merkel muss weg!«, und ich wundere mich, dass es Leute gibt, die meinen, das würde irgendetwas ändern.

»Sitzen gelassen, wa?«, raunzt mir ein Typ mit schwarzer Lederkappe zu und bleibt neben mir stehen. »Sie war's doch bestimmt nicht wert, oder?«

Da kommt Julia um die Ecke, mit einer blauen Sonnenbrille, die die Hälfte ihres Gesichts bedeckt, als wäre sie eine Geheimagentin aus dem Kalten Krieg. Oder Paris Hilton.

»Glückspilz«, murmelt der Lange mit der Schiebermütze und trollt sich.

Julia stakst in ihren zerkratzten Cowboyboots an mir vorbei und setzt sich an einen der Café-Tische. Meine kleine Reisetasche stellt sie neben sich auf den Boden und gibt mir mit einem Nicken zu verstehen, dass ich mich neben sie, aber an den nächsten Tisch setzen soll.

»Ich glaube nicht, dass mich jemand verfolgt, aber man weiß ja nie«, nuschelt sie hinter vorgehaltener Hand. Ich finde das extrem albern. Wahrscheinlich wieder so ein Spiel wie in meiner Bar. Sie spielt die Undercover-Rolle. Ich schnappe mir die Tasche, öffne den Reißverschluss. Meine Lieblingsjeans, zwei Shirts, zwei Hemden, ein blaues Sakko mit sichtbaren Nähten, mein Kulturbeutel.

»Okay«, sage ich, »das hast du gut ausgewählt. Meine Lieblingssachen sind zumindest dabei.«

»So riesig war die Auswahl ja nicht.«

Ich zähle das Geld, das zusammen mit einem Paar Leder-boots in meinem Schuhbeutel steckt. Es ist mehr, als in meiner Wohnung herumlag.

»Kleine Spende von Joe und mir«, sagt Julia.

»Echt? Ich habe auch noch das Geld von Horvath.«

»Nimm es einfach«, sagt Julia. »Musst auch nicht Danke sagen.«

Der Kellner kommt an unsere Tische und nimmt die Be-stellung auf. Für mich einen Espresso, für Julia ein Tonic Wa-ter. Die Frage nach Julias Geld liegt mir schon so lange auf der Zunge. Jetzt traue ich mich endlich, sie zu stellen.

»In der Überbar hieß es doch immer, du wärst früher Mo-del gewesen, daher hättest du nie Geldprobleme, wie wir an-deren in der Bar sie ständig hatten. Ist da was dran?«

»Diese olle Story möchtest du jetzt wirklich hören?«

Ich nicke.

»Na gut, bisschen Zeit haben wir ja noch, oder? Also, die Geschichte geht so: Es war Winter, eine der wenigen Nächte, in denen es in Berlin geschneit hatte. Ich kam in meinen Cowboystiefeln zu dir in die Bar gestelzt, weil ich dort mit Joe verabredet war. Vor dem Eingang kam ich ins Schlittern, hielt mich ausgestreckt wie ein Brett noch eine Weile auf den Beinen, aber irgendwann gewann dann doch die Erdanziehung die Oberhand, und ich krachte mit dem Arsch auf den Asphalt. Der kleine Portugiese, der oft in deiner Bar war –«

»Du meinst den, der immer so genuschelt hat?«

»Genau der. Er hat es gesehen und mir wieder auf die Beine

geholfen. Es blieb mir nichts anderes übrig, als mich zu bedanken und ihn auf einen Bourbon einzuladen.«

»Ich glaube, ich erinnere mich an die Szene. Ich hab mich noch gewundert, was du mit dem wolltest.«

»Nichts natürlich. Aber hör zu: Es kam, wie es kommen musste. Er hat versucht, mich anzubaggern, und mir die wirklich indiskrete Frage gestellt, womit ich mein Geld verdiene. Also hab ich ihm erzählt, ich war früher Model und hab haufenweise Geld verdient und muss deshalb nie wieder arbeiten. Blödsinn eben. Aber unser Freund Ahmed saß zufällig neben mir und hat seine Luchsohren so angestrengt gespitzt, dass es nicht zu übersehen war. Später habe ich dann mitbekommen, wie er allen hinter vorgehaltener Hand meine Model-Geschichte erzählt hat. Frage beantwortet?«

»Also kein Model«, fasse ich zusammen. »Wo habt ihr euch eigentlich kennengelernt, Joe und du?«, frage ich, während die Getränke serviert werden und Julia bezahlt.

Sie verdreht die Augen. »Ist das jetzt wichtig?«

»Nein, aber ich möchte es trotzdem gern wissen. Hier in Berlin?«

»Ja, hier«, antwortet sie und schiebt ihre Sonnenbrille hoch. »Also nicht hier am Alex, sondern in Mitte. In einem Café. Es war Frühling. Das Café hieß Fleury, französisch, weißt du?«

Wegen der großen Brille sehe ich nicht viel von ihrem Gesichtsausdruck, aber sie wirkt jetzt ein bisschen entspannter, um die Lippen bemerke ich ein leichtes Lächeln.

»Und da hat es gleich so richtig gefunkt zwischen euch beiden?«

»Nicht sofort, also nicht auf den ersten Blick, glaube ich. ›Ich nehme diesen hier‹, hat Joe gesagt und sich auf den freien Stuhl an meinem Tisch gesetzt. Ich hab gelesen und fand es aufdringlich, wie Joe in mein Territorium eingedrungen ist. Obwohl er mir nicht direkt einen Anlass gab, hatte ich den Verdacht, dass er mich anmachen wollte. Joes Haare waren länger und dunkler als heute, lockig und ein bisschen ungepflegt, genauso wie sein schwarzer Vollbart. Trotzdem gefiel er mir mit seinen stechend hellblauen Augen, die mich neugierig machten und mir gleichzeitig auch ein wenig Angst einjagten. Aber dann hat dieser Typ plötzlich überhaupt kein Interesse an mir gezeigt. Schien mich überhaupt nicht wahrzunehmen, was mich noch mehr geärgert hat als das unverschämte Sich-einfach-neben-mich-Hocken. Der Arsch saß einfach da und stieß mit einem Stift auf die karierten Seiten seines Notizheftes ein wie mit einer Nadel. Es war ein A5-Doppelheft mit einem Umschlag aus schwarzem Tonpapier. Seine Schrift war gestochen scharf, wie Druckbuchstaben, und mühelos zu lesen. Kurz hob er seinen Lockenkopf und beobachtete, wie ich versuchte, das Geschriebene zu entziffern, dann wandte er sein Gesicht wieder ab und stieß weiter mit dem Stift Buchstaben in das Heft. Die kleinen Buchstaben füllten genau eine Kästchenhöhe. Unter- und Oberlängen waren halblang, sodass er nur eine Reihe Kästchen zwischen den Zeilen frei zu lassen brauchte. Das Schreibgeräusch war kein Kratzen oder Schaben, sondern eher so ein leises Trommeln, als bestände jeder seiner Buchstaben aus einer Vielzahl von Punkten.«

»Und dann?«, frage ich, als Julias Pause immer länger wird. Als versinke sie ganz in der Erinnerung.

»Er bestellte einen Kaffee ›ohne alles‹, und als die Bedienung eine Tasse Kaffee mit Zucker und Milch auf dem Unterteller servierte, fischte er mit einer Hand und routinierter Bewegung Zuckertüte und Milchportion vom Teller und drückte sie der verdutzten Frau in die Hand. ›Ohne alles‹, sagte er einfach noch einmal, beiläufig und ganz ohne Vorwurf in der Stimme. Während Joe seinen Kaffee trank, las ich, was er notiert hatte.«

»Und? Weißt du es noch?«, frage ich.

»Nicht wörtlich«, sagt Julia. »Aber warte, ich habe es später, also nicht im Fleury, fotografiert.«

Sie holt ihr Handy aus der Tasche und sucht das Foto.

»Hier«, sagt sie und gibt es mir. Ich vergrößere mir das Bild und lese. Die Schrift ist gestochen und gut lesbar.

»Lies es laut, damit ich es wieder höre«, sagt Julia.

»Am Anfang schuf der Schöpfer das Sein und das Nichtsein«, lese ich vor. »Am ersten Tag. Die Festplatte war leer und unformatiert. Chaos herrschte, und nichts konnte entstehen. So gab der Schöpfer dem Medium eine Struktur, damit alles gesucht und gefunden, sortiert und verändert werden konnte.«

Ich frage mich, was es ist, das ich da gerade lese. Schöpfer, Festplatte. Es geht um Joes Orden und um die Simulation. Aber es geht auch um Schöpfung und irgendwie um Religion. Bibel. Buch Genesis. Aber das geht irgendwie anders.

»Lies weiter«, fordert Julia mich auf.

»Am zweiten Tag schuf der Schöpfer ein Programm, das alle Objekte, die auf die Festplatte kamen und kommen, in Zustände ordnet und bestimmt, wie sie aufeinander wirken. Am dritten Tag definierte er die Eigenschaften von vierundneunzig Elementen und legte die Regeln fest, nach denen sie aufeinander reagieren sollten.« Ende.

Ich gebe Julia ihr Handy zurück. »Vierundneunzig?«, frage ich.

»Die chemischen Elemente, Noah. Hattest du keine Chemie im Gymnasium?«

»Doch. Ist aber schon eine Weile her. Und was soll das alles sein?«

»Wonach sieht es denn für dich aus?«

»Nach einer Schöpfungsgeschichte. Aber nicht genau die, die ich aus der Bibel kenne.«

»Ziemlich genau das Gleiche dachte ich mir damals auch.«

»Und wie ging das dann weiter mit euch beiden, da im Café?«

»Joe hat getan, als wäre ich ein Baum oder ein Straßenschild. Also zumindest in der ersten Viertelstunde, in der er in seinem Heft herumgekritzelt und mich ignoriert hat.«

»Klingt nicht besonders charmant.«

»Das war mir egal. Denn als ich gelesen hatte, was er da schrieb, war mir klar, der kann kein Rüpel und keine Dumpfbacke sein, der tut höchstens so. Und außerdem …« Julia wirkt auf einmal sehr weit weg und schweigt.

Ich warte, weil ich wissen will, wie der Satz weitergeht.

»Was mich am stärksten zu Joe hingezogen hat, war die Trauer in seinen Augen. Ich wusste, er wollte sie verstecken, aber ich habe sie gesehen.« Julia legt ihre Hand auf meinen Arm, beugt sich zu mir und küsst mich auf die Wange. »Irgendwann wird dir Joe die Geschichte dazu erzählen. Aber das muss auf jeden Fall er machen.«

Ich nicke, und dann drückt Julia mir noch drei Zettel in der Größe eines Zwanzig-Euro-Scheins in die Hand. Auf jedem befindet sich in der Mitte das Bitcoin-Zeichen, ein weißes B mit Längsstreifen ähnlich wie beim Dollar, rechts und links davon je ein QR-Code.

»Was soll das sein?«, frage ich Julia.

»Ziemlich viel Geld, also pass gut darauf auf.«

»Ja, aber …« Ich weiß, dass ich nicht damit umgehen kann, und Julia sollte es auch wissen.

»Das sind Paper Wallets, Noah. Also so etwas wie eine Geldbörse ohne Scheine und Münzen. Wenn du sie verlierst, ist dein Geld futsch. Ansonsten kannst du sie in dein Handy einlesen und damit an jedem Bitcoin-Automaten Geld ziehen wie am normalen Geldautomaten. Der Automat sagt dir Schritt für Schritt, was du machen musst, um Bargeld zu bekommen.«

»Bitcoins?«

»Euro, Dollar, was er eben so ausspuckt.«

»Und wo habt ihr diese Bitcoin-Automaten in Berlin versteckt?«

»Das deutsche Bürokratenmonster macht es Bitcoin ziemlich schwer. In anderen Ländern ist das ganz easy. In der Schweiz kannst du an jedem Fahrkartenautomaten Bitcoin kaufen. In Österreich in jedem Postamt und in fast jeder Trafik. Also im Tabakladen.«

Ich weiß, was eine Trafik ist.

»Und in Italien?«, frage ich.

»Weiß ich jetzt auch nicht, aber das kriegst du raus, Noah. Mach's gut und sei vorsichtig. Wir sehen uns wieder. Spätestens in Jerusalem.«

Dann tätschelt sie mir die Wange, springt auf, rennt fast den Kellner über den Haufen, der unseren Tisch abräumen kommt, und verschwindet Richtung S-Bahn. Ich stopfe die Papier-Bitcoins, die ich immer noch brav in der Hand halte, in meine Reisetasche. Dann nehme ich meine Tasche und laufe zum Bus. Jerusalem?, denke ich. Hat sie jetzt eben »Jerusalem« gesagt? Da muss sie was verwechselt haben. Aber wenn Julia eines nicht ist, dann dumm. Wenn ich keinen Flug nach Italien bekomme, kann ich fliegen, wohin ich will. Auch nach Israel, wo ich sowieso noch nie war. Wenn ich daran denke, dass ich mit dem Finger über die Last-Minute-Angebote gehen und blind etwas auswählen kann, wird mir schwindelig. Als der Bus endlich kommt, zwinge ich mich, hinauszusehen. Schließlich ist es mein Abschied von Berlin.

6

In Tegel gibt es heute keinen Flug mehr nach Bergamo. Ich bekomme einen Platz in der nächsten Maschine nach Mailand-Linate und finde ein öffentliches Telefon, das ich sogar noch bedienen kann. Giannas Telefonnummer habe ich auswendig gelernt, für alle Fälle. Ich bin nicht sicher, ob ich wirklich ihre Nummer gewählt habe und das »Pronto?«, das ich nach dreimaligem Klingeln höre, von ihr stammt.

»Gianna?«, frage ich unsicher.

»Sì. Bist du das, amore? Mein kleiner Berliner? Das ist nicht deine Nummer, oder? Von wo rufst du an?«

»Flughafen Tegel. Ich werde in knapp drei Stunden in Linate landen.« Pause. »Kannst du mich abholen?«

Wieder Pause.

»Warte«, sagt Gianna dann, was immerhin besser ist als »Nein«. »Ich rufe dich in zehn Minuten zurück.«

»Das geht nicht«, sage ich. »Ich rufe von einer Telefonzelle aus an.«

»Warum Telefonzelle?«, fragt Gianna.

»Erklär ich dir später.«

»Dann ruf mich in zehn Minuten wieder an.« Sie legt auf.

Ich hole mir ein Bier und warte. Der Flug ist gebucht, und ich werde in Mailand aussteigen, auch wenn Gianna mir jetzt gleich wortreich erklären wird, warum sie unmöglich kommen kann, und mich fragt, wieso ich ihr nicht früher Bescheid gesagt hätte, und so weiter. Das Bier rauscht mir eiskalt die Kehle hinunter, und ich spüre, wie es mir gleich zu Kopf steigt. Logisch, im Dienst trinke ich ja auch nie, und ich war so gut wie jeden Abend im Dienst in den letzten fünf Jahren. Ich mag dieses leichte Schwindelgefühl. Es rettet mich davor, in Panik zu verfallen. Ich habe ein Ticket, und ich werde fliegen. Dann werde ich schlafen, und am nächsten Morgen werde ich weitersehen. In jedem Falle liegt Berlin dann hinter mir. Wollte ich nicht genau das? Doch, genau das wollte ich.

Die Telefonzelle ist immer noch frei. Hoffentlich mache ich mich nicht verdächtig, weil ich mein Handy nicht benutze. Wenn mich einer fragt, sage ich, es wurde mir auf der Toilette geklaut. Aber das Gate ist fast leer, und niemand interessiert sich für mich. Als ich noch einmal bei Gianna anrufe, geht niemand ran. Vielleicht habe ich mich verwählt. Ich versuche es noch einmal. Wieder nichts. Bis zum Boarding versuche ich es noch insgesamt dreimal. Ohne Erfolg. Mit einem Mal bin ich wieder stocknüchtern.

Während ich in der Schlange zum Boarding anstehe, drehe ich mich noch einmal zur Halle um, und mein Blick fällt auf eine LED-Wand, die zu einem Presse- und Buchladen gehört. Eine Zeitungsüberschrift füllt in Riesenlettern den Bildschirm. Sie trifft mich wie ein Schlag in den Bauch und lässt mich fast in die Knie gehen.

»Vermisster Japaner tot aufgefunden«, steht da. Ungeduldig warte ich, dass es eine Fortsetzung gibt zu dieser Meldung. Ich bin wie elektrisiert. Da wechselt der Bildschirminhalt. Das Logo der Berliner Morgenpost erscheint und dann die nächste Schlagzeile: »Transporter rammt trächtige Elchkuh und kracht gegen Baum.« Das gibt es doch jetzt nicht! Ich muss wissen, was für ein Japaner das ist, dessen Leiche da gefunden wurde.

Hinter mir in der Schlange guckt ein cooler Bart-und-Brillen-Hipster Musikvideos auf seinem Handy. Ich tippe ihn an, er nimmt seine schweineteuren Beats-Kopfhörer ab.

»Kannst du mal für mich die Berliner Morgenpost anklicken, bitte?«, frage ich ihn. Während er noch überlegt, was für ein Vollhonk da vor ihm steht, sage ich, dass es für mich jetzt gerade nichts Wichtigeres gibt, als dass ich auf diese Website komme.

»Hast du kein Handy, Mann?«

»Bitte!«, sage ich. »Das dauert zu lange, dir das zu erklären.«

Jetzt müssten wir in der Schlange am Gate nachrücken, es gibt Stau hinter uns, die Ersten fangen an, uns zu überholen, alles egal. Ich brauche das Handy. Endlich gibt der Hipster nach.

»Einmal die Seite der Berliner Morgenpost, der Herr«, sagt er. »Aber wegen dir Vogel verpasse ich meinen Flieger nicht, damit das klar ist.«

Da. Es ist die erste Meldung ganz oben auf der Seite, noch über der trächtigen Elchkuh: »Leichenfund an der Müggelspree. Heute Morgen machten Spaziergänger einen grausigen Fund auf der Landzunge zwischen Alter Spree und Müggelspree, wo zu DDR-Zeiten eine Filmfabrik stand. Laut Polizeiinformationen handelt es sich vermutlich um einen japanischen Wissenschaftler, der eine Gastprofessur an der Humboldt-Universität hat. Nachdem er zwei Tage nicht zu seinen Seminaren erschienen war und nicht erreicht werden konnte, war er als vermisst gemeldet worden. Die Polizei geht von einem Gewaltverbrechen aus.« Mehr steht nicht da.

Ich schaue noch schnell auf Google News: nichts.

»Ey, Alter.« Der Hipster hat genug von mir und nimmt mir das Handy weg. »Kriegst du schon ganz günstig bei Aldi«, raunzt er mir zu, dann zischt er an mir vorbei und checkt ein. Ich bin der letzte Passagier, der die Schleuse zum Flugzeug betritt. Der vorletzte ist ein Inder, der sich ein Taschentuch gegen die Stirn drückt. Ich kann riechen, wie er schwitzt. Oder bin ich das selbst? Ich weiß, jetzt müsste ich zur Polizei gehen, ihnen sagen, was ich gehört habe, wen ich gesehen habe. Verdammt. Dagegen spricht Joes Warnung, dass ich mich damit nur noch tiefer in die Sache reinreite. Die Grenze zwischen unseren nationalen Staatsorganen und den amerikanischen Geheimdiensten ist so porös wie ein alter Fahrradschlauch, behauptet Joe. Die gibt es praktisch nicht. Wenn sie Muttis Handy auslesen können, dann auch einen Polizeicomputer in Berlin. Ich weiß nicht, was ich tun soll. Erst mal weitergehen. Rein in den Bauch dieses Flugzeugs, und dann bin ich weg.

17E, der Platz, der auf meinem Ticket abgedruckt ist, ist belegt. Den hat sich der schwitzende Inder ausgesucht. Der Gangplatz neben ihm ist noch frei, und den nehme ich. Die Stewardess, die das Gepäckfach über mir verschließt, erinnert mich ein wenig an Gianna. Ich meine, dass Gianna blaue Augen hat, bin mir aber plötzlich nicht mehr sicher. Doch, sie sind blau, ein hübscher Kontrast zu ihrem braunen Haar. Als ich sie das letzte Mal sah, trug sie ihre Haare offen. Ich glaube, sie endeten irgendwo zwischen Kinn und Schulter und ringelten sich lustig um ihr Ohr, wenn Gianna sie mit dem Finger zurückstrich, was ich extrem süß fand. Es gibt ein paar Fotos auf meinem Handy von damals, als ich sie kennenlernte, aber sie sind alle nicht sehr scharf. Sie hielt nie still, wenn ich die Kamera auf sie richtete, und wedelte immer mit mindestens einem Arm vor dem Gesicht herum oder drehte sich weg.

Als ich mein Smartphone ohne SIM-Karte endgültig ausschalten will, entdecke ich eine Nachricht von ihr, die schon vor Stunden abgeschickt worden und angekommen sein muss.

»Wie geht es dem Spitzmaulnashorn?«

»Es ist nach Tokio umgezogen«, würde ich antworten, wenn ich meine SIM-Karte noch hätte. »Ich hoffe, es geht ihm gut.«

Ich frage den Inder, ob sein Handy noch an ist und ob er es mir vielleicht kurz leihen kann, denn ich müsste einer Freundin etwas antworten, und mein Prepaid-Guthaben sei verbraucht. Ohne zu zögern, gibt er mir sein iPhone. Seinem orangen Turban nach ist er Sikh. Während ich »Unser Nashorn ist nach Tokio umgezogen« und »Ich hoffe, es geht ihm gut« eintippe, liest er interessiert mit. Er fragt mich, was ich da tippe und wem ich schreibe, denn sein Deutsch sei immer noch sehr schlecht. Aber mit Englisch komme man ja in Berlin ganz gut zurecht.

»I'm Jonathan«, sage ich, denn man weiß ja nie. Schließlich bin ich auf der Flucht.

»Madhukar Misri.« Er schüttelt mir lang und begeistert die Hand. »Nice to meet you.«

Ohne das Nashorn hätte ich Gianna wahrscheinlich nie kennengelernt, erzähle ich.

***

Als ich es damals gesehen habe, war es wenige Wochen alt. Es war sein erster Ausflug nach draußen. Es hatte noch kein Horn und keinen Namen. Es hielt sich ganz nah bei seiner Mutter auf und lief in ihrem Windschatten mit. Eine Frau stand vor dem Gehege und stellte sich immer wieder auf die Zehenspitzen, um das kleine Nashorn besser zu sehen. »Soll ich Sie ein Stück hochheben?«, hab ich gefragt, und sie hat sich zu mir umgedreht und mich ein wenig irritiert angesehen. »Wenn Sie können, gerne«, sagte sie, und ich konnte ihren Akzent gleich zuordnen. Italienerin.

Ich habe also meine Hände rechts und links an ihre Hüften gelegt und sie so hoch gestemmt, wie ich konnte.

»Gott, ist der süß«, sagte sie, als ich sie wieder absetzte. Ich sah zum Eingang hin. Vielleicht war mein Freund Dave inzwischen doch noch gekommen. Ihm hatte ich es zu verdanken, dass ich im Zoo gelandet war. Wir waren verabredet gewesen, aber der Kerl hatte mich wieder einmal versetzt. Als Treffpunkt hatten wir das Löwentor vereinbart. Telefonisch konnte ich ihn nicht erreichen. Nach einer geschlagenen Stunde hatte ich die Nase voll, und da ich noch nie zuvor im Berliner Zoo gewesen war, kaufte ich mir dann trotzdem ein Ticket und ging rein. Und so traf ich sie.

Wir blieben noch eine Weile bei den Nashörnern stehen, gingen dann zu den Nilpferden, den Eisbären, Wölfen. Sie hieß Gianna und war auch allein in den Zoo gekommen. Am Ende verabschiedeten wir uns und verabredeten uns für acht Uhr abends. Es war mein freier Tag, und ich erklärte ihr den Weg zum Basilow, einer Kneipe in Kreuzberg, in der Lehmann seit ein paar Wochen Barkeeper war.

Sein Hund, von dem er immer behauptete, er gehöre ihm nicht, war seit ein paar Wochen abgängig. Ich war der Meinung, dass Lehmann demnächst verschwinden würde und sein Hund jetzt schon dort war, wohin sich Lehmann absetzen wollte. Kurz darauf war Lehmann tatsächlich verschwunden, aber seinen Hund habe ich noch einmal gesehen. Er spielte wieder den Besoffenen und pisste ein paar Tierschützer an, die ihn retten wollten.

Die junge Italienerin saß schon in der Kneipe, als ich ankam, obwohl ich mich kaum verspätet hatte. Ich hatte das Gefühl, dass sie ein wenig beleidigt war, hielt mich aber nicht mit Entschuldigungen auf. Ein paar Minuten später war die Stimmung wieder gut, und sie hat mir sogar lächelnd die Hand gegeben und gesagt: »Ich heiße Gianna.« Und dann hat Gianna mir von ihrem Mann erzählt, der in Italien ein großes Tier und zu Verhandlungen mit großen deutschen Tieren in Berlin war. Meine Frage, ob ihr Mann bei den Nashörnern oder den Elefanten untergebracht wäre, hat sie ignoriert. War wohl auch nicht so gut, der Scherz, obwohl ich selbst immer noch darüber lachen kann.

»Ich bin nur mitgefahren, weil er nicht wollte, dass ich mich zu Hause langweile«, hat Gianna mir erklärt. »Und nun langweile ich mich hier.«

Lange schon hatte ich keine so attraktive frustrierte Frau mehr gesehen, eigentlich überhaupt noch nie. Und ich habe sie gefragt, ob ihr Mann sie nicht vermisst. »Wahrscheinlich merkt er nicht einmal, dass ich nicht im Hotel bin. Abendtermin. Und getrennte Schlafzimmer.«

Ich hab im selben Moment gemerkt, wie es bei mir überall zu kribbeln anfing. Wie sollte ich die Situation jetzt einordnen? Wollte sie mich rumkriegen? Sollte ich versuchen, sie rumzukriegen? Oder sollte ich so tun, als ob es gar nicht darum ginge, und zusehen, dass ich aus dieser Sache möglichst ungeschoren wieder rauskam? Denn mir schwante, dass es eventuell um mehr gehen könnte, als nur darum, für eine Nacht schwach zu werden.

Lehmann, dem Barmann, blieb nichts verborgen. Er machte bei jedem Bier, das ich bei ihm bestellte, komische Andeutungen. Ich verstand nicht, was er meinte, und glaube heute, dass er sie einfach so, ohne Grund, machte und dass sie vollkommen sinnlos waren. Vielleicht hat er auch nur drauflosgeplappert, um mich zu verunsichern, denn dass Gianna ihn mächtig interessierte, war nicht zu übersehen.

Meine Zoobekanntschaft musste sehr entschlossen sein, diese Nacht nicht allein zu bleiben, denn sie ertrug jedes Thema, über das ich mit ihr zu reden anfing. Zuerst über die verschiedenen Biersorten, die in Berlin gebraut werden, dann über Münchner Bier, über italienisches Bier, überhaupt über Bier in den verschiedenen romanischen Ländern. So gegen Mitternacht fing sie dann an, mir von ihrer unglücklichen Ehe zu erzählen, und sie rückte näher zu mir, legte ihren Arm auf meine Schulter, und wir knutschten ein wenig. Dann bestellten wir noch eine Runde und träumten zusammen davon, das kleine Spitzmaulnashorn zu adoptieren.

Bis sie plötzlich sagte: »Ich hab zu viel getrunken. Ist es weit bis zu deiner Wohnung?« Da war es bestimmt schon gegen eins.

Und ich sofort: »Lehmann, bitte zahlen.«

Meine Wohnung war nicht besonders aufgeräumt, aber bevor ich zu Lehmann ging, hatte ich immerhin mein Bett frisch bezogen und gesaugt. Ich habe nicht viel Ahnung, was Frauenkleider kosten, trotzdem hatte ich das Gefühl, dass noch nie in meinem Leben so teure Kleider auf dem Fußboden vor meinem Bett lagen. Meine italienische Freundin hatte sich, ohne irgendein Aufhebens darum zu machen, ausgezogen und ihre Kleider auf den Boden fallen lassen. Allein ihre Unterwäsche kostet wahrscheinlich mehr, als ich in den letzten drei Jahren für meine Jeans ausgegeben habe, dachte ich, während ich stumpf auf den Kleiderhaufen starrte. Mit diesem Gedanken habe ich mich dann etwas zu lange beschäftigt, denn als auch ich ausgezogen war und unter die Decke kroch, schlief sie bereits. Ich war zu betrunken, um lange darüber nachzudenken, ob ich nun eine Chance verpasst hatte, und beschloss, dann eben auch zu schlafen. Außerdem war ich gespannt, wie ich am Morgen darüber denken würde. Als ich wach wurde, lag ich allein im Bett und meinte, ich hätte alles nur geträumt. Ich schreckte hoch und sah, dass der Stapel Luxuswäsche vor meinem Bett verschwunden war.

Auf dem Küchentisch fand ich einen Zettel: »Komme gleich!« Tja, dachte ich, das sagen sie doch alle. Auch die, die nur schnell Zigaretten holen wollen und dann fünf Jahre wegbleiben. Ich war megaenttäuscht.

Als ich in einem frischen T-Shirt aus der Dusche kam, klingelte es. Gianna drückte mir eine Tüte Croissants in die Hand und verschwand in meinem Bad. Dann hörte ich sie singen, es klang nach Opernarie, und ich hörte das Rauschen der Dusche. Ich war so nervös, dass ich Essiggurken statt Konfitüre auf den Frühstückstisch stellte. Mein blau gestreifter Bademantel ist nicht besonders schön, aber er gefiel mir, als sie darin zum Frühstück erschien.

»Darf ich doch anziehen?«, fragte Gianna. Die Ärmel waren so lang, dass ihre Hände darin verschwanden. Ich plapperte wie ein Wasserfall, und sie lachte über alle meine Witze. Den Morgenmantel hatte sie schlampig zugeschnürt, und ich musste immer wieder auf ihren Busen starren und an ihre teure Wäsche denken, die jetzt auf dem Hocker in meinem Bad lag. Die Sonne schien durch das kleine Hinterhoffenster und blendete mich. Und ich war dabei, mich Hals über Kopf in Gianna zu verlieben. Ich merkte es daran, dass mir schon der Gedanke, dies könnte ein bloßer One-Night-Stand gewesen sein, unerträglich war.

＊＊＊

Madhukar presst seine rechte Hand auf die Brust und bedankt sich für meine Geschichte. Dann löst er den Sicherheitsgurt und steht auf, um zur Toilette zu gehen. Er ist nicht mehr ganz so blass wie beim Start. Ich beuge mich über den freien

Platz. Unter mir sehe ich im allerletzten Licht der Dämmerung ein paar vergletscherte Gipfel aus den Wolken aufragen. Wir überfliegen die Alpen. Ich muss an den toten Japaner an der Spree denken, und mich fröstelt. Ich werde Joe und Julia anrufen, sobald ich in Mailand bin.

Der Inder kommt zurück und reißt mich aus meinen Gedanken. Er riecht jetzt ein wenig frischer.

»Any problem?«, frage ich ihn.

»Oh, I hate to fly«, antwortet er und plumpst zurück auf seinen Sitz.

Mein Problem ist gerade weniger das Fliegen als das Ankommen. Wird Gianna da sein?

7

Mailand, 4. Mai

Nach der Landung in Milano begleite ich Madhukar Misri noch bis ans Gepäckband und verabschiede mich dort von ihm. Er sei ganz sicher, dass sie komme und mich abhole, sagt er.

Als ich durch die Absperrung in die Flughafenhalle trete, sehe ich in viele Augenpaare um mich herum, braune, grüne, graue, blaue sind auch dabei, aber keines gehört zu Gianna. Vielleicht wartet sie draußen im Wagen, oder sie hat sich einfach ein wenig verspätet. Mailand ist die zweitgrößte Stadt Italiens. Wahrscheinlich steht sie hupend im Stau, untröstlich, dass sie mich jetzt warten lassen muss.

Ich bestelle mir einen Caffè in der nächsten Bar, die zwar im Terminal liegt, aber alles gibt, damit man diesen Umstand vergisst und sich wie mitten in der Stadt fühlt. Eine laut pfeifende Kaffeemaschine mit allen Schikanen, ein wildes Ausgeklopfe von verbrauchtem Kaffee in eine Holzschublade, eine reiche Auswahl an Süßgebäck, Baristas, die sich laut und schnell irgendwelche Kurzbotschaften zurufen. Da ich die Eingangstür im Rücken habe, drehe ich mich ins Profil, damit Gianna mich auch erkennt, wenn sie die Halle betritt, im Laufschritt, wegen ihrer Verspätung, die ihr unendlich leidtut. Ich starre auf den Rest an glitschig braunem Zucker in meiner Kaffeetasse.

»Altro caffè?«, fragt der sehr aufmerksame Mann hinter dem Tresen, der, so kommt es mir zumindest vor, meine Lage augenblicklich durchschaut. Barmänner sind eben Menschenkenner, ob sie wollen oder nicht.

Ich nicke und widerstehe der Versuchung, den Zucker aus der Tasse zu kratzen, um nicht noch bedürftiger zu wirken.

Dann spüre ich Aufruhr in meinem Rücken und drehe

mich um. Ein mindestens zehnköpfiger indischer Familienclan dominiert farblich und akustisch die Halle. Die Männer tragen allesamt den Turban, den ich von meinem Sitznachbarn schon kenne, die Frauen Sari. Ich habe von Saris ungefähr so viel Ahnung wie von Turbanen, was mal wieder typisch ist für mich. Aber ich habe einen Tipp, wen diese Meute hier abholen kommt, und ich täusche mich nicht. Es ist der Misri-Clan, der hier absolut pünktlich eintrudelt, trotz des großstädtischen Feierabendverkehrs. Und ich hoffe nur, dass mein Herr Misri so überwältigt ist vor Freude, dass er mich hier nicht allein am Tresen sitzen sieht. Mein zweiter Kaffee steht vor mir, und ich rühre eben den Zucker ein, als eine dunkel behaarte Hand auf meiner Schulter landet, die unmöglich zu Gianna gehören kann.

»I know that she will come«, sagt er. »She's only late.« Für den Fall allerdings, dass sie doch nicht auftaucht, drückt er mir nun seine Visitenkarte in die Hand und lädt mich tatsächlich ein, zu ihm zu kommen. Ich sehe auf der Karte eine Mailänder Adresse, die mir nichts sagt. Also bedanke ich mich tapfer und sage, das werde bestimmt nicht nötig sein.

»You're always welcome«, sagt er noch, um dann umringt von der ganzen Sippe und in einer Wolke fröhlichen Geschnatters abzuziehen.

»Cognac?«, fragt der Barista.

Ich bestelle einen Amaro. Ha!

Als ich ihn ausgetrunken habe, bezahle ich, nehme meine Tasche und gehe zum Ausgang.

Draußen ist es dunkel und mindestens um zehn Grad wärmer als in Berlin, vielleicht auch mehr. Ein Wagen kommt mit Lichthupe auf den Eingang zugeprescht. Es ist ein 500 SE Mercedes 126er in Gold. Baujahr schätzungsweise 1987 oder etwas später. Am Steuer sitzt eine brünette Frau, die offenbar mit dem Knie lenkt, denn sie gestikuliert beim Fahren mit beiden Armen wild hinter der Windschutzscheibe herum. Wenn mich nicht alles täuscht, ist es meine Freundin Gianna Muti.

Sie fährt an mir vorbei und stellt den Wagen auf einer Taxispur ab. Ein Taxifahrer hinter ihr hupt, als sie aussteigt, aber sie zuckt nur die Achseln und zeigt auf ihre Armbanduhr, und dann reckt sie Daumen und Zeigefinger in die Luft. »Due minuti«, ruft sie. Der Taxifahrer schüttelt resigniert den Kopf. Und schon liegt sie in meinen Armen.

Ich vergewissere mich, dass ihre Augen blau sind – sie sind es –, und dann küsse ich sie.

»Che bello l'amore!«, ruft der Taxifahrer von seinem Logenplatz.

»Ich bin so froh, dass du da bist«, sage ich, als ich wieder sprechen kann. Mir ist warm geworden. Ich finde es großartig, dass ich in Mailand und nicht in Krasnojarsk gelandet bin. »Was war denn los bei dir?«, frage ich.

»Ach, nicht so wichtig«, sagt Gianna. »Erzähle ich dir später.«

Während Gianna fährt, entspanne ich mich ein bisschen.

»Wohin fahren wir?«, frage ich.

»In die Stadt, mitten hinein.«

»Nach Bergamo?«

»Nach Mailand! Ich habe dort eine Wohnung. Endlich sind wir wieder zusammen – und so schnell. Warum hast du denn nie etwas gesagt, dass du mich besuchen willst?«

»Ja, das kam jetzt alles ein bisschen plötzlich. Ich wusste es gestern selbst noch nicht.«

»Dass du mich wiedersehen willst?«

»Doch, das schon.«

»Warum haben wir uns dann zwei Jahre nicht gesehen?«

»Ich glaube, weil ich dachte, dass es besser für mich ist, wenn ich nicht hinter einer verheirateten Frau herlaufe. Ich dachte, ich könnte dich vielleicht vergessen.«

»Ha«, ruft Gianna. »Und das hast du nicht geschafft.«

»Ich habe es nicht geschafft«, antworte ich, und es ist ja auch nicht gelogen. Nur eben nicht die ganze Wahrheit.

»Wie lange bleibst du?«

»Ich weiß es nicht. Ich habe keinen Rückflug gebucht.«

»Und dein Job?«, fragt sie.

»Finito!« Ich sehe Horvath vor mir, mit rotem Gesicht und kleinen Dampfwolken, die wie Flammen seinen Kopf flankieren.

»Möchtest du hier wieder in einer Bar arbeiten?«

»Ich weiß noch gar nicht, was ich machen werde«, gestehe ich. »Ich glaube, eher nicht.«

Wir nähern uns der Innenstadt. Der Mercedes schnurrt von Ampel zu Ampel. Vor uns rattert eine alte gelbe Straßenbahn. An jeder Ecke eine Bar und viel Volk auf den Straßen. Bei den Temperaturen auch kein Wunder. Ich sehe zu Gianna hinüber. Ihr Haar kringelt sich wie immer hinter dem Ohr. Es ist viel kürzer, als ich es in Erinnerung hatte, aber es steht ihr verdammt gut.

»Du starrst auf meinen Busen«, sagt sie.

»Stimmt gar nicht«, antworte ich.

»Wir waren so lange nicht zusammen.« Ihr Blick lässt Gletscher schmelzen. »Du hättest um mich kämpfen können.«

»Was hätte ich dir denn bieten können?«, frage ich. »Gegen deinen tollen Ehemann konnte ich damals nicht anstinken, und ich kann es heute immer noch nicht. Also, was kann ich dir denn bieten?«

Gianna sieht mich nur an. Ihr Blick aber sagt eine Menge. Ich hoffe nur, dass ich ihn richtig deute.

Neben und vor uns an der Ampel ein Schwarm von Piaggio-Rollern. Lange Haare, die einen Meter unter den Helmen heraushängen, lange Beine, lachende Gesichter. Hier könnte ich mir vorstellen zu bleiben.

Mit jeder Minute werde ich hibbeliger, versuche aber, auf cool zu machen. Ständig sind beim Reden ihre Hände in Bewegung. Und plötzlich hört alles auf. Kein Wort mehr, keine Bewegung der Hände, sogar ihr Gesichtsausdruck bleibt festgezurrt. Ich sehe sie an und spüre, dass unsere Herzen für ein paar Sekunden synchron schlagen. Wie per Funk oder Telepathie auf einen Takt geschaltet.

Endlich rollen wir in eine Tiefgarage und parken auf einem reservierten Platz. Wir gehen eine Treppe hinauf in eine Lobby, wo Gianna mit Hilfe einer Chipkarte den mittleren von drei Aufzügen holt.

Die Tür des Aufzugs öffnet sich in einer Penthousewohnung. Mir fällt wieder ein, wie Gianna in Berlin von ihrem Mann als großem Tier sprach. Das kann nur eine Verniedlichung gewesen sein. Ein großes Tier hat kein Penthouse mit hundertfünfzig Quadratmetern Wohnfläche, einer mindestens doppelt so großen Dachterrasse, einer Glasfront, von der aus man den Mailänder Dom sieht, und einem Aufzug, dessen Tür sich mitten in der eigenen Wohnung öffnet. Wer so etwas hat, der ist kein großes Tier, sondern ein Tyrannosaurus Rex.

Ich sehe die Lichter der Stadt hinter der Fensterfront. In der Küche hat Gianna nur eine Wandlampe eingeschaltet, die kaum heller ist als Kerzenschein. Sie stellt Gläser und eine Flasche Champagner auf den Tisch. Dom Pérignon, alles andere hätte mich auch gewundert. Im Halbdunkel ihrer Küche erkenne ich eine chromglänzende Cimbali mit drei Brühköpfen, mindestens einen Meter zwanzig breit und teurer als ein Kleinwagen. Wahrscheinlich darf man sie nur mit einem Diplom bedienen.

»Hier kannst du dich frisch machen«, sagt sie und zeigt mir das Badezimmer.

Aus Hochglanzmagazinen weiß ich, dass es solche Bäder gibt, mit eigenen Augen gesehen habe ich aber bisher noch keines. Obwohl ich keine Bedienungsanleitung habe, gelingt es mir, die Dusche in Betrieb zu nehmen. Es fühlt sich an, als stünde ich unter einem tropischen Wasserfall.

Ich weiß nicht, ob es das warm prickelnde Wasser oder das gedimmte Licht ist, das meine Gedanken rückwärtslaufen lässt. Es ist so vieles passiert seit gestern, nein heute Morgen. Aber ich will jetzt nicht zurückdenken, auf keinen Fall. Ich bin hier in Mailand, und es fühlt sich zwar seltsam an, so als hätte ich mich für eine Nacht in ein Luxushotel eingeschlichen, um es vielleicht schon am frühen Morgen wieder zu verlassen. Ein flüchtiger Gast. Und wenn schon. Dieses Heute gehört uns. Gianna und mir.

Nach dem Abtrocknen ziehe ich den schwarzen Kimono an, den Gianna mir bereitgelegt hat, und bin ganz froh darüber, dass ich das Bad nicht in voller Pracht verlassen muss. Meine Erektion ist sichtbar, aber immerhin nicht vulgär.

»Endlich«, sagt Gianna, als ich neben ihr stehe und mich an sie drücke. Sie lehnt sich an das Geländer, hinter dem die Fassade dreißig Meter in die Tiefe stürzt. Eine Straßenschlucht, in der sich kleine Matchboxautos von links nach rechts und dann wieder von rechts nach links bewegen. Und vor uns, golden beleuchtet, der Mailänder Dom mit seinen Tausenden von Türmen und Türmchen.

»Du wirst nie wieder eine Frau finden, die dir diesen Ausblick bieten kann«, sagt sie und küsst mich so plötzlich und heftig, dass gar kein Ausblick mehr da ist. Die ganze Welt findet jetzt nur noch in mir, in uns statt.

»Du guckst ja gar nicht«, beschwert sie sich und dreht mir den Rücken zu. »Komm«, lädt sie mich dann ein. Ich stelle mich ganz dicht hinter sie. Meine rechte Hand streicht ihren Oberschenkel entlang nach oben, die Finger meiner linken spüren nun durch den hauchdünnen Seidenstoff die Spitze ihrer Brust.

Ganz leise sagt sie: »Ja«, als meine Hand das obere Ende ihres Oberschenkels erreicht hat und meine Finger zärtlich über die beiden kleinen Hügel zwischen ihren Beinen streichen. Mit einem zweiten »Ja«, gibt sie mir das Zeichen, dass die Zeit des Spielens nun vorüber ist.

Es ist, als verlöre ich das Bewusstsein, als sei es keine physische Angelegenheit, sondern eine ekstatische Phantasie, zusammengesetzt aus lauter winzigen tanzenden Atomen. Oder Bits und Bytes, denke ich und lache innerlich ein bisschen, bevor der denkende Teil meines Hirns mit überschwemmt wird.

Mal höre ich sie leise stöhnen, mal einen etwas lauteren Schrei, doch weiß ich nicht, ob das alles tatsächlich hier mit

Blick auf den beleuchteten Dom passiert oder nur in meinem Kopf.

Die Zeit ist eine Illusion. Sie ist unmessbar geworden. Ich bilde mir ein, dass es schon dämmert und im Osten der Horizont rötlich schimmert, als Gianna sich zu mir umdreht und mich küsst, ohne mir zu verbieten, die Augen zu schließen und davon zu träumen, nie mehr von ihr getrennt zu sein.

»Was müsste passieren, damit wir ein richtiges Paar sein könnten?«, frage ich nach einer Ewigkeit und öffne die Augen.

Und in genau dem Moment höre ich ein leises Summen, das von drinnen aus der Wohnung kommt, und als ich den Kopf drehe, sehe ich einen Lichtspalt an der Tür zum Aufzug. Auch Gianna bemerkt es und legt die Hand auf den Mund, um nicht aufzuschreien. Ich halte sie immer noch im Arm und bin unfähig, mich zu bewegen, wie betäubt. Dann, nach endlosen Sekunden, ist das Summen plötzlich wieder weg, und das Licht erlischt. Wir bewegen uns trotzdem nicht. Erst als Gianna zu zittern beginnt und sich kaum mehr auf den Beinen halten kann, hebe ich sie auf und trage sie ins Schlafzimmer.

»Was war das?«, frage ich sie.

Giannas Handy summt. Es liegt in der Küche, und ich hole es.

»Eine SMS«, sagt sie. »Von Paolo, er ist unser Nachtportier. Ein Versehen, sagt er, falls ich noch wach bin. Ein technisches Problem. Er kümmert sich drum.«

Und warum überzeugt mich das jetzt nicht? Paolo, der Nachtportier. T-Rex.

»Gianna, was weiß dein Mann? Hast du mit ihm gesprochen?«

Sie schüttelt den Kopf und fängt wieder leise an zu weinen. Ein bisschen enttäuscht bin ich schon, aber vor allem mag ich sie so nicht sehen. Ich mag nicht, dass sie unglücklich ist.

»Möchtest du etwas trinken? Soll ich dir einen Tee machen?«

Sie schüttelt wieder den Kopf und streckt die Arme nach mir aus. Ich lege mich zu ihr, decke uns zu. Sie schmiegt sich an mich, und ich lege den Arm um sie.

»Er ist kein schlechter Mensch«, sagt sie. »Er ist kein Monster. Er ist ein Mensch, weißt du, und ich kann ihm nicht wehtun.«

»Warum nicht?«, frage ich. »Es kann einfach passieren im Leben, dass man jemanden, den man einmal geliebt hat, plötzlich nicht mehr liebt. Das kommt in den besten Familien vor, und zwar ungefähr jeden Tag. Das ist einfach das Leben, da kann keiner was dafür.«

»Du weißt nicht, was er für mich getan hat.« Sie schluchzt.

Und dann erfahre ich langsam und unter Tränen die Geschichte, wie er sie errettet hat, nicht vor dem Tod, aber vor der sicheren Pleite, in die sie auch ihre Familie und eine enge Freundin mit hineingerissen hätte, wäre er nicht mit seinem prallen Scheckheft angeritten gekommen und hätte sie aus der Hand ihrer Gläubiger befreit.

»Ich hatte ein Architekturbüro. Ich war jung und ehrgeizig und wollte es allen zeigen. Für einen Großauftrag habe ich alles auf eine Karte gesetzt, Schulden gemacht. Meine Eltern haben mir all ihr Erspartes geliehen. Ich war mir so sicher. Danach hätte ich es geschafft, ich hätte einen Namen gehabt, ich wäre jemand gewesen. Und dann wurde der Auftraggeber insolvent, der Auftrag storniert, aber das Geld war weg. Wir hatten ein Jahr gerechnet und geplant, Entwürfe eingereicht, in Arbeitsstunden und Material investiert, getestet, überarbeitet. Alles umsonst. Das Geld meiner Eltern war weg.«

Ich streiche ihr zart über den Rücken, mache »schsch«, als sie wieder zu weinen anfängt.

»Und dann kam Sandro. Er war Bauunternehmer. Auch er verlor Geld bei dem Auftrag, aber er hatte immer noch genug. Er hat mich gerettet und hätte mir neue Aufträge besorgt. Aber ich konnte nicht mehr. Ich war so geschockt, mein Selbstvertrauen war weg.«

»Und jetzt? Hast du kein eigenes Büro mehr?«

»Nein, ich arbeite als Freelancer. Weniger Risiko.«

»Was hast du ihm erzählt, wenn nicht die Wahrheit?«

»Dass ich mit meiner Freundin Cristina für ein paar Tage nach Rom fahre.«

»Dann fahren wir eben morgen nach Rom. Dort wollte ich sowieso einen Freund von Julia und Joe treffen.«

»Die beiden, mit denen ich vor Kurzem telefoniert habe?«

»Genau die.« Ich muss sie jetzt doch fragen. »Sag mal, hat dein Mann, Sandro, hat der eigentlich auch so eine Chipkarte für deine Wohnung?«

»Nein, hat er nicht. Wenn er nach Mailand kommt, ruft er mich vorher an.«

»Aber Paolo und sein Tageskollege haben bestimmt einen ›Ersatzschlüssel‹ für alle Fahrstühle und Wohnungen. Und sie kennen Sandro natürlich. Sie würden ihn heraufbefördern, wenn er sie darum bittet, oder?«

»Nicht, wenn sie wissen, dass ich nicht allein bin«, sagt Gianna. »Sie würden mir auf jeden Fall Bescheid sagen.«

Da es aber nur einen Zugang zur Wohnung gibt, scheidet der Aufzug dann als Fluchtweg aus, denke ich.

»Es gibt eine Treppe«, sagt Gianna, die meine Gedanken errät. »Für den Notfall.«

Okay, denke ich kurz vorm Einschlafen, heute war Giannas Geständnistag. Dann muss ich meinen auf morgen verschieben. Am besten, ich erzähle Gianna gleich morgen früh, warum es jetzt so schnell ging mit meiner Italienreise und warum ich hier bin. Nein, stimmt nicht, denn eigentlich bin ich ja wegen Gianna hier. Doch, ich bin wegen ihr hier. Aber gleichzeitig bin ich auch auf der Flucht. Ich muss es ihr sagen, das ist der letzte Gedanke, zu dem ich fähig bin, dann zieht mich die Erschöpfung hinüber in den Schlaf.

Gegen Morgen wache ich auf und kann nicht wieder einschlafen. Vorsichtig befreie ich mich aus Giannas Arm, den sie immer noch um mich geschlungen hat. Ich habe am Abend den Router auf einem Sekretär im Wohnzimmer gesehen. Auf dem Router klebt ein Zettel mit dem Passwort. So viel zum Thema Datensicherheit. Das Gute daran ist, dass ich Gianna weiterschlafen lassen und trotzdem per Wire mit Joe telefonieren kann. Ich gehe zum Telefonieren auf die Dachterrasse. Der Dom steht noch, und der Verkehr rauscht leise dahin. Komm schon, Joe, denke ich, raus aus den Federn, ich brauch dich jetzt.

Joe geht nach dem dritten Klingeln ran. »Buongiorno«, sagt er. »Dachte ich mir schon, dass du dich meldest. Bist du allein, oder ist deine Freundin bei dir?«

»Gianna schläft noch.«

»Okay, dann hat das ja schon mal geklappt. Heiße Nacht gehabt?«

»Joe, hast du die Schlagzeilen gesehen?«

»Tja, was ich dir gesagt habe. Diese Leute machen keine Scherze. Sie haben den armen Kerl umgebracht und ihn dann an einer öden Uferböschung entsorgt.«

»Ein Japaner. Satoshi Nakamoto.«

»Tja.«

»Wieso bist du so sicher, dass er nicht *der* Satoshi Nakamoto ist? Könnte er es nicht doch sein?«

»Nein, er ist definitiv der Falsche. Ein Passant sozusagen, der zufällig diesen Namen trägt.«

»Aber in der BZ haben sie geschrieben, dass er Wissenschaftler war.«

»Der Mann war Literaturwissenschaftler, Noah. Der ist ganz sicher nicht das Hirn hinter der ersten Kryptowährung. Dazu brauchst du Mathematik, nicht Shakespeare oder Murakami.«

»Dann haben sie gewusst, dass er der Falsche ist?«

»Sicher haben sie das irgendwann gewusst.«

»Und warum lassen sie ihn dann nicht einfach laufen?«

»Ach, Noah. Meinst du, sie kidnappen jemanden, bedrohen ihn, foltern ihn, um ihn auszuquetschen, und dann lassen sie ihn wieder laufen, wenn sie ihren Irrtum bemerken? Nein, so läuft das nicht. Sie haben keine Aufsicht, die dann auf den Plan tritt und sagt: Jungs, das dürft ihr nicht. Kidnappen ist okay und ein bisschen hart verhören, ich bitte euch, aber einen Menschen töten, das macht man einfach nicht.«

»Hör auf«, sage ich, »das packe ich gerade nicht.«

»Tut mir leid, Noah, mein Sarkasmus überrascht mich selbst. Er tut mir ja auch leid, der arme Mann, was glaubst du? Aber du weißt jetzt, mit welchen Gegnern du es zu tun hast. Und dass sie es ernst meinen.«

»Okay«, sage ich. »Ich melde mich wieder.«

»Tu das. Und, Noah?«

»Ja?«

»Pass auf dich auf!«

Ich lege mich noch einmal zu Gianna ins Bett und schlafe wieder ein. Als ich das nächste Mal aufwache, erschrecke ich zu Tode. Ein Gesicht wenige Zentimeter über mir, so verzerrt durch die Nähe und die Ferne des Traums, aus dem ich gerade erwache, dass ich mich reflexartig abwende. Dann bohrt sich ein Finger in meine Brust, und jemand sagt: »Du! Erkennst du mich nicht mehr?«

»Wieso bist du wach und beobachtest mich?«, frage ich. Denn jetzt weiß ich wieder, zu wem Gesicht und Finger gehören.

»Weil dein Magen so unanständig laut geknurrt hat, dass ich aufgewacht bin«, sagt Gianna. Das ist das Signal für ein weiteres Knurren, das mir selbst peinlich ist.

»War ich so schlimm letzte Nacht?«, fragt Gianna und legt sich auf mich. Ich spüre kühle Seide und darunter heißes Fleisch, ich könnte mich daran gewöhnen.

»Wie geht es dir?«, frage ich und küsse sie zärtlich.

»Ich habe Hunger«, sagt sie, aber sie küsst mich, als bräuchte sie nie wieder feste Nahrung.

Ich sehe zur Cimbali. »Vielleicht hast du ja auch einen Toaster.«

Während Gianna duscht, decke ich den Tisch, lege Brot

auf den Toaster, stelle Butter und Marmelade auf den Tisch und schalte die Cimbali an. Den ersten Gang habe ich schon verdrückt, als Gianna aus dem Bad kommt. Ich gebe ihr einen Kuss und verschwinde nach ihr in diesen Badetempel aus Naturstein, Marmor oder was weiß ich für Stein und Glas. Gott sei Dank kein vergoldeter Wasserhahn, aber das Wissen um diesen Luxus bohrt sich wie ein winziger Stachel in mein Fleisch. Jetzt duschen, rasieren, frühstücken und dann raus in die Stadtluft, zu den Menschen, die sogar in Mailand arm und reich, dick und dünn, hässlich und schön sein werden, genau wie in Berlin.

Ich frage mich, wie Gianna es schafft, in dieser Umgebung weder überheblich noch zerstörungswütig zu werden. Sie bleibt immer dieselbe, ob sie nun in meiner Wohnung in Friedrichshain am verkratzten Küchentisch oder hier in diesem Palazzo sitzt. Die Umgebung blättert von ihr ab, sie verändert nichts, während mich kleinen Spießer der Luxus gleich noch kleiner und spießiger macht.

Ich habe gar nicht bemerkt, dass Gianna zu mir ins Badezimmer gehuscht ist. Sie sitzt nackt auf dem Rand des Bidets und beobachtet mich unter der Dusche. Ich öffne ihre Shampooflasche und rieche daran. Es duftet nach Zitronenblüte. Ich schütte etwas davon in meine Hand und wasche mir die Haare, dann benutze ich es als Duschgel für den ganzen Körper, weil ich einmal von Kopf bis Fuß nach Zitronenblüte riechen möchte.

Dann hole ich Gianna von ihrem Bidet ab und nehme sie mit unter die Dusche, wasche ihr das Haar und seife sie ein, und wir duften wie ein ganzer Zitronenhain im Morgentau. Der betörende Geruch vernebelt meine Sinne, und ich weiß nicht mehr, wo ich aufhöre und Giannas Körper anfängt. Wir ertasten einander unter dem sanften Regen, als berührten wir uns das allererste Mal. Ich spüre genau, dass diese Augenblicke die kostbarsten sind. Kostbarer als alles, was hier verbaut ist und herumsteht.

Ich drifte weg, bin außer mir – und erwache erst von Giannas schnellem Atem, der wie ein Seufzen klingt, immer schneller, immer lauter, dann ein leiser, erschöpfter Schrei, und ich halte sie fest, damit sie nicht fällt.

Ich schaffe es, einen richtig guten Caffè für uns zu machen, und wir grinsen uns schweigend an bei unserem ersten gemeinsamen Frühstück seit zwei Jahren.

»Bist du ein bisschen glücklich?«, frage ich.

»Ein bisschen«, sagt sie und lächelt.

Der Wahnsinn der letzten Nacht, das Licht am Aufzug geistert in meiner Erinnerung herum. Und ich weiß, ich muss Gianna noch erzählen, warum ich hier bin, aber das werde ich später tun. Jetzt passt es auf gar keinen Fall.

Gianna will mir ihre Stadt zeigen, und obwohl ich den Dom nachts schon gesehen habe, behauptet sie, man könne nicht Mailand besuchen, ohne auf dem Dach dieses riesigen Gotteshauses gestanden zu haben. Von dort habe man den allerschönsten Blick über die Stadt.

Oben auf dem Dach, das größer ist als ein durchschnittliches Fußballfeld, sind wir nicht allein. Die Selfiestangen-Verkäufer auf dem Domplatz müssen sich alle schon ein Vermögen verdient haben. Das Dach wird von Hunderten Türmchen flankiert, auf denen bleiche Marmorgestalten in den Himmel ragen. Gianna sagt, es seien Heilige. Deshalb sind sie wohl so blass. Nur die Madonnina, das Wahrzeichen der Stadt, ist vergoldet und überragt alle in hundert Meter Höhe. Unter uns liegt die Stadt, ein Meer von Kirchtürmen, Hochhäusern und alten Palazzi. Es ist ein wunderbarer Frühsommertag, so klar, dass wir im Norden die Schneegipfel der Alpen erkennen können.

Ich möchte mein Glück hinausschreien, es jemandem erzählen. Mein Freund Dave fällt mir ein. Ich bin weg aus Berlin und habe mich gar nicht von ihm verabschiedet. Selbst schuld, was wirft er mich auch wegen dieser Verlegenheitsmaria raus und geht dann nicht mehr ans Telefon. Irgendwie juckt es mich in den Fingern, ihm zu erzählen, dass ich nach achthundertvierzig Kilometern Luftlinie aus dem Flugzeug gestiegen und plötzlich kein Single mehr bin.

Gianna würde mich auch noch in den Dom schleppen, wenn die Schlange am Eingang nicht so lang wäre, dass sie selbst die Lust verliert. Das Museum, in dem Leonardos Zeichnungen von unglaublichen Maschinen und Geräten aufbewahrt werden, hat wegen Renovierung geschlossen. Ich atme auf. Ich bin einfach keiner von diesen Baedeker-Typen.

»Das ist soo schade«, sagt Gianna. »Leonardo war ein unglaubliches Genie. Ein absoluter Vordenker und ein moderner Mensch, dabei hat er vor fünfhundert Jahren gelebt. Es würde ihm Spaß machen, in der Zeit zu reisen, um zu sehen, welche seiner Ideen in der Zwischenzeit umgesetzt wurden und wie diese Dinge aussehen, deren Prinzip er zu seiner Zeit schon vorausgeahnt hat. Ob er einen Helikopter wiedererkennen würde als seine Erfindung?«

Ich sitze lieber im Café, beobachte die Menschen und genieße die kleinen Freuden. Gianna zum Beispiel könnte ich stundenlang beobachten und ihr zuhören.

In der nächsten Bar erzählt mir Gianna, dass Leonardo in seinem »Abendmahl« zum ersten Mal die Zentralperspektive anwendet. Wenn ich es richtig verstehe, heißt das, dass der zentrale Punkt sozusagen vom Auge des Betrachters ausgeht und auf die Mitte des Bildes zielt. Alle anderen Elemente auf dem Gemälde laufen wie Strahlen auf diesen Punkt zu. In Leonardos Wandbild ist der Fixpunkt die linke Schläfe von Jesus. Dort hat man bei den Restaurierungsarbeiten ein winziges Loch gefunden. Leonardo hatte einen dünnen Nagel eingeschlagen und Schnüre gespannt, die an die Bildränder führten und an denen er die Figuren und alle Objekte auf dem Bild angelegt hat. Gianna bittet den Kellner um einen Kuli und skizziert mir das Bild mit ganz vielen Linien auf eine Serviette. Ich glaube, ich kapiere es sogar.

»Leonardo hat vier Jahre an dem Gemälde gearbeitet«, sagt Gianna. »Das hat den Prior des Dominikanerklosters Santa Maria delle Grazie, seinen Auftraggeber, völlig irregemacht.

Leonardo kam manchmal vorbei, stand einige Stunden vor dem Bild und betrachtete es, ohne auch nur einmal einen Pinsel in die Hand zu nehmen. Kannst du dir das vorstellen?«

»Und warum war das so schwer für ihn, das verdammte Ding endlich fertigzustellen? Ich meine, vier Jahre!«

»Er hat draußen nach Modellen für zwei Figuren gesucht, die ihm noch fehlten: Judas und Jesus. Für Jesus fand er kein menschliches Vorbild.«

»Verstehe. Und was war mit Judas?«, frage ich.

»Leonardo hat im Spaß gedroht, er würde das Gesicht des ungeduldigen Priors als Vorbild nehmen, wenn er nicht aufhört, ihn so unter Druck zu setzen. Das hat er sich aber dann doch nicht getraut und einen Kaufmann aus Böhmen ausgewählt, den er kannte.«

Verrat ist ungefähr das Schlimmste, was einem passieren kann, denke ich. Ich kann mir richtig gut vorstellen, wie Jesus sich gefühlt haben muss, als er dort saß unter seinen Jüngern, die er doch so mochte, und wusste, einer ist unter ihnen, der ihn an die Bullen verraten und damit seinen Tod am Kreuz verschulden würde. Gianna meint zwar, die Sache mit dem Verräter sei nicht so einfach. Denn wenn Jesus – oder Gott – allwissend und mächtiger als alle Menschen auf Erden ist, wieso wusste er dann nicht, wer ihn verraten würde, und warum hat er es nicht verhindert? Das ist wieder so eine theologische Frage, für die ich mich nicht zuständig fühle. Joe hätte da wahrscheinlich einen Erklärungsversuch aus der Simulation zur Hand.

Ich muss Dave anrufen, denke ich wieder. Vielleicht hat er sich bei mir gemeldet und mich nicht erreicht, weil mein Handy ohne SIM-Card ja praktisch aus ist.

»Und ist dir schon mal aufgefallen, wie traurig Maria Magdalena aussieht auf dem Bild?«, fragt Gianna und reißt mich aus meinen profanen Gedanken. Dieses Gemälde scheint für sie sehr wichtig zu sein.

»Ich glaube, sie ist sehr, sehr traurig, weil sie bereits ahnt, dass Jesus sterben wird und sie deshalb für immer, bis zum

Tod, getrennt sein werden. Dabei sind die beiden doch noch so jung«, sagt Gianna. »Jünger als wir, stell dir vor.«

Aber das will ich mir gar nicht vorstellen.

»Deshalb lehnt sie sich auch so weit zurück und weg von Jesus, dass dieses leere V, dieser viele Raum zwischen ihnen, entsteht. Sie weiß, er wird ihr schon bald genommen werden.«

Es irritiert mich, zu sehen, wie sehr Gianna sich diese Geschichte zu Herzen nimmt.

»Ich möchte dich jetzt auf keinen Fall verlieren«, sagt sie ganz leise, »wo ich dich doch gerade erst wiedergefunden habe.« Sie drückt meine Hand.

Später frage ich Gianna, ob sie mir ihr Handy kurz leihen kann.

»Wieso? Was ist denn mit deinem? Ist es kaputt?«

Das schlechte Gewissen, das mich schon den ganzen Tag begleitet, überfällt mich mit voller Wucht. Sag ihr jetzt endlich die Wahrheit!, brüllt es mich an. Ich weiß, dass der allerbeste Zeitpunkt genau jetzt ist, aber ich bin ein elender Feigling. Ich will nichts kaputtmachen, was da zwischen uns am Entstehen ist, zu zart und zerbrechlich, um es mit so einer Hammergeschichte zuzuschütten. Bald, rede ich mir ein, aber bitte nicht jetzt.

»Mein Akku entlädt sich ständig«, lüge ich ziemlich dreist und hoffe, das wird mir nicht irgendwann zum Verhängnis.

Sie entsperrt ihr iPhone und reicht es mir.

»Ich geh mich mal frisch machen«, sagt sie.

Ich wähle Daves Nummer, die ich auswendig weiß, und wünsche mir ganz fest, dass ich ihn und nicht wie üblich seinen Anrufbeantworter hören werde.

»Hello?«, höre ich gleich nach dem ersten Klingeln.

»Hab ich ein Glück«, sage ich.

»Noah? Hey, wo steckst du? Und was ist das für eine Nummer, unter der du anrufst? Italien?«

»Ganz genau, mein Freund. Schön, dass ich dich mal persönlich erreiche.«

»Was machst du in Italien? Musst du nicht arbeiten?«

»Ich habe gekündigt.«

»Gekündigt? Du? Und was macht der arme Horvath jetzt ohne dich?«

»Der arme Horvath, dieser Verbrecher, kann mich mal. Wie geht's mit Maria? Läuft da noch was?«

»Ist schon gelaufen. Ich habe nicht den Eindruck, dass sie einen Mann sucht.«

»Was dann, einen Klavierstimmer?«

»So genau weiß ich das gar nicht. Hey, du hast mir immer noch nicht gesagt, was du in Italien machst. Hast du ein neues Handy, neue Nummer? Ich hab nämlich schon ein paarmal versucht, dich anzurufen.«

»Es ist nicht mein Handy.«

»Jetzt sag bloß, du bist bei deiner Freundin, wie hieß sie noch mal? Na, der heißen Braut aus Mailand.«

Ich spüre so etwas wie einen elektrischen Schlag auf die Ohren. »Wie kommst du auf Mailand?« Wir haben nie darüber gesprochen, aus welcher Stadt Gianna stammt. Da bin ich mir ziemlich sicher.

»Na, die, die du damals im Zoo kennengelernt hast. Wir beide waren doch verabredet damals, weißt du noch?«

»Klar. Du hast mich versetzt, du Kanaille, das weiß ich noch ganz genau.«

»Nee, nee, du hast mich doch versetzt, wegen ihr. Ich bin nur zu spät gekommen.«

»Jetzt hör aber auf, Dave, du warst mindestens zwei Stunden zu spät, außerdem ist das ewig her.«

»Na, siehst du, und danach hast du mir erzählt, sie wohnt in Mailand.«

»Das kann nicht sein, Dave, denn sie wohnt eigentlich gar nicht in Mailand.«

»Nicht?«, sagt Dave, und ich bekomme gleich Schüttelfrost.

Leg auf, leg schleunigst auf, schreit meine innere Stimme. Oder besser: eine meiner zahlreichen inneren Stimmen, die sich nie einigen können.

»Ist doch jetzt egal«, sage ich leichthin und lache künstlich. »Ich wollte dir sagen, dass ich weg bin aus Berlin und nicht weiß, wann ich wiederkomme.«

»Das finde ich jetzt extrem scheiße«, sagt Dave. »Du kannst doch nicht einfach so abhauen.«

»Ging alles ein bisschen plötzlich«, räume ich ein, »aber ich bin gar nicht unglücklich darüber.«

»Ist sie wirklich so gut im Bett?«, fragt mein Freund Dave, und obwohl es eine unter uns übliche Flachserei ist, gibt es mir doch einen Stich.

»Sie ist auch außerhalb vom Bett unerreicht.«

»Ach, so ist das.« Dave pfeift durch die Zähne. »Der kleine Noah Franzen ist verliebt. Na, dann wünsche ich den beiden Täubchen mal das Allerbeste. Und melde dich mal, wenn dein Handy wieder in Ordnung ist.«

»Okay, mach ich«, sage ich, als ich Gianna zurückkommen sehe.

»Hey, gib Bescheid, wenn ich irgendetwas für dich tun kann«, bietet Dave mir noch an.

Ich lege auf.

Wir haben niemals über Mailand gesprochen, da bin ich mir sicher. Wenn überhaupt, dann über Bergamo, wo der Saurierkönig seinen Jurassic Park betreibt. Ich wusste doch bis gestern selbst nicht, dass Gianna eine Wohnung in Mailand besitzt.

Mir wird abwechselnd heiß und kalt. Was zum Teufel hat das zu bedeuten? Woher weiß Dave, wo ich bin? Ich werde noch irre.

»Schlechte Nachrichten von zu Hause?«, fragt Gianna.

»Nicht unbedingt«, behaupte ich. »Aber ich muss heute noch nach Rom.«

»Wann?«, fragt sie.

»Am liebsten jetzt gleich, also heute noch.«

»Du willst mich doch nicht loswerden?«

»Ich wäre glücklich, wenn du mitkommen könntest.«

»Wir können mit meinem Auto fahren. Es ist groß, golden,

schon etwas älter, aber es fährt immer noch prima. Ist es ein geschäftlicher Termin?«

»Kann man so sagen. Ich erklär dir das später, Gianna, wirklich, aber jetzt muss ich meine Sachen packen.«

»Das muss ich auch. Dann fahre ich ja wirklich nach Rom, du weißt schon. Und ich muss nicht einmal lügen.«

Ich nehme ihre Hände in meine und küsse sie. Wenig später sitzen wir beide im Taxi zurück zu Giannas Wohnung.

»Du hast gesagt, du wirst es mir erklären«, sagt sie tapfer und verschwindet im begehbaren Kleiderschrank.

»Das werde ich, versprochen! Gib mir nur noch etwas Zeit.«

Ich selbst bin ruckzuck mit dem Packen fertig. Mir ist jedoch klar, dass es bei Gianna nicht ganz so schnell gehen wird. Ich nehme eine Flasche Mineralwasser aus dem Kühlschrank.

»Hat dein Oldtimer eine Klimaanlage?«, rufe ich in Giannas Privatboutique hinein.

»Was denkst du denn?«, kommt es prompt aus deren Tiefen zurück.

Ich trinke einen Schluck Wasser, linse zu Gianna hinüber. Ein Samsonite ist schon voll. Vielleicht sollte ich was Härteres nehmen, um ruhiger zu werden.

Tue ich Dave unrecht? Hat Joe mir da einen Floh ins Ohr gesetzt mit seinen ewigen Verschwörungstheorien rundherum? Was sollte Dave denn mit dieser ganzen Geschichte zu tun haben? Was denn bitte? Genau der Dave, der mich in Berlin wegen irgendeiner Tussi am ausgestreckten Arm verhungern lässt, der sich aber daran erinnert, dass ich vor zwei Jahren im Zoo eine Frau aus Mailand kennengelernt habe? Mailand, nicht Bergamo. Gut, die beiden Städte liegen nicht weit auseinander, beide haben Flughäfen, aber ich sage ja auch nicht München, wenn ich Augsburg meine.

»Nur noch schnell im Bad ein paar Sachen zusammenpacken«, sagt Gianna.

»Kann ich deinen Koffer und die Tasche schon zum Aufzug rausbringen?«

Gianna nickt. Als ich wieder zurück in die Wohnung komme, steht sie mit einem Kosmetikkoffer in der Hand und einem dunkelblauen Trenchcoat über dem Arm im Flur.

»Wir kommen aber wieder, oder?«, fragt sie und sieht mich mit großen Augen an.

Ein langer Kuss, und wir machen uns voneinander los und fahren mit dem Aufzug hinunter zur Tiefgarage. Giannas goldener Mercedes ist wie ein treuer Gaul. Unwillkürlich möchte man ihm den Po tätscheln und ihm was Nettes ins Ohr flüstern. Gianna setzt sich ans Steuer und kurvt aus der Tiefgarage hinaus in den Nachmittagsverkehr.

»Wir fahren nach Süden.« Gianna zeigt es mir auf dem Navi. »Zuerst nach Piacenza, schau, da fahren wir über den Po. Dann über Parma, Reggio Emilia und Modena nach Bologna. Dann nach Florenz ...«

»Am Trasimener und Bolsenasee vorbei ...«, lese ich von der Karte ab.

»... und über Orvieto nach Rom. Und schon sind wir da.« Gianna lacht mich an.

Mir ist etwas bang zumute. Solange wir noch in der Stadt sind, will ich darüber nachdenken, wie ich ihr am besten erklären kann, warum ich aus Berlin weggegangen bin und nun auch so schnell aus Mailand wegwollte. Der Stadtverkehr fordert sie, da habe ich noch etwas Zeit, mir zu überlegen, wie ich es am besten anpacke. Ja, wie?

»Erzähl mir von unserem Nashornbaby, das gar keines mehr ist. Hast du sie noch einmal besucht nach unserer Zoo-Begegnung? Es war doch ein Mädchen?«

»Falsch. Es war ein Bulle. Er ist nach Japan umgezogen, wo sie ihm einen japanischen Namen gegeben haben, an den ich mich nicht mehr erinnere. Ich habe noch mal in der Zeitung darüber gelesen«, erzähle ich. »Im Zoo war ich nicht mehr. Irgendwie wollte ich nicht allein Tierbabys gucken. Ein Mann allein im Zoo. Da unterstellt doch jeder sofort, dass er es auf kleine Jungs abgesehen hat.«

»Ach komm. Du hättest doch mit deinem Freund gehen

können, der, mit dem du damals verabredet warst. Wie hieß er noch mal?«

»Dave«, sage ich. Gianna weiß nicht, dass er es war, den ich von ihrem Handy aus angerufen habe. Sie weiß nicht, dass ein schrecklicher Verdacht an meiner Seele nagt. Aber wo ist da irgendeine Verbindung? Nur weil Dave Amerikaner ist? Es gibt Tausende von Amis, die in Berlin leben.

»Und mit ihm wolltest du nicht in den Zoo?«

»Nein«, sage ich, »wollte ich nicht. Ich wollte mit dir ein zweites Mal in den Zoo gehen und das Nashorn besuchen, als es noch da war. Jetzt ist es bestimmt schon groß.«

Bei Piacenza überqueren wir den Po. Wir sind jetzt eine Stunde unterwegs und wechseln von der Lombardei in die Emilia-Romagna, sagt ein blaues Straßenschild. Mir soll's recht sein. Der Mercedes schnurrt tatsächlich entspannt dahin. Eine halbe Stunde noch bis Parma, schätze ich. Der Himmel ist so weit wie die Ebene. Ich werde müde. Wenn Gianna mich lässt, werde ich jetzt die Augen schließen und ein wenig vor mich hin dösen und vielleicht von ihr träumen, von der vergangenen Nacht, die mich so high gemacht hat, von Gianna, die nackt auf dem Bidet sitzt. Davon möchte ich träumen.

Ich muss tatsächlich eingenickt sein, ich weiß nicht, wie lange ich gedöst habe. Wach werde ich von einer Serie von italienischen Flüchen dicht an meinem Ohr. Was ist hier los? Habe ich im Schlaf die Namen anderer Frauen aufgezählt oder laut gepupst? Ah, es geht gar nicht um mich. Gianna schimpft in den Rückspiegel hinein.

»Was'n los?«, frage ich und kugle mir beim Gähnen fast den Kiefer aus.

»Dreh dich mal um«, sagt Gianna. »Der Wagen hinter uns hängt schon fast an meinem Kofferraum dran, dieser …«

»Vollpfosten, Denkzwerg, Bodenturner, intellektuelle Sparversion«, kann ich aushelfen. Schimpfwörter sind eine Leidenschaft von mir. Ich sammle sie wie andere Zuckertüten.

»Dieser verdammte Idiot!«, schreit sie. »Was will der von

mir? Ich fahre zwischen hundertvierzig und hundertfünfzig. Wenn ihm das zu langsam ist, soll er doch überholen. Ist genügend Platz hier auf der Autobahn. Und kaum Verkehr. Was will der von mir?«

Ich drehe mich um. Ein schwarzer BMW, am Steuer ein junger Typ im Anzug. Sieht nicht besonders italienisch aus, aber was weiß denn ich. Er ist wirklich sehr nahe an uns dran.

»Gib Gas«, sage ich zu Gianna, »sonst hast du ihn hinten an der Stoßstange hängen, und was meinst du, wie scheiße das hinterher aussieht.«

»Du weißt aber schon, dass in Italien hundertdreißig keine freiwillige Leistung ist wie in Deutschland? Maximale Geschwindigkeit auf der Autobahn.«

Weiß ich natürlich nicht, ich fahr ja auch nicht so oft in Italien Auto. Eigentlich nie.

»Na endlich!«, sagt Gianna. »Er überholt.«

»Soll ich ihm den Stinkefinger zeigen?«, frage ich. »Wir sind zu zweit. Wenn wir beide hinterher behaupten, ich hätte es nicht getan, gewinnen wir den Prozess.«

Das Nächste, was ich sehe, ist ein dunkler Schatten nebenan, der bedrohlich näher rückt.

Der Aufprall macht mich schließlich hellwach. Der Fahrer des BMW ist kein hirnloser Idiot, das begreife ich endlich. Er weiß ganz genau, was er tut. Er greift uns an.

»Was will der von uns?«, fragt Gianna.

»Runter vom Gas«, zischt der Experte. »Oder Vollgas.«

»Was jetzt?«, schreit Gianna zurück.

»Irgendwas, was den BMW abschüttelt. Entweder du bist schneller oder langsamer als er.«

Gianna weiß jetzt auch, was der Idiot will. Er will uns von der Straße abdrängen. Sie gibt Vollgas, aber so kann sie ihn nicht loswerden. Er bleibt auf gleicher Höhe links von uns. Die rechte Spur ist auch ziemlich ungeeignet für eine Rallye. Ein Lastwagen taucht vor uns auf. Natürlich hat ihn auch der Fahrer des BMW gesehen und tritt aufs Bremspedal. Er bleibt auf gleicher Höhe mit Giannas Mercedes und drängt auf unsere Spur. Er zieht seinen Wagen noch ein wenig weiter nach rechts. Mir bricht der Schweiß aus. Die Distanz zum Lkw verringert sich rasant. Da wechselt Gianna, als hätte sie in ihrem Leben nie etwas anderes getan, als Verfolger abzuhängen, rechts auf die Standspur und bremst so weit herunter, dass sie im Windschatten des Lkw segeln kann. Auch der BMW bremst, bleibt links vom Truck, dessen Fahrer sich bestimmt langsam vorkommt wie in einem Actionfilm. Beherzt haut er auf seine Hupe, lässt sich aber nicht aus der Ruhe bringen, sondern fährt mit gleicher Geschwindigkeit weiter.

Mir kommt da eine Idee, ich weiß nur nicht, ob sie auch durchführbar ist. Falls nicht, möchte ich lieber nichts gesagt haben. Aber schon höre ich mich brüllen. »Rechts raus, auf die Baustelle!«

Und dann überzeugt mich Gianna endgültig von ihren Qualitäten als Verfolgungsrennen-Fahrerin. Das Problem ist, dass die Zufahrt zur Baustelle von der Autobahn aus gesperrt ist. Sie lenkt den Wagen nach rechts. Mit einem Knall durchbrechen wir die Sperre. Das daraufsitzende rote Stoppschild mit weißem Querbalken wirbelt durch die Luft wie eine Frisbeescheibe. Hier soll, wie es aussieht, irgendwann eine neue Raststätte entstehen. Gebäude gibt es noch keine, aber die Zufahrtswege sind für Baufahrzeuge schon befahrbar. Gianna bremst, kurvt herum und findet tatsächlich den Ausgang aus diesem Labyrinth, einen Zubringer zur Landstraße.

Ich habe nicht einmal eine Vorstellung, wo wir ungefähr sind. Das Navi rödelt herum und berechnet die Route neu. »Fahren Sie auf die nächstgelegene öffentliche Straße«, würde es wohl melden, wenn die Stimmausgabe eingeschaltet wäre. Doch Gianna folgt nicht der berechneten Route, die uns so schnell wie möglich auf die Autobahn zurückführen würde. Sie nimmt an allen Abzweigungen die kleinste der möglichen Straßen.

»Bommmm«, läutet eine riesige Glocke in meinem Kopf, und ich schnappe mir Giannas Handtasche vom Rücksitz, hole ihr Handy raus, öffne die Abdeckung, hole die SIM-Karte raus, fahre mein Fenster herunter und werfe sie in die Pampa. Der Protest, mit dem ich fest rechne, fällt komplett aus, dazu ist Gianna viel zu beschäftigt. Dave, denke ich. Er ist der Einzige, der wusste, dass ich in Mailand war. Außer Joe natürlich, aber den verdächtige ich nicht. Nein, nein, Dave ist der, der Giannas Nummer auf seinem Display gesehen und sie von jemandem hat orten lassen. Dave ein Verräter? Oder doch Sandro, der Gehörnte? Ich kenne ihn ja nicht, weiß nicht, wozu er fähig ist.

Mittlerweile sind wir auf einer Schotterstraße. Wahrscheinlich aus Mercedes-Schutzgründen passt Gianna ihre Geschwindigkeit nun doch dem Untergrund an. Die schrecklichen Geräusche von unter den Reifen wegzischenden Steinen und von solchen, die den Boden des Oldtimers beschießen, sind für Gianna bestimmt schlimmer als ein Besuch beim Zahnarzt. Ohne Lackschäden wird das hier nicht abgehen, aber noch wichtiger ist, dass wir aus dieser Nummer überhaupt wieder heil rauskommen. Im Rückspiegel ist außer Staub nichts zu sehen. Ich muss mit Gianna gar nicht darüber reden, unsere Kommunikation läuft derzeit rein telepathisch. Ich weiß, dass sie es auch weiß: Jetzt geht es darum, möglichst schnell unsichtbar zu werden. Und ich vertraue einfach darauf, dass Gianna noch so lange durchhält, bis wir das für unseren Verfolger tatsächlich sind. Wir erreichen jetzt eine kleinere, aber asphaltierte Landstraße.

»Parma«, sagt Gianna plötzlich. »Wir fahren zurück nach Parma. Ich kenne da ein Hotel außerhalb der Stadt, ein ehemaliges Kloster mit eigener Zufahrt. Da wollte ich immer mal wieder hin. Nicht besonders luxuriös, aber genau das Richtige für zwei, die auf der Flucht sind. Und wenn ich es richtig verstanden habe, dann sollten wir jetzt so schnell wie möglich abtauchen.«

»Sehe ich auch so«, sage ich.

Gianna fährt sehr konzentriert auf kleineren Straßen, Pappelalleen, alles sehr idyllisch, nur fehlt uns gerade der Blick dafür. Sie wirkt stabil. Keine Spur von Hysterie. Ich hoffe, dass sie mir nicht einknickt, sobald sie das Auto zum Stehen gebracht hat. Ich nehme mir vor, dann wenigstens zur Stelle zu sein und sie aufzufangen, wenn ich sonst schon keinen großen Beitrag geleistet habe auf dieser Höllenfahrt. Beim Boxenstopp werde ich da sein und tun, was zu tun ist. Darauf konzentriere ich mich. Nicht auf das, was sich hinter meiner Schädeldecke zusammenbraut und schließlich zur schrecklichen Gewissheit wird.

»Hier muss es sein«, sagt Gianna und biegt in eine Platanenallee ein. »Ich war schon einmal hier, bei einer Hochzeitsfeier.«

Das Gebäude, auf das wir uns zubewegen, sieht aus, als sei hier »Der Name der Rose« gedreht worden. Bräunlich rote Ziegelmauern, schmale, hohe Fenster, zwei Stockwerke, Bullaugen unter dem Dach. Gianna fährt unter einem Torbogen hindurch bis in den Innenhof, in dem rostige Metallskulpturen herumliegen wie Warane beim Mittagsschlaf. Nur die Bistrotische in einer Ecke des Hofes deuten an, dass wir keinen Zeitsprung gemacht haben, sondern dort Caffè oder Bier bestellen und fragen können, ob sie ein Zimmer für uns frei haben. Ich fühle mich wie erschlagen.

Dennoch springe ich aus dem Wagen, noch bevor Gianna den Zündschlüssel abgezogen hat, und reiße wie ein wahnsinnig gewordener Chauffeur ihre Tür auf, bereit, sie zu stabilisieren, falls ihr die Beine wegknicken. Dass sie mich fast ignoriert und zur Seite stößt, kränkt mich. Sie packt ihre Handtasche und zischt an mir vorbei.

»Wir brauchen ein Zimmer«, raunzt sie und rauscht ab.

Ich hole das Gepäck, verriegle die Tür und schleppe alles in die Lobby oder wie das in einem Kloster heißt.

Gianna ist schon am Verhandeln, und wie es aussieht, haben wir Glück.

»Zimmer Nummer 7«, sagt sie und winkt mir mit dem Schlüssel.

Gianna stürmt voran, ich hinterher. Nach zwei schmalen Gängen und einer Treppe stehen wir vor dem Zimmer, Gianna steckt den Schlüssel ins Schloss und öffnet.

Ja, das ist eine Zelle, vielmehr war es mal eine. Verblichene Wandmalereien und über dem Doppelbett mit feiner Satinwäsche ein großes Schwarz-Weiß-Foto von Man Ray aus den Dreißigern. Eine nackte Frau im Profil, von der man vor allem den Oberkörper und davon hauptsächlich den silikonfreien Busen sieht.

»Irgendwie stehen sie hier auf Brüste«, sagt Gianna. »In dem Zimmer, in dem ich damals war, hingen auch welche. Es waren aber nicht dieselben.«

»Irgendwie stehe ich auch auf Brüste«, sage ich. Gianna scheint es nicht zu bemerken, sondern schenkt sich von dem Wasser ein, das auf einer Spiegelkommode steht. Daneben ein Sektkübel mit einem gekühlten Fläschchen Weißwein und zwei Gläsern und ein Gäste-Tablet als besondere Aufmerksamkeit des Hauses.

»Was um Himmels willen ist uns da geschehen?«, fragt Gianna und setzt sich auf die Bettkante.

Ich knie vor ihr auf dem Boden und nehme ihre Hände.

»Bist du okay, meine Wunderfrau?«, frage ich. »Ich wusste gar nicht, dass du früher Rennen gefahren bist.«

Irgendein Stichwort muss ich ausgesprochen haben, denn jetzt kommt das, was ich schon die ganze Zeit erwartet hatte. Ich setze mich neben sie und halte sie, während sie schluchzt. Als sie sich wieder beruhigt hat, reiche ich ihr Kosmetiktücher aus dem Badezimmer. Privatbad mit frei stehender Wanne, blütenweiße Handtücher.

»Kann es sein, dass Sandro mich verfolgen lässt? Irgendwie passt das nicht zu ihm. Das ist doch total kriminell, oder?«

Bei mir im Kopf läuten schon wieder die Kirchenglocken. »Bommmm ... bommmmm.« Der Zeitpunkt zum Auspacken ist endgültig gekommen. Keine Ausflüchte mehr, ich muss es ihr jetzt endlich sagen.

»Gianna, Liebste«, sage ich, »ich kenne deinen Mann nicht, aber ich glaube nicht, dass er dahintersteckt. Ich muss dir was erzählen. Dazu muss ich aber ein bisschen weiter ausholen. Das geht nicht so schnell, verstehst du?«

Sie hört auf zu schniefen und sieht mich an.

»Deshalb möchte ich es nicht hier auf dem Bett machen, denn ich befürchte, wir werden beide schrecklichen Hunger und Durst bekommen. Und wenn ich es richtig gesehen habe, gibt es dort unten eine Bar.«

»Es ist ein Bistro«, sagt Gianna. »Und sie kochen hier phantastisch.«

»Dann machst du dich jetzt ein bisschen zurecht, und dann gehen wir runter, und ich erzähle dir alles. Von Anfang an. Wenn du mich hinterher nicht mehr leiden kannst, hast du zumindest noch fein gegessen.«

Sie schnieft noch einmal. »Hast du mich belogen? Betrogen? Hast du mir Märchen erzählt?«, fragt sie.

»Ich habe dir nicht die ganze Wahrheit erzählt.« Ich muss gar nicht versuchen, zerknirscht auszusehen, ich bin es wirklich. »Aber ich habe dich nicht angelogen. Und betrogen schon gar nicht.«

»Also gut«, sagt sie und steht auf. »Ich entscheide nach dem Essen, wo du schlafen wirst. Du musst deine Tasche also noch gar nicht auspacken. Okay?«

»Okay«, sage ich.

Während Gianna duscht, schalte ich das Gäste-Tablet an. Auf der Startseite fünf Kacheln, über die man per Klick verschiedene Funktionen aufrufen kann. Film, Musik, Wetter, Internet, Badezimmer. Eigentlich wollte ich ins Internet. Trotzdem klicke ich aus Neugierde zuerst auf die Kachel Badezimmer. Ich sehe Gianna, die so heiß duscht, dass das Bad vor Wasserdampf fast verschwindet. Na toll, denke ich und klicke den Zurück-Button. Die ideale Einrichtung für Voyeure und solche, die es werden wollen. Also ins Internet und zu Google. Ich tippe »Satoshi Nakamoto« und »Berlin« ein, um zu erfahren, ob es zu dem Thema etwas Neues gibt. Nur alte Meldungen. Google scheint sich um meine Einschränkung »Berlin« nicht kümmern zu wollen. Nichts zum

Mordfall in Berlin, keine Schlagzeile, kein Blogbeitrag. Das gibt es doch nicht. Ich lasse mir die News der letzten vierundzwanzig Stunden anzeigen. Jetzt erscheinen die Nachrichten zum Berliner Mord.

»Wer steckt dahinter? Die NSA, Putin oder die Mafia?«, lautet die erste Schlagzeile. Ein Blog, das sich mit Konspiration und Untergangstheorien beschäftigt.

Ein Krypto-Blog mutmaßt, dass die NSA dahintersteckt, und zitiert eine angeblich gut informierte Quelle. Der Ermordete sei nicht der richtige Satoshi Nakamoto gewesen. Außerdem müsse der Rechtsmediziner, falls er nicht bestochen sei oder erpresst werde, feststellen, dass das Opfer vor seiner Beseitigung gefoltert wurde.

»Ich bin so weit«, ruft Gianna aus dem Bad.

»Du kannst rauskommen, Liebste. Kein Problem, wenn du noch nicht angezogen bist.« Ich nenne es Galgenhumor.

Es ist noch so warm, dass wir uns nach draußen setzen. Nur drei von etwa zehn Tischen sind besetzt, zwei Paare, eine Familie mit Kind, es ist angenehm ruhig. Die Außenbeleuchtung ist sanft, auf den Tischen stehen blaue und grüne Gläser mit Kerzen. Und dann sitzt mir gegenüber diese wunderbare Frau mit dem streichelweichen Haar und den schönsten blauen Augen südlich der Alpen. In den Augen des aufmerksamen Kellners mit der Haartolle bin ich wahrscheinlich der größte Glückspilz auf Erden. Er kann mir aber nicht bis in meine Büßerseele sehen. Ich wünschte, ich hätte es schon hinter mir.

Ich warte auf ein Zeichen von Gianna. Aber sie winkt dem Kellner und bestellt für uns. Ich höre zu und genieße den herrlichen Klang dieser Sprache, von der ich leider viel zu wenig verstehe. Hätte ich ja mal ein wenig lernen können in meiner Berliner Wohnung, statt Hermann bei der Vogeljagd zu beobachten. Wie viel Zeit ich vergeudet habe! Sie ist mir einfach durchgerauscht. »Affettato misto«, bestellt Gianna und »sottoli«, »tagliatelle con ragù«, irgendwelche »tortelli« und »manzo«, was meines Wissens Rindfleisch bedeutet. Gianna will mir alles übersetzen, aber ich lege den Finger auf ihren Mund. Ich möchte lieber überrascht werden.

Erst zum Caffè fordert Gianna mich auf, zu erzählen. Sie sei jetzt stark genug. Ich fange bei der Überbar an, erzähle von Joe und Julia, von Horvath, der mir mein Geld schuldig blieb, immer und immer wieder, von meinem Entschluss, aufzuhören, um etwas anderes zu tun, und dem Telefonat, dessen Ohrenzeuge ich durch einen saublöden Zufall wurde. Gianna sagt nichts, sie hört mir nur zu, nippt an ihrem Caffè, bestellt uns noch zwei und dazu zwei »nocini«, Nusslikör aus Modena, den ich unbedingt probieren soll.

Dann erzähle ich von meinem Treffen mit Joe und seinem Rat, dass ich aus Berlin weg- und am besten nach Krasnojarsk oder Nordkorea auswandern soll.

»Und ich dachte, du kommst wegen mir«, sagt Gianna frostig. »Dabei bist du nur auf der Flucht!«

»Gianna«, sage ich und versuche, ihre Hände zu berühren, aber sie zieht sie weg.

»Erzähl weiter«, sagt sie. »Wen hast du in der Bar von meinem Handy angerufen?«

»Meinen Freund Dave«, sage ich.

»Der, der dich damals im Zoo versetzt hat?«

Ich nicke.

»Und wer soll dieser Sato Moto …?«

»Satoshi Nakamoto.«

»Wer soll das sein?«, fragt Gianna.

»Der Bitcoin-Erfinder.«

»Und was soll das sein?«

»Bitcoins sind eine digitale Währung.«

»Hast du damit irgendetwas zu tun?«

»Nein«, sage ich. »Ich wusste bis dahin nicht viel, so gut wie nichts. Ein saudummer Zufall, verstehst du?«

»Warte hier«, sagt Gianna und steht auf.

Sie geht zum Rezeptionisten, fragt ihn irgendwas. Er tippt etwas auf seiner Tastatur, dreht den Bildschirm zu Gianna, und sie liest.

»In der Zeitung steht, er wurde umgebracht«, sagt sie, als sie zurück zum Tisch kommt.

»Sie haben den Falschen getötet«, antworte ich. Gianna sieht mich mit zusammengekniffenen Augen an.

»Bene«, sagt sie und trinkt ihren Likör aus. »Ich muss jetzt nachdenken, und ich möchte dazu allein sein, das wirst du verstehen.«

Irgendwie verstehe ich es.

»Ich habe dem Signore an der Rezeption gesagt, dass wir ein zweites Zimmer brauchen. Du kannst dir den Schlüssel für Zimmer vier bei ihm abholen. Und jetzt gute Nacht.«

Sie steht auf, ohne mich noch einmal anzusehen, und läuft mir weg. Ich bestelle einen Wodka. In der Dämmerung sammeln sich die Insekten an den Außenlampen und werden von einer Fledermaus gejagt. Wie ein Geprügelter hole ich mir den Schlüssel für Zimmer Nummer 4 und den WLAN-Zugang. Das »Buonanotte, signore« des Rezeptionisten schmeckt so bitter wie Galle.

Vor Giannas Tür steht meine gepackte Reisetasche. Ich klopfe, flüstere ihren Namen, doch sie antwortet nicht. Durchs Schlüsselloch sehe ich kein Licht. Wenigstens steht der Mercedes noch unten im Hof.

Ich suche mein Zimmer, stelle meine Tasche ab, mache Licht. Auch hier nackte Brüste an der Wand. Schwarzes Kleid, ein Fetzen rote Bluse, roter Mund, eine Hand im Schoß. Vielleicht ist die Nummer 4 das Einsame-Herren-Zimmer. An Schlafen brauche ich nicht mal zu denken. Ich schleiche durch die Gänge, gehe noch einmal hinaus auf den Hof. Hinter der Toreinfahrt liegt die dunkle Platanenallee. Ich schnorre mir beim Kellner, der gerade Feierabend macht, eine Zigarette. Sie schmeckt mir nicht.

Als ich mich auf meinem Handy in Wire einlogge, ploppt eine Chat-Nachricht von Joe auf, die er schon vor Stunden abgeschickt hat. »Schalte das Handy deiner Freundin aus, die Nummer ist geortet.« Woher zum Teufel weiß Joe davon?

»Ist ausgeschaltet. Beinahe-Unfall auf der Autobahn. Hat

Dave etwas damit zu tun?«, schreibe ich zurück und warte auf Antwort.

Sie kommt eine Minute später. »Dave ist nicht dein Feind«, steht da.

»Wer dann?«, schreibe ich zurück.

»Dieselben, die Satoshi auf dem Gewissen haben. Over.«

Ich starre ins Licht der Lampe. Sie hat einen Ring bekommen wie der Saturn. Muss mit meiner Verwirrung zusammenhängen. Jetzt schwirren hier schon mindestens zwei Fledermäuse herum. Wie kommt es, dass ihr Geflatter immer so aussieht, als könne das Auge ihre Bewegungen nicht richtig mitschneiden? Es gibt so vieles, was ich nicht weiß. Ich gehe zurück ins Haus.

Am anderen Ende des Hauptgangs erkenne ich einen Lichtschimmer unter einer alten, geschnitzten Tür. Durch den Türspalt erkenne ich, dass es sich um eine Kapelle handelt. In der ersten Bankreihe sitzt Gianna, die Ellbogen aufgestützt und den Kopf in den Händen vergraben. Ich ziehe mich zurück und schließe leise die Tür hinter mir.

Mitten in der Nacht schrecke ich hoch, weil mein Bett knarzt. Im Wachwerden merke ich, wie sich ein warmer Körper von hinten an mich drückt und ein Arm sich um meinen Bauch legt. »Gianna«, rufe ich, und sie macht: »Pscht, du weckst ja alle Leute auf.« Ich bin so froh, dass sie da ist.

»Ich habe es mir überlegt«, flüstert Gianna mir ins Ohr. »Ich habe mich entschieden, dass ich bei dir bleibe und jetzt nicht weglaufe.«

»Nein, hör zu«, flüstere ich zurück. »Ich will nicht, dass dir etwas passiert. Ich will nicht noch einmal erleben, dass ich dich in Gefahr bringe. Geh zurück nach Mailand«, bitte ich sie.

Gianna schüttelt den Kopf. »Nein, ich lasse dich nicht allein, jetzt, wo es Schwierigkeiten gibt. Es kann nicht sein, dass das Schicksal will, dass wir uns finden, und uns gleich danach wieder trennt. Das ist doch sinnlos.«

Ich sage Gianna, dass ich nicht für ihr Unglück verantwortlich sein will.

»Das bist du nicht, amore«, sagt sie. »Und jetzt lass uns zu Man Ray hinübergehen. Seine Nackte ist viel schöner und geheimnisvoller als diese hier. Findest du nicht?«

»Na ja, ich finde, diese hier hat schon auch was.«

»Ganz genau«, sagt Gianna. »Die größeren Titten. Ihr Männer seid doch alle gleich.« Und dann lacht sie so ausgelassen, als wären wir nie attackiert worden und als gäbe es keine Lebensgefahr.

»Warst du schon einmal in Rom?«, fragt sie dann.

»Nein«, antworte ich und hole meine Zahnbürste aus dem Badezimmer. »Ach, Gianna?«

»Ja?«

»Wie bist du eigentlich hier reingekommen?«

»Zweitschlüssel«, sagt sie und wedelt mit dem antiken Zellenschlüssel. Special Service bei den italienischen Zimmern für einsame Herzen.

8

Die Fahrt von Parma nach Rom ist nur ein Vorbeihuschen. Vorbei an Modena und Bologna, an Florenz und Siena. Bei Orvieto fahren wir von der Autobahn ab, um zu Mittag zu essen. Auch ich fange an, diese nord- und mittelitalienischen Städte zu lieben. Ab Orvieto fahren wir am Tiber entlang bis Rom. Immer wieder suche ich im Rückspiegel nach Verfolgern. Kein dunkler BMW, der uns zu nahe kommt.

Ich bin müde vom Mittagessen und überhaupt. Aber ich will nicht einschlafen. Wenn Gianna schon die ganze Strecke fahren muss, weil ich seit dem Führerschein nicht mehr gefahren bin, dann will ich wenigstens als Beifahrer irgendwie präsent sein.

»Alles gut bei dir? Kannst du noch fahren?«

»Ist nicht mehr weit. Du kannst auch ein wenig schlafen«, sagt Gianna. »Ich bin fit.«

Ich mümmle mich in meinen Sitz, schaue zum Fenster hinaus, ohne viel zu sehen, Autobahn, flaches Land, Gewerbegebiete, und wie aus dem Nichts denke ich an meinen Freund Dave.

***

Es kommt mir vor wie eine Ewigkeit, dabei ist es erst gut sechs Jahre her, dass ich ein paar Wochen im Occupy-Camp im Regierungsviertel zubrachte. Die Stimmung war schon nicht mehr so gut zu der Zeit, weil wir wussten, dass wir bald geräumt würden.

Es war Anfang Januar und eiskalt, als Dave zum ersten Mal bei uns im Camp auftauchte. Im Küchenzelt bekam ich nicht so viel davon mit, aber jedes Mal, wenn ich raus ins Freie ging, schlug mir ein Wind entgegen wie im Ural. Drüben im Versammlungszelt standen sie um eine Blechtonne herum, in der ein Feuer brannte. Dort schlug Dave als Erstes auf. Einige hielten ihn für einen Spitzel. Paranoia, dachte ich.

Dann tauchte er bei mir im Küchenzelt auf. Ich brauchte dringend jemanden zum Zwiebelschneiden, denn meine Küchenhilfe Ben war an dem Tag zwar eingeteilt, aber nicht zum Dienst erschienen. Wir hatten vom Großmarkt eine Zwiebelspende bekommen, also gab es Zwiebelsuppe.

Irgendwie blieb er, und dann standen wir beide in diesem Zelt, an dem der Wind rüttelte. Es war wie am Lagerfeuer, überall saukalt, nur am Herd Sauna von vorne. Auf dem Kopf jeder einen nassen Lappen und dann gefühlt einen halben Zentner Zwiebeln schälen und hacken. Die Lappen brachten überhaupt nichts. Uns beiden liefen ohne Ende die Tränen übers Gesicht. Nach und nach schlichen Leute durch das Zelt, schnupperten, spähten in den großen Topf.

»Was sind das für Leute?«, fragte mich Dave.

»Obdachlose, Verrückte oder einfach nur welche, die Hunger haben«, sagte ich ihm.

»Die essen alle bei euch mit?«

»Sollen wir sie wegschicken? Deshalb gehen einige von uns auch containern. Für so viele reichen die Spenden nicht aus. Und wir wollen ja auch Käse in die Zwiebelsuppe und Brot dazu.«

Der nächste Topfgucker, der das Zelt betrat, brachte eine Sturmbö mit. Töpfe und Pfannen schepperten, die blauen Gasflammen flackerten und brausten auf. Das war Andrea, der angekündigte Orkan.

Andrea wollte uns das Zeltdach vom Kopf reißen. Draußen hörte man neben dem Heulen des Sturms auch schon Gegenstände durch die Luft fliegen und am nächsten Hindernis aufklatschen und zu Boden fallen. Dave legte das Messer weg, wischte sich die Hände ab, schlüpfte in seine Daunenjacke und wollte sich davonmachen.

»Hey, was ist los?«, fragte ich ihn. »Du bist doch keiner, der sich drückt, wenn's ein bisschen gefährlich wird, oder?«

Ich schickte die drei Obdachlosen zum Bauholzsam-

meln, und wir bauten uns damit einen Windschutz. Dave
sollte Werkzeug besorgen. Ich rannte ins Gemeinschaftszelt
und erklärte allen, was zu tun war: Leinen spannen, Heringe
ganz einschlagen und mit Steinen beschweren. Die Klettbän-
der innen an den Außenzelten zuziehen, Windbarrieren aus
Holz und anderen festen Teilen aufstellen und so weiter. Ich
dirigierte alle herum, Aktivisten wie Besucher, Obdachlose
wie Depressive. Und dieser Sauhaufen funktionierte wider
Erwarten reibungslos. Sie schienen zu kapieren, dass sie jetzt
gebraucht wurden, jeder Einzelne von ihnen. Diesem Biest
Andrea würden wir es zeigen.

Nach zwei Stunden waren wir nass bis auf die Knochen,
aber die allermeisten Zelte standen noch. Die Stimmung
war gut. Alle fühlten sich wie Helden und hatten das Gefühl, zusammen etwas Wichtiges geschafft zu haben. Sogar
die Obdachlosen, die sonst nur zum Schnorren kamen. Die
Zwiebelsuppe, für die Sarah schließlich noch ein Kilo Gouda
organisierte, war das Feinste, was ich je gegessen habe. Andrea hatte abgedreht, und ich dachte, ich hätte in Dave einen
Freund gefunden.

※※※

Gianna taucht jetzt in den Großstadtdschungel ein, und ich
bin froh, nur der Beifahrer zu sein. Es macht mir nichts aus,
wenn in meiner Bar fünf Gäste gleichzeitig sieben verschiedene Drinks von mir wollen, aber dieses Verkehrschaos ist
für mich unerträglich. Ständig hupen sie in ihren kleinen
Autos, schreien durch offene Fenster unverständliche Be-
schimpfungen nach draußen, wechseln die Fahrbahn, ohne zu
blinken, und plötzlich, wie auf ein unsichtbares Kommando
hin, bleiben alle stehen, und es herrscht Ruhe im Karton. Kein
Gehupe mehr, kein Geschrei, einfach Stille. Sogar Gianna
unterbricht ihr »porca miseria, vai a puttane, porca vacca«.
Ihr Mund ist plötzlich wie zugenäht, und ich denke, was hier
passiert, können sicher nur Italiener verstehen. Links, rechts

und hinter uns sowieso stehen alle Autos. So angestrengt ich auch aus dem Fenster sehe, ich kann den Grund für diese Ruhe nicht erkennen. Doch, jetzt sehe ich es. Ein Hund mit grauer Schnauze tänzelt seelenruhig über die dreispurige Einbahnstraße, und wie durch ein Wunder wird er von den rasenden Italienern nicht zu Brei gefahren. Kaum hat er die erste Pfote auf den Randstein gesetzt, ist es mit der Stille vorbei.

Ich erzähle Gianna, was mir gerade alles durch den Kopf ging. Mein Plan ist, dass sie mich am Hauptbahnhof Roma Termini absetzt, damit ich dort noch einmal telefonieren kann, und zwar von einer Telefonzelle aus. Sie ist einverstanden und will währenddessen ein Hotel für uns finden. Sie wird mich später wieder abholen. Wir vereinbaren einen Treffpunkt am Haupteingang zu jeder halben Stunde.

»Wehe, du läufst mir weg«, sagt sie und küsst mich.

Praktisch jeder Zweite in diesem Bahnhof rennt mit einem Handy am Ohr herum. Anscheinend bin ich der einzige Dinosaurier, der den Knall noch nicht gehört hat und vergeblich ein Münztelefon sucht. Erst der vierte Bahnuniformträger, den ich frage, kann sich an die zwei verbliebenen Exemplare erinnern, und weil er mir ihren derzeitigen Aufenthaltsort so eindringlich mit den Händen beschreibt, finde ich sie sogar. Der erste Apparat akzeptiert nur Notrufe. Der zweite kann sich mit meinen Euromünzen anfreunden und lässt mich telefonieren. Ich atme noch einmal tief durch, bevor ich Daves Nummer wähle.

Er geht wieder sofort ran. Das allein wirkt auf mich schon ziemlich verdächtig. Als ich schweige, fragt er: »Noah, bist du das?«

»Woher weißt du das?«

»Was?«, fragt er.

»Dass ich es bin.«

»Ich weiß es nicht, bin ja kein Hellseher. Aber es klang so weit weg«, sagt er, und diese Antwort ist so blöd, dass sie schon fast wieder glaubwürdig klingt.

»Sag mal, Dave, bist du mein Freund?«, frage ich ihn.

»Hä? Na klar«, sagt Dave.

»Warum bist du damals zu mir in das Zelt im Camp gekommen?«

»Du meinst, bei diesen Occupy-Chaoten?«

»Also? Warum?«

»Um mit dir Zwiebelsuppe zu kochen natürlich.«

Ich kann aber nicht lachen über seinen Scherz.

»Deshalb rufst du mich an?«, fragt Dave. »Wo steckst du eigentlich?«

»Ich will wissen, ob du mein Freund bist.«

»Klar«, sagt Dave. Das ist mir aber zu wenig.

»Hast du etwas mit dem Anschlag auf uns zu tun?«

»Was für ein Anschlag? Was ist passiert?«

»Jemand wollte uns von der Autobahn drängen. Er wollte, dass wir einen Unfall haben. Er wollte uns vielleicht sogar umbringen.«

»Wen meinst du mit ›uns‹?«, fragt Dave. »Dich und deine Freundin?«

»Steckst du da irgendwie mit drin, Dave?«

»Hör zu«, sagt Dave. »Das Ganze ist ein bisschen kompliziert, aber du kannst dir sicher sein, dass ich auf deiner Seite stehe und nichts tun werde, was dich in Gefahr bringt. Wo bist du denn jetzt gerade?«

»Ich bin doch nicht blöd und gebe meinen Verfolgern wieder einen Tipp wie in Mailand.«

»Wenn du Verfolger hast, wissen die jetzt sowieso, wo du bist. Aber vielleicht kann ich etwas für dich tun, wenn ich weiß, wo ihr gerade seid.«

»Ich stehe hier am … Ach, Scheiße, Dave, ich trau dir einfach nicht. Und wie willst du mich denn überhaupt schützen?« Ich warte keine Antwort ab, sondern lege auf.

Würde ich noch rauchen, dann wäre jetzt die nächste Zigarette fällig. Anzünden, tief den Rauch einziehen und dann warten, bis es »Bling« macht im Hirn. Ohne Zigarette geht das nicht. Ich versuche es mit einem Espresso, schwarz und bitter, aber es ist zu wenig, um richtig reinzuknallen, weniger als ein einziger Zug.

Mein telefono pubblico wartet wie ein alter Hund auf mich. Hey, alter Junge, schon wieder ich. Du kennst mich doch noch von vorhin. War nur kurz einen durchziehen.

Ich rufe Joe an, doch es ist Julia, die rangeht.

»Hi, Noah, ich weiß Bescheid«, sagt sie.

»So?«, frage ich. »Was weißt du denn?«

»Dass du hoffentlich auf dem Weg nach Rom oder bereits in Rom bist und wegen des Kontaktmannes dort anrufst.«

»Okay«, sage ich, »dann rufe ich also wegen ihm an.«

»Hä? Was redest du denn so seltsam, Noah? Ist irgendwas passiert?«

Ich erzähle ihr von Parma und dass ich mit Dave telefoniert habe – von einer Zelle aus.

»Shit«, sagt Julia. »Dann rufst du jetzt am besten überhaupt niemanden mehr an. Und auch mich oder Joe sollst du nur noch auf die Art anrufen, die Joe dir gezeigt hat. Also verschlüsselt. Verstanden? Unter gar keinen Umständen von einem Handy, das man orten kann.«

»Wieso soll eine Telefonzelle jetzt ein Problem sein?«

»Du hast keine Ahnung, was bestimmte Organisationen alles analysieren können. Sie interpretieren jedes Telefonat, kennen den Fingerabdruck jeder Stimme und deine individuelle Grammatik. Mit den richtigen Parametern kommen sie sehr schnell auf dich.«

Woher weiß Julia das alles?, frage ich mich.

»Und jetzt suchst du dir ein Café mit WLAN«, sagt Julia gerade, »und schickst unserem Mann in Rom, er heißt Carlo, eine Nachricht über Wire. Ich sag dir jetzt seine Adresse, spitz die Ohren.«

»Moment«, sage ich, »ich notiere mir das.«

»Nein, das notierst du nicht. Das merkst du dir jetzt. Du lernst es einfach auswendig, verstanden? Wer weiß, wo deine Notizen sonst wieder landen.« Sie nennt mir die Adresse und legt auf.

Ein Zug fährt ein auf dem letzten Gleis, hinter dem die beiden Münzfernsprecher stehen, ja, so hießen die Dinger früher. Und ich versuche mir mit Hilfe von Eselsbrücken die sinnlosen Buchstaben und Ziffern der Adresse von Kater Karlo zu merken. Dann suche ich mir ein Café.

Ich schreibe auf Englisch, dass ich jetzt da bin, und frage, wo wir uns treffen wollen. Nach dem Abschicken warte ich gespannt, ob ich mir seine Adresse falsch gemerkt habe und eine Fehlermeldung bekomme. Stattdessen ist sofort eine Antwort von diesem Carlo da. Morgen um vierzehn Uhr auf der Via Sannio an der Porta di San Giovanni. Ich schreibe: »o.k.«, und gehe zum Hauptausgang. Während ich auf Gianna warte, muss ich schon wieder ans Rauchen denken.

Der goldene Mercedes-Oldie tanzt um die Ecke, und Gianna winkt mir stürmisch, als ob wir uns ewig nicht gesehen hätten.

»Und?«, fragt sie mich beim Einsteigen. »Hast du deinen Freund erreicht?«

»Er war mal mein Freund«, antworte ich.

»Das tut mir leid«, sagt sie und drückt meine Hand. »Weißt du jetzt, wer es auf der Autobahn auf uns abgesehen hatte?«

»Vielleicht kann Carlo mir das sagen. Ich treffe ihn morgen Mittag an der Porta San Giovanni.«

»Du meinst, *wir* treffen ihn morgen Mittag an der Porta San Giovanni, amore. Ich bin doch dein Guide. Ich passe auf dich auf. Okay?«

Gianna hat ein kleines Hotel für uns gefunden. Eine Villa mit Gartenanlage und Springbrunnen. Wir lassen den Mercedes dort auf dem Privatparkplatz stehen. Er ist neben der Dachterrasse der zweite Pluspunkt unserer Unterkunft.

Ich bin immer noch müde oder schon wieder, aber Gianna drängt zum Aufbruch, denn sie will mir unbedingt die Sixtinische Kapelle zeigen. Es muss heute, es muss genau jetzt sein, und sie schubst mich in Richtung der nächstgrößeren Straße und schiebt mich in einen überfüllten Bus. Ich befürchte, alle haben dasselbe Ziel wie wir. »Dann sind wir eben schneller als alle anderen«, sagt Gianna.

Der Bus kurvt jetzt schon eine Ewigkeit an einer Mauer entlang. Mir wird erst klar, dass dahinter der Vatikan ist, als er uns vor dem Eingang zu den Vatikanischen Museen ausspuckt. »Ein Wunder«, flüstert Gianna, als wir das Ticket kaufen und ohne anzustehen hineinkommen. Wir sind die letzten Besucher an diesem Tag, hinter uns wird die Kette an der Absperrung eingehängt. Ich laufe meiner Liebsten hinterher, deren Absätze ein Stakkato durch die Gänge, Räume und Ausstellungshallen klopfen.

Sie weiß, wo's langgeht, ich hinterher. Ich ahne, dass hier unfassbare Werte herumhängen und -stehen, aber wir haben ein Ziel, zu dem uns Schilder in allen Sprachen leiten. Die Cappella Sistina ist ein großer rechteckiger Raum, an die zwanzig Meter hoch. Die Besucher stehen wie Bäume im Wind, die Hälse nach hinten gebogen, und starren zur Decke. Adam, dieser kräftige, lasziv hingestreckte Athlet, nackt, wie der Herr ihn schuf, und der Finger Gottes, der ihm durch eine zarte Berührung Leben einhauchen wird. Eva ist da, sie entsteigt Adams Rippen. Die Schlange windet sich um den Baum der Erkenntnis, und Evas Neugier macht aus den beiden Flüchtlinge. Fort müssen sie von Eden und wissen nicht, wohin.

Ich strauchle fast und reibe mir den Nacken. Gianna nimmt mich an der Hand und führt mich zu einer Holzbank an einer der Seitenwände.

»Hier schließen sich die Kardinäle ein, um einen neuen Papst zu wählen«, flüstert Gianna. »Jeder hat einen Stimmzettel. Wenn die Zweidrittelmehrheit nicht erreicht wird, gibt es einen weiteren Wahlgang, so lange, bis der Neue gefunden ist.«

Eine Reisegruppe kommt in die Kapelle, angeführt von einem jungen Priester. Er erklärt die Decken- und Wandgemälde auf Deutsch. Ich höre zu, verstehe mal ein paar Brocken, dann wieder kaum etwas. Es ist warm hier drinnen, mir ist nicht gut. Ich mache kurz die Augen zu.

Plötzlich nehme ich ein Gemurmel wahr. Ruß liegt in der Luft, das unfassbare Blau von Michelangelos Jüngstem Gericht erscheint fast schwarz. Himmel und Erde und Unterwelt verschmelzen in ein Ganzes, nichts ist mehr getrennt. Der Raum ist voller betagter Männer in langen weißen Gewändern, es müssen mehr als hundert sein. Man reicht mir einen kleinen Zettel, auf dem steht: »Eligo in Summum Pontificem«, dann folgt eine gepunktete Linie, die ich offenbar beschriften und ausfüllen soll. Eligo, election, ich begreife, dass hier gewählt werden soll, aber ich kenne keine Namen und keine Kandidaten. »Bruder«, sagt eine Stimme neben mir, »du musst einen Namen aufschreiben. Es ist nicht erlaubt, sich der Stimme zu enthalten.«

Mir wird abwechselnd heiß und kalt. Da ich keinen anderen Namen kenne, schreibe ich: »Benedikt«, und falte den Zettel wie die Männer links und rechts neben mir auf zwei mal zwei Zentimeter zusammen. Dann trete ich vor und werfe meinen Stimmzettel in die Urne. Sie wird geschüttelt und entleert, die Stimmen werden ausgezählt. Dann werden die Namen leise vorgelesen und aufgeschrieben. Ich halte den Atem an. Der erste Name, der vorgelesen wird, lautet »Noah«.

»Pscht!« Jemand rüttelt an meiner Schulter und tätschelt mir das Gesicht.

»Was ist passiert?«, frage ich.

»Du bist eingeschlafen und hast gestöhnt und gejammert, als würdest du gerade gefoltert«, zischelt sie.

»Ich erinnere mich nur noch daran, dass jemand mich zum Papst gewählt hat.«

»Dich?«, fragt Gianna.

»Eine Stimme habe ich bekommen. Dann hast du mich aufgeweckt. Vielleicht wären es noch mehr geworden.«

»Dann wärst du der erste Noah auf dem Papstthron geworden.«

Gianna schlägt vor, dass wir zum Petersplatz hinübergehen. Und obwohl er Luftlinie nur etwa hundert Meter von der Sixtinischen Kapelle entfernt ist und es natürlich einen Zugang gibt, müssen wir Normalsterblichen doch die elend langen Gänge durch die Vatikanischen Museen zurücklaufen zum Ausgang und dann noch einmal einen Kilometer hinter uns bringen, bevor wir endlich vor dem Petersdom stehen. Der Platz vor dem Dom ist jetzt, da es Abend wird, fast leer. Leer und riesig. Wir setzen uns auf eine Bank und kuscheln uns ineinander.

»Wie geht es dir?«, fragt Gianna mich irgendwann und steht auf.

»Ich glaube, ich bin schon wieder eingeschlafen«, antworte ich und strecke mich.

Sie lacht leise. »Ja, das glaube ich auch«, sagt sie. »Und soll ich dir was sagen? Ich auch. Vielleicht hatten wir sogar den gleichen Traum.«

»Bei mir ging es um Noah«, sage ich, »den aus der Bibel.«

»Oh ja«, sagt sie, »bei mir auch.« Dann schlingt sie ihre Arme um meinen Bauch und legt ihren Kopf an meine Brust. Ich sehe unsere Schatten im Licht einer der Laternen auf dem nächtlichen Petersplatz.

Wir laufen hinüber zur Engelsburg und zum Tiber. Die Blätter der Platanen rascheln sanft im Abendwind. Auf dem Ponte Sant'Angelo sitzt einsam ein rumänischer oder bulgarischer Akkordeonist und spielt melancholische Lieder. Gianna gibt ihm ein paar Münzen, dann ziehe ich sie schnell weiter. In einem der kleinen, überladenen Feinkostgeschäfte in der Via del Banco di Santo Spirito essen wir an einem Stehtisch die beste Pizza von Rom. Dann nehmen wir ein Taxi nach Hause.

Auf der Dachterrasse unseres Hotels packt Gianna noch das Fläschchen Rotwein aus, das sie im Feinkostladen mitgenommen hat. Wir stoßen an auf uns und die Ewige Stadt. Danach darf ich endlich in Giannas Armen einschlafen.

9

Rom, 6. Mai

Rapporto della polizia

*Wie der leitende Polizeidirektor der Questura Rom so-
eben bekannt gab, wurde heute am frühen Nachmittag
an der Porta di San Giovanni offenbar ein Anschlag
verübt. Eine Frau, Italienerin, wurde von einem Unbekannten angeschossen und lebensgefährlich verletzt.
Sie starb noch am Tatort. Zum jetzigen Zeitpunkt können noch keine Angaben über die Hintergründe der Tat
gemacht werden. Auch ein Terroranschlag kann nicht
ausgeschlossen werden.*
*Zeugen haben beobachtet, dass die fünfunddreißig-
jährige Frau in Begleitung eines jungen Mannes die
Straße entlangging, als ein dunkler Van am Straßenrand
stoppte, ein Mann heraussprang und aus nächster Nähe
einen Schuss aus der Pistole abgab. Dann stürmte er auf
den Begleiter des Opfers zu und zerrte ihn zum Wagen.
Der Mann wehrte sich und schrie um Hilfe. Daraufhin
kam ein weiterer Mann aus einer Bar an der Ecke zu
ihm gelaufen, um ihm offenbar zu helfen. Ein Zeuge
berichtet, dieser Mann, er trug einen Vollbart, habe den
bewaffneten Verbrecher mit einigen gezielten Karate-
schlägen dazu gebracht, von seinem Opfer abzulassen.
Eine sich nähernde Polizeisirene hat ihn wohl dazu be-
wogen, sich in den Van zu flüchten, der daraufhin los-
fuhr. Als die Polizeistreife eintraf, waren auch der Voll-
bärtige und die zweite Person verschwunden. Zeugen
beobachteten, wie sie Richtung Porta di San Giovanni
davoneilten.*
Das flüchtende Opfer wurde von Tatzeugen als schlan-

*ker Mann Mitte dreißig beschrieben. Er soll etwa einen
Meter fünfundachtzig groß sein und dunkles, halblanges
Haar haben. Bekleidet war er mit Jeans und schwarzem
T-Shirt. Der Mann ist verletzt. Die zweite Person, sein
Helfer, wurde als klein, untersetzt, mit Pferdeschwanz
und schwarzem Vollbart beschrieben. Er trug Sneakers,
Jeans und Sweater.*

*Die Polizei weiß nicht, ob diese Person den Mann aus
der Gefahrenzone zerrte, um ihn in Sicherheit zu bringen oder zu entführen. Völlig unklar ist, wo sich das
mutmaßliche Entführungsopfer und der Passant jetzt
aufhalten. Die Ermittler stehen vor einem Rätsel. Zeugen, die sich vor oder während des Anschlags auf dem
Platz befunden haben und Angaben zur Person des
Opfers, zu anderen beteiligten Personen oder zum Tat-
hergang machen können, werden gebeten, sich bei der
Questura zu melden. Die Polizei wird jedem Hinweis
nachgehen.*

Ich weiß nicht, ob ich in meinem Leben schon einmal so viel
geheult habe, und ich kann mir nicht vorstellen, dass ich noch
einmal in meinem Leben so viel heulen muss wie heute.

Ich bin mit dem Kopf voraus auf den Asphalt geknallt, als
der Typ mich zum Auto zerren wollte. Aber das hat mich
nicht ausgeknockt. Auch den Schlag mit der Faust – oder
war's der Ellbogen des Typen? – aufs Jochbein habe ich noch
voll mitgekriegt. In dem Moment tat es gar nicht weh, auch
wenn ich mir nicht erklären konnte, warum nicht. Ich hatte
immer noch Gelegenheit, ihm gegen das Schienbein zu treten
und zu versuchen, seinen Armen, die mich packen und zum
Wagen schleifen wollten, irgendwie zu entkommen. Ich muss
geschrien haben, es waren Leute auf der Straße oder in der
Nähe, aber keiner traute sich, mir zu helfen. Dann hörte ich
die Polizeisirene. Nie hätte ich mir gedacht, dass mich das
einmal so froh machen könnte. Und dann kam dieser Bärtige
und setzte seinen Handkantenschlag an. Ich kapierte erst,

als ich in seinem verranzten Fiat saß, wer er sein musste. Er hatte den Wagen in der nächsten Seitenstraße im Halteverbot stehen und mich dorthin geschleppt.

Jetzt ist es vorbei, ich kann nicht mehr, meine Augen bleiben trocken. Gianna. In meiner Phantasie sehe ich Bilder, wie die Polizei den Tatort sperrt. Menschen stehen in Trauben vor dem rot-weißen Absperrband. Männer und Frauen aus den hinteren Reihen recken sich, stehen auf Zehenspitzen, um zwischen den Köpfen der vor ihnen Stehenden auch noch einen Blick auf das Geschehen zu erhaschen. Ich stelle mir weiter vor, wie die übliche Maschinerie in Gang kommt, die man aus tausend Filmen kennt. Wer, warum und wieso, fragen sich die Beamten. Ist es Terror, von links oder rechts, von den Islamisten oder den Nationalisten? Alles scheint möglich. Vielleicht ist es auch nur einer von vielen Mafiamorden oder, noch einfacher, ein Eifersuchtsdrama. Wenn das zutreffen sollte, dann hat der eifersüchtige Ehemann einen Killer beauftragt, denn so viel ist schon auf den ersten Blick klar: Der oder die Täter waren keine Amateure.

Gianna im geblümten Kleid, auf dem Rücken liegend, das Gesicht zur Sonne, mit offenen Augen. »Nicht«, möchte ich schreien, »bitte nicht! Schließt ihr doch die Augen oder legt ihr zumindest ein Tuch über das Gesicht. Das tut doch weh. Diese Sonne direkt in die Augen, so weh.« Noch bin ich nicht so weit. Wieder laufen mir Tränen über die Wangen.

Und in meinem Kopf beginnt alles noch einmal von vorne. Wie wir von der U-Bahn San Giovanni hinauf auf den Platz kommen, hinter uns ein historisches Stadttor, durch das mehrere Fahrspuren hindurchführen, vor uns an der Ecke das Kaufhaus COIN. Wie wir lachend und scherzend in die verabredete Via Sannio laufen, auf der rechten Seite eine Bar, dann eine Reihe von weißen Plastik-Pavillons, in denen Kleider hängen. Ein Straßenflohmarkt. Wie wir uns unterwegs küssen, weil wir uns seit mindestens fünf Minuten nicht mehr geküsst haben. Wie ich ihre Hand in meiner spüre. Wie ich ihren Duft einsauge, ihr Haar küsse, ihre Nase, den Mund. Und dann das Auto, das um die Ecke rast und mit quietschenden Reifen anhält. Die hintere Tür springt auf, ein Schuss zerfetzt die bange Stille in meinem Kopf und knipst den üblichen Verkehrslärm aus. Ich sehe Gianna mit aufgerissenen Augen in die Knie gehen und fallen und kann sie nicht auffangen, denn der Typ, ihr Mörder, landet den ersten Fausttreffer in meinen Magen, und ich falle mit dem Gesicht auf die Straße. Eine Flut von Gefühlen überschwemmt mich, und obenauf schwimmt die Wut, die ist mir am nächsten und hilft mir, um mich zu schlagen und es ihm nicht zu leicht zu machen, mich zum Auto zu schleppen.

Nein, ich mag nicht mehr. Ich mag nicht mehr weinen, ich mag nicht mehr dieses Bild vor mir sehen, und ich mag nicht mehr dieses Gefühl in meiner Brust spüren, das mich fast zerreißt. Nicht nur die Augen schmerzen, nicht nur die Rippen vom vielen Schluchzen. Nicht das Jochbein, nicht der zermatschte Kopf. Den größten Schmerz fühle ich wie außerhalb meines Körpers. Es ist, als würde ich verrückt, als könnte ich nie im Leben damit fertigwerden, nicht jetzt und auch nicht in drei Monaten oder Jahren. Ich will nichts mehr fühlen, nichts mehr denken. Ich will gar nicht mehr da sein, nirgendwo mehr.

Carlo schweigt. Er sitzt eineinhalb Meter von mir entfernt, hat eine Salbe, eine Schere, Pflaster, ein Desinfektionsspray vor sich auf dem Tisch liegen – und tut nichts. Überlegt er, wie er mich trösten kann, oder versucht er nur, mich nicht zu stören? Hat er Angst, dass ich ihn beschuldigen werde, sobald er den Mund aufmacht? Ich weiß es nicht. Ich weiß nur, dass er mich aufregt. Er sitzt da und beobachtet mich. Wenn er merkt, dass ich ihn ansehe, dann sieht er mich auch an und versucht, ein verständiges Gesicht zu machen und so sein Mitgefühl auszudrücken. Wie ein Zen-Mönch sieht er mich an, auf alle Fälle wie einer dieser Menschen, die einem das Gefühl vermitteln, dass sie schon viel weiter sind als man selbst, und deshalb genau die Richtigen sind, dich zu trösten.

Dabei versteht er gar nichts. Wie denn auch? Was will

er denn da verstehen? Er kannte Gianna nicht einmal. Als er mich wegriss, angeblich nur, damit ich nicht auch noch erschossen werde, da war sie doch schon tot. Carlo kennt Gianna nur als Tote. Was also will er verstehen?, frage ich mich. Dieser Zen-Priestermönch ist doch vielleicht überhaupt an allem schuld. Wieso hat er denn genau diesen Ort für unser Treffen vereinbart? Vielleicht steckt er ja hinter allem. Vielleicht auch nicht er, sondern irgendein anderer, Dave oder was weiß ich denn. Vor drei oder vier Tagen war doch noch alles okay. Es war nicht besonders gut, vielleicht war es sogar beschissen, und ich wollte weg aus Berlin. Aber es war doch immerhin erträglich. Ich hätte es auch noch Tage, Wochen oder Monate länger dort ausgehalten, ohne dass mir etwas Grässliches passiert wäre. Und jetzt? Jetzt ist alles aus und vorbei.

»Nein!«, schreie ich und meine damit, dass ich nicht schon wieder mit dem Schluchzen anfangen will. »Warum?«, schreie ich Carlo an. »Warum haben sie Gianna erschossen?«

Wieder schaut er mich mit diesem typischen Blick an. Seine Mimik deute ich als Ausdruck von Mitleid und ein bisschen Verständnis. Unverschämt ist das. Ich brauche weder Mitleid noch Verständnis. Ich will eine Antwort. Warum? Darauf will ich eine Antwort.

Mir gehen schon wieder so dumme Gedanken durch den Kopf. Ich sollte Mitleid mit ihm haben, denn er sieht wirklich nicht gesund aus. So als würde er zu viel essen und sich zu wenig bewegen. Vielleicht arbeitet auch seine Leber schlecht. Ich finde, seine Gesichtsfarbe hat einen leichten Stich ins Gelbliche. Er ist zu dick, und zu klein ist er auch. Zumindest ist er nicht groß. Sein Vollbart so ungepflegt wie sein Fiat. Irgendwie sieht er aus wie ein Nerd. Wie ein italienischer, zu dicker und ungesund lebender Nerd. Jetzt geht es mir minimal besser, und Carlo ist mir ein klein wenig sympathischer geworden.

Das bisschen Licht, das die Fensterläden ins Zimmer lassen, genügt, um den Staub über dem Boden tanzen zu sehen.

Die Sirene eines Ambulanzwagens wird leiser und verschwindet in der Ferne. Die Farbe des Fensterladens kann ich nicht erkennen, trotzdem weiß ich, dass er grün ist. Ich sitze auf einem Plüschsofa. Manchmal umfasse ich meine angewinkelten Beine mit den Armen, dann strecke ich die Beine wieder aus. Ich stehe auf, gehe vier Schritte und setze mich wieder, mit dem Gefühl, dass alles sinnlos ist. Ich möchte, dass Gianna lebt, sonst nichts. Selbst wenn ich sie nie wiedersehen würde, wünsche ich mir nichts sehnlicher, als dass sie lebt.

»Ich möchte, dass alles so ist wie vor drei Tagen«, sage ich vor mich hin.

Carlo sitzt vor einem kleinen Holztisch, Kirsche oder Ulme, vielleicht Walnuss, es ist zu dunkel, um es genau zu erkennen. Zwei große Bildschirme und eine Tastatur belegen fast den gesamten Tisch. Der Stuhl, auf dem er sitzt, ist aus dem gleichen Holz, ein normaler Stuhl, ein ganz normaler Holzstuhl.

Carlo dreht den Oberkörper in meine Richtung und nickt. »Klar«, sagt er.

Komisch. Er sagt nur dieses eine Wort, »klar«, doch irgendwie löst es etwas in mir, und zum ersten Mal habe ich das Gefühl, als könnte er mich tatsächlich verstehen. Und zum ersten Mal kommt mir der Gedanke, dass vielleicht auch er traurig ist über das, was mit Gianna passiert ist.

Carlo steht auf, geht den Schritt rüber zum Sofa, setzt sich neben mich, und gerade so, als hätte ich die ganze Zeit nur darauf gewartet, hänge ich mich an ihn und heule in seinen Bart und auf seine Schulter. Ich drücke diesen fremden Mann einfach an mich, heule hemmungslos, und es tut gut, zu spüren, dass er seinen Arm um mich legt und mich einfach festhält.

Ich suche nach den Taschentüchern, von denen er mir schon vor einer Stunde eine Maxipackung gegeben hat.

»Es wird nie wieder wie vor drei Tagen«, sagt er. »Das ist vorbei.«

»Ja, aber warum?«, will ich wissen. »Warum denn? Es war

doch alles ganz normal. Die Gäste in meiner Bar, klar haben sie mich manchmal aufgeregt, wenn sie wieder und wieder die gleichen Geschichten erzählt haben. Sicher hat mich Horvath genervt, der immer zu spät und oft überhaupt nicht gezahlt hat. Aber das war doch alles nicht wirklich schlimm. Wieso habe ich das einfach so weggeworfen? Wieso bin ich mit Gianna hierhergekommen? Warum ist das so?«, frage ich ihn wieder, aber ich erwarte keine Antwort. Ich weiß selbst, dass es keine Antwort auf diese Fragen gibt.

»Es gibt einen Grund«, sagt Carlo. »Und ich glaube, du ahnst es, denn sonst wärst du nicht hier bei mir, sondern weggelaufen. Du wärst zur Polizei gegangen, hättest mich in Verdacht, in die ganze Geschichte verwickelt zu sein, stimmt's?«, fragt er.

»Und hast du was damit zu tun? Hast du etwas mit Giannas Ermordung zu tun?«, frage ich ihn und starre ihm in die Augen dabei.

»Nein, ich habe nichts mit dem Tod deiner Freundin zu tun. Ich schwöre es dir. Wäre das alles ein Film, dann gehörte ich zu den Guten. In Wirklichkeit ist das Leben leider komplizierter. Aber im Film wären es die Bösen, die hinter der Ermordung deiner Freundin stecken. Joe, ich und die anderen, die dir in den nächsten Tagen helfen werden, wir gehören alle zu den Guten.«

So einfach ist die Antwort, die Carlo mir gibt, und verblüffenderweise genügt sie mir.

»Was hast du mit Joe zu tun? Was mit Satoshi Nakamoto? Hat es vielleicht etwas mit Joes Orden der heiligen Festplatte zu tun?«

»Ja, hat es.«

Ich starre ihn immer noch an.

»Wahrscheinlich hältst du Joe für einen Spinner, der ab und zu in deiner Bar rumhängt und von einem Tag zum anderen lebt. So soll es auch aussehen, aber so ist es nicht.«

»Aha«, mache ich, obwohl ich es ja schon besser weiß. Aber ich will einfach hören, was Carlo mir über ihn erzählen wird. Ich habe das Gefühl, ich hätte jetzt viel Zeit, denn ich weiß nicht, woher ich die Kraft nehmen soll, um diese Wohnung eines Tages wieder zu verlassen und in ein unvorstellbares Leben zurückzukehren, in dem es keine Gianna mehr gibt.

»Joe ist Physiker und Mathematiker«, sagt Carlo. »Einige seiner Forschungen und Entdeckungen sind wirklich bedeutend. Aber vor einigen Jahren hat er alles hingeschmissen. Ansehen, Geld und all das, für das sich die meisten Menschen ihr Leben lang krummlegen.«

»Ich bin schuld«, sage ich plötzlich, als würde es mich überhaupt nicht interessieren, was und wer Joe nun genau ist. Es fiel mir eben gerade ein. »Ich habe meinen alten Freund Dave aus Mailand mit Giannas Handy angerufen. Er hat sich verplappert und mich gleich gefragt, ob ich bei meiner Mailänder Freundin bin. Dabei habe ich ihm nie, nie, nie erzählt, dass Gianna in Mailand wohnt. Mir war klar, dass da etwas verdammt stinkt, also habe ich das Gespräch schnell beendet. Aber offenbar hat es genügt, uns zu orten«, sage ich und möchte schon wieder anfangen zu heulen.

»Noah, du kannst doch nichts dafür. Du bist nicht schuld!«, versucht Carlo mich zu trösten, aber es hilft nicht.

»Dave hat die Daten von Giannas Handy an jemanden weitergegeben. Vielleicht hat er das Handy auch noch gekapert und uns über die Kamera und das Mikro belauscht«, sage ich. »Sicher hat Dave oder wer auch immer uns belauscht. Sie müssen also schon früh erfahren haben, wo wir hinwollten, oder sie haben unser Kennzeichen ausgespäht. Aber weshalb haben sie Gianna ermordet? Sie wusste doch nichts.«

»Diese Leute gehen kein Risiko ein. Und Gianna war ein Risiko. Wahrscheinlich hast du ihr erzählt, was dir in Berlin passiert ist. Insofern war sie Mitwisserin, also musste sie aus dem Weg geräumt werden.«

Wie dieser arme Satoshi Nakamoto in Berlin, denke ich.

Das Licht, das durch die Lamellen dringt, wird schwächer. Ich würde gerne am Fenster stehen und vorbeilaufende Kinder, Katzen und Hunde beobachten, und wenn es die nicht gibt, dann eben Vögel. Ich kann doch nicht für immer hier sitzen bleiben, denke ich. Irgendetwas muss sich ändern, sonst werde ich verrückt.

»Können wir nicht die Fensterläden öffnen?«, frage ich Carlo. »Ich fühle mich so eingesperrt.«

Carlo schüttelt den Kopf. »Wir dürfen uns nicht in Gefahr bringen. Aber vielleicht lässt du mich jetzt mal deine Wunden im Gesicht versorgen?«

Inzwischen mag ich Carlo sogar ein wenig. Er heuchelt mir nichts vor, das allein hilft schon. Und dass sein Mitleid, wenn er es zeigt, echt wirkt.

Ich gehe vorher noch zur Toilette. Als ich in den Spiegel über dem Waschbecken sehe, erschrecke ich. Um mein rechtes Auge herum bildet sich von unten her ein lila Halbmond. Das Jochbein ist angeschwollen und tut bei Berührung höllisch weh. Schürfwunden an der Stirn. Ich starre in mein Gesicht. Nicht nachdenken, sage ich zu diesem zerschundenen Spiegelbild, denk nicht drüber nach, nicht jetzt, wo deine Kraft kaum dazu reicht, dich aufrecht zu halten.

Ich gehe zurück ins Wohnzimmer, lege mich auf das Sofa und lasse Carlo an meinem Gesicht herummachen. Dabei gelingt es mir fast, einzuschlafen.

»Ich wollte noch mit Joe telefonieren«, fällt mir im Halbschlaf ein. Ich will vom Sofa aufstehen, aber Carlo hält mich zurück.

»Das hat Zeit.« Er legt mir zwei Kissen unter den Kopf. »Joe und Julia kann ich informieren. Du solltest jetzt einfach schlafen, wenn du kannst.« Er deckt mich mit einer dünnen Wolldecke zu. Ich sehe ihn in der Küche verschwinden und mir eine Tasse Tee aufbrühen. Dann drückt er eine kleine grüne Pille aus dem Blister und steckt sie mir in den Mund.

»Damit du schlafen kannst.«

Ich schlürfe etwas Tee. Der Geruch erinnert mich an meine Kindheit. Ich bin froh, als der Schlaf mich holen kommt.

Ein lautes Flüstern weckt mich. Oder leises Reden. Die Stimme kenne ich nicht. Zumindest nicht sofort. Im Schlaf hatte ich die Hoffnung, dass alles nur ein böser Traum war, gleichzeitig ahnte ich, dass meine Hoffnung sich nicht erfüllen würde. Die Sonnenstrahlen, die mein Gesicht erreichen, machen mich endgültig wach. Mit zugekniffenen Augen versuche ich mich zu orientieren. Grüne Fensterläden, weiß getünchte Wände, ein großer Raum zum Arbeiten und Wohnen. Ich weiß jetzt wieder, wo ich bin, und das Flüstern nimmt kein Ende.

Sicher ist es Carlo, wer sollte es sonst sein? Wenn ich etwas bemerkt habe, dann, dass Carlo ziemlich vorsichtig ist. Er hat bestimmt niemanden hereingelassen, der uns gefährlich werden könnte. Aber mit wem quatscht er? Da muss doch noch jemand sein, ein anderer. Hat uns die Polizei gefunden? Hat ein Zeuge Carlo erkannt? Jemand sich das Nummernschild gemerkt? Der, der flüstert, ist Carlo, den anderen höre ich nicht einmal. Das kann unmöglich die Polizei sein. Ich habe Hunger, denke an Frühstück und fühle mich schlecht und treulos dabei. Statt nur zu trauern, denke ich ans Essen. Aber dieser Hunger, das bin gar nicht ich. Das ist irgendeine Maschine in mir, die nach Material verlangt, um Hirn und Herz mit Energie zu versorgen, aber sie hat nichts mit meinen Gefühlen zu tun.

Auf dem Weg zum Klo sehe ich endlich, wer hier plappert. Carlo sitzt am Bildschirm, mit einem Einohr-Headset, auf dem Screen ist, hinter einer monströsen Glasscheibe, das Innere einer riesigen Lagerhalle zu sehen. Der Typ, mit dem Carlo sich unterhält, ist sehr jung. Kinn- und Schnauzbart, kurz geschorene blonde Haare, alles ganz akkurat. Die Lagerhalle scheint endlos lang. Ein breiter Gang zwischen zwei Stahlregalen, die vollgestopft sind mit Minern, wie sie auch in Joes und Julias Labor-Büro in Berlin stehen. Fünf übereinander auf einem Regalboden, auf insgesamt fünf Regalböden. Am oberen Ende des Regals steht ein Schild mit einer Nummer für den Gang. Ein Schild neben dem anderen. Jeder Regalmeter hat seine eigene Nummer. 25, 26, 27 auf der einen

Seite des Gangs, 7, 8, 9 auf der anderen. Es müssen Tausende von Minern sein, die in dieser Halle stehen.

Carlo dreht sich zu mir um. »Hab ich dich geweckt? Guten Morgen.«

»Nein, die Sonne war es«, sage ich, obwohl es sein Flüstern war. So gerne würde ich noch weiterschlafen. Schlafen und an nichts denken. Schlafen vor Erschöpfung, das ist das Schönste, was ich mir vorstellen kann. Nur nicht denken müssen.

»Ich ruf dich gleich noch mal an«, höre ich Carlo ins Mikro sagen.

»Telefonier doch weiter, es muss ja immer weitergehen«, sage ich und könnte mir dafür selbst in die Fresse schlagen.

Als ich vom Klo zurückkomme, fällt mir erst auf, dass Carlo ein tolles Frühstück auf den Tisch gezaubert hat.

»Ist Kaffee für dich okay?«, fragt er.

»Logo«, sage ich. Mehr bringe ich nicht raus.

»Konntest du schlafen?« Er nippt an seiner Tasse und sieht mich fragend an.

»Ja, ich habe geschlafen wie ein kalter, lebloser Stein. Das war schön. Ich wäre jetzt gern ein solcher Stein. Sorry, ich sollte lieber mal Danke sagen. An ein Frühstück habe ich nämlich auch gedacht, nicht nur an Steine.«

Es ist mir gelungen, ihn zum Lächeln zu bringen.

»Was war das für eine Lagerhalle mit den ganzen Minern, die ich im Vorbeigehen auf deinem Bildschirm gesehen habe?« Ich weiß nicht, ob es mich wirklich interessiert, aber irgendetwas muss ich doch fragen.

»Du hörst dich ja an wie ein Experte, oder hast du von Julia eine Führung durch unsere kleine Berliner Farm mit den Antminern bekommen?«

»Sie hat sie mir an meinem letzten Tag in Berlin gezeigt.«

»Julia macht in Berlin die Software, mit der wir das Mining steuern. Sobald wir getestet haben, ob sie reibungslos läuft, kommt sie in unserer großen Mining-Farm in Island zum Einsatz.«

»Warum Island?«

»Island ist ideal. Der Strom wird aus Erdwärme und Wasserkraft gemacht und ist verdammt günstig. Das Klima sorgt dafür, dass du zum Kühlen nur die Fenster aufmachen musst und keine teuren Klimaanlagen brauchst.«

»Und wieso macht ihr das? Wollt ihr reich werden wie der Papst?«

»Das Geld, das wir mit dem Minen verdienen, geben wir zum großen Teil in Projekte, von denen wir glauben, dass sie gut für die Menschheit sind. Aber das Mining hat noch eine andere wichtige Funktion. Es schützt den Bitcoin.«

»Hä? Wovor denn?«

»Vor Angriffen. Je mehr Computer ihre Rechenleistung für das Mining einsetzen, umso schwerer wird es für Angreifer, den Bitcoin zu manipulieren oder ihn als Zahlungsmittel zu vernichten.«

»Wer sollte das tun wollen?«

»Staaten, die keine Währung zulassen wollen, die sie nicht kontrollieren können, oder Banken zum Beispiel, die eine mögliche Konkurrenz zu ihren Geschäften ausschalten wollen.«

Carlo legt sein Tablet auf den Tisch und startet ein Programm, das Bitcoin heißt und anscheinend so ähnlich wie ein Onlinebanking, aber eben mit Bitcoin, funktioniert. Er macht damit Überweisungen.

»Wusstest du, dass jeder dritte Mensch weltweit kein Bankkonto besitzt, weil keine Bank ihm eines einrichtet?«, fragt er mich.

Wusste ich nicht.

»Ohne regelmäßiges Einkommen kein Konto. Kannst du dir vorstellen, wie schwer ein Leben ohne Bankkonto ist? Du kannst deine Miete nicht überweisen, dir kein Geld überweisen lassen, nichts im Internet einkaufen und so weiter. Du bist praktisch ausgeschlossen vom normalen Wirtschaftsleben. Mit Bitcoin bekommt jeder ein Konto, der über einen Internetzugang verfügt. Und wenn es in einem Internetcafé ist. Überweisungen sind so einfach wie das Verschicken einer E-Mail. Das kann jeder. Insofern ist Bitcoin absolut demokratisch.«

»Aber sind diese Überweisungen auch sicher?«, frage ich.

»Ganz sicher.«

»Aber es gibt doch bestimmt auch Hacker, die es auf dein Bitcoin-Konto abgesehen haben.«

»Es gibt Kriminelle, die versuchen, die Zugangsdaten für dein Wallet auszuspionieren. Wenn sie deine Daten haben, können sie das dazugehörige Wallet leer räumen. Die Überweisungen selbst können nicht gehackt werden. Denn für jede wird eine bestimmte Folge von Ziffern und Buchstaben verwendet, die einmalig nur für diese Transaktion gilt. Die Transaktion selbst ist offen, und jeder kann sie einsehen. Man kann sie nicht manipulieren, weil Tausende von Netzwerkcomputern jeden Eintrag überprüfen. Ein sehr sicheres System, weshalb sich auch die Banken inzwischen brennend dafür interessieren.«

»Kann ich noch eine Kanne Kaffee machen?«, frage ich.

»Klar«, sagt Carlo. »So viel du willst.«

»Dann sagst du also, dass Bitcoin etwas Gutes für die Menschen, also die Individuen, leistet und nicht in erster Linie für Staaten, Banken und Institutionen. Wie eben ein Konto für jeden Menschen, nicht nur für solche mit sicherem Einkommen.«

»Das ist nur ein Beispiel, Noah. Ich gebe dir noch ein anderes. Bitcoin kann die Unabhängigkeit von Menschen schützen, auch wenn sie von einem autoritären Staat oder einem repressiven Regime verfolgt werden. Kannst du dich erinnern? Nach dem 1. September 2016 sind Zigtausende Türken enteignet worden.«

»Du meinst, nach diesem Putsch oder angeblichen Putsch?«

»Genau. Alles Geld der vermeintlichen Gülen-Anhänger wurde über Nacht auf den Bankkonten eingefroren. Wie sollen Menschen in so einer Lage ins Ausland flüchten können ohne einen Pfennig Geld in der Tasche? Das werden wir mit dem Bitcoin ändern. Vielleicht nicht schnell, aber irgendwann bricht das weiche Wasser den Stein.«

Mein Espresso beginnt in der Kanne zu brodeln.

»Hört sich gut an«, sage ich und schenke erst Carlo, dann mir selbst ein. »Aber ganz kann ich es nicht glauben, ehrlich gesagt. Wenn Bitcoin so viel Hass erzeugt, dass auf der Jagd nach Bitcoin, nach Satoshi Nakamoto und vielleicht auch nach dem Orden der heiligen Festplatte ein unschuldiger Mensch wie Gianna einfach so ermordet wird, dann glaube ich nicht, dass durch Bitcoin die Welt besser werden kann«, sage ich und muss mich zusammennehmen, damit ich nicht wieder anfange zu heulen.

»Da hast du recht«, sagt Carlo. »Bitcoin kann keine bessere Welt und auch keine besseren Menschen machen. Bitcoin ist nur ein Werkzeug. Die Welt besser zu machen, das ist unsere Aufgabe.«

Nach dem Frühstück hat Carlo an seinem Rechner zu tun. Ich räume den Tisch ab und spüle das Geschirr. Was ich als Nächstes tun kann, wenn die Küche fertig ist, weiß ich nicht. Duschen vielleicht. Meine Tasche aus dem Hotel abholen, fällt mir ein. Ich habe nicht einmal eine Zahnbürste bei mir. Carlo sagt, er schickt jemanden hin, wenn ich ihm den Namen des Hotels sagen kann und in welcher Straße es ist. Auf seinem Tablet suche ich in Google Maps nach dem Hotel nicht weit von Roma Termini. In einem kleinen Park mit Springbrunnen und Dachterrasse. Es ist nicht zum Aushalten. Ich wische das Tablet mit einem Taschentuch trocken. Hotel California, das muss es sein, und das sage ich Carlo.

Eine Stunde später habe ich das Gefühl, ich wäre in der Verfassung, um mit Joe zu telefonieren. Ich frage Carlo, ob ich mich in sein WLAN einwählen kann.

»Du kannst über meinen Computer mit ihm telefonieren«, sagt er.

Sein PC macht ein komisches Geräusch, das klingt wie

»Trullallalla«. Ein grüner Button zum Entgegennehmen des Telefonats erscheint am Bildschirm und die Frage, ob die Kamera aktiviert werden soll. Ich hebe ab und aktiviere die Cam. Auf dem Monitor erscheint nicht Joes Gesicht, sondern das von Julia.

Ich fühle mich überrumpelt. Wenn ich Julia sehe, muss ich sofort an Gianna denken.

»Noah«, sagt Julia. »Joe ist gerade unterwegs, aber er kommt bestimmt gleich zurück. Es tut mir so schrecklich leid. Carlo hat uns gestern noch berichtet, was geschehen ist und dass du sicher anrufen wirst, sobald es dir besser geht.«

»Warum sie und nicht ich?«

»Das ist die kranke Logik dieser Schattenmänner. Sie denken, dass du Gianna vielleicht von dem belauschten Mordauftrag erzählt hast. Sie könnte eine Zeugin sein. Keine, die etwas plant, versteckt oder sonst wie aktiv wird. Deshalb war es für sie die sicherste Lösung, sie einfach auszuschalten. Entschuldige, das ist vielleicht jetzt nicht das richtige Wort.«

Doch, denke ich. Es ist genau das richtige Wort. So wie man das Licht ausschaltet oder ein elektronisches Gerät, so haben sie einen unschuldigen Menschen ausgeschaltet.

»Dich wollten sie lebend, um zu erfahren, mit wem du vernetzt bist und ob du vielleicht Vorkehrungen getroffen hast für den Fall, dass sie dich erwischen.«

»Was für Vorkehrungen?«

»Du könntest ja was wissen und deine Infos für den Fall, dass dir was passiert, zur Veröffentlichung freigegeben haben. Wenn sie herausfinden, dass du allein bist und nichts zu deinem Schutz unternommen hast, dann werden sie dich auch noch töten. Wenn du dich dagegen abgesichert hast, werden sie dich so lange in die Mangel nehmen, bis sie wissen, was sie wissen wollen. Mit wem du was gesprochen hast und wer was von dir erfahren hat.«

»Was weiß ich denn schon groß?«, frage ich.

»Du kennst den Mann, der den Befehl gegeben hat, Satoshi Nakamoto umzubringen, diesen armen Japaner, dessen Leiche sie in Spandau gefunden haben.«

»Ich weiß nicht einmal, wie er heißt.«

»Aber du würdest ihn wiedererkennen. Es ist besser, wenn du aus Rom weggehst«, sagt Julia. »Zu bleiben wäre zu gefährlich. Auch für Carlo und für uns wäre es eine zu große Gefahr.«

Mit Carlos Bildschirm stimmt etwas nicht. Julias Gesicht wird fast transparent, sodass ich durch sie hindurchsehen kann. Wie ein doppelt belichtetes Foto. Julias fast durchsichtiges Gesicht und dahinter die Fensterwand in dem Loft in Friedrichshain.

»Du fliegst nach Spanien und gehst nach Santiago«, sagt Julia. »Den Jakobsweg. Das wird dir helfen.«

»Und was soll in Santiago besser sein als in Rom? Was war in Rom besser als in Mailand? Was war in Mailand besser als in Berlin?«, bricht es aus mir heraus. »Bisher ist es von Ort zu Ort schlimmer geworden. Wäre ich doch einfach in Berlin geblieben. Vielleicht hätten sie mich dann umgebracht, aber wäre das schlimmer gewesen als das, was jetzt passiert ist?«

»Wärst du in Berlin geblieben, dann hätten sie dich schon längst gekidnappt und die gewünschten Infos aus dir herausgeholt, und danach hätten sie dich vielleicht umgelegt.«

Carlo fängt an, in der Küche zu werkeln. Ich glaube, er kümmert sich ums Mittagessen. Das Bild auf dem Monitor ist wieder etwas besser geworden.

»Ich kann schon verstehen, dass du sauer auf uns bist«, sagt Julia, und ich habe den Eindruck, dass mir gerade ein Stück des Gesprächs fehlt.

»Bist du über Joe zum Bitcoin und zu dem ganzen Kram gekommen?«

»Nein, ich habe mich schon für Kryptowährungen interessiert, als ich ihn noch gar nicht kannte.«

»Wie kam das?«

»Willst du das jetzt wirklich wissen? Nach dem, was deiner Freundin passiert ist?«

»Ja, weil ich kapieren will, wie das alles zusammenhängt. Weil ich mir nicht dauernd vorkommen will wie im falschen Film. Weil ich die Wahrheit hinter eurem Theater in der Bar kennen will. Also erzähl einfach. Ich hör dir zu.«

Julias Gesicht ist anzusehen, dass sie verstanden hat. Und sie fängt an zu erzählen. »Ich habe hier in Berlin Computerlinguistik studiert und Noam Chomsky und sogar noch Joseph Weizenbaum persönlich kennengelernt. Ich habe mich mit Verschlüsselungstechniken beschäftigt und mich von Anfang an für Kryptowährungen interessiert. Das fanden wir damals spannend, und wir sind ziemlich spielerisch damit umgegangen. Positiver Nebeneffekt dieser Spielerei: Alle, die vor 2010 mit Bitcoins experimentiert haben, sind heute ziemlich vermögend. Denn damals konnte man noch mit einem ganz normalen Computer oder dem Smartphone viele Bitcoins pro Monat erzeugen. Heute brauchst du einen irre teuren Hochleistungsrechner, um auch nur einen einzigen Bitcoin pro Monat herzustellen.«

Julia nimmt einen Schluck aus ihrer Tasse, in der ich Tee mit einem Schuss Rum vermute. Den hatte sie auch bei mir in der Bar öfter bestellt.

Bitcoins, Satoshi. Ich möchte endlich aus diesem Alptraum aufwachen.

»Hast du dich nie für Politik und Wirtschaft interessiert?«, fragt Julia.

»Doch«, sage ich. »Zuletzt ungefähr 2011 und 2012, während du dabei warst, dir dein Bitcoin-Vermögen zu schaffen. Da habe ich im Occupy-Camp in Berlin gelebt. Ich bin mit leeren Händen reingegangen und am Ende genauso wieder rausgekommen. Und wahrscheinlich hättest du mir auch keinen Tipp gegeben, selbst wenn wir uns damals schon gekannt hätten. Mir ist jedenfalls noch nie einer untergekommen, der das Bedürfnis hatte, mich in sein Bitcoin-Wissen einzuweihen.«

»Kennst du Kodak?«, fragt Julia. »Von denen man früher immer die Filme für den Fotoapparat gekauft hat?«

Ich nicke.

»Kodak war eines der bekanntesten, größten und profitabelsten Unternehmen der Welt. Welche Sonderstellung Kodak in der Industriegeschichte hatte, kannst du daran erkennen, dass sie in ihrer Firmenzentrale mitten in der Großstadt Rochester sogar einen eigenen Atomreaktor im Keller stehen hatten. Der war mit waffenfähigem Uran bestückt, wie erst 2012 bekannt wurde. Egal, ob Röntgenbilder oder Urlaubsfotos, überall begegnete man dem Schriftzug Kodak, weltweit. 1975 erfand Kodak die tragbare Digitalkamera, nur haben sie selbst nicht daran geglaubt, dass diese Erfindung die Fotografie revolutionieren würde, und überließen den Konkurrenten die Vermarktung. Etwa dreißig Jahre später war Kodak pleite. Weshalb? Weil sie selbst nicht an den Erfolg ihrer Erfindung geglaubt hatten. Alle Welt fotografierte nur noch elektronisch, und davon profitierten alle, nur nicht Kodak«, sagt Julia.

»Okay, und was genau hat das jetzt mit Bitcoin zu tun?«

»Es ist ein Beispiel dafür, wie eine neue Technologie mächtige Unternehmen und profitable Wirtschaftszweige zerstören kann. Die Kryptowährung Bitcoin ist auch so eine neue Technologie und hat das Potenzial, die Finanzindustrie, wie wir sie heute kennen, wegzupusten.«

»Wer würde denn wegen Bitcoin bankrottgehen?«

»Also gut«, sagt Julia, »dann erzähle ich dir jetzt noch eine Geschichte. Du sagst, wenn es dir zu viel wird. Vor ein paar Jahren saß ich im Café, dort, wo jetzt Katjes Café GrünOhr ist, so 'n Veggie-Café neben den Hackeschen Höfen und dem Kino Central, vielleicht kennst du das ja. Ich saß also da drin und sah einen schmächtigen kleinen Mann reinkommen. Er fiel mir sofort auf. Kinnlange rattengraue Haare, zuerst dachte ich, sie wären total fettig, später hab ich bemerkt, dass er nur reichlich Pomade draufgeschmiert hatte. Ich fand ihn ziemlich hässlich. Ohne zu zögern, ging er direkt auf meinen Tisch zu. Erst als er vor mir stand und gefragt hat: ›Darf ich mich zusetzen?‹ – er hat wirklich ›zusetzen‹ gesagt –, sah ich, dass er grüne Augen hatte. Nicht besonders schön, aber auffallend und ein bisschen unheimlich. Ich hab zu ihm gesagt: ›Sind ja noch andere Tische frei‹, doch er tat so, als hätte er es nicht gehört, und hat sich einfach gesetzt. Als sein Kaffee kam, riss er die beiden Päckchen Zucker auf und schüttete sie hinein, dabei starrte er mich an, als wartete er darauf, dass ich etwas sagen würde. Ich tat so, als würde ich ihn gar nicht beachten, und wischte auf meinem Handy herum. Innerlich war ich alles andere als cool und zum Zerspringen angespannt. ›Kannst du dir vorstellen, für die NSA zu arbeiten?‹, fragte er plötzlich. Ich dachte, was für ein Spinner, und sagte: ›Nein, ich bin gegen Geheimdienste.‹ ›Wir auch‹, antwortete er. Wie sich dann herausstellte, war er einer von den Anti-Globalisierungs-Leuten und hatte von irgendwem erfahren, dass ich mich mit Verschlüsselungstechniken auskenne. Er meinte, er könnte es arrangieren, dass ich mich als Maulwurf von der NSA anwerben lasse, um dann in Basel das Blockchain-Projekt auszuforschen und es anschließend öffentlich zu machen. Wir blieben bis elf Uhr nachts, und so unsympathisch er mir anfangs gewesen war, so lustig wurde es dann doch noch mit uns zweien. Drei Wochen später war ich in Basel. Die Globalisierungsgegner haben mich bei der NSA eingeschleust, und die NSA hat mich dann in die BIZ eingeschleust. Das ist die ›Bank für Internationalen Zahlungsausgleich‹, sozusagen die Mutter aller Notenbanken. Die Nabe im riesigen Rad des Finanzkapitalismus, dort, wo alle Speichen zusammenlaufen.«

»So etwas wie das Zentrum des Systems?«

»Ganz genau. Für mich begann dort eine sehr komfortable Zeit. Mein Hotel war nur ein paar Meter von der BIZ entfernt, vier Sterne und alles frei. Die NSA hatte es so organisiert, dass ich in der BIZ in die Abteilung Statistics & Research Support kam. Deren Leiter war Brian Tissel. Es gab dort ein Geheimprojekt, das sich ausschließlich mit Bitcoin beschäftigte. Tissel war in Ordnung. Er glaubte, dass ich vom Finanzsystem und der BIZ nicht viel Ahnung hätte. Aber mit meinem Wissen über Verschlüsselung, Blockchain und Bitcoin konnte ich ihn beeindrucken. Er erzählte mir so ziemlich alles, was man über Banken und Finanzen wissen muss. Wahrscheinlich mehr, als er mir erzählen durfte. Sicher weißt du, dass es eine Handvoll Finanzzentren auf der Welt gibt, die nahezu den gesamten Finanzhandel dominieren. Das sind New York, Hongkong, Chicago, Tokio, Frankfurt und Paris. Dort sitzen traditionell die Broker, die Investmentbanker, die großen Banken und natürlich die Flash Boys. Wieso guckst du so?«

»Vielleicht kannst du mir nur kurz sagen, was Flash Boys sind und wieso in deiner Aufzählung das Finanzzentrum London nicht auftaucht?«

»Hey, super, du passt ja richtig auf! Die Flash Boys sind die Freaks mit dem Hochfrequenzhandel. Die besorgen sich optimale Computerverbindungen zu den wichtigen Börsen und entwickeln Programme, die automatisch erkennen, wo sie schneller als ein Käufer sein können, um ihm zum Beispiel eine Aktie vor der Nase wegzuschnappen und sie ihm dann eine Hundertstelsekunde später einen Tick teurer zu verkaufen. Letztendlich ist es eine Art Marktmanipulation, an der alle großen Banken beteiligt sind und die inzwischen mehr als die Hälfte des Aktien- und Anleihehandels ausmacht.«

Sie holt kurz Luft, ich nicke, und es geht weiter.

»London habe ich extra nicht erwähnt, denn das ist ein Sonderfall. Auf den Märkten, die ich zuvor genannt habe, sind die Broker und üblichen Verdächtigen des Finanzkapitalismus unterwegs. Diese Zentren sind korrupt. Dort wird gezockt, und Bertolt Brechts Frage ›Was ist ein Einbruch in eine Bank gegen die Gründung einer Bank?‹ bekommt hier ihre volle Berechtigung. Doch London oder Basel sind ein ganz anderes Kaliber. Während in Frankfurt oder New York das Recht eines angesehenen Staates gilt und der Staat den Handel, wenn auch schwach, aber immerhin etwas regulieren kann, ist das in der BIZ oder in der Londoner City anders. Die Londoner City ist ein Quadrat mit einer Kantenlänge von ungefähr einer Meile und kein Bestandteil von Großbritannien. Es ist ein ausgegliederter Bereich mit eigenem Recht und nicht dem britischen Steuerrecht unterworfen. Dort laufen alle Drähte aus den Offshore-Steueroasen wie den Bahamas, den Cayman Islands, den Cookinseln, Guernsey, der Isle of Man oder Jersey zusammen. Das ist auch der Grund, weshalb die Londoner City noch vor New York der größte Finanzplatz ist und weshalb die ganz schweren Jungs, die auf keiner Forbes-Liste der reichsten Menschen erscheinen, weil ihre Macht nicht in Milliarden beziffert werden kann, hier die Spielregeln bestimmen. Und es gibt noch einen zweiten Ort, wo andere Spielregeln gelten. Auch da ist das nationale Steuerrecht außer Kraft gesetzt, nämlich in der Zentrale der BIZ in Basel. Durch einen Spezialvertrag mit der Schweiz wird die BIZ-Zentrale wie eine Enklave behandelt, die nicht dem schweizerischen Recht unterworfen ist. Und dieses System könnte der Bitcoin zum Implodieren bringen. Der Schaden würde nicht einige Milliarden, sondern Billionen Dollar betragen, und zwar nicht zulasten der normalen Bevölkerung wie sonst immer, sondern zulasten der Reichsten der Welt.«

»Und was war jetzt mit Kodak?«

»Okay, Kodak. Die BIZ, die USA und der Internationale Währungsfonds sind inzwischen in einer Situation wie Kodak in den Neunzigern. Es gibt eine neue Technologie, die sie mitentwickelt haben, aber nicht mitkontrollieren. Sie haben keinerlei Macht mehr über sie. Das ist so ähnlich wie bei Frankenstein und seinem Monster.«

»Und einfach abschaffen können sie den Bitcoin nicht?«

»Nein, das geht nicht mehr. Millionen von Rechnern, verteilt auf alle Staaten der Erde, sorgen jetzt dafür, dass diese Technologie ganz unabhängig von ihrem Erfinder so lange funktionieren wird, wie es das Internet gibt. Sie wird Revolutionen, Kriege, Naturkatastrophen, den Klimawandel, vielleicht sogar einen Atomkrieg überstehen.«

»Aber verbieten können sie den Bitcoin vielleicht«, sage ich.

»Das ist ein ganz schlechter Plan. In Ländern wie Bolivien oder Ecuador, wo der Bitcoin verboten ist, wird er noch intensiver genutzt als in vielen anderen Ländern. Die Jagd nach Satoshi Nakamoto und seinem Bitcoin-Vermögen ist für die NSA und ihre Komplizen der einzige Weg, Kontrolle über den Bitcoin zu erlangen. Kriegen sie ihn nicht, dann gucken sie in die Röhre.«

Mir schwirrt der Kopf.

»Apropos Röhre, was kocht Carlo denn da die ganze Zeit?«, fragt Julia. »Müsste das nicht irgendwann fertig sein?«

»Er macht mir schon seit ein paar Minuten Zeichen, dass das Mittagessen fertig ist.«

»Na, dann los, Noah, halt dich ran. Carlo ist nämlich ein ganz ausgezeichneter Koch, falls du das nicht schon selbst gemerkt hast. Ich verschwinde dann mal.« Sagt es und ist weg, bevor so etwas wie Abschiedsstimmung aufkommen kann.

Während ich mich aus dem Stuhl schäle, öffnet sich auf dem Bildschirm ein Fenster mit Sprechblase. »So long, Noah«, steht da, und darunter: »Big hugs, Julia«.

Ich zwinge mich, etwas zu essen. Pasta, Tomatensoße, Salat. Es schmeckt wirklich gut, aber viel schaffe ich nicht. Als Carlo die Espressokanne auf den Gasherd setzt, klingelt erneut das Telefon auf dem Bildschirm.

»Das ist Joe«, sagt Carlo. »Erkenne ich am Klingelton. Geh ruhig ran, ist bestimmt für dich.«

»Noah, ich sehe, du wirst gut versorgt«, sagt Joe. »Ich glaube, ich weiß sehr genau, wie es dir jetzt geht. Ich kann dir gar nicht sagen, wie leid mir das tut, was passiert ist.«

»Danke«, sage ich und räuspere mich, denn mir sitzt ein dicker Kloß im Hals.

»Ich weiß, wie du dich fühlst, weil ich vor Jahren etwas Ähnliches durchgemacht habe. Es war so grässlich, dass ich dachte, ich könnte nicht weiterleben.«

Ich erinnere mich sofort an Julias Worte am Alexanderplatz: *Was mich am stärksten zu Joe hingezogen hat, war die Trauer in seinen Augen. Irgendwann wird dir Joe die Geschichte dazu erzählen.*

»Auch wenn du jetzt denkst, es ist alles vorbei«, sagt Joe,

»vielleicht irrst du dich. Ich zum Beispiel habe damals nicht geglaubt, dass es das Ende war. Und ich glaube es heute immer noch nicht. Es gibt viel mehr Dinge zwischen Himmel und Erde, du weißt schon, als uns heute bekannt sind. Dessen bin ich ganz sicher. Du wirst Trost finden, Noah, und deine Wunden werden verheilen. Und wenn wir dem Geheimnis der Simulation noch mehr auf die Spur kommen, dann werden wir auch den Planeten oder die Welt finden, in der Gianna noch lebt.«

10

Es war das letzte Jahr des letzten Jahrtausends. Joe ging zwischen den beiden Türmen hindurch und über die World Trade Center Plaza hinüber zum Gebäude WTC 7. Die untergehende Sonne spiegelte sich in den Fassaden, und wie meistens wehte ein mäßiger Wind zwischen den beiden Türmen. Ein Schwarm kreischender Möwen flog zwischen den Wolkenkratzern hindurch, machte dann einen Schlenker im Tiefflug über seinen Kopf hinweg in Richtung Liberty Street. Vierhunderteinundvierzig, dachte er, als er dem Schwarm mit den Augen folgte.

Er war vier, als seine Eltern entdeckten, dass er ein Savant war, der mit einem Blick erkannte, wie viele Bauklötze, Erbsen oder Büroklammern auf einem Haufen lagen. Und jetzt erinnerte er sich, wie unangenehm es ihm gewesen war, zu spüren, dass er anders war als die anderen. Er begann seine Inselbegabung zu verstecken, um nicht aufzufallen. Er war kein Autist, »zumindest nicht in voller Ausprägung«, sagte ein Psychologe, zu dem ihn seine Eltern geschleppt hatten.

Der Himmel war blau, zum Atlantik hin türmten sich ein paar Schönwetterwolken, die abendlich leuchteten. Es war Spätsommer. Die Fenster, hinter denen noch gearbeitet wurde, waren beleuchtet und unterbrachen die Front der Hochhäuser wie weiße Kacheln. Als er am Nordturm nach oben blickte, kam es Joe so vor, als neige er sich minimal zum südlichen Turm hinüber. Für den Bruchteil einer Sekunde sah Joe ein Bild, das es damals noch gar nicht geben konnte. Eine Boeing 767 flog so tief, dass er die Aufschrift »American« am Rumpf der Maschine lesen konnte. Dann stürzte sie in das dreiundneunzigste Stockwerk des Nordturms. Er schob diesen Alptraum zur Seite, blickte sich noch einmal um. Alles war normal, nichts Auffälliges zu entdecken. Die Möwen waren verschwunden.

Die Plaza wirkte nicht verlassen, auch nicht besonders belebt. Seine Gedanken wanderten umher, er verlor den Faden. Er nahm keine Notiz von dem imposanten Ensemble, das er gerade durchschritt. Stattdessen sah er Kreise. Die Navigation über den Platz übernahm in der Zwischenzeit ein Bereich seines Gehirns, der von seinem Bewusstsein abgekoppelt war und ihn damit nicht belästigte. Er konnte sich ganz den Kreisen widmen, virtuellen Kreisen, die sein Gehirn projizierte, gefühlt in der Mitte seines Kopfes. Es waren sieben Kreise verschiedener Größe, die sich teilweise durchschnitten und überlappten.

Einen Augenblick lang überlegte er, weshalb es genau sieben waren, ob es etwas damit zu tun hatte, dass er auf dem Weg zum Gebäude WTC 7 war, eine Assoziation, eine Ausstrahlung des Gedankens, der das Ziel im Fokus hielt. War es nicht, dachte Joe. Es sind sieben Kreise, denn es müssen sieben Kreise sein, alles andere ergäbe keinen Sinn. Er korrigierte seinen Gedanken: Auch alles andere hätte Sinn. Jedem Kreis ordnete er das Bewusstsein einer Person zu. Sieben Milliarden Menschen, reduziert auf sieben. In seiner Phantasie gab er den Kreisen Durchmesser, Umfang und Fläche. Keiner der Kreise glich dem anderen. Er sah, dass die gemeinsame Schnittfläche der Kreise genau den siebten Teil der Fläche des kleinsten Kreises betrug. Diese Schnittmenge war der Teil des menschlichen Bewusstseins, über den sich alle Menschen austauschen konnten. Ihm wurde klar, dass es fast ein Wunder war, wenn man einen Menschen traf, mit dem man eine Schnittmenge teilte, die so groß war, dass man eine Chance hatte, sich gegenseitig zu verstehen.

Ein Hund bellte und riss ihn aus seinen Träumereien. Eine Windhose wirbelte in der Mitte des Platzes Staub auf und hob ihn kreiselnd nach oben, eine Bö fegte Blätter über das Pflaster, und ein Gefühl von Vergänglichkeit, der eigenen und der der Welt, weckte eine Melancholie in ihm, die er in diesem Moment völlig unpassend fand. Um sie zu vertreiben, biss Joe sich auf die Lippen, und als das nichts half, biss er noch fester zu, bis er den metallischen Geschmack von Blut im Mund hatte.

Alles würde einstürzen, ahnte Joe. 1989 war es die Mauer in Berlin gewesen, aber dabei würde es nicht bleiben. Es erschien ihm ganz klar, so wie ihm oft etwas klar erschien, was andere nicht sehen und verstehen konnten. Schon als Kind hatte er diese Klarheit in seinen Gedanken gehabt, ohne zu ahnen, dass auch das etwas Besonderes war und ihn von den meisten Menschen unterschied. Blätter krochen wie Ratten an ihm vorbei. Noch nie hatte er diesen Geruch von Kompost und Moder in der Stadt wahrgenommen.

Die Tür des Aufzugs in der Eingangshalle zum WTC 7 stand offen, als er das Gebäude betrat, so als wäre gerade jemand herausgekommen, doch es war kein Mensch in der Nähe des Aufzugs zu sehen.

Im siebenundvierzigsten Stock wartete Rachel in ihrem Büro auf ihn. Er ahnte, weshalb sie sich gerade dort mit ihm treffen wollte. Sie wollte ihn beeindrucken. Ihr Büro war größer als seine ganze Wohnung, holzgetäfelt und ihr Schreibtisch aus amerikanischem Walnussbaumholz, so groß und schwer, dass zwei Männer ihn nicht tragen konnten. Salomon Smith Barney, eine der großen Investmentgesellschaften. Ein Missverständnis, das jedoch ohne Folgen blieb.

Nicht Rachels Büro beeindruckte ihn und nicht das Schild, auf dem »Salomon Smith Barney« stand. Nicht einmal das siebenundvierzigste Stockwerk konnte Eindruck auf ihn machen. Nur Rachel hätte ihn auch dann noch beeindruckt, wenn er ihr in der schmutzigsten Imbissbude von New York begegnet wäre. Sie zog ihn an wie ein Magnet. In ihrer Gegenwart spürte er keine Einsamkeit, obwohl auch sie nichts von den mathematischen und physikalischen Phänomenen wusste, die in vollkommener Klarheit in seinem Kopf abliefen und ihn permanent beschäftigten.

Vor ein paar Tagen war Joe ihr zum ersten Mal begegnet. Sie hielt einen Vortrag an der Uni. »The gravitation of capital and its importance for civilization«, stand auf der Ankündigung. Das Thema hatte sich ein Kollege ausgedacht, der meinte, dass es auch für die Physikalische Fakultät originell wäre. Auch da hatte Joe dieses Bild im Kopf, dass alles einstürzen würde. Apple war abgeschlagen. Kaum einer gab mehr einen Pfifferling darauf, dass sie es noch einmal schaffen würden. Jeder wollte Microsoft oder IBM, Apple hatte überhaupt keiner mehr auf der Rechnung.

Rachels Vortrag überraschte ihn sehr. Er fand ihn spannend, doch sie selbst fand er noch viel spannender. Im Grunde war er ja nur aus Höflichkeit zu ihrem Vortrag gegangen. Zusammen mit einigen Kollegen saß er in der ersten Reihe. Sobald sie am Rednerpult stand und ihr erstes Wort sprach, spürte er schon eine Kraft, die auf ihn wirkte und ihn beeinflusste. Er fühlte sich ihr in gewisser Weise ausgeliefert. Und diese Anziehung war auch die Ursache dafür, dass er versuchte, die Farbe ihrer Augen zu erkennen, sich Gedanken über das Rot ihrer Lippen machte und aus der Ferne ihren Körper zu vermessen begann. Es war wie eine Erkenntnis, die durch einen Blitz in sein Gehirn gebrannt wurde. Eine Kraft, dachte Joe. Das ist eine echte physikalische Kraft, nicht nur ein vages Gefühl oder eine Einbildung.

Diese Erkenntnis beunruhigte ihn. Er wollte unbedingt die physikalische Ursache für die Anziehungskraft ihres Körpers, ihrer Person oder was auch immer es an oder in ihr war, ergründen. Es war mehr als eine körperliche Anziehung. Er hatte sie schon gespürt, bevor sie ein erstes Wort in das Mikrofon gesprochen hatte. Es war wie eine selektive Anziehungskraft, die nur zwischen ihnen beiden zu wirken schien. Und sie hatte nach seinem Empfinden mit Physik zu tun.

Die Thesen, die sie vortrug, lösten ein zweites Rattern von Zahnrädern in seinem Gehirn aus. Denn ihre These war, dass es ein physikalisches Phänomen wie die Gravitation geben müsste, das wirtschaftliche Güter sich an ganz bestimmten Stellen akkumulieren ließ. Sie sagte: »Money goes to money.« Im Deutschen klingt es etwas drastischer und hat auch gleich noch eine metaphysische Komponente mit dabei: Der Teufel scheißt immer auf den größten Haufen. Diese Idee überraschte ihn und weckte sofort seine Neugier. Rachel behauptete, dass mit der Größe des Kapitals auch automatisch seine Anziehungskraft steige. Das sei wie ein Naturgesetz. Ohne regulierenden Eingriff von außen würde sich irgendwann alles Vermögen zu einem gigantischen Geldknäuel verdichten und an einem Ort sammeln und dort implodieren oder, anders ausgedrückt, in einem riesigen schwarzen Loch verschwinden. Und damit würde auch alles Licht von der Erde verschwinden.

»Wenn einer der anwesenden Physiker dieses Phänomen erforschen möchte, würde ich ihn gern dabei unterstützen«, sagte Rachel zum Abschluss ihres Vortrags.

Joe sah in den Gesichtern seiner Kollegen, dass sie das für einen Scherz hielten und keiner sich ernsthaft Gedanken machte, nach einer physikalischen Kraft zu suchen, die es ihrer Meinung nach nicht geben konnte. Noch während des Applauses sprang er auf und lief zu ihr aufs Podium.

»Ich möchte mit Ihnen dieses Phänomen erforschen«, fiel er gleich mit der Tür ins Haus. Er war so aufgeregt, dass er nicht einmal merkte, dass das Mikro noch eingeschaltet war und der ganze Saal über ihn lachte.

Ihre Visitenkarte war so dezent, dass er sie kaum lesen konnte. Elegante dunkelgraue Schrift auf hellgrauem Grund, dickes Papier. Es war ihm peinlich, ihr seine grellbunte Astrophysiker-Visitenkarte mit buntem Saturn samt seinen Monden überreichen zu müssen.

Sie lächelte, während sie sich seine Karte ansah. »Joe Muskat«, las sie ab. Er war sich nicht sicher, ob ihr Lächeln Mitleid oder Sympathie ausdrücken sollte.

»Ich bleibe heute in New York und werde noch etwas essen gehen. Wollen Sie mich begleiten?«, fragte Rachel ihn.

Hatte sie ihn jetzt tatsächlich gerade zum Essen eingeladen? Ihn allein, ohne weitere Kollegen, ihren Ehemann oder Partner oder wen auch immer? Den Geistesblitz, dass es an seiner originellen Visitenkarte liegen könnte, verwarf er gleich wieder.

Sie sah ihn an, deutete sein Schweigen womöglich als Unentschlossenheit. »Vielleicht haben Sie auch schon etwas anderes vor.«

»Nein, nein. Ich komme gerne mit«, beeilte sich Joe zu sagen. »Es ist mir eine Ehre.« Das klang schrecklich, aber sie fand es offenbar nicht so schlimm, denn sie lächelte wieder.

Sie trafen sich im El Quijote, einem Lokal mit spanischer Küche direkt neben dem Chelsea Hotel, in dem Rachel ein Apartment bewohnte, wenn sie abends nicht mehr nach Hause fuhr.

Rachel trug ein dunkelblaues Cocktailkleid, das eine Handbreit über dem Knie endete. Der Ausschnitt dezent, der Schnitt sehr figurbetont. Sie gefiel ihm sehr. Als sie sich über den Tisch beugte, um sich seine im Jackett eingesteckte Nadel genauer anzusehen, roch er an ihrem kirschholzfarbenen Haar und musste viel Kraft aufwenden, um nicht sofort hineinzufassen.

»Wo haben Sie die denn her?«, fragte sie.

»Ein sowjetischer Kollege hat sie mir in Paris nach einem Kongress geschenkt.«

»War das ein Kongress über Raumfahrt und Kosmonauten?«

»Über Astronomie. Und es war eine besondere Begegnung zwischen Walerij und mir. Da ist ein Funke übergesprungen zwischen uns beiden, so wie heute zwischen uns.«

Rachel lachte so herzlich, dass Joe es kaum fassen konnte. »Und was ist da drauf? Zwei Astronauten, die in Raumanzügen durchs Weltall fliegen, und irgendwas auf Kyrillisch, das ich nicht lesen kann.« Sie strich sanft mit den Fingern über das Abzeichen und drehte es dann um. Auf die Rückseite war ein Datum graviert: 17.4.1971.

»Das ist ein sogenannter Gagarin-Stern. Walerij hatte ihn von seinem Vater geerbt, der im Kosmodrom arbeitete.«

»Hört sich nach einer guten Geschichte an, aber warum

hat er Ihnen diese Nadel geschenkt, und was zum Henker ist ein Kosmodrom?«, fragte Rachel.

»Ich glaube, es war ihm peinlich, dass ich ihn nach einem Vortrag zum Essen eingeladen habe. Er wollte sich dafür revanchieren und hat mir etwas geschenkt, was tausendmal mehr wert war als die hundertzwanzig Francs, die ich für das Essen bezahlt hatte. Bitte nennen Sie mich Joe.«

»Okay, Joe. Ich bin Rachel. Und das Kosmodrom?«

»Das Kosmodrom hieß Kosmodrom Baikonur und war das Herz der sowjetischen Raumfahrt. Sozusagen das russische Cape Canaveral. Von hier aus startete Sputnik 1, der erste künstliche Satellit im Weltraum, und auch die beiden Hunde Belka und Strelka, die ersten Lebewesen, die lebend aus dem Weltall zurück auf die Erde kamen und später auf einer Briefmarke verewigt wurden. Und natürlich Gagarin, der erste Mensch im Weltraum.«

»Du bist der interessanteste Physiker, den ich je kennengelernt habe«, sagte Rachel und lächelte schon wieder. »Dann kann ich dir auch eine Frage stellen, die mich in letzter Zeit beschäftigt hat, ohne mich lächerlich zu machen.«

»Nur zu«, sagte er. »Ich bin jemand, der sich ständig lächerlich macht. Sogar, wenn ich nur meine Visitenkarte überreiche.«

»Wieso, die ist doch herrlich«, sagte Rachel, und spätestens damit hatte sie ihn erobert. »Also hier meine Frage: Ist die Gravitation, die physikalisch ja als gegenseitige Anziehung von Massen definiert und eine der Grundkräfte der Physik ist, so etwas wie ein Wille, der bereits in allen Dingen oder Körpern vorhanden ist? Oder könnte unser Wille auch das Ergebnis von Gravitation oder der Massenanziehung sein?«

»Das klingt nach Schopenhauer«, antwortete Joe, »und mit philosophischen Fragen habe ich mich bisher noch nicht besonders intensiv beschäftigt. Aber seit heute bin ich mir nicht mehr so sicher, ob unser Wille nicht doch ein Produkt der Gravitation sein könnte.« Mit dem, was er als Nächstes sagen wollte, würde er sich womöglich wieder bis auf die Knochen blamieren. Aber manchmal konnte man darauf wirklich keine Rücksicht nehmen. Also wagte er sich aus der Deckung. »Als ich dich heute sah und reden hörte, da vorne an deinem Stehpult, habe ich etwas gespürt, das mich komplett verunsichert hat. Mir kommt gerade der Verdacht, dass die Physik, mit der ich mich bisher beschäftigt habe, vielleicht nichts als Kinderkram war.«

»Was meinst du?«, fragte Rachel. »Was hast du gespürt, als du mich bei meinem Vortrag erlebtest?« Sie sah ihm so tief in die Augen, dass er beinahe vom Stuhl rutschte. Ihr Blick hatte fast hypnotische Wirkung. »Ich würde es gern genau wissen oder von dir hören.«

»Ich spürte eine so starke Anziehung, als würde ich nicht nur innerlich, sondern tatsächlich zu dir hingezogen. Alles wollte mich zu dir hinziehen, und ich musste dagegenhalten, um nicht zu dir ans Pult zu laufen und nach deiner Hand oder deinem Kleiderzipfel zu fassen.«

Rachel lachte ihn offen an. »Ich habe das auch gespürt.«

»Hattest du Angst, dass ich gleich zu dir rausstürme und deinen Vortrag ruiniere, weil der ganze Saal brüllt?«

»Nein, gar nicht«, sagte sie. »Ich hatte Angst, dass ich gleich mein Pult verlassen und bei dir auf dem Schoß landen würde.«

Ohne noch eine Sekunde zu zögern, nahm Joe ihre Hände und gab sie erst wieder frei, als das Essen serviert wurde und sie nach dem Besteck greifen mussten. Den ganzen Abend unterhielten sie sich über das Wesen der Gravitation, das Finanzsystem, Physik und Metaphysik. Erst als sie bemerkten, dass sie die allerletzten Gäste im Lokal waren, machten sie sich auf den Weg.

Er widerstand nicht, wollte auch gar nicht widerstehen und ergab sich mit allem, was in ihm steckte, dieser mächtigen Anziehungskraft, die zwischen ihm und Rachel wirkte. Sie nahm seine Hand, als sie auf der Straße standen, um ihm den Weg ins Chelsea Hotel zu zeigen, wo Rachels Zimmer ihnen die Privatheit gab, die ganze Nacht weiterzureden. Sie merkten nichts von einer Müdigkeit, die sie in den Schlaf ziehen wollte.

Als das erste scheue Morgenlicht sich am Himmel über der Stadt zeigte, schaltete Rachel das Radio an. Leonard Cohen sang »Dance Me to the End of Love«. Joe nahm Rachels Hand und tanzte mit ihr durch das Apartment. Er spürte, wie der Stoff ihres Kleides sich an seinem Hemd rieb und die dabei entstehende statische Aufladung die Anziehung noch ein bisschen mehr verstärkte. Während sie sich gegenseitig auszogen, knisterten ihre Kleider und sprühten Funken. Sie explodierten wie Sterne in seinem Kopf, seinem Bauch und auf seiner Haut. Und er spürte, dass es Rachel genauso ging.

Drei Tage waren seit jenem ersten Abend vergangen, und jetzt stand Joe in Rachels Büro im siebenundvierzigsten Stock des World Trade Centers Nummer 7. Sie öffnete eine Tür, die unsichtbar in die Holzvertäfelung ihres Büros eingearbeitet war. Zehn vollkommen unromantische Monitore hingen dort an den Wänden, standen auf einem riesigen Schreibtisch, einer hing von der Decke herab.

»Mein Reich«, verkündete Rachel stolz. »Hier simulieren wir die Welt. Na ja, vielleicht nicht die ganze Welt, aber du wirst staunen, was wir hier alles tun. Und wir sind erst am Anfang.«

»Und was genau macht ihr hier?«, fragte er.

»Wir simulieren die Finanzmärkte. Ständig fließen aktuelle Aktienkurse und neue Informationen in unser System, dessen Algorithmen versuchen, eine Vorausschau für die Entwicklung von Wertpapierkursen zu errechnen, ähnlich wie bei einer Wettersimulation. Wir arbeiten seit fünfzehn Jahren an den Programmen und verarbeiten zurzeit etwa hundertfünfzigtausend Einzelinformationen pro Sekunde. Unser Ziel ist es, eines Tages möglichst alle verfügbaren Informationen aufzunehmen und zu verarbeiten. Informationen aus Vorgartenwetterstationen rund um die Welt ebenso wie die Daten aus Millionen von verbundenen Ladenkassen et cetera. Es werden

Milliarden von Einzelinformationen pro Sekunde sein, die wir verarbeiten. Mit den heutigen hundertfünfzigtausend Infos pro Sekunde können wir ungefähr eine Minute in die Zukunft der Finanzmärkte rechnen. In Zukunft werden wir wissen, was in einer Stunde an den Finanzmärkten passiert. Kannst du dir vorstellen, was das bedeutet? Wir werden alle Kurse schon im Voraus kennen, und bevor andere wissen, was zu tun ist, haben wir es schon getan und mit jeder Transaktion unsere Kunden reicher gemacht.«

»Tja, was soll ich sagen? Äh, wow! Aber nicht, dass ihr dabei seid, Master of the Universe zu werden, beeindruckt mich, sondern dass ihr die Welt simulieren wollt.«

Rachel sah ihn an, als ahnte sie, dass das noch nicht alles war, was er dazu zu sagen hatte.

»Was«, fragte er sie, »wenn wir längst in einer Simulation leben?«

»Was soll das für eine Simulation sein?«, fragte Rachel.

»Eine Simulation, die sich ein anderer ausgedacht hat«, sagte Joe. »Eine Kultur, die tausendfach fortgeschrittener ist als unsere und uns haushoch überlegen.«

»Ist das ein Gedankenexperiment, oder hältst du das tatsächlich für möglich?«, fragte Rachel. »Ich wüsste nicht, wie wir das herausfinden könnten. Und ich weiß offen gestanden auch nicht, was wir davon hätten, wenn wir es herausfänden.«

»Ein Mensch hat vierzig Milliarden Sensoren, über die er Hunderte von Milliarden Sinneseindrücken pro Sekunde sammelt. Wäre es denkbar, dass das nur Teil eines Programms in einer Art Computer ist, dessen Leistungsfähigkeit für unsere Zivilisation beziehungsweise in der Simulation, in der wir uns bewegen, unvorstellbar ist?«

Er sah Rachel an und wusste, dass sie ihn verstanden hatte. Er spürte, dass sich ihre Gedanken, Körper und Seelen anzogen und nacheinander verzehrten. Und er verstand, dass diese Anziehung nur zwischen ihnen beiden wirken konnte, so wie ein Schlüssel nur in ein ganz bestimmtes Schloss passt und dort die Verriegelung entsperren kann.

Es war genau diese Anziehung, die sie jetzt anfingen miteinander zu diskutieren. Wie kann es geschehen, dass sich zwei Menschen anziehend finden? Woher kommt der Drang, zusammen sein zu wollen, sich zu vereinigen?

Joe ahnte, dass das, was er mit Rachel erlebte, nicht nur etwas Besonderes für sie beide als Individuen war. Es hatte eine darüber hinausgehende Funktion, davon war er fest überzeugt. Über zwei Jahre tauchte er jeden Tag, den er mit Rachel teilen konnte, tiefer ein in eine neuartige Physik, die einem Programm mit festgelegten Regeln zu folgen schien. Den programmierten Hintergrund sah er nicht als unveränderlich an. Es war kein starres Gebilde, dem die Menschheit schicksalhaft ausgeliefert war. Die Randbedingungen erlaubten es – so stellte er sich dieses System vor –, dass doch an dem einen oder anderen Punkt etwas völlig Neues entstehen konnte.

Das konnte so etwas sein wie der Fall der Mauer in Berlin. Oder auch ein Ende der Gewalt von Menschen gegen andere Menschen oder gar gegen alle anderen Lebewesen auf diesem Planeten. Alles war möglich. Dass eine Verhaltensweise, die als Regel und Konvention galt, verschwand und dafür eine neue Konvention geschaffen und akzeptiert wurde, die vorher, vor diesem einen Punkt der Veränderung und Umkehr, noch als undenkbar gegolten hatte. Und Joe war außerdem davon überzeugt, dass es irgendjemandem irgendwann gelingen würde – oder in der Vergangenheit bereits gelungen war, ohne dass er davon erfahren hatte –, den Gap, die Lücke, den Spalt zu finden, der Veränderung, Umkehr oder Entwicklung möglich werden ließe. An diesem Punkt würde dieser Irgendjemand die Kausalitäten für die Zukunft des Lebens auf der Erde neu bestimmen. Und natürlich hoffte er, dass er dieser Jemand sein würde. Er oder Rachel oder sie beide zusammen. Denn zwischen ihnen geschah jeden Tag ein Wunder. Das Wunder, sich zu verstehen, sich zu vertrauen und einander bedingungslos zu lieben. Und zu wissen, dass dies nicht alles war. Es war die Voraussetzung. Für was auch immer.

Zwei Jahre später, Joe war auf dem Weg vom Hotel zur Google-Zentrale im Silicon Valley, klingelte um fünf Minuten vor neun morgens sein Handy. Rachel. Und er wusste sofort, dass etwas Schreckliches passiert war.

»Ich bin im achtzigsten Stockwerk im Südtower. Ein Flugzeug ist gerade in den Nordturm geflogen. Was soll ich tun, Joe? Sie sagen, wir sollen in den Büros bleiben, aber ich habe solche Angst!«

»Weg, sofort weg!«, schrie er. *Meine Vision, oh Gott!* Er hatte alles vorhergesehen, damals, als er auf dem Weg zu Rachels Büro im WTC 7 die Plaza kreuzte und das Laub nach Moder roch.

»Beide Türme werden einstürzen. Du musst so schnell wie möglich da raus. Alle müssen raus, bitte!« Er konnte seine Stimme kaum unter Kontrolle halten. Er hörte Schreien im Hintergrund, ein Krachen von berstendem Glas oder Kunststoff, Klirren von Metall, ein Brausen wie von Feuer oder einem Tornado, so viel Geschrei.

Endlich hörte er Rachel wieder. Es war neun Uhr drei. Aber was sie sagte, wollte er nicht hören. Er wollte sich lieber auf alle Zeit die Ohren zuhalten.

»Sie sagen, dass auch unser Turm von einem Flugzeug getroffen wurde. Joe, hörst du mich?«

»Ich höre dich, Liebes.«

»Es riecht nach Treibstoff und Rauch. Auf den Fluren ist Chaos. Die Aufzüge funktionieren nicht mehr, und das Treppenhaus ist verraucht. Einige versuchen auf das Dach zu kommen.«

»Nicht aufs Dach, Rachel, nicht. Bitte nicht! Du musst runter.«

»Ich kann nicht runter. Du weißt nicht, was hier los ist.«

Er wusste es, er wusste es ganz genau. Er hatte das alles schon gesehen.

»Es muss eine Möglichkeit geben«, sagte er.

»Nein, es ist vorbei.«

»Das ist nicht wahr, Rachel. Wir müssen sie nur finden.

Wir müssen den Weg finden, wie ich dich dort rausholen kann. Wir haben doch noch so viel vor, du kannst jetzt nicht gehen. Ich will dich nicht verlieren«, sagte er und wusste doch, dass ihnen in dieser Welt nur noch Minuten blieben.

»Rachel, Geliebte, bist du noch da?« Ihm war so bange.

»Ich bin da«, flüsterte Rachel. »Ich liebe dich, Joe. Ich werde dich immer lieben.«

»Rachel, hör zu, wir sind eins. Wir bleiben für immer zusammen.«

»Ja, wir sind verbunden, und ich will glauben, dass unsere Verbindung bleiben wird. Für die Gravitation, die Kraft, die uns zusammenhält, gibt es kein Hindernis.«

Sie klang so fest, so überzeugt. So sicher. Aber er wollte sich die Seele aus dem Leib schreien.

»Wenn es stimmt, dass wir in einer Simulation leben, dann können wir davon ausgehen, dass ich nicht einfach weg bin, wenn du mich nicht mehr hörst, nicht mehr siehst und nicht mehr berühren kannst, wie du es die letzten zwei Jahre fast jeden Tag getan hast. Es wird etwas Neues entstehen, und es wird ein Glück sein. Alles ist gut, Joe. Wir sehen uns wieder. Ich weiß es. Es muss so sein.«

Er wollte heulen vor Schmerz, doch er biss sich in die Hand und schluckte die Tränen hinunter.

»Von einer Seite aus können wir den Code nicht knacken«, sprach Rachel aus ihrem Turm, der gerade in Flammen aufging.

Joe wusste, dass alle sterben würden. Die, die in den Büros ausharrten, die, die in den Aufzügen oder Treppenhäusern feststeckten, die, die sich aufs Dach geflüchtet hatten und dort auf ihre Rettung warteten, und die, die sich aus den Fenstern stürzten, um nicht zu verbrennen, im Rauch zu ersticken oder von Trümmern erschlagen zu werden.

»Ich gehe jetzt auf die andere Seite«, hörte Joe Rachel sagen.

Die Geräusche im Hintergrund wurden immer lauter. So klang also der Weltuntergang, dachte Joe. Rachels Stimme war jetzt unendlich weit weg.

»Bleib bei mir«, schrie er. »Nicht auflegen!« Tränen liefen ihm über das Gesicht. »Rachel? Rachel!«

»Ich bin da«, flüsterte Rachel. »Ich lege nicht auf und höre deinen Atem. Bis zum Schluss.«

Er spürte, dass Rachel keine Angst mehr hatte. Dass die Unausweichlichkeit sie über diesen Punkt hinausgetragen hatte. Mehr Trost gab es für ihn nicht.

11

Nordspanien, auf dem Jakobsweg, 10. Mai

Als ich das Terminal verlasse, regnet es. Nordspanien, Asturien. Da ich als Wanderer verkleidet bin, ziehe ich die Kapuze meiner Outdoorjacke über und beame mich ganz einfach aus der ungastlichen Außenwelt hinaus und in mein eigenes Inneres hinein. Durch den Regen schmecke ich den salzigen Atlantik auf meinen Lippen. Er kann nicht weit von hier weg sein.

So klug können Joe und Julia und Carlo und wer noch zu diesem Orden gehört, gar nicht sein, wenn sie so eine bescheuerte Idee ausbrüten wie die, ausgerechnet mich als Pilger auf den Jakobsweg zu schicken. Alle waren sie schon da, von Coelho bis zu Kerkeling. Geschrieben haben sie darüber, und Filme gibt's den Pilgerweg rauf und runter. »Dann gehst du eben den Camino del Norte«, hat Carlo mir geraten. »Dort sind nur halb so viele Leute unterwegs wie auf dem Hauptweg. Du wirst viel Zeit und Gelegenheit haben, dich mit dir selbst zu befassen.«

Ich weiß nicht mal, ob ich das will. Mein ganzes Leben ist mir zwischen den Fingern zerbröselt. Und doch hab ich zustimmend geblökt und werde mich nun als dreimillionstes Schaf eben auch auf diesen Trampelpfad begeben. In dem Iberia-Magazin stand, dass der Camino angeblich der Milchstraße folgt. Ich verstehe meine Situation ungefähr so, wie wenn man jemanden, der sich vom Zug hat überrollen lassen, im Rollstuhl mit der Bahn in den Urlaub schickt.

Und so lege ich einen ersten Stopp ein, bevor ich mich auf den Weg nach Westen mache. Ich will das Meer sehen und halte mich Richtung Norden, wo die Küste sein muss. Ich gehe zu Fuß, woran ich mich noch gewöhnen muss. Schuhe einlaufen. Ein Taxi bleibt mir den ersten Kilometer auf den

Fersen. Aber Pilger, sogar falsche, wie ich einer bin, sind ein seltsames Volk. Sie machen alles anders, als man es im normalen Leben tun würde. Kein Bus, kein Taxi, kein Grillteller mit Pommes. Stattdessen Regen auf die Kapuze und Blasen in den neuen Schuhen. Aber das muss wohl so sein.

Carlo hat mir einen Pilgerausweis besorgt, damit ich in den Herbergen mit den lustigen Bettwanzen übernachten kann. Für später. Für die ersten beiden Nächte hat er mir ein Hotelzimmer mit Privatbad reserviert. Es liegt direkt an der Küste, und so wandere ich über den kilometerlangen Sandstrand, zuerst nach Westen, später am Nachmittag nach Osten. Der Sand ist silbrig grau und passt zu meiner Stimmung. Am zweiten Tag kommt noch mehr Wind auf, und ein kalter Sprühregen, der mich eher an Berlin als an Spanien erinnert, vermischt sich mit der Gischt. Nicht weit von der im Osten anschließenden Steilküste trotzt eine Felseninsel der gewaltigen Brandung.

Ich esse frischen Fisch und Muscheln. Alles schmeckt ein bisschen anders als in Italien. Auch der Wein und sogar der Kaffee. Ich zwinge mich dazu, an den Strand zu gehen, zu schauen, zu essen, zu trinken. Doch dieser Mann, der hier an diesem feindseligen Strand herumspaziert, das kann unmöglich ich sein. Den alten Noah gibt es nicht mehr, und ein neuer ist noch nirgendwo in Sicht. Nur eines weiß ich ziemlich genau, nämlich dass ich keine Lust habe, dreihundert Kilometer zu latschen. Zu keinem Heiligen der Welt.

»Noch einen Wunsch?«, weckt mich die Kellnerin mit den feuerroten Haaren aus meinen Träumereien.

»Bringen Sie mir noch ein San Miguel«, antworte ich, ohne den Kopf zu heben. In meiner Bar konnte ich stocksauer werden, wenn mich ein Gast beim Bestellen nicht einmal ansah. Aber jetzt bin ich kein Barmann mehr, sondern Gast. Ein Gast mit Sorgen, und zwar so großen, wie sie sich die Rothaarige nicht einmal vorstellen kann. Der Typ am Nebentisch gestikuliert zu mir herüber. Sieht in seiner braunen Kutte mit Kapuze wie ein Mönch aus.

»Magst du mich nicht auf ein Bier einladen?« Man spricht Deutsch.

»Ein Bier für den Herrn«, rufe ich der Bedienung nach.

»Danke, Kumpel, sehr nett von dir. Warte, ich setze mich kurz zu dir. Wenn du mir schon ein Getränk spendierst, möchte ich wenigstens mit dir anstoßen«, sagt er, und schon sitzt er mir gegenüber.

»Alles gut«, antworte ich und hüte mich davor, ihn zu fragen, was er hier macht.

»Bestimmt fragst du dich, was ich hier mache und wieso ich so eigenartige Kleidung trage.«

»Nein, eigentlich nicht«, antworte ich, und schon fängt er an, sein Schicksal vor mir auszubreiten.

»Weißt du, in meinem früheren Leben war ich Unternehmer. So richtig fett im Geschäft, mit eigenem Chauffeur und gechartertem Firmenjet, wenn ich es einmal eilig hatte«, fängt er an. Als Barkeeper kenne ich diese Art Geschichten. Zumindest hat er sich in dieser Woche schon einmal rasiert. Jerry Cotton würde ihn als einen Mann mit stahlblauen Augen und einem wettergegerbten Gesicht beschreiben. Seine Haare versteckt er unter der Kapuze, die er immer noch nicht zurückgeschlagen hat.

»Ich heiße übrigens Elias, wie der Prophet.« Er streckt seine Hand aus.

»Freut mich«, sage ich. »Wohin gehst du? Bist du auf dem Camino?«

»Ich gehe nach Santiago de Compostela. Bin immerzu, egal, woher ich komme oder wohin ich gehe, auf dem Weg dorthin«, antwortet Elias. »Jetzt bin ich auf dem Weg nach Irun.«

»Ist das nicht die falsche Richtung?«, frage ich.

»Nein, das ist schon richtig. Seit fünf Jahren gehe ich nach Santiago und dann wieder zurück nach Irun«, antwortet er.

»Wie weit ist das?«, frage ich.

»Achthundertfünfundsiebzig Kilometer pro Strecke, aber nach Osten, nach Irun, fühlt es sich doppelt so lange an.«

»Warum das denn?«

»Andauernd kommen mir Pilger auf dem Weg nach Westen entgegen, aber ich muss nach Osten. Das ist wie flussaufwärts schwimmen, verstehst du?«

»Hm«, sage ich. »Und wovon lebst du, wenn du immer unterwegs bist?«

»Von Leuten wie dir zum Beispiel und davon, dass der heilige Jakobus auf mich achtgibt«, sagt er und lächelt dabei, als wäre er gerade voll auf Friedensdroge.

»Du arbeitest nicht, hast keine Ersparnisse, lebst nur von dem, was andere dir schenken, und das geht?« Es interessiert mich wirklich.

Die rothaarige Bedienung kommt vorbei.

»Setz dich doch zu uns«, sagt Elias großzügig.

Sie grinst verlegen, sieht kurz zu mir, so als wäre ich der Grund, weshalb sie sich nicht setzen mag, und verschwindet wieder.

»Keine Reserven aus deiner Zeit, als du noch mit dem Charterjet geflogen bist?«, frage ich.

»Die einzige Reserve, die ich habe, sind ein paar Bitcoins, falls Oskar mal einen Doc bräuchte.« Der Golden Retriever, der zu Elias' Füßen liegt, wedelt mit dem Schwanz, als er seinen Namen hört.

Schon wieder Bitcoins! Ich zucke innerlich zusammen, als wäre schon die Erwähnung des virtuellen Geldes ein Hinweis, dass gerade eine Waffe auf mich gerichtet wird. Ich hole tief Luft, ein Versuch, mich zu entspannen.

»Ich habe gedacht, du verlässt dich ganz auf Jakobus und darauf, dass der Herr schon für dich sorgen wird.«

»Ich verlasse mich schon auf ihn, aber mit Oskar ist es etwas anderes. Der verlässt sich auf mich, nur deshalb habe ich eine kleine Reserve angelegt. Ein Pilger hat mir den Tipp gegeben, das ist schon ein paar Jahre her. Ein Pilger, der im anderen Leben so etwas wie ein Zöllner war oder ein Gerichtsvollzieher und der sich dafür nicht schämte. Der gab mir den Tipp, das bisschen, das ich noch hatte, in Bitcoin umzuwechseln, denn die Gerichtsvollzieher würden bald wie die Finanzämter Konten abrufen dürfen. Das hab ich gemacht, und ich glaube, dass es gut war«, sagt Elias.

Wenn es tatsächlich so lang zurückliegt, dass Elias seine Euro in Bitcoins gewechselt hat, könnte das mittlerweile eine schöne Summe sein.

»Wie viel sind deine Bitcoins denn jetzt wert?«

»Solange Oskar keinen Tierarzt braucht, interessiert mich das nicht.« Elias leert sein Bierglas in einem Zug. »Und warum bist du hier?«

»Ich muss, sagen wir, für einige Zeit untertauchen. Der Ehemann meiner Freundin ist hinter mir her«, fabuliere ich. »Er ist stinkreich und hat wahrscheinlich eine ganze Privatarmee auf mich angesetzt.«

»Dann war *er* das?«

»Was meinst du?«

»Na, diese Nahkampfspuren in deinem Gesicht!«

Ach so, die Kratzer und der blaue Schatten unter meinem Auge. Ich habe sie schon fast vergessen.

»Der Camino ist ideal zum Untertauchen, da findet dich nicht mal die Mafia«, behauptet Elias. »Ich bin ja der Meinung, wenn Trotzki nicht zu Frida Kahlo geflohen wäre, sondern wie ich immer schön brav den Jakobsweg auf und ab gegangen, dann hätte ihn der KGB nie gefunden«, schwadroniert er bierselig. »Du hast deinen Pilgerausweis und sonst nichts. Nirgendwo, in keiner Herberge, wirst du registriert. Du zahlst nirgendwo mit Kredit- oder Bankkarte, und die meisten schalten sogar das Telefon aus. Hier kannst du wirklich aus der modernen Welt verduften.«

»Dann habe ich wahrscheinlich einen ziemlich blöden Fehler gemacht und unnötig Spuren hinterlassen. Ich bin direkt hierhergeflogen, statt mit dem Bus oder der Bahn zu fahren. Und dann bin ich hier ins Hotel gegangen und hab nicht nur meinen Perso abgegeben, sondern auch noch mit Kreditkarte bezahlt. Das war ziemlich dumm, oder?«

»Ja schon, aber schlau war, dass du mir ein Bier spendiert

hast, denn ich kann dir aus der Patsche helfen. Lass dir an der Rezeption eine Kopie von deinem Ausweis machen, die gibst du mir mit. Dazu noch deine Kreditkarte, und ich checke auf dem Weg bis nach Irun in den Hotels und Pensionen unter deinem Namen ein. Dann kann die Truppe deines Ehemanns zum Surfen gehen, denn sie haben keine Chance mehr, dich zu finden. Hättest du nicht geglaubt, dass ich deine Rettung bin, stimmt's oder hab ich recht?«

»Und du meinst, das klappt mit der Passkopie? Ich meine, wir sehen nicht unbedingt aus wie Brüder.«

»Kein Problem. Meinst du, die sehen sich das Foto an und vergleichen? Nein, die haben genug anderes zu tun. Ein bisschen Bargeld wäre auch gut.«

Elias, doch im Herzen immer noch ganz Unternehmer, funkt es mir durch den Kopf. Ich fische aus einem meiner sieben Geldbeutel hundert Euro und stecke sie ihm zusammen mit meiner Prepaid-Kreditkarte zu.

»Sind ungefähr noch vierhundert Euro drauf, also sei nicht zu verschwenderisch.«

»Nur Bares ist Wahres«, meint Elias und steckt den Hunderter weg. »Ein bisschen was musst du aber noch für meine Dienstleistung drauflegen. Ein Fünfziger reicht schon«, sagt er, und ich gebe ihm auch noch diesen Schein. Ich bin nicht sicher, ob er mich leimt und dieses Geld nicht sofort auf sein pfändungssicheres Bitcoin-Konto legt. Erst als Elias sich bückt, um seinen Stab aufzuheben, fällt mir auf, wie alt er ist. Stöhnend richtet er sich auf.

»Wieso machst du das eigentlich?«, frage ich.

»Was meinst du?«

»Dieses Hin- und Herwetzen. Dafür muss es doch einen Grund geben. Das macht einer nicht einfach so.«

»Manche Dinge im Leben geschehen einfach so, ohne dass es dafür einen besonderen Grund gäbe.« Und schon ist Elias dabei, das Lokal zu verlassen.

»Warte«, sage ich, »mein Pass!«

Die Kellnerin schickt mich an die Rezeption, wo ich meine

Kopie machen kann. Elias faltet sie ganz klein zusammen und steckt sie in die Hosentasche. Wir verabschieden uns.

An der Tür dreht Elias sich noch einmal um und winkt der Rothaarigen zu. Sie wünscht ihm »buen camino«. Ich halte ihm die Tür auf und folge ihm hinaus ins Freie.

»Was soll das werden?«, fragt Elias. »Willst du uns ein Stück begleiten?«

»Ich möchte eine Antwort.«

»Du denkst bestimmt, dass ich vor etwas davonlaufe.«

»Wovor?«, will ich wissen.

»Vielleicht vor dem Altwerden, dem Sterben oder vor mir selbst. Jeder läuft doch vor irgendwas davon. Sogar du.«

Er legt mir seine Hand auf die Schulter. Dann streicht er mir zum Abschied über die Wange wie ein Vater und geht.

Ich gehe zurück ins Hotel. Hinter dem Rundbogen schräg gegenüber dem Tisch, an dem ich mit Elias saß, fällt mir ein wippender Pferdeschwanz auf. Im Vorbeigehen versuche ich das Gesicht der Frau zu sehen, zu der der Pferdeschwanz gehört. Doch sie dreht sich genau in dem Moment von mir weg. Ich frage mich, ob sie uns belauscht haben könnte, dann denke ich: Gespenster, alles nur Gespenster, und dass ich ihnen in meinem Kopf keinen Platz geben darf.

Und dann weiß ich, dass zwei Tage genug sind für diesen bleiernen Strand. Ich möchte weiterziehen und packe meine Sachen. Ich habe hier auch schon einige Rucksackpilger durchkommen sehen. Sie laufen fast über den Strand und am Ende auf einem schmalen Trampelpfad den Hügel hoch. Ich habe mich aber auch erkundigt und erfahren, dass es eine Bushaltestelle gibt, von der ein Bus nach Westen fährt, in eine Stadt, die Luarca heißt. Es sind ungefähr sechzig Kilometer bis dorthin, mindestens zwei Tagesetappen zu Fuß. Also lieber den Bus. Ich nehme mir vor, kurz vor Luarca oder am Ortseingang auszusteigen und zur nächsten Pilgerherberge zu Fuß zu gehen. Wegen des Karmas und wegen der Übernachtungsgelegenheit. Denn in die Herberge kommst du nur rein, wenn du zu Fuß hinkommst oder zumindest so tust, als ob. Ich werde meinen Pilgerausweis vorzeigen, den mir Carlo noch blitzschnell besorgt hat, und dann darf ich dort übernachten. Am nächsten Morgen bekomme ich einen Stempel in den Pilgerpass, den ich am Ende für die Kathedrale in Santiago brauche.

Luarca also. Ich setze mich in den Bus. Aus dem Augenwinkel sehe ich, dass mich vom Sitzplatz gegenüber eine Frau beobachtet. Sie sieht auch wie eine Pilgerin aus. Trekkinghose, T-Shirt, eine dunkle gelockte Mähne, die ihr nach allen Seiten absteht und von einem Stirnband aus dem Gesicht gehalten wird. Sie nickt mir zu, ich nicke zurück. Wahrscheinlich macht man das so unter Pilgern. Siehst du, sie nimmt auch für eine Etappe den Bus, dann wird sie mich wenigstens nicht verpetzen.

Wir fahren aus dem Ort hinaus, weg vom Meer, immer an einer breiten Flussmündung entlang. Man sieht das andere Ufer, aber keine Möglichkeit, hinüberzukommen. Der Bus fährt flussaufwärts, bis wir endlich auf eine Schnellstraße und zu einer Brücke gelangen. Der Verkehr wird dichter, ich sehe hinaus in eine mir unbekannte Landschaft, auch sie unterscheidet sich stark von Italien. Weniger Zypressen oder gar keine, und die alten Gemäuer, die hier herumstehen, sehen aus wie Trutzburgen, mächtig und abweisend.

Die Frau mit dem Rucksack, die mir gegenübersitzt, sieht immer wieder zu mir herüber. Ich frage mich, welcher Zufall ihr dieses Glitzern im Haar verpasst hat, das wie Glitterstaub aussieht. Es passt gar nicht zu ihr und nicht zum Camino, aber es gefällt mir. Ich richte mich auf ein ganz kleines Nickerchen ein. Plötzlich spüre ich eine Unruhe, nicht bei mir, sondern bei der Frau. Sie stopft hastig ein paar Dinge in den Rucksack, der den Sitz neben ihr belegt. Ihre Bewegungen wirken fahrig und ihre Gesichtsfarbe blasser als noch vor ein paar Minuten.

»Kann ich was tun?«, frage ich. Sie ist Schweizerin, versteht mich aber trotzdem.

»Kannst du mir beim Aussteigen helfen?«, fragt sie. »Mir ist nicht gut.«

Ich nehme ihren Rucksack, sie wankt zum Ausstieg. Ihr Gesicht ist aschfahl. Als der Bus hält, fällt sie fast auf die Straße. Ich will ihr den Rucksack reichen, aber sie kann ihn gar nicht tragen, also steige ich mit aus. Fauchend schließen die Türen. »Halt«, rufe ich, renne zurück zum Bus und klopfe gegen die Tür. »Stopp«, rufe ich, und er macht tatsächlich noch mal auf. Oh Mann, denke ich, das geht ja jetzt extrem gut los. »Gracias«, schreie ich noch einmal und springe zusammen mit meinem eigenen Rucksack auf die Straße. Der Bus fädelt sich in den Verkehr auf der Landstraße ein.

»Was ist los mit dir?«, frage ich.

»Es geht bestimmt gleich wieder«, antwortet sie. Den Unterarm schräg über Gesicht und Augen, liegt sie auf der Bank im Wartehäuschen.

»Hast du Traubenzucker oder so etwas? Meiner ist aus.«

»Nee«, antworte ich, »aber ich könnte dir vielleicht welchen besorgen. Falls es hier einen Laden gibt.«

»Falls«, echot sie.

Vorsichtshalber nehme ich meinen Rucksack mit. Für den Fall, dass sie nicht mehr da ist bei meiner Rückkehr.

Sie ist aber noch da, als ich nach circa zwanzig Minuten wieder auf sie zugehe. Als ich fast bei ihr bin, schlägt sie die Augen auf.

»Ach, du bist das«, sagt sie.

Ich reiche ihr einen Lolli. »Was anderes gab es nicht«, sage ich. »Lollis und Cola. Willst du einen Schluck?« Sie nickt. Ich stecke mir selbst auch einen Lolli in den Mund. Er schmeckt nach Karamell mit Brausepulver.

»Ich heiße Ria«, sagt sie, nachdem sie getrunken hat. »Ria, nicht Rita. Verwechsle das nicht. Ich hasse es, wenn mich jemand Rita nennt.«

»Okay«, sage ich. »Ich heiße Noah, aber du kannst ruhig Kevin zu mir sagen.«

»Wieso?«, fragt sie.

»Für den Fall, dass dir ›Kevin‹ besser gefällt.«

»Spinnst du?« Ihr Gesicht hat wieder etwas Farbe bekommen. »Welcher Güterwagen ist dir eigentlich übers Gesicht gerollt?«

»Längere Geschichte«, sage ich.

»Haben wir keine Zeit?«

Ich wechsle das Thema. »Warum hast du denn nichts dabei, wenn du so leicht in Unterzucker kommst?«, frage ich.

»Ist mir ausgegangen«, sagt sic. »Ich bin ja keine Maschine.« Sie nimmt noch einen letzten Schluck aus der Colaflasche. »Machst du nie Fehler?«

Der Witz des Jahres. »Seh ich so aus?«, frage ich.

»Nein«, antwortet sie.

»Was machen wir jetzt?« Ich sehe mir den Fahrplan hinter der zerkratzten Acrylscheibe an. Der nächste Bus geht in sechs Stunden.

»Na, ich weiß ja nicht, was du machst«, sagt Ria. »Ich gehe jedenfalls jetzt zurück auf den Camino.« Sie greift nach ihrem Rucksack.

»Und wo ist der?«, frage ich. »Ich meine, kennst du dich aus?«

»Nein«, sagt Ria. »Aber ist der Camino nicht überall dort, wo mindestens zwei Pilger aufeinandertreffen?«

Ich glaube, sie verwechselt da etwas.

»Oder bist du kein Pilger, Kevin?«

Ich ziehe meinen Pilgerausweis heraus und halte ihn vor ihre Nase.

»Oh, du bist noch Jungfrau«, staunt sie. »Dein erster Tag? Und da musst du ausgerechnet mich aufgabeln. Wo wolltest du denn hin? Mit dem Bus, meine ich.«

»Luarca«, antworte ich.

»Sechzig Kilometer mit dem Bus?«

»Warum nicht?«, frage ich.

»Weil das nicht gilt.«

Ich zucke die Achseln.

»Nein, nein, mein Lieber, schummeln gibt es bei mir nicht. Sechzig Kilometer schaffe ich zwar nicht an einem Tag. Aber zwanzig vielleicht. Und wenn's nur zehn sind, ist es auch gut. Aber zu Fuß, hörst du? Auf dem Camino wird nicht getrickst.«

Ich persönlich glaube ja, dass auf dem Camino vermutlich genauso geschummelt, gelogen, geklaut und betrogen wird wie überall sonst, aber ich halte meinen Mund, denn womöglich sind Pilger ein besonders empfindliches Volk. Ständig auf Unterzucker und am Kilometermachen.

»Bist du so weit?«

Ich bin so weit. Ria zieht eine Wanderkarte aus einer Seitentasche ihrer Cargohose, peilt die Lage und gibt schließlich die Richtung vor. »Hier entlang.« Sie zeigt die Dorfstraße hinauf.

»Bist du sicher?«, frage ich.

Sie zeigt mir die Karte.

»Ich bin ein miserabler Kartenleser, und als Beschützer bin ich auch miserabel«, räume ich gleich mit allen Illusionen auf.

»Gibt es auch irgendwas, was du gut kannst?«

»Drinks mixen«, antworte ich wie aus der Pistole geschossen.

»Gaaanz wichtig auf dem Camino«, meint Ria. »Und natürlich junge Frauen retten, die auf dem Camino in Unterzucker geraten. So vergesslich bin ich noch gar nicht.«

Wir gehen auf einer ansteigenden Dorfstraße durch den kleinen Ort, dessen Lebensmittelladen ich bereits kenne. Oben am Hügel stehen ein paar Natursteinkaten, die als Ziegenställe genutzt werden. Dazwischen ein paar durch Zäune geschützte Gemüsegärten. Nach Norden hin erstreckt sich die Atlantikküste. Das ist nicht der Norden und auch nicht der Süden, denke ich, sondern ein eigenartiges Zwischending, so etwas wie der Norden des Südens vielleicht. Eine Sehnsucht nach Italien schleicht sich hinterrücks in meine Brust und nistet sich genau dort ein, wo es am meisten wehtut. Ich denke an Mailand, an die vielen Roller auf den Straßen, den Verkehr rund um Roma Termini. Stopp, hör auf,

Noah, von da gibt es keinen Weg nach draußen, nur immer dorthin, wo du gar nicht hinwillst.

Ria schließt keuchend zu mir auf. »Wo kommst du eigentlich her?«, fragt sie.

»Ach, ist doch egal«, antworte ich.

»Genau da komme ich auch her«, sagt sie. »So ein Zufall. Dabei klingt ›Kevin‹ total deutsch.« Sie hält mir ein kleines gelbes Buch unter die Nase. »Kannst du das lesen?«, fragt sie.

»Wieso, schreibt ihr in der Schweiz kyrillisch?«

»Jetzt lies vor!«

Ich lese vor: »Oben endet die Straße auf einer anderen, und man biegt links ein. Jetzt geht es auf den Wanderweg Camino Real de Castro, der aber nur an den gelben Pfeilen des Jakobswegs erkennbar ist. Nach hundertfünfzig Metern endet der Asphalt, und es geht auf einfacher Piste weiter. Nach weiteren hundertfünfzig Metern –«

»Stopp«, ruft Ria. »Oder kannst du dir das alles merken?«

Ich sehe mich um. »Die Straße endet hier aber gar nicht. Sind wir überhaupt an der Stelle, die zu der Wegbeschreibung passt?«

»Wir sind goldrichtig«, behauptet Ria. »Da steht, dass wir links abbiegen sollen, also biegen wir links ab.«

»Ich sehe aber keine gelben Jakobspfeile.«

»Die kommen schon noch, wirst schon sehen.«

»Ich kann ja mal vorausgehen und gucken, ob der linke Weg der richtige ist«, schlage ich vor.

»Ein bisschen mehr Gottvertrauen, Kevin. Alle Wege führen nach Santiago. Sagt man bei euch nicht so?«

Wir wandern in gemütlichem Tempo die Küste entlang. Ich bemerke, dass das gleichmäßige Gehen mir guttut. Besser als das Herumsitzen in meinem Hotelzimmer und das ziellose Auf-und-ab-Laufen am Strand.

»Du bist das erste Mal auf dem Camino, oder?«, fragt Ria. Ich nicke.

»Hab ich mir gedacht.«

»Warum?«, frage ich. »Gibt es irgendein geheimes Erkennungszeichen?«

»Du trägst viel Unruhe in dir.«

Ich kann es nicht leiden, wenn mich jemand analysieren will, der mich überhaupt nicht kennt. »Bist du Psychologin oder etwas Ähnliches?«, frage ich.

»Nein, nein, du brauchst dich nicht gleich aufzuregen. Ich hab halt so ein Gefühl. Ich spür das richtig, diese Unruhe.«

Wir laufen schweigend weiter. Der gleichförmig graue Himmel spannt sich wie eine Plastikfolie über uns. An einer der nächsten Abzweigungen gibt es endlich ein Schild mit der gelben Jakobsmuschel und einem Richtungspfeil. Wir sind auf dem Weg. Laut Rias gelbem Buch sind es sechs Kilometer bis zum nächsten Ort, wo ein Messer und eine Gabel sich kreuzen, und dort laufen wir hin.

Salinas heißt der Ort mit der Eckkneipe, auf die wir wie Schiffbrüchige zusteuern, hungrig, mit brennenden Fußsohlen, und dann hat der Laden zu. Ruhetag, schätze ich mal. Schnappatmung bei Ria. Bevor sie wieder in Unterzucker verfällt, müssen wir irgendwas zu essen und zu trinken auftreiben. Im Haus neben der Bar rührt sich etwas. In der Tür erscheint eine sehr kleine ältere Dame in Blümchenbluse und bunter Schürze. Ihre Füße stecken in Panda-Pantoffeln. Sie ruft uns etwas zu, was ich nicht verstehe.

»Sie fragt, ob wir Pilger sind«, übersetzt Ria. »Und sie lädt uns zum Mittagessen ein. Sie sagt, sie hat für ihren Sohn gekocht, aber der ist nicht gekommen.«

»Selbst schuld«, sage ich. Wir setzen uns in der Küche an einen Resopaltisch und essen Kartoffeln mit Ei aus der Pfanne, dazu Salat und Paprikasalami und trinken das Bier des dummen Kerls. Was versetzt er auch seine alte Mutter. Die Unterhaltung der beiden, von der ich nicht das Geringste verstehe, zieht wie Vogelgezwitscher an mir vorbei.

»Frag sie doch mal, wie weit es zum nächsten Hotel ist.«

»Hotel? Du meinst wohl, Pilgerherberge. Witzbold.«

Die Alte empfiehlt uns ein Kloster etwas abseits des

Hauptwegs, in etwa drei, vier Kilometern Entfernung. Dann zwickt sie mich zum Abschied in die Wange, was ich sehr komisch finde. Ihre kleinen, fast schwarzen Augen fixieren mich, und mir klopft das Herz. Was wird das jetzt hier? Schickt uns in ein Kloster am Ende der Welt, ist das so etwas wie eine Falle? Hab ich Verfolgungswahn? Mir wird ganz flau.

»Zu viel Knoblauch in der Paprikawurst?«, fragt Ria, als wir wieder draußen sind. »Oder warum siehst du so komisch aus?«

»Wohin wärst du denn heute noch gegangen, wenn wir die Alte nicht getroffen hätten? Was war dein Plan?«, frage ich.

»Ach, weißt du, mein Plan ist es, auf dieser Tour möglichst wenige Pläne zu machen.«

»Vielleicht ist die Alte ja nicht mehr ganz bei Trost«, sage ich, »und das Kloster, in das sie uns schickt, gibt es schon seit dreißig Jahren nicht mehr. Es liegt doch außerdem gar nicht am Weg, oder?«

»Hm, das würde mich nicht stören.«

Einen Kilometer gehen wir schweigend nebeneinanderher. Als wir ein Stück weit vom Dorf entfernt sind, reißt der Plastikhimmel auf, und die Sonne knallt uns auf den Kopf. Wir stopfen unsere Jacken in die Rucksäcke.

»Wenn dieses Kloster nicht mehr existiert, dann müssen wir die ganze Strecke wieder zurück bis nach Salinas und von dort nach Westen gehen. Bis dahin ist es wahrscheinlich dunkel«, sage ich.

»Also du verbreitest hier einen Stress, das geht mir allmählich auf die Nerven«, regt Ria sich auf. »Glaubst du, da haust irgendein Ungeheuer in diesem Kloster? So ein rumänischer Graf mit langen Eckzähnen? Wenn es dich beruhigt, kann ich in der nächsten Ortschaft noch einmal nachfragen, ob es dieses Kloster tatsächlich gibt und ob man dort übernachten kann. Zufrieden?«

Wir gehen eine weitere Dreiviertelstunde, bei Rias Tempo

schätze ich, wir haben eher zwei als drei, höchstens zweieinhalb Kilometer zurückgelegt. Es kommt überhaupt keine Ortschaft, hier gibt es außer der schmalen Landstraße und den windgepeitschten Wiesen gar nichts. Aber genau an dem Punkt, als ich für mich beschließe umzukehren, taucht ein Wegweiser an der Straße auf, auf dem »Monasterio de Piedras« steht.

Na, siehst du, will Rias triumphierender Seitenblick mir sagen.

»Was heißt ›piedras‹?«, frage ich.

»Steine«, sagt Ria. »Das Kloster der Steine.«

»Hört sich urgemütlich an.«

»Hey, was ist los mit dir?«, fährt Ria mich an. »Bist du auf dem Camino, um entweder zu schweigen oder an allem rumzunörgeln? Du sollst Ballast abwerfen, nicht daran ersticken.«

Ich fühle mich so dumpf, dass ihr Gekeife gar nicht richtig bis zu mir durchdringt.

»Hey, ich rede mit dir«, fährt sie mich an.

»Warum hat sie mich so angesehen und mein Gesicht berührt? Und warum schickt sie uns in dieses Kloster?«

»Wie, warum? Denkst du, da ist irgendein Plan dahinter? Wir haben sie doch gefragt, wo wir übernachten können.«

»Das Kloster liegt aber überhaupt nicht auf dem Weg.«

Ria schüttelt den Kopf. »Das ist doch Schwachsinn. Das spielt sich alles nur in deinem Kopf ab. Jetzt sag endlich, was mit dir los ist. Ich werde keiner Menschenseele davon erzählen.«

Nein, ich kann es nicht. Ich kann Ria nicht von Gianna erzählen, unmöglich.

»Hast du dich getrennt? Bist du verlassen worden?«

»Hör auf, Ria, ich kann nicht darüber sprechen.«

Der Rhythmus meiner Schritte hat eine beruhigende Wirkung auf meine Psyche. Solange ich gehe, mich bewege, geht es mir gut, denke ich. Nur stehen bleiben darf ich nicht. Am besten nie mehr.

Seit der letzten Wegbiegung liegt das Meer wieder vor uns. Von weißer Gischt gekrönt, werfen sich die Wellen unentwegt gegen die Felswände der Küste. Nie werden sie damit aufhören, nicht in hundert, tausend oder hunderttausend Jahren. Ein burgenartiger ockerfarbener Natursteinbau erhebt sich auf dem Plateau über der Steilküste.

»Wonach sieht das deiner Meinung nach aus?«, fragt mich Ria.

»Nach der Kulisse für einen Horrorfilm«, sage ich, ohne zu zögern.

»Das meinst du nicht im Ernst«, fährt Ria mich an. »Jetzt freu dich mal, dass es dieses Kloster tatsächlich gibt.«

»Nur Raben sehe ich keine fliegen.«

Das Gemäuer sieht sehr alt aus und sehr verlassen. Kein einziges Auto steht hier herum, kein Mensch, kein Tier ist zu sehen. Die Enttäuschung ist Ria ins Gesicht geschrieben.

»Riechst du das Meer?«, frage ich sie.

»Ein Tässchen Kaffee oder heiße Schokolade wäre mir lieber.«

Wir erschrecken fast zu Tode, als direkt über unseren Köpfen eine Glocke anfängt zu läuten. Es ist eine kleine Glocke, das Gebimmel hektisch und nervös. Als hätten wir sie durch unsere unerwartete Anwesenheit aufgeschreckt.

Ria sieht auf ihre Uhr. »Sechs Uhr«, sagt sie.

Hier ist keine automatische Zeitschaltuhr eingebaut, kein Fernsteuerungsmechanismus, ganz bestimmt nicht, denke ich. Also muss mindestens eine Person vor Ort sein, die das Glockenseil bedient. Ich klopfe an das Eingangstor. Nichts rührt sich. Ich klopfe noch einmal. Wir warten. Als ich zum dritten Mal klopfen will, öffnet sich ein Fenster in der Tür, etwa auf Augenhöhe, und ein faltiges Gesicht, eingezwängt in den eng um den Kopf geschlungenen Habit, erscheint und spuckt ein paar unfreundliche Worte durch die Luke. Als Ria der Nonne freundlich antwortet und ihren ganzen Charme spielen lässt, kommt ein striktes »No«.

Was für ein böses Weib, denke ich. Dazu mussten wir also

unbedingt hierherkommen, damit uns dieser Drachen die Tür vor der Nase zuknallt. Oder das Fenster in der Tür. Ria ist mit ihrem Charme am Ende.

»Miststück«, höre ich sie zischen. »Was machen wir jetzt?«

Ich klopfe noch einmal. »Rede noch mal mit ihr. Sag ihr, dass es dir nicht gut geht. Was hat sie denn überhaupt gesagt?«

»Dass das Kloster geschlossen ist und sie niemanden aufnehmen können.«

Ich überlege, wie lange Ria für den Rückweg brauchen wird und ob wir nicht irgendwie ein Taxi auftreiben können, das uns zur nächsten Herberge bringt. Ich wusste doch, dass es eine Schnapsidee war, auf die alte Frau zu hören.

Ria nimmt ihren Rucksack ab. »Ich kann heute nicht mehr weiter«, sagt sie. »Und ich will nicht hier draußen im Freien schlafen.« Sie nimmt ihr Handy aus einer Seitentasche. »Kein Netz.«

»Ich klopfe jetzt noch mal«, sage ich. »Sie kann uns doch nicht einfach hier stehen lassen. Wir pilgern zu einem Heiligen, und diese Nonne gehört zum selben Verein.« Noch bevor ich gegen das Tor hämmern kann, öffnet sich das Fenster, und ich sehe in ein Gesicht, das mir gleich viel besser gefällt. Es ist jünger, und unter dem Schleier blitzen zwei blonde Strähnen hervor. Dann ist es wieder weg, und ich höre, wie ein Riegel zurückgeschoben wird. Die Tür geht auf.

»Deutsch?«, fragt die Nonne, und ich frage mich, wieso mir das jeder sofort ansieht. Ich war noch nie blond oder blauäugig.

»Kommen Sie doch herein.« Ich sehe, wie Ria wieder Farbe bekommt. »Entschuldigen Sie Schwester Rosario. Bei Regenwetter wird sie von der Gicht geplagt, und manchmal kommt auch noch schlechte Laune dazu.«

Ich könnte wetten, dass es ihr bei Sonnenschein auch nicht besser geht.

»Ich bin Schwester Immaculata. Willkommen im Monasterio de Piedras. Kommen Sie doch herein.«

»Ria und … Kevin«, stellt Ria uns vor. Da hat sie jetzt echt was gut bei mir. »Wir haben schon befürchtet, dass das Kloster verlassen ist. Eine Frau aus Salinas hat uns hergeschickt und gesagt, wir könnten hier übernachten.«

»Da haben Sie Glück«, antwortet die Schwester. »In ein paar Tagen sind wir alle fort. Das Kloster wird aufgelöst. Wir müssen nur noch einige Dinge einpacken und wegbringen. Dann sperren wir hier zu. Kein Mensch weiß, für wie lange. Haben Sie Hunger?«

»Sie müssen sich keine Umstände machen wegen uns«, sagt Ria. »Wir haben in Salinas zu Mittag gegessen. Vielleicht haben Sie etwas Warmes zu trinken und einen Platz zum Schlafen für uns? Das wäre wunderbar.«

Schwester Immaculata geht mit uns durch das Speisezimmer in die ziemlich große Klosterküche. Zwei Feuerstellen mit Rauchabzug gibt es da, wo jetzt nur ein kleines Flämmchen brennt.

»Sie sagten, das Kloster wird aufgelöst«, sagt Ria. »Könnten Sie es nicht zur Pilgerherberge umwandeln? Es liegt so wunderschön über den Klippen.«

»Aber etwas abseits vom Weg. Es verirrt sich kaum jemand hierher. Wir sind auch keine Herbergsmütter«, sagt Schwester Immaculata. »Wir sind Nonnen. Unsere Aufgabe ist eine andere.«

»Welchem Orden gehören Sie an?«, fragt Ria.

»Wir sind Trappistinnen und folgen den benediktinischen Ordensregeln. ›Bete, arbeite und lies‹, das hat der heilige Benedikt uns vorgegeben, und das tun wir bis heute. Tja. Es wird schön, wenn wir bald in unser altes Leben zurückkehren können. Denn hier wird zwar noch gebetet und gearbeitet, aber zum Lesen komme ich gar nicht mehr. Und ich bin es nicht gewohnt, außerhalb der Klausur zu leben. Das macht mich so … Es bringt alles durcheinander.«

Wir sehen sie beide mit großen Augen an.

»Außerhalb der Klausur?«, fragt Ria.

»Wenn wir noch in Klausur lebten, könnten Sie nicht hier mit mir zusammen sein. Denn sowohl das Refektorium, durch das ich Sie hereingeführt habe, als auch die Küche sind Bereiche in der Klausur, zu denen Außenstehende keinen Zutritt haben. Ebenso wenig wie zu den Zellen, zu unserem kleinen Innenhof und zum Kreuzgang. Aber das ist vorbei. Ich sagte Ihnen ja, dass das Kloster aufgelöst wird.«

Dann hat auch der Wasserkocher bislang nur in die Stille der Klausur hineingepfiffen, denke ich.

»Moment«, sagt Schwester Immaculata, »ich hole Schwester Rosario.«

Aha, denke ich. Ist das hier eine Art Arbeitsteilung? Die sanften Hände beten und lesen, die rauen machen die Arbeit?

Schwester Rosario kümmert sich wortlos um unsere Verpflegung. Knallt uns Tee und Suppe auf den großen Tisch und legt jeweils einen groben Kanten Graubrot neben die Teller. Unser »Danke« wird mit einem unfreundlichen Grummeln quittiert. Das Wohlbehagen tritt erst ein, als ich mir den ersten Löffel Suppe in den Mund schiebe und Rosario mit leicht schwankendem Gang, aber jeden ihrer groben Gesundheitsschuhe fest in den Boden rammend, abziehen sehe. Es ist einer von diesen Eintöpfen, die aufgewärmt noch besser schmecken als frisch, weil das Rindfleisch nun in butterweiche Fasern zerkocht ist und man die Kichererbsen mit der Zunge zerdrücken kann. Kochen kann dieser Giftnickel.

Nach dem Essen zeigt Immaculata uns unsere Zellen. Toilette am Gang, Steinboden, und von unten her kriecht einem die Kälte in die Knochen. Ich will möglichst schnell meine Schuhe ausziehen und die Socken trocknen. Mir tun die Füße weh nach dem ersten Marschtag. Laut Führer waren es knappe zwanzig Kilometer, die wir trotz Rias Fehlzündung am Morgen geschafft haben.

»Einzelzimmer, was für ein Luxus«, sagt Ria. Tja, so unterschiedlich sind die Bedürfnisse.

»Dann wünsche ich schon mal eine gute Nacht in unseren

alten Gemäuern. Ich werde mich zur Vesper in die Kapelle begeben.«

»Darf ich mitkommen?«, fragt Ria.

»Dann kommen Sie«, antwortet die Schwester, »die anderen warten schon.«

»Möchtest du nicht auch?«, fragt Ria mich. »Oder darf er nicht?«

»Natürlich! Kommen Sie gerne mit.«

»Jetzt komm schon«, drängt Ria mich. »Auf dem Camino lässt du am besten keine Gelegenheit zur Erleuchtung aus.«

Die Kapelle, die wir auf verwinkelten Gängen erreichen, ist so etwas wie die Keimzelle des Klosters zu den Steinen. Ein Raum, nicht sehr groß, schmucklos. Kein Gold, keine bunten Fenster und keine Bilder. Über dem Steinaltar ein großes Holzkreuz, an dem ein langgliedriger, ausgezehrter Jesus mit Dornenkrone hängt. Seitlich davor eine Marienfigur aus Holz. Ein dünner Schleier bedeckt ihr Haar, das auf einen grauen Umhang fällt. Drei Nonnen knien in der Bank vor der kleinen Holzfigur. Die Krümmung ihrer Rücken verrät ihr hohes Alter.

Ein kühler Hauch streift mich, und die unbequeme hölzerne Bank drückt mir ins Kreuz. Der einstimmige Singsang wirkt monoton und einschläfernd. Ich kämpfe gegen meine Müdigkeit an. Ria dagegen scheint immun. Sie reckt ihren Hals, und ihr Kopf fährt hin und her, als würde sie die Wand abscannen. Das Letzte, was ich vor dem Wegdämmern sehe, ist Rias Pferdeschwanz. Er kommt mir so vor, als hätte ich ihn früher schon einmal irgendwo gesehen. Ich komme erst wieder zu mir, als jemand mich in die Seite boxt. Vier große schwarze Vögel rauschen an mir vorbei.

Ria zupft mich am Ärmel aus der Bank. Vom Mittelgang lotst sie mich zur Seitenwand der Kapelle. Dort ist eine Platte, vielleicht aus Marmor, in die Wand eingelassen, etwa fünfzig mal fünfzig Zentimeter groß. Es ist ein Porträt, die Profilansicht eines Mannes, dessen kahler Kopf unter einer Haube verborgen ist. Darunter sind irgendwelche Buchstaben einer alten Schrift in den Stein gemeißelt, die ich nicht lesen kann. Nur das erste Wort erscheint nach kurzem Draufstarren plötzlich ziemlich deutlich vor meinen Augen. Wenn mich nicht alles täuscht, heißt es »Jakobus«. Rias Handykamera blitzt auf. Ich trete zur Seite und sehe, wie sich unser Drachen in der Eingangstür aufbaut und uns ein fremdsprachiges Kommando zubellt, das sogar ich sofort verstehe. Es heißt ziemlich sicher, dass hier nicht fotografiert werden soll.

»Gute Nacht«, flüstert Ria mir zu, als wir in unseren Gang einbiegen, und verschwindet in ihrer Zelle.

Ich ziehe endlich die Schuhe aus und hänge die Socken über den Stuhl. Nicht nur die Füße tun mir weh, sondern alles. Es ist immer noch nicht ganz dunkel, als ich mich ins Bett lege, doch bevor ich mir noch darüber Gedanken machen kann, ob es mich stört oder nicht, bin ich eingeschlafen.

Ich weiß nicht, wie lange ich geschlafen habe, ob es mitten in der Nacht ist oder der Morgen bereits dämmert. Ich bin von irgendetwas wach geworden. Einem Geräusch. Es ist nicht bei mir im Zimmer, sondern draußen auf dem Gang. Ich setze mich auf und schlüpfe mit kalten Füßen in meine Socken. Da singt doch jemand. Wer kann das sein, mitten in der Nacht? Es klingt irgendwie überirdisch, ohne Worte. Töne, die sich übereinander aufbauen wie eine nie gehörte Tonleiter, immer höher hinauf. Ich drücke vorsichtig die Türklinke und strecke den Kopf hinaus. Es ist dunkel. Nur ganz hinten, am Ende des Gangs, da, wo diese Musik herkommt, erkenne ich etwas Helles. Eine Gestalt in einem langen weißen Kleid. Eine Frau mit dunklem Haar. Mir bleibt fast das Herz stehen. Ich laufe ihr nach, und sie biegt nach links in den Kreuzgang ein und von dort durch die Buchsbaumhecke in den Innenhof. Ich strecke die Arme nach ihr aus und rufe ihren Namen. Gianna! Aber als ich fast bei ihr angekommen bin, löst sie sich auf wie ein Flaschengeist und verschwindet in dem dunklen Viereck Himmel über dem

Hof. Verlass mich nicht, schluchze ich, ich will nicht ohne dich leben. Ich spüre, wie mir die Tränen über das Gesicht laufen und die Steine sich in meine Fußsohlen bohren. Und dann falle ich einfach um und bleibe liegen. Sehe in den Nachthimmel und werde immer steifer, als würde ich langsam erfrieren.

Es dämmert schon, als ich Schritte auf dem Kies knirschen höre. Sie nähern und entfernen sich wieder. Dann noch einmal Schritte, diesmal schnellere, leichtere. Das Gesicht der blonden Schwester über mir.

»Können Sie aufstehen?«, fragt sie.

Vielleicht könnte ich, aber ich will gar nicht. Lasst mich einfach in Ruhe!

Sie stellt sich hinter mich, fasst unter meine Arme. Zwei grobe Hände packen meine Beine und wollen mich hochheben, aber es geht nicht. Es folgt eine Serie von Verwünschungen. Wenn das so ist, stehe ich eben auf, denke ich und komme irgendwie auf die Füße. Wieso habe ich keine Schuhe an, nur Socken? Ich schwanke, aber die blonde Schwester ist bei mir und stützt mich. Sie führt mich in die Küche, in der schon ein kleines Feuer brennt, setzt mich auf einen Stuhl und legt eine Decke um meine Schultern, eine zweite wickelt sie um meine Beine. Ich spüre meine Füße gar nicht mehr, vielleicht hab ich sie mir abgefroren. Quatsch, denke ich, ich bin in Spanien, nicht am Nordpol. Dann steht ein dampfender Becher vor mir, und die Schwester sagt, ich soll trinken, das würde mich wärmen. Ich nehme einen Schluck.

»Was ist das?«, frage ich.

»Raten Sie.«

»Schmeckt wie Nesquik.«

»Meine letzte Packung aus Deutschland. Und mein einziges Laster.«

Sie bläst in den Becher und trinkt in kleinen Schlucken. Ich mache es ihr nach. Das ist jetzt die leichteste Übung.

»Schwester Rosario hat Sie gefunden.«

Ich mag sie trotzdem nicht, denke ich. Und dann denke ich, die groben Hände und Verwünschungen gehörten also zu Schwester Ingrimm.

»Wie ist das eigentlich so, wenn man ins Kloster geht?«, frage ich und wärme meine Finger am Kakaobecher. »War es so, wie Sie es sich vorgestellt hatten, als Sie hier ankamen?«

»Als ich als Novizin ins Kloster kam – das war nicht hier, sondern in der Nähe von Ávila –, war ich schrecklich aufgeregt. Meine Eltern haben mich mit dem Auto hingebracht. Meine Mutter hat geweint, mein Vater hat geschwiegen und mich im Innenspiegel beobachtet. Ich hab ihm zugelächelt, wollte ihm zeigen, dass ich nicht unglücklich bin und keine Angst habe. Ein bisschen Angst hatte ich aber schon. Ich war dreiundzwanzig und hatte mein Medizinstudium in Madrid abgebrochen, nachdem ich meine Berufung erhalten hatte.«

»Wieso sprechen Sie so gut Deutsch?«, frage ich.

»Meine Mutter ist Deutsche. Aus Braunschweig. Möchten Sie noch einen Becher Nesquik?«

»Wie war das mit der Berufung?«, frage ich.

»Ach, das war gar nicht so spektakulär, das heißt, für mich natürlich schon, wegen der Konsequenzen, klar. Aber da ist kein Blitz durch mich durchgegangen oder so etwas. Kein brennender Dornbusch, aus dem irgendwer herausgestiegen wäre.«

»Sondern?«

»Es war während einer Anatomievorlesung. Wir waren ganz wenige Studenten. Ein paar waren rausgegangen, es war unsere allererste Anatomiestunde, und manchen wurde allein vom Geruch schon schlecht. Mir nicht. Ich fand es interessant. Der Körper, es war der Körper eines Mannes, war aufgeschnitten, und unser Professor holte gerade ein Organ des Toten heraus. Sein Herz. Da erschien mir der Geist Gottes in Gestalt des Gekreuzigten. Ich sah seinen Oberkörper und sein Haupt mit der Dornenkrone.«

»Ja, und dann?« Es musste doch irgendetwas passiert sein, denke ich mir.

»Dann hob er seine Rechte und segnete mich.«

»Und wieso waren Sie so sicher, dass er genau Sie meinte?«

»Ich wusste es einfach. Ich blieb noch bis zum Ende der Vorlesung im Hörsaal, aber ich nahm alles wie durch eine Wand aus Watte wahr. Aufrecht in meiner Bank, mein ganzer Körper war auf Spannung. Mit einem Mal waren alle Fragen beantwortet.«

Wir nehmen beide noch einen Schluck Nesquik und wärmen unsere Hände an den Bechern.

»Meine Eltern waren sehr unglücklich mit meiner Entscheidung. Ich sollte Ärztin werden, die Praxis meines Vaters übernehmen. Der Glaube spielt keine besonders große Rolle in ihrem Leben. Als wir also im Kloster ankamen, brachten meine Eltern mich bis an die Schwelle, wo die Klausur beginnt. Dort hatten sie keinen Zutritt. Schwester Gertrudis, die mich geleitet hat, trat mit mir durch eine hölzerne Gittertür. Meine Eltern sahen uns entsetzt nach. Als ginge ich ins Gefängnis. Meine Mutter hat nach meiner Hand gegriffen, sie jedoch nicht mehr erreicht. Schwester Gertrudis schloss die Tür hinter uns. Es war totenstill, als ich ins Kloster eintrat.

Mein Vater hat mir später erzählt, dass meine Mutter zusammengebrochen ist. Er musste sie an die frische Luft bringen. Dann fuhr er sie in einen kleinen Pinienwald in der Nähe, wo sie geweint und geschrien hat vor Trauer um ihre Tochter, ihr einziges Kind. Als hätten sie mich endgültig verloren, ja als wäre ich gestorben. Weil sie nie Enkelkinder haben würde und nie einen Schwiegersohn. Weil sie mir weder ihr Haus in einem Vorort von Madrid vererben könnte noch im Alter bei mir einziehen und sich um die Enkel kümmern. Ihr Leben hatte sich ebenso radikal verändert wie meines. Aber für mich war es meine eigene Entscheidung, deshalb war es für mich leichter als für sie.«

»Was bedeutet ›Klausur‹ genau?«, frage ich.

»Ich war in einem Schweigekloster«, antwortet sie. »Wenn es sich nicht vermeiden ließ und wir tagsüber verbal kommunizieren mussten, schrieben wir uns Zettel. Nur abends, nach dem Essen, hatten wir eine Stunde, in der wir uns unterhalten durften. Wir saßen alle in einem Raum zusammen über unseren Handarbeiten. Die Geschickteren klöppelten feine Spitze, einige stickten. Ich war nie eine große Handarbeiterin, aber ich genoss diese eine Stunde, in der getratscht und getuschelt wurde und immer irgendeine »Pst« rief, wenn zu laut und ausgelassen gelacht wurde. Wir waren Freundinnen. Manche mochte man lieber, manche weniger. So wie draußen auch.«

Nur eine Stunde am Tag sprechen? Ich verstehe nicht, wozu das gut sein soll.

»Wir waren ein Team. Eine Gemeinschaft. Es gab Klügere und Langsamere unter uns, Geschicktere und Ungeschicktere, Lustigere und Ernstere, Freundlichere und eher Finstere. Nur dass wir alle wussten, dass wir nach dieser Stunde wieder dreiundzwanzig Stunden schweigen würden. Bis zum nächsten Abend.« Sie trägt unsere beiden Becher zum Spülbecken, das einen halben Meter tief ist.

»Und wie sind Sie dann hierhergekommen?«, frage ich.

»Ins Monasterio de Piedras? Ich sollte die Gruppe verstärken, die immer mehr geschrumpft war. Fünf Jahre ist das nun her. Auch hier wurde geschwiegen, manchmal sogar am Abend, wenn das Sprechverbot aufgehoben war. Das hat mir vor allem am Anfang schon zugesetzt. Irgendwann hatte ich mich daran gewöhnt, sagen wir, ich habe mich damit abgefunden. Das war, kurz bevor die Klausur aufgelöst wurde. Sehen Sie? Und schon quassle ich ohne Ende, als wollte ich alles an einem einzigen Tag nachholen.«

»Das ginge mir vermutlich genauso.«

»Jetzt muss ich aber los. Wir haben hier eine Bibliothek, die noch zu Ende katalogisiert werden muss. Ich will zumindest den ganzen Bestand erfassen, bevor alles in Kisten verpackt und abtransportiert wird.«

»Verstehe«, sage ich. Es tut mir gut, zuzuhören und selbst zu schweigen. Es entlastet mich.

Ria schlurft herein und guckt ganz verwundert, als sie

mich so in Decken vermummt herumsitzen sieht. Sie hat ihre eigenen Teebeutel und zwei Müsliriegel mitgebracht.

»Sie können sich auch Porridge machen, Haferflocken sind dort im Schrank. Bananen haben wir keine, aber Äpfel sind bestimmt noch da. Bedienen Sie sich.«

Ria kümmert sich um unser Frühstück.

»Was war denn los?«, fragt sie, als Immaculata die Küche verlässt. »Warum bist du in Decken eingewickelt wie ein Bettler?«

»Ich weiß es nicht mehr«, sage ich.

»Wo ist sie denn jetzt hin, die Schwester? Schon wieder zur Andacht?«

»In die Bibliothek. Sie macht eine Art Inventur, bevor die ganzen Bücher ausgeräumt werden.«

»Klingt interessant. Die würde ich mir gern ansehen. Ich liebe alte Bücher.«

»Bist du wieder fit?«, frage ich.

»Besser als gestern Morgen geht es mir auf jeden Fall. Ich finde es irgendwie cool hier. Du nicht?«

»Cool« ist nicht genau das richtige Wort, denke ich. Eher »kühl«.

»Los, komm, Noah, zieh dir was an. Schuhe zum Beispiel. Und dann suchen wir diese Bibliothek.«

»Ich kann nicht. Ich habe eine Papierallergie. Und Altpapier ist am schlimmsten.«

»Wie bitte? Das hast du dir doch gerade eben ausgedacht. Hab ich ja noch nie gehört. Jetzt komm doch mit. Nur ganz kurz, einfach mal schauen.«

Ich gebe mich geschlagen. »Komme gleich.« Ich schlurfe zurück zu meiner Zelle. Dort ziehe ich die Zeitungsklumpen aus meinen Wanderschuhen und schlüpfe hinein, wasche mir das Gesicht. Hab ich das tatsächlich erlebt heute Nacht, diese Stimme, die Gestalt im weißen Gewand? Was war das? Traum, Vision, ein Zeichen?

Es klopft. »Wo bleibst du denn?« Ungeduld ist Rias zweiter Vorname.

»Du kannst schon vorgehen.«

»Ich will aber mit dir zusammen die Bibliothek suchen.«

Als ich aus meiner Zelle komme, steht Rias Rucksack vor meiner Tür.

»Hast du auch schon gepackt?«, fragt sie. »Wir wollen doch nachher bald weiter, oder?«

Ich gehe noch mal zurück, packe zusammen, was noch von meinen Sachen herumliegt, und stelle meinen Rucksack neben ihren.

Wir nehmen den Hauptgang Richtung Kapelle und zweigen von dort nach rechts ab. Die Sohlen meiner Schuhe quietschen leise, sonst ist es ziemlich still. Im Halbdunkel des Gangs bemerke ich zwei Türen. Die erste, die wir öffnen, führt in einen Wäscheraum. Hinter der zweiten Tür kitzelt es mich sofort in der Nase. Die Klosterbibliothek ist ein schmaler, hoher Raum mit Regalen an den Wänden, die sich über zwei Stockwerke ziehen. Über dem ersten befindet sich auf der einen Seite eine Galerie, die von einem Ende des Raumes über eine Treppe begehbar ist. Oben auf der Galerie ist Schwester Immaculata mit Staubschürze und Ärmelschonern zugange, so ähnlich wie die, die Kafka in seiner Unfallversicherungsanstalt getragen hat. Zumindest stelle ich mir das so vor.

»Hola«, ruft sie herunter. »Sehen Sie sich ruhig um, aber bringen Sie bitte nichts durcheinander. Einige Reihen habe ich schon vorsortiert und nach Standplatz katalogisiert.«

»Keine Sorge«, ruft Ria zurück, »wir passen schon auf. Von wann stammen denn Ihre ältesten Schätze, wissen Sie das?«

»Nicht genau, aber gegründet wurde das Kloster im 16. Jahrhundert.«

Eine Besonderheit gibt es in der Bibliothek, und Ria steuert schon geradewegs darauf zu, als würde ein kräftiger Magnet an ihr ziehen. Zwei vergitterte Türen schützen offenbar besonders wertvolle Bücher vor dem Zugriff Unbefugter. Diese Art Tresor nimmt nur einen kleinen Bereich des Regals ein, vielleicht einen Meter breit und einen Meter hoch. Man könnte denken, dass hier ein Schatz vor der Welt versteckt gehalten wird. Wie in »Der Name der Rose«. Dieser finstere Jorge von Burgos versteckte nicht nur ein gefährliches Buch, er vergiftete sogar die Seiten, damit keiner, der es gelesen hatte, die Welt mit seinem Inhalt verschmutzen konnte. Ich habe vergessen, um welches Buch es sich dabei handelte, und auch, warum Jorge es für so schrecklich gefährlich hielt.

Im Schloss des Büchertresors steckt ein Schlüssel mit einem Anhänger. Ein rotes Plastikschild, in das ein mit schwarzer Tinte schnörkelig beschrifteter Papierstreifen eingelegt ist. »Documentos constitutivos«, steht da.

Mir bleibt die Spucke weg, als ich sehe, dass Ria einfach den Schlüssel umdreht, die zwei Türflügel öffnet und sofort zu schmökern beginnt. Ist sie verrückt geworden oder was? Mein Blick wandert zu Schwester Immaculata, die mit dem Rücken zu uns auf einer Leiter steht und noch nichts von diesem Sakrileg mitbekommen hat. Ein Blick über die Schulter würde genügen, und Ria wäre überführt. Und ich? Vielleicht ist doch etwas dran, dass neugierige Frauen am Unglück der Welt schuld sind, denke ich, und gleichzeitig schießen mir Tränen in die Augen, denn ich weiß es besser, viel besser, seit Gianna neben mir auf der Straße starb.

Ria winkt mich zu sich. Sie reicht mir eines dieser uralten Dokumente und macht mir pantomimisch klar, dass ich es irgendwie in den aufgenähten Taschen meiner Hose verschwinden lassen soll. Ich mache es, nur damit kein Zwist zwischen Ria und mir die Aufmerksamkeit der Schwester auf uns zieht. Doch kaum habe ich das erste Blatt verstaut, schiebt sie mir schon das zweite und dann das dritte rüber. Wenn ich jetzt niesen muss, werden wir entdeckt. Ich verstehe überhaupt nicht, warum Ria das tut. Hat sie hier irgendetwas gesucht, oder ist sie spontan auf etwas gestoßen, was sie so brennend interessiert, dass sie es mitnehmen will?

Ein metallisches Scheppern. Die Schwester hat sich auf

ihrer Leiter zu weit zur Seite gelehnt, und ich sehe, wie sich das Aluteil zwar langsam, aber doch beständig über seinen Schwerpunkt hinausbewegt. Gleich wird es kippen und Schwester Immaculata wahrscheinlich kopfüber auf dem Boden aufschlagen. Natürlich gibt es in diesem Fall nur eines. Mit einem beherzten Satz springe ich unter sie und versuche sie aufzufangen oder zumindest ihren Aufschlag zu dämpfen. Nur eines hemmt mich gerade. Der Gedanke nämlich, was passiert, wenn mir ein Dokument aus der Hose rutschen sollte. Eine lange Sekunde später mache ich den nötigen Satz, um die Leiter festzuhalten. Ria hat es geschafft, den schmiedeeisernen Türflügeln noch einen Schubs zu geben, damit sie sich in eine Position bewegen, die sie wie geschlossen aussehen lässt.

Gerade noch mal gut gegangen, denke ich, als die Schwester sicher in meinen Armen liegt. Doch das Dankeschön, auf das ich warte, bleibt aus. Als ob sie irgendetwas ahnte, haftet ihr Blick nun genau am Allerwertvollsten. Ria schmökert betont harmlos in den Büchern neben der verbotenen Zone, und trotzdem starrt die Schwester auf das Kästchen. Erst auf den zweiten Blick kann ich verstehen, was ihr beim Anblick von Schloss und Schlüssel auffallen muss. Der rote Anhänger ist in Bewegung und schaukelt ganz leicht hin und her, und der eine Flügel der Gittertür steht vielleicht ein paar wenige Zentimeter auf. Mir scheint, es muss jedem hier in der Bibliothek klar sein, dass die Ursache für die Bewegung kein Luftzug war, sondern die Eile, mit der Ria die Türen zuwarf. Ich möchte sofort anfangen, nach den mittelalterlichen Schriftstücken in meiner Hosentasche zu kramen, da packt Ria mich am Ärmel und zieht mich fort.

Raus, nichts wie raus hier, ist das Einzige, was ich denken kann, als wir den langen Flur entlanglaufen.

»Unsere Rucksäcke«, zischt Ria, und wir biegen zu unseren Zellen ab, schnappen uns unser Gepäck und laufen Richtung Pforte weiter. Ria fummelt am Schloss der Eingangstür herum, ohne den Mechanismus zu finden, der uns nach draußen entlassen würde. Stimmen. Jemand ruft etwas hinter uns her.

Endlich hat Ria es geschafft, die Tür nach draußen zu öffnen. Fast rennen wir einen Mann über den Haufen, der gerade einen Karton Hühnereier ins Kloster trägt. Sein Wagen, der draußen vor dem Eingang steht, hat schätzungsweise mein Alter und tuckert greisenhaft vor sich hin, weil der Lieferant den Motor nicht abgeschaltet hat. Nachdem der Mann mit den Eiern im Kloster verschwunden ist, springen wir wie verabredet in seinen R4-Oldtimer, der früher irgendwann einmal orange gewesen sein muss, und fahren los.

12

Immer wieder sage ich leise und nach innen gewandt: »Om.«
Nicht weil ich jetzt zum Yogi geworden bin. Ich benutze
dieses Om nicht als Mantra, sondern schlicht, um mich zu
beruhigen. Dabei schaukle ich leicht mit dem Oberkörper
vor und zurück, schließe für eine halbe Minute die Augen
und versuche alles auszublenden, was in Wirklichkeit um
mich herum vorgeht: die Geräusche der Kaffeemaschine, das
Gemurmel der wenigen Gäste an den anderen Tischen, den
minimalen Luftzug, wenn die Kellnerin diskret und auf leisen
Sohlen vorbeihuscht, und das Rascheln der Papiere auf dem
Tisch, über denen Ria brütet.

»Was hast du denn?«, fragt sie mich. »Meditierst du?« Und
ich frage mich, ob Ria tatsächlich so blöde ist oder mich einfach nur provozieren will.

Ich bin mir nicht sicher, doch nachdem ich ihr minutenlang
meine Wut wegen der gestohlenen Dokumente entgegenge-
schrien habe, wirkt sie tatsächlich zerknirscht.

»Und wieso hat es dir nicht genügt, dass du mir die Dokumente untergeschoben hast? Wieso mussten wir dann auch
noch ein Auto klauen?«, zische ich.

»Irgendwie mussten wir ja wegkommen, oder hättest
du eine bessere Idee gehabt?« Und dann ist es mit der Zer-
knirschtheit auch gleich wieder vorbei, und sie kehrt zu ihrer üblichen Unverfrorenheit zurück. »Außerdem bist du
schließlich erwachsen, und ich bin nicht deine Mami. Du
musst ja nicht alles machen, was ich sage. Ich denke, du bist
ein freier Mensch. Dass du mir jetzt die Schuld daran geben
willst, dass du die mittelalterlichen Urkunden geklaut hast
und das Auto des Bauern, das finde ich jetzt schon allerhand.«

Da bleibt mir doch das Om im Halse stecken, und unter
meinen Achseln bilden sich kuhaugengroße Schweißflecken.
Ich? Hat sie eben gesagt, ich hätte die Urkunden und das

Auto gestohlen? Ich verspüre das absolut niedere Bedürfnis, sie als Luder, Schlampe und verlogenes Miststück zu beschimpfen und so lange anzubrüllen, bis ich komplett heiser bin. Sie hat meine Gutmütigkeit auf niederträchtigste Art und Weise ausgenutzt und mich einfach benutzt und zum hinkenden Handlanger gemacht. Im Moment bin ich jedoch nur in der Lage, zusammenhanglose Silben zu stottern, ganz so, als wäre ich unter wilden Tieren aufgewachsen.

»Jetzt hab dich nicht so«, fällt sie mir in mein Stottern. »Das war doch nur Spaß. Natürlich haben wir beide zusammen das Zeug geklaut.«

Mein Puls ist immer noch nahe dreihundert, aber ich finde wenigstens meine Sprache wieder. »*Du* hast das alles geklaut. Ich war nur zufällig dabei.«

»Jetzt sei doch nicht kindisch«, erwidert sie und sieht mir tief in die Augen. Ich weiß nicht, woher diese Beißhemmung kommt, die mich daran hindert, sie in der Luft zu zerreißen wie ein Tiger einen Hund, der es gewagt hat, ihn anzubellen. »Es ist viel schlimmer, als du denkst.« Sie holt tief Luft wie eine schlechte Schauspielerin in einer Seifenoper, bevor sie ihrem Ehemann gesteht, dass sie ihn leider mit seinem besten Freund, Bruder oder Vater betrügen musste.

»Was denn noch, verdammte Hacke?«, brülle ich.

»Scht!«, macht Ria. »Ich muss dir etwas gestehen, was für dich wahrscheinlich schlimmer ist als der Diebstahl der Dokumente und des Wagens. Und ich schäme mich auch echt dafür. Ich schäme mich schon fast von dem Augenblick an, als wir uns begegnet sind. Aber ich habe mich bisher einfach nicht getraut, dir die Wahrheit zu sagen.« Sie blättert dabei in den Dokumenten und sieht mich überhaupt nicht an.

»Was ist denn noch?«, frage ich. »Meine Geldbörse kannst du mir nicht geklaut haben, die steckt nämlich in meiner Jackentasche, und da fehlt nichts. Also, was ist es?«

»Du erinnerst dich, dass du genau hier vor zwei Tagen mit einem Pilger, so einem schrägen Typen mit Hund, gesessen hast? Ihr habt euch darüber unterhalten, wie man auf dem

Camino untertauchen kann. Stimmt doch, oder?«, fragt sie mich.

Ich glaube, mein Holzpferd humpelt. »Woher weißt du, was ich hier mit diesem Kerl besprochen habe?«

»Tja, rate mal.«

»Du bist doch …«

»Ich habe zufällig vor zwei Tagen genau hier in diesem Lokal, in diesem Hotel neben der Säule gesessen. Ich saß mit dem Rücken zu dir, als du rausgegangen bist. Du kannst mich nicht gesehen haben.«

Ich müsste schon wieder Om sagen, aber es gelingt mir nicht, denn in meinem Kopf herrscht nichts als Chaos. Der Pferdeschwanz hinter der Säule!

»Scht!«, macht dieses Scheusal schon wieder und legt den Finger auf den Mund, dabei habe ich noch keinen einzigen Ton herausgebracht. Ich will so schnell wie möglich weg von dieser falschen Schlange. Es interessiert mich nicht mehr, ob sie eine Spionin oder nur eine Schlampe ist, die in mir den Trottel gefunden hat, den sie für ihr falsches Spiel brauchen konnte. Beim Aufstehen schiebe ich den Stuhl so heftig nach hinten, dass er krachend zu Boden fällt. Das Pärchen vom Nebentisch rückt näher zusammen. Wahrscheinlich haben sie Angst, dass ich nun auch noch handgreiflich werde. Blödsinn, natürlich werde ich nicht handgreiflich. Oder vielleicht doch? Wer weiß, was noch alles kommt? Bis vor Kurzem zählte ja auch »Schlampe« noch nicht zu meinem alltäglichen Wortschatz. Zumindest nicht laut ausgesprochen.

»Karma is a bitch«, den Spruch muss ich ihr einfach noch mitgeben. »Ich hoffe, alles Miese, was du getan hast, kommt irgendwann zu dir zurück. Und meinetwegen auch doppelt.«

»Jetzt krieg dich mal wieder ein«, sagt Ria. Sie tut so, als wäre ich hysterisch und sie müsste nur dafür sorgen, dass ich wieder auf den Boden zurückkomme, damit zwischen uns alles ganz normal weitergehen kann.

»Ich mich einkriegen? Du kannst froh sein, wenn ich dir nicht jeden Finger einzeln breche.«

Sie lächelt.

»Was?«, fahre ich sie an.

»Hör zu, Noah. Ich bin nicht stolz auf das, was ich getan habe, aber immerhin habe ich dich dabei ein bisschen kennengelernt. Und deshalb weiß ich auch, dass du es nicht einmal fertigbringst, eine Fliege zu zerquetschen. Einer Frau die Finger brechen? Ich kenne Typen, die können so was, und ich verwette meinen kräftigen Hintern darauf, dass du nicht dazugehörst.«

Auf einmal blickt sie drein, als wäre sie in dem Dokument vor ihr auf dem Tisch auf etwas gestoßen, das sie alles um sich herum vergessen lässt. Eine Entdeckung, bei der sie mich weder vermisst noch brauchen kann.

»Was ist denn?«, frage ich und versuche dabei ein Gesicht zu machen, wie man es vom Bösewicht in alten französischen Kriminalfilmen kennt.

»Was soll sein?«, fragt sie zurück. »Du wolltest doch gehen, oder habe ich da etwas falsch verstanden?«

»Du bringst mich noch um den Verstand«, brülle ich. Zu allem Überfluss kommt jetzt auch die Kellnerin, die vor Kurzem noch perfekt Deutsch gesprochen hat, auf mich zugestürmt und quasselt auf Spanisch auf mich ein. Obwohl ich kein Wort verstehe, ist mir klar, dass das Pärchen vom Nachbartisch gepetzt hat und sie mich auffordert, nicht länger ausfällig gegenüber meiner Freundin zu sein, denn sonst fliege ich auf der Stelle raus. Ich setze mich wieder, und Ria signalisiert ihr, dass alles okay ist zwischen uns.

»Also gut«, sagt sie, als die Bedienung wieder verschwunden ist. »Du kannst jetzt einfach gehen oder zusammen mit mir den sensationellsten Bibliotheksfund der letzten fünfhundert Jahre bestaunen.«

Ich hole erst einmal tief Luft. »Moment«, sage ich. »Ich geh mal kurz vor die Tür, und dann sage ich dir, wie ich mich entschieden habe.«

Ria reckt die Faust und streckt den Daumen nach oben.

Draußen gehe ich ein paar Schritte in Richtung Strand.

Von hier kann ich die Brandung hören und das Meer riechen. Zumindest bilde ich mir das ein. Für die Dauer meines Ausatmens schließe ich die Augen.

Ausatmen ist das wichtigere Atmen. Nicht dass das Einatmen unwichtig wäre, doch beim Ausatmen schaffe ich Platz, der dann von frischer, sauerstoffgesättigter Luft besetzt werden kann. Das Einatmen geht danach fast automatisch. Wenn ich bewusst ausatme, kommt ein Prozess in Gang, der nicht nur Platz für neue Luft, sondern auch für neue Gedanken schafft. Mit jedem Kubikzentimeter Luft, den ich ausatme, verlässt mich außerdem ein Gedanke, der unnötig Platz in meinem Kopf oder meiner Seele besetzt. Das macht mich freier, leichter und lebendiger. Ganz langsam atme ich aus und spüre, wie ich friedlicher werde, wie ich wieder erkennen kann, wie unnötig meine Aufregung ist und dass Ria sich wie jeder andere Mensch durchs Leben kämpft und einen Weg gefunden hat, über den es mir nicht zusteht zu urteilen. Sie ist eben so, wie sie ist. Ich weiß nicht, ob ich es wirklich glaube. Ich versuche es jedenfalls.

Beim Einatmen öffne ich die Augen wieder. Die Wolken sind ein Stück weitergezogen, sodass die Strahlen der tief stehenden Sonne unter ihnen hindurchleuchten wie auf das Meer gerichtete Suchscheinwerfer. Eine Stimmung, als seien alle Uhren stehen geblieben. Nur ein paar im Sonnenlicht tanzende Mücken zeigen mir, dass die Welt nicht völlig erstarrt ist, während ich ganz langsam ausgeatmet habe. Plötzlich fliegt aus dem Nichts der Refrain von »Dust in the Wind« von Kansas an meine Ohren. »All we are is dust in the wind. Oh, ho, ho.«

Als ich zurück ins Lokal komme, stehen zwei Schnäpse auf dem Tisch, und auch das Petzpärchen hat eine Runde Alk spendiert bekommen und prostet mir freundlich lächelnd zu. »¡Salud!«, rufen sie. Bei so viel Versöhnung und Trinkfreude will ich kein Spielverderber sein. Also kippe ich mir das Glas Gin hinter die Binde und genieße den Abgang.

Ria fängt sofort an, auf mich einzureden. Sie verspricht,

mir später alles zu erklären, und versichert mir, dass ihr Motiv für den Diebstahl kein schlechtes war. Es ist mir inzwischen klar, dass das Mitnehmen der Dokumente kein Gelegenheitsdiebstahl war. Sie muss haargenau gewusst haben, was sie sucht, und so, wie sie eben in die Materie eingetaucht ist, muss sie das Gesuchte auch gefunden haben.

»Ich bin sicher, es geht dir ums Geld. Um was sonst? Willst du die Dokumente verhökern?« Ich kann jetzt wieder in normaler Lautstärke sprechen, dank des langen Ausatmens und des Gläschens Gin.

Ria schüttelt den Kopf. »Es geht mir um Gerechtigkeit«, behauptet sie, »nicht um Geld.«

Sarkastisches Gelächter meinerseits. »Das sagen sie alle.«

»Ehrlich, Noah, ich werde dir alles erklären, von Anfang an. Aber jetzt schau dir doch diese wunderbare Handschrift an und lass dich von der Schönheit dieses alten Textes bezaubern. Du wirst selbst erkennen, dass es richtig war, ihn mitzunehmen.«

»Ach ja?«

»Ich verspreche dir eins: Wenn du alles weißt und dann immer noch der Meinung bist, dass wir die Dokumente zurückgeben sollen, dann machen wir das. Ehrenwort.«

Der Gin hat mir so gutgetan, dass ich mir noch einen bestelle und einen Kaffee dazu. Spannung, Entspannung. Spannung, Entspannung.

Ria scheint sich vorübergehend von der Welt verabschiedet zu haben. Ihre Nase berührt fast die Tischplatte, auf der sie eines der Blätter aus der Klosterbibliothek ausgerollt hat. Ich setze mich zu ihr auf die Bank, sie rutscht zur Seite, um mir Platz zu machen. Ich versuche, die erste Zeile zu lesen. Keine Chance. Nicht einmal einzelne Wörter kann ich aus den Buchstaben zusammensetzen, so verschnörkelt und verfremdet sind die Lettern auf dem Papier, Pergament oder was auch immer das für ein Material ist, das mich prompt schon wieder in der Nase kitzelt.

Oben links ist eine farbige Miniatur platziert. Sie stellt

einen schön angelegten Garten dar. Und dahinter, ist das nicht eine Art Kloster, so wie das, wo wir gerade herkommen? Ich denke mir, wenn es im Mittelalter so leuchtende Farben gegeben hat, dann kann es nicht so finster gewesen sein, wie uns die Geschichtslehrer immer weismachen wollten.

»Ist das so etwas wie eine Bibel?«, frage ich.

»Nein, keine Heilige Schrift. Sondern die Stiftungsurkunde des Klosters. Genau das, wonach ich gesucht habe. Da habe ich wirklich wahnsinniges Glück gehabt«, sagt sie und hat unseren Streit anscheinend schon vergessen. »Aber die zweite Urkunde, die hat es wirklich in sich. Ich glaube, dass sie in ihrer Bedeutung nicht hinter den Schriftrollen, die sie in Qumran gefunden haben, zurücksteht.«

»Warum kannst du das überhaupt lesen?«, frage ich. »Hast du Germanistik studiert oder so etwas?«

»Nein, BWL. Aber ich wusste, wonach ich hier suche, und daher habe ich auch geahnt, was mich im Fall des Falles erwarten würde. Also habe ich ein bisschen Nachhilfe genommen bei einem Professor für Mediävistik, also einem Mittelalterforscher.«

»Ich weiß, was Mediävistik ist«, behaupte ich frech.

»Und der Prof hat mir das ganz ordentlich beigebracht.« Sie sieht mich mit glänzenden Augen an. »Einfach der Hammer, was wir da entdeckt haben. Wenn das nicht nur phantastisches Gefasel ist, dann werden wir wohl die Geschichte umschreiben müssen. Das muss man sich mal vorstellen.«

Ich kann mir nur eines vorstellen, nämlich, dass sie maßlos übertreibt.

»In einer für das Mittelalter ziemlich ungewöhnlichen Versform beschreibt hier einer, ein Kaufmann, ein neues Abrechnungsmodell. Im Grunde ein neues Währungssystem.«

»Und wer soll das gewesen sein, hast du eine Idee?«, frage ich.

Ria grinst über das ganze Gesicht. »Ja, ich denke schon«, behauptet sie. »Eines der Dokumente hat er sogar mit seinem Namen unterzeichnet.«

»Echt? Ein Typ, der in Spanien ein Dokument in einer Art Mittelhochdeutsch verfasst? Und du kennst den?«

»Ja. Du vielleicht auch, wenn du eine gymnasiale Schulbildung genießen durftest. Jetzt hör dir das mal an.«

Und dann zitiert sie ziemlich flüssig lesend diesen Text, der einerseits sehr alt und dann wieder fast modern klingt. Und phantastischerweise verstehe sogar ich ein paar Brocken. Vielleicht, weil es in recht kurzen Versen geschrieben ist, die sich außerdem noch reimen.

Dahs Bouch van Bouche niew entstet
Wan iz in drite Tusent geht.

»Wieso kann man denn das verstehen?«, frage ich Ria, »das ist doch Asbach Uralt.«

»Ach, Mittelhochdeutsch ist cool. Ich finde es auch gar nicht so weit weg von uns. Auch nicht weiter als Schwyzerdütsch, Alemannisch oder Bairisch, oder?«

»Und was heißt das jetzt genau? Kannst du es mir übersetzen?«

»Das müsste ungefähr so viel heißen wie: Das Buch der Bücher neu entsteht / Wenn es ins dritte Tausend geht.«

»Also doch so etwas wie eine Heilige Schrift«, rate ich.

»Oder eine Weissagung.«

»Das schon eher«, sagt Ria. »Jetzt hör weiter zu.«

Kein Künic ode Vürest slaget Gulden
Die keine Valscherie erdulden
Doch gebet iz die Münze vri van Dinc
Stet newaere in Buoch van Bouche darin.

»Außer Gulden und Münze habe ich nichts verstanden.«

»Okay, ich übersetze: Kein König oder Fürst schlägt Gulden, / Die keine Fälschung mehr dulden. / Doch gibt es die Münze frei von Ding / Steht nur im Buch der Bücher drin.«

Sie sieht mich triumphierend an, aber diesmal verstehe ich nur Bahnhof.

»Gulden schlagen?«, frage ich.

»Das heißt prägen. Es wird Geld geprägt, das nicht gefälscht werden kann. Und zwar weder von einem König noch von einem Fürsten.«

»Und mit Buch der Bücher ist nicht die Bibel gemeint, richtig?«

Ria schüttelt den Kopf. »Pass auf, wie es weitergeht.«

Op Johann, Peter ode geleichen
Im Himel nar iren Buoche greifen.
Sie strecken nur die Hant heruz
Unde schon wird ir Kapitel daruz.
In Buoch van Bouche stet vür ieden
waz siu bekomen, siu gegeben.

Ria übersetzt wieder: »Ob Hans, ob Peter oder gleichen / Im Himmel nach ihrem Buche greifen. / Sie strecken nur die Hand hinaus / Und schon wird ihr Kapitel draus. / Im Buch der Bücher steht für jeden, / was er bekommen, er gegeben.«

Das hört sich für mich jetzt nach einer Bilanz an. »War dieser Mensch vielleicht Buchhalter?«, frage ich. Ein Scherz, aber Ria nickt.

»Das könnte man so sagen. Ein Kaufmann war's, aber einer, der wirklich was von Buchhaltung verstanden hat.«

Sie liest weiter.

Dare Münze ohne Dinc und Pein
nennet selb sich Hundert Tusent Tusent mein
Unde ieder Teil vür sich alein
Wird zuo gebe unde bekome sein.

»Das heißt jetzt ungefähr so: Die Münze ohne Ding und Pein / Nennt selbst sich Hundert Tausend Tausend mein / Und jeder Teil für sich allein / Wird zu geben und bekommen sein.«

Hunderttausend Tausend? Da muss ich rechnen. Wie viele Nullen sind das? Das sind … »Hundert Millionen«, sage ich.

»Richtig.« Ria nickt. »Acht Nullen. Und jetzt wird es wieder sehr rätselhaft.«

Dar Mentsche sint in dare Zit
Za vile af den Erdenplan.

»Die Menschen sind in dieser Zeit / Zu viele auf dem Erdenbreit.«

»Erdenplan, hast du vorgelesen«, widerspreche ich.

»Ist ja gut, dann eben Erdenplan.«

»Nicht die Quelle fälschen, okay? Geht es hier vielleicht um die Überbevölkerung auf der Erde?«

»Sehe ich auch so«, antwortet Ria.

»Das wäre aber sehr modern für so einen alten Knacker.«

»Aber jetzt sieh dir mal das an.«

Ich sehe hin und sofort ein, dass sie das nicht vorlesen möchte:

QR3C4 5RVCQ R3C4P U8R3R 3CV45 CNYC4 CT0YQ
8N35 R5CVC QR3CX V3PUR CQR4C Z0N45 R3V0C QRC1V
RQ3N4
N6SC QRCQR 3C46P URC8V 3QCVC SR3R3 CBRV5 C
QRC 45RVC 6QC4V CQR3C VUZCT RU35
4PUVR O45CQ 6CZRV COVYQ V4C3V PU56T C045R
QRCB VRTRY CQ365 R3CXN 45CR5 RUZR
QR3C4 5RVCQ NUV5R 3CV45 CQR3C Y0U

»Also dazu fällt mir jetzt leider nichts ein. Als mein Laserdrucker mal kaputt war, hat er auch so einen Käse gedruckt«, sage ich.

»Ist ja alles mit der Hand geschrieben, da fällt der Drucker schon mal weg. Für mich sieht das wie verschlüsselt aus. Vielleicht eine Variante der Caesar-Verschlüsselung. Auf alle

Fälle zu mühselig, um jetzt daran rumzubosseln. Da wird sich später ein Computer drum kümmern. Schauen wir mal weiter.«

Ein iedes Kapitel daz geschriben
Wirt versiegelet mit daz Zal
Diz entraten eine Qual.

»Entraten?«, frage ich.

»Vielleicht erraten«, meint Ria und macht wieder die Dolmetscherin: »Ein jedes Kapitel, das geschrieben / Wird versiegelt mit der Zahl / Die zu erraten eine Qual.«

»Im Grunde ist das auch wieder Buchhaltung«, sage ich.

»Vielleicht eine Verschlüsselungsmethode.«

»Hey, du hast recht. Es geht ums Verschlüsseln und Versiegeln.«

Ein Raetsel, so swaeren wie nie gewesen,
Unde nur vun ein Rechenmeister geloeset
Siu niht Vleisch unde Bluot waz ich
Sunder van Erze unde ich kant iz niht.

»Rechenmeister? Wer soll das denn sein?«, frage ich. »Irgendein Mathe-Genie?«

»Eher ein Computer«, meint Ria. »Mann, ist das irre. Hör zu.«

»Mach ich.«

»Ein Rätsel, so schwer wie nie gewesen, / Und nur von einem Rechenmeister zu lösen, / Der nicht aus Fleisch und Blut wie ich, / Sondern aus Erz und ich kenn es nicht.«

»Erz und er kennt es nicht? Was bedeutet das?«

»Vielleicht meint er Metall und Materialien, die es damals noch gar nicht gegeben hat, wie Silizium oder einfach Kunststoff. Er schreibt, er kennt es nicht. Kann er ja auch nicht, wenn es so etwas wie ein Computer ist. Ein Rechenmeister, der nicht aus Fleisch und Blut ist.«

»Hört sich an wie Nostradamus oder irgend so ein Visionär.«

»Ich denke, das geht in die richtige Richtung«, sagt Ria. »Hast du eine Idee, wer der Verfasser ist? Und von wann das Dokument stammen könnte?«

Natürlich könnte ich jetzt in den letzten Gehirnwindungen nach einer vielleicht passenden Antwort suchen, aber ich habe keine Lust dazu.

»Keine Ahnung«, sage ich, um das Spiel abzukürzen und zu zeigen, dass ich nicht interessiert bin. Aber natürlich interessiert mich die Sache doch. Immerhin bin ich Komplize und möchte wenigstens wissen, von was. »Jetzt leg schon los.«

Jetzt hat sie mich. Sie lacht. »Was weißt du von Jakob Fugger?«, versucht sie noch einmal eine Quizrunde zu starten.

»Alles! Geh davon aus, dass ich alles über diesen Fugger weiß.« Und das ist nicht mal gelogen. Abgesehen davon, dass ich in der zehnten Klasse in Geschichte ein Referat über Jakob Fugger den Reichen gehalten habe, habe ich in meiner aktiven Occupy-Phase an einem Workshop »Fünfhundert Jahre Wallstreet – wie uns die Reichen verarschen« teilgenommen. Da haben die feinen und frommen Herren und Frauen Fugger nicht gefehlt mit ihrer Südamerika-Politik und ihren Beteiligungen am entstehenden Sklavenhandel.

Als wäre eine fette Schleuse aufgegangen, fällt mir jetzt alles Mögliche ein, was ich ihr noch zum Thema erzählen könnte. Zum Beispiel von Kriegen, die damals wie heute zwar moralisch begründet wurden, aber immer wirtschaftlich motiviert waren und es bis heute sind. Auch im Kriegestiften waren die Fugger Meister. Aber ich will mich nicht aufspielen. Ich will nur wissen, was wir geklaut haben, und jetzt erst recht.

Bevor Ria loslegen kann, platzt ein waschechter Schwabe in unsere lustige Unterhaltung, die schon längst kein Streit mehr ist. Ich fasse es nicht.

»Ist der besoffen?«, flüstere ich Ria ins Ohr. Sie zuckt nur mit den Schultern.

Er habe gehört, dass wir uns über seinen Landsmann Fugger unterhielten. Er komme wie der alte Fugger aus Augsburg und wisse eine Menge über ihn. Super, denke ich, also sind wir schon zwei.

Auf seine Frage, ob wir wüssten, dass sogar ein Zug nach Fugger benannt worden sei, antwortet Ria: »Nö, wussten wir nicht, interessiert uns aber auch nicht.« Und nach einer kleinen Pause zur Spannungssteigerung ergänzt sie: »Also geh an die Bar und rede mit der Frau am Tresen, die sieht sowieso aus, als ob sie sich langweilt. Wir bearbeiten gerade eine Ehekrise und brauchen keine Zuhörer.«

Der kontaktsuchende Schwabe zeigt nun doch Verständnis für unser Problem und zieht minimal frustriert ab. Ria kann echt kaltschnäuzig sein. Vielleicht bewundere ich sie ein kleines bisschen dafür.

Statt mich weiter mit dieser Frage zu beschäftigen, denke ich: Dann ist der alte Geldsack aus Augsburg also bis nach Nordspanien gekommen. Ich glaube, darüber habe ich in der Schule nichts erfahren. Wahrscheinlich ist er gepilgert. Santiago war ja schon im Mittelalter total überlaufen mit Pilgern aus ganz Europa. Dann kommt er also hierher, stiftet aus irgendeinem Grund ein Kloster und setzt sich dann hin und macht Weissagungen für eine so weit entfernte Zukunft wie die, in der wir gerade leben. Er stellt sich eine Währung vor, die nicht von Fürsten und Kaisern, sondern von den Bürgern geschaffen wird. Eine genaue Buchhaltung, die nicht manipuliert werden kann. Der alte Fugger und die neue Kryptowährung. Das klingt doch einfach nur phantastisch.

Ria bestellt uns noch einmal Kaffee und etwas, was sich marañuelas nennt. Während der Kaffee aus der Maschine sprudelt, stellt uns die Bedienung einen Teller mit süßen Kringeln auf den Tisch. Noch bevor unser Getränk kommt, ist er schon wieder leer, und ich befürchte, dass die meisten auf mein Konto gehen. Ich bin so erschöpft von der ganzen Aufregung und dem Ärger. Ich muss was essen. Um die Gerechtigkeit wiederherzustellen, bestelle ich die nächste Portion.

Während ich Kekse in mich reinstopfe, um wieder munter zu werden, liest und interpretiert und kommentiert Ria alles, was sie in den Dokumenten an Informationen findet. Ich weiß jetzt, dass Ria sich ihren Lebensunterhalt als Privatdetektivin verdient. Auch, dass sie mal für die Guten, mal für die weniger Guten arbeitet und sich dabei als Dienstleisterin versteht, deren moralischer Imperativ nur darin besteht, immer die beste Arbeit zu liefern und dafür möglichst viel Geld zu kassieren.

»Ich hatte keine Präferenz«, sagt sie, so wie andere sagen: »Meer oder Berge ist mir doch Jacke wie Hose, Hauptsache, Urlaub.« Ihr sei es egal gewesen, wofür man sie bezahlte, aber das sei nun vorbei.

Dieses Mal sei es anders, sagt sie. Nicht sofort, aber nach und nach habe sie gespürt, dass sie nicht nur die Aufgabe übernommen hatte, für die sie von ihrem Auftraggeber bezahlt wurde. Ganz allmählich sei sie zu der Erkenntnis gelangt, auch die moralische Verpflichtung zu haben, das Beste zu geben und damit der Menschheit einen Dienst zu erweisen. Auf mich zu treffen und mit mir auf dem Camino unterwegs zu sein habe dieses Gefühl verstärkt.

»Das hat mit dir zu tun und damit, dass ich das Gefühl habe, dass die Welt schlechter werden wird, falls ich versage«, sagt sie mir.

»Und wirst du versagen?«

»Nein, aber nur, weil du mir geholfen hast.«

Ihr aktueller Auftraggeber heißt Lorenzo Rizzi und ist Vorstand der ältesten Bank der Welt, des Monte dei Paschi. Fast kann ich die toskanische Luft riechen, als sie mir von Siena erzählt, der Stadt, in der ich mal Medizin studieren wollte, bevor sich mein Traum, Arzt zu werden, verflüchtigt hat wie so vieles in meinem Leben. Ich bin voll dabei, als sie mir erzählt, wie es sich für sie angefühlt hat, als sie den fast fünfhundertfünfzig Jahre alten Palazzo Salimbeni zum ersten Mal betrat, in dem die ebenso alte Zentrale der Bank untergebracht ist.

»Das kann man nicht mit den Chefetagen der Züricher oder Frankfurter Banken vergleichen, die mit ihren himmelhohen Glastürmen protzen«, sagt sie. Sie habe gespürt, wie ihre Handflächen vor Aufregung feucht wurden mit jedem Schritt, den sie die Scala Spadolini hinaufstieg und sich der Höhle des Löwen näherte.

»Stell dir mal vor«, sagt Ria, »da hat es eine Bank geschafft, die Jahrhunderte zu überdauern, ohne sich aufzulösen oder verkauft und zerschlagen zu werden. Sie ist heute immer noch die drittgrößte in Italien. Kein Mensch, kein Tier und kaum eine Pflanze wird so alt, wie dieser Organismus es geworden ist. Davor habe ich Respekt, vielleicht sogar Ehrfurcht, verstehst du das?«

»Ich glaube schon.«

Lorenzo Rizzi, Chef des Monte dei Paschi und Rias Auftraggeber, hat ihr die Kopie eines mehr als fünfhundert Jahre alten Dokuments übergeben. Es war ein Vertrag, den ihm die amtierende Gräfin Fugger zur Erfüllung vorgelegt hatte. Er sei hundertprozentig echt, hat Rizzi ihr gesagt, und immer noch gültig. Der Vertrag belege, dass Jakob Fugger der Bank vor mehr als fünfhundert Jahren den Gegenwert von heutigen etwa zehntausend Euro gegen Zahlung von vier Prozent Zinsen geliehen habe. Die Zinsen sollten sogleich dem Darlehen aufgeschlagen und ebenso wieder verzinst werden. Auf Verlangen, so wurde es festgeschrieben, seien das Darlehen plus die aufgelaufenen Zinsen innerhalb von drei Monaten zur Auszahlung freizugeben.

»Ja und, was soll daran schlimm sein?«, frage ich. »Dann soll die italienische Bank eben das Geld zurückzahlen. Was ist schon groß dabei? Die paar Kröten wird diese Bank ja wohl ausspucken können.«

Ria schüttelt den Kopf. »Hast du eine Ahnung, wie viel aus den unscheinbaren zehntausend Euro durch Zins und Zinseszins mittlerweile geworden ist?«

Ich zucke die Achseln. »Vermutlich mehr als diese zehntausend.«

»Die Darlehenssumme hat einen heutigen Wert von – Tusch und Fanfarenklänge! – mehr als drei Billionen Euro.«

»Drei Billionen?«

»Das sind Schulden, die keiner mehr bezahlen kann. Italien könnte diese Summe nicht aufbringen, ebenso wenig Deutschland, Europa oder die USA. Dieser Schuldendienst würde das Ende des Monte dei Paschi bedeuten. Doch die Bank ist so sehr mit dem internationalen Finanzwesen verzahnt, dass mit ihr der ganze italienische Staat, die anderen italienischen Banken, die europäischen und zum Schluss die großen Banken der Welt in den Abgrund gerissen würden. Das wäre das Ende des Finanzsystems und der Gesellschaften, wie wir sie heute kennen.«

Und jetzt? Ria sieht nicht aus, als stünde der Weltuntergang unmittelbar bevor.

»Gibt es irgendwo einen Ausweg aus der Katastrophe?«

»Die Lösung ist hier«, sagt sie und hält mir das andere Dokument aus dem Kloster unter die Nase. »Lorenzo Rizzi hat mir gesagt, dass in den Archiven des Monte dei Paschi nicht nur ein Hinweis auf dieses Darlehen gefunden wurde, sondern auch ein Hinweis darauf, dass dieses Darlehen zurückbezahlt worden ist. Nicht an die Familie Fugger direkt, sondern auf Jakob Fuggers Anweisung hin an eine Stiftung in Asturien, die er selbst gegründet hat. Das ist der Strohhalm, an den Rizzi und seine Bank sich klammern.«

»Mit der Stiftung in Asturias, meinst du da unser Kloster? Das Monasterio de Piedras?«

Ria strahlt über das ganze Gesicht. »Und das hier ist die Stiftungsurkunde für das Kloster. In ihr steht, schwarz auf weiß, dass der Monte dei Paschi, wie von Fugger verlangt, das geliehene Geld mit allen bis dahin angefallenen Zinsen tatsächlich in die Stiftung einbezahlt hat.«

»Dann ist doch alles geritzt!«

»Und das ist noch nicht alles.« Rias Zeigefinger wandert über die Zeilen des Dokuments. »Hier steht, wenn ich es richtig verstehe, dass es noch eine Bedingung gibt.«

»Aha«, sage ich, aber bei mir fällt der Groschen nicht mal pfennigweise, um mal bei fast vergessener Währung zu bleiben.

»Es ist festgelegt, dass die Stiftung nur so lange besteht«, sagt Ria, »wie mindestens einundzwanzig Nonnen im Kloster leben. Sind es weniger, dann muss das in die Stiftung eingebrachte Vermögen, seit Erhalt mit vier Prozent verzinst, an die Erben Jakob Fuggers zurückgezahlt werden.«

»Von den Nonnen?«

»Quatsch, von den Bürgen«, erklärt Ria. »Das sind der Orden, dann der Heilige Stuhl, also der Papst, und außerdem das Königreich Asturien, dessen Rechtsnachfolger wahrscheinlich das Königreich Spanien sein wird.«

»Und du bist dir sicher, dass das Dokument echt ist?«

»Ich glaube, so schnell, wie in unserem Felsenkloster wieder einundzwanzig Nonnen einziehen, kann das Dokument gar nicht für echt befunden werden«, sagt Ria und schlägt mir auf die Schulter wie einem Teamkameraden beim Fußball.

Ein schlauer Fuchs, der Fugger, denke ich. Bald werden die spanische Krone und der Papst und seine Kardinäle wissen, dass sie hinweggefegt werden, falls sie nicht dafür sorgen, dass dieses Kloster immer ausreichend belegt ist. Mich würde es auch nicht wundern, wenn uns diese Urkunde nicht zufällig in die Hände gefallen wäre. Wahrscheinlich hat der alte Geldsack da an irgendwelchen Schrauben gedreht und das alles ganz genau so eingefädelt.

13

Jakobus Fugger Bilgerim, Anno Domini 1495

Ich, Jakob Fugger, Koufman zuo Venedig und Augspurg, ma-
che mich Anno Domini 1495 auf zuo daz Grab van Apostel
Jakobus in Ispanien. Daz ist in meinem segsundedrizicsten
Jahr. Mein Beger ist de Abelaz van meine Sünden. Aufge-
tragen hat mir dieß mein Beichtvater Franz van Imhoff.
De vererte Patrizier schauet mein Fermögen an als Vrefel
und Gottesunrecht. Denne ich fant ein Wec zuo erfaren van
Dinc, diu erste in Zuokunft geschehen. Wann ich daz Korn
zuo kleine Koufpris bekome sichern und na daz slehte Ernde
tiure verkoufen kunne. Ode van Schiffe van Engeland, de
doch niht daz Golt an Bort han, daz ich erharret. Daruf ich
kein Gelt ferlor. Ich weiz, waz ein anderer Koufman niht
weiz. Pater Franz saget, daz sey nicht geziemend. Ich bin
ein fromer Krist unde Koufman. Franz ist Pfaffe, abe van
de Wertschaft vernemt er niht vil. Er kan niht vermanen,
warumbe ich Schultschrip an de Kleric gabe. Er daht mein
Richelichkeit ist ein Werc von Hecsen und min Aneteil van
Abelaz ein Schandhort. Ein Halbenteil gat an ten Babest.
Er buwt ein grozen Kirche zum heilgen Peter in Rom. Ein
Halbenteil gat in mein Besiz.

Pater Franz wizet niht allerdingelich. Ich han ein Netze
vun Strazen unde Wec gebuwet über die Werlt. Über Kurrier
unde Boten komen Niewemaere bis zuo mier. Komet kein Bo-
teschaft, schicket ich ein Helfaere darhin. Vile Manot kommet
kein Niuwemaere vun Kwecsilber unde Zinober Bercwerc
von Böhmen unde Tirol noch dem Kunicriche Kastila. Daz
ist niht guot. Darumb bin ich gevaren nach Western. Bin ein
junc Man, aver sint vil Beschwernis auf de Vart.

Anno Domini 1473 de Vatter schicket mich na Venedig.
Zusamene mit mein Bruoder wonen wir in daz Fondaco dei

Tedeschi, daz Haus van die diutische Koufman. Ich lernt der Banc Gesetze und der Bercwerc Wertschaft. Venedig und sin Buwerc ist de allerschoeneste Stat auf Gotesere. Ich lieff met offen Munt durch diu Stat. Solich Buwerc wollt ich norder Alben, in Tiutschlant schaffen wann ich erwahsen waer. Ich lernt den Koufman Beruof. Ein Frater van den Orden Franziskus leret die Buochhaltenunge unde Lere van Gelt unde Zins. Unde ich lernt die Gescheft van min Sippe. Mit vünfzehen Jar wisset ich schone ser vihl. Meister Pacioli leret niuwe Lere von Sol unt Haben. War kumt daz Gelt, wahin ist iz gegahn? Wie vihl von waz ich hab gehoeret warhaftic mir? Meister Pacioli leret Mathematica, unde groz Malaere Leonardo da Vinci ist sin Schuolaere.

Ofte tenke ich, daz ich troume, unt bin doch wach. In ein Troum ich sahe ein Werlt, diu niht ist warhaftic, aber kannte sin. Doch niht in mein Leben. Ein Lande, daz regieret niht aleine daz Gelt van Herre unt Mehtic, sunder Koufman unt Burcliute schaffet ein eigen Gelt.

Ich ware schone zweie Manot auf mine Vart mit Schif, Pfert, Pfertesel unt Vuozgenger, als ich daz rehte Wec verlazet unt kamet in ein Berctal zu ein Herberge von Frouwen daz Orden Heiligaere Benedictus. Ich waz kranc von Nezze und Kaltheit. Daz drite Tac waz ich sinnenlos. Man rüefet ein Pfaffe zu halen die leste Salbunge. Ein Swester sorget um mich Tac unt Nacht. Als ich wieder geheilet waz, habe ich ein Versprechen gemaht. Ich wollt ein Kloster stiften zuo Danc. Sin Name sollt sin »Monasterium petrae«, daz ist Kloster zu den Vels.

In mein Krancheit waz ich mit zweyen Troumgesihte. Heilic Jacobus hat mir geschaffet in mein Heimestat Augspurg zu bawen ein groz Husen vür vrum unt goteliche Mensche mit mein Gelt.

Darzuo wurt offenbaret, dass in vünf hundert Jar wirt komen ein Man unt er wirt erdenken ein neue Wec zu bezalen. Er wirt sin der richeste Man en Erde.

Doch er musz mit sin Richheit schaffen Gerehticheit und

Bermherzicheit. Sus wirt das Gelt zerrinnen zwischen sin Vin-
ger.

Pilger Jakob Fugger, im Jahr des Herrn 1495

Ich, Jakob Fugger, Kaufmann zu Venedig und Augsburg, ma-
che mich im Jahr des Herrn 1495 auf zum Grab des Apostels
Jakobus in Spanien. Es ist mein sechsunddreißigstes Lebens-
jahr. Mein Begehr ist der Ablass meiner Sünden. Aufgetragen
hat mir dies mein Beichtvater Franz von Imhoff. Der verehrte
Patrizier sieht mein Vermögen als Frevel und Gottesunrecht
an. Denn ich hatte einen Weg gefunden, wie ich von Din-
gen erfuhr, die erst in der Zukunft geschehen würden. Wie
ich Korn zu einem niedrigen Preis kaufen und dann nach
schlechten Ernten teuer wieder verkaufen konnte. Oder ich
erfuhr, dass Schiffe, die aus England kamen, doch nicht das
Gold an Bord hatten, das ich erwartete. Dann verlor ich kein
Geld. Ich weiß, was andere Kaufmänner nicht wissen. Pater
Franz sagt, das gehört sich nicht. Ich bin ein frommer Christ
und Kaufmann. Franz ist Priester, von Wirtschaft versteht er
nicht viel. Er versteht nicht, warum ich Schuldscheine an den
Klerus vergab. Er denkt, dass mein Reichtum das Werk von
Hexen und mein Anteil an den Ablassgeldern eine Schande
ist. Dabei geht der halbe Teil an den Papst, der gerade eine
große Kirche zum heiligen Peter in Rom baut. Der andere
halbe Teil geht in meinen Besitz über.
  Pater Franz weiß nicht alles. Ich habe ein Netz von Straßen
und Wegen angelegt über die ganze Welt. Über Kuriere und
Boten erreichen mich von überall her die Nachrichten. Wenn
von irgendwoher keine Botschaft kommt, so schicke ich einen
Vertrauten dorthin. Viele Monate war ich ohne Nachrichten
aus den Quecksilber- und Zinnober-Bergwerken in Böhmen
und Tirol und aus dem Königreich Kastilien. Das ist nicht gut.
Darum bin ich nach Westen gereist. Ich bin ein junger Mann,
aber die Reise ist beschwerlich.

Im Jahr 1473 hatte mich mein Vater nach Venedig geschickt. Zusammen mit meinem Bruder wohnte ich im Fondaco dei Tedeschi, dem Haus der deutschen Kaufleute. Ich lernte viel über Banken und das Geschäft mit den Bergwerken. Venedig ist mit seinen Bauwerken die allerschönste Stadt auf Gottes Erde. Ich lief mit offenem Mund durch die Stadt. Solche Bauwerke wollte ich nördlich der Alpen in Deutschland errichten, wenn ich erwachsen wäre. Ich erlernte den Beruf des Kaufmanns. Ein Franziskanerbruder unterrichtete uns in der Buchhaltung und in der Lehre von Geld und Zinsen. Und ich arbeitete mich in die Geschäfte meiner Familie ein. Mit fünfzehn Jahren wusste ich bereits sehr viel. Meister Pacioli unterwies mich in der neuen Lehre von Soll und Haben. Woher kommt das Geld, wohin ist es gegangen? Wie viel von dem, was ich habe, gehört wirklich mir? Meister Pacioli lehrte mich Mathematik, und auch der große Maler Leonardo da Vinci ist sein Schüler.

Oft denke ich, ich träume, und bin doch wach. In einem Traum sah ich einst eine Welt, die nicht wirklich war, aber sie hätte es sein können. Wenn auch nicht in meinem Leben. Ich sah ein Land, das nicht vom Geld der Fürsten regiert wurde. Kaufleute und Bürger schufen sich dort ihr eigenes Geld.

Ich war schon zwei Monate per Schiff, Pferd, Maulesel und zu Fuß unterwegs, als ich vom rechten Weg abkam und in ein Bergtal gelangte, in dem Nonnen des Ordens des heiligen Benedikt eine Herberge führten. Nässe und Kälte hatten mich krank gemacht. Am dritten Tag meiner Krankheit verlor ich die Besinnung, und man rief einen Priester, der die letzte Salbung ausführen sollte. Eine Schwester kümmerte sich Tag und Nacht um mich. Als ich wieder geheilt war, legte ich ein Gelübde ab. Ich wollte zum Dank ein Kloster stiften, das »Monasterium petrae«, Kloster zu den Felsen, heißen sollte.

Während meiner Krankheit hatte ich zwei Traumgesichter. Der heilige Jakobus hat mir befohlen, in meiner Heimatstadt Augsburg von meinem Geld ein großes Haus für gottesfürchtige, fromme Menschen zu bauen.

Außerdem wurde mir offenbart, dass in fünfhundert Jahren ein Mann kommen wird, der eine neue Art des Bezahlens erfinden wird. Er wird einst der reichste Mann auf Erden sein. Doch muss er mit seinem Reichtum Gerechtigkeit und Barmherzigkeit schaffen, sonst wird er ihm zwischen den Fingern zerrinnen.

14

Vor einer halben Stunde ist ein Sturm losgebrochen, der schwere Regentropfen gegen die Fenster schleudert. Ria sitzt immer noch über den alten Papieren. Draußen der Weltuntergang. Ich mochte es schon immer, dass sich das Wetter am Meer und im Hochgebirge von einer zur nächsten Minute ins Gegenteil verkehren kann. Diese Gewalten, die da am Werk sind. Jetzt versuche ich, den Sturm da draußen gegen die immer wieder aufkommende Trauer und Verzweiflung in mir ankämpfen zu lassen. Versuche, die Welt und die Natur groß und bedeutend zu finden und mich und meine Gefühle ganz klein und unbedeutend. Vielleicht versuche ich aber auch, mich von dem Sturm aufsaugen zu lassen und darin zu verschwinden.

Plötzlich ist die Sonne wieder da, und das Trommeln der Regentropfen an die Fenster wird schwächer und hört dann ganz auf.

Unbedacht schaue ich hinaus, direkt in die Sonne, und mir wird schwarz vor Augen. Als ich die Lider schließe, bleibt ein großer schwarzer Kreis in der Mitte meines Gesichtsfeldes, wie ein Negativbild der Sonne. Nur langsam löst sich der schwarze Kreis von innen her auf und gibt ein neues Bild auf den Strand frei, obwohl ich meine Augen noch immer geschlossen halte. Es ist verrückt. Ich sehe eine Frau eingehüllt in weiße Seidenschleier über den Strand laufen. Sie winkt mir zu und bewegt den Mund, so als sagte sie: »Komm, komm doch zu mir, hab keine Angst.« Mich schaudert.

Als ich die Augen wieder öffne, ist alles wie zuvor. Die Sonne scheint, Ria sitzt in meiner Nähe und hält die Dokumente in der Hand.

»Kommst du mit?«, fragt sie. »Ich möchte ein bisschen den Strand entlanglaufen, bevor es Nacht wird.«

Ich schüttle den Kopf. »Nein, ich bin irgendwie zu schlapp.

Ich warte hier auf dich.« Das ist gelogen. Ich habe schlicht Angst, am Strand der verschleierten Frau zu begegnen. Ich glaube, ich sollte mich von Gespenstern fernhalten.

Es kann kein Zufall sein, dass Ria und ich uns begegnet sind. Das spüre ich, genauso wie ich einsehe, dass Ria sich nicht gegen mich verschworen hat. Sie mag ein Luder sein und kein Problem damit haben, etwas Verbotenes zu tun, aber ich glaube, sie mag mich irgendwie und vertraut mir. Würde sie sonst die wertvollen Dokumente bei mir am Tisch liegen lassen, während sie zum Strand geht?

Was für ein Fund, denke ich. Unfassbar, dass dieser Jakob Fugger schon vor fünfhundert Jahren die Idee zu so etwas wie einer verschlüsselten, von jedem überprüfbaren Buchhaltung hatte. Und auf welch geniale Weise er verhindert hat, dass das von ihm gestiftete Kloster jemals aufgelöst wird. Womit er gleichzeitig sicherstellt, dass auch noch in Hunderten von Jahren an diesem Ort für ihn und sein Seelenheil gebetet wird.

Dieser Augsburger Kaufmann schrieb also, dass er einen Blick in die Zukunft erhaschen konnte. Mit geradezu phantastischen Folgen für sein gesamtes kaufmännisches Wirken und sein immer größer werdendes Vermögen. Ob ihm das öfter gelang, schreibt er nicht. Jedenfalls wird Joe diese Vision als Beleg für seine Simulationstheorie werten. Und ich selbst ertappe mich, dass meine Zweifel an der Simulation immer kleiner werden. Zu viele Hinweise und dazu noch der Zufall, dass gerade ich dieses Dokument finde, nach dem Joe schon seit Ewigkeiten sucht. Ich muss ihn unbedingt anrufen und ihm davon erzählen. Ich weiß, dass das wichtig ist für ihn.

»Willst du nicht doch noch mit rauskommen, Noah?« Ria kommt zurück und brüllt durch das halbe Lokal. »Da draußen tobt der Ozean, das Licht leuchtet zwischen schwarzen Gewitterwolken vom Himmel, der Strand sieht aus wie für ein Filmset ausgeleuchtet. Das musst du dir ansehen!« Sie versucht ihre vom Wind zerzausten Haare wieder in Ordnung zu bringen. Mit gespreizten Fingern fährt sie sich durch ihre

Mähne. Ihre Haare sind widerspenstig und kraus, genau wie sie selbst, denke ich.

»Los, komm schon, du Warmduscher!«

»Wenn du mich locken willst, solltest du mich nicht beleidigen. Wichtige Sache in puncto sozialer Kompetenz«, antworte ich.

Sie zieht eine Schnute. »Och«, mault sie. »Jetzt komm endlich.«

»Ich muss erst noch telefonieren. Hier gibt es kein WLAN. Kannst du mir kurz dein Handy leihen?«

Daraufhin sieht Ria mich total merkwürdig an.

»Was ist denn?«, frage ich.

»Wen willst du anrufen?«, fragt Ria.

Ich lache.

»Wieso lachst du?«

»Weil dich das nichts angeht, oder?«

»Ich finde schon, dass es mich etwas angeht.«

»Wie bitte?«, frage ich.

»Es ist mein Handy, deshalb kann ich auch fragen, wen du damit anrufen willst.«

»Richtig, fragen kannst du«, sage ich.

»Jetzt pass mal auf, Noah«, giftet Ria los. »Weißt du überhaupt, was diese Papiere hier für mich bedeuten? Weißt du das?« Sie starrt mich an, als würde sie mir gleich an die Gurgel gehen.

»Weiß ich doch«, sage ich schließlich. »Ist so etwas wie der Höhepunkt deiner Karriere als Wirtschaftsdetektivin. Der ganz große Fischzug sozusagen.«

»Genau. Und ich habe dir so weit vertraut, dass ich dich damit allein gelassen habe. Und jetzt möchte ich wissen, mit wem du telefonieren willst. Ist das so schlimm?«

Ich hebe die Hände. Okay, ich habe verstanden. »Ich muss meinen Freund Joe in Berlin anrufen.«

»Kennst du ihn aus dieser komischen Bar, in der du gearbeitet hast?«

»Er war Stammgast dort, aber er ist gar nicht so, wie du

jetzt vielleicht denkst. Der Mann ist Astrophysiker, ein total kluger Kopf.«

»Ja und? Es gibt auch intelligente Säufer, wenigstens ehemals intelligente Säufer.«

Es gefällt mir nicht, wie Ria über meine Freunde spricht.

»Astrophysiker also, und weiter? Ist er ein Psychopath oder so was?«

»Joe ist überzeugt, dass wir, also wir alle, die ganze Welt, keine Originale sind.«

»Sondern?«

»Sondern dass das, was wir als unsere Welt wahrnehmen, in Wirklichkeit nur eine Simulation ist. Also ein Abbild von einer uns irgendwie überlegenen Zivilisation, wenn man das so sagen kann. Ich habe es mir jedenfalls immer so vorgestellt, wenn er davon gesprochen hat.«

Ich beobachte Ria. Hält sie mich oder Joe oder uns beide jetzt für komplett durchgeknallt? Aber sie verzieht keine Miene. »Weiter«, sagt sie.

»Er hat mir erzählt, dass er einmal eine Art Vision hatte. Einen Einblick in diese andere, parallele Welt.«

»Und jetzt denkst du, die Fugger-Weissagung geht in eine ähnliche Richtung, weil der alte Kaufmann auch alles Mögliche gesehen hat, was die anderen Kaufleute seiner Zeit nicht sehen konnten, und das für sich und sein wachsendes Vermögen genutzt hat.«

Ich nicke. Sie kapiert ein ganzes Stück schneller als ich.

»Wenn du diesem Joe das erzählen willst, dann ist es ja in dem Sinn kein Privatgespräch«, meint Ria. »Dann kann ich genauso gut dabei sein, wenn du mit ihm sprichst.«

Ria gibt mir ihr Handy, nachdem sie die PIN eingegeben hat.

»Ich müsste über Wire telefonieren«, sage ich und komme mir vor wie ein Verschwörer.

»Ist installiert«, antwortet Ria und: »Warte mal.« Sie rennt zum Tresen, um irgendwas Wichtiges mit der Kellnerin zu besprechen.

Ich gebe die ersten Ziffern von Joes Nummer ein, da ploppt die komplette Nummer mit dem Eintrag »Joe« in Rias Kontaktliste auf. Völlig perplex starre ich auf das Display und denke, ich träume, aber ich träume nicht. Ria steht jetzt am anderen Ende des Tisches. Ich hebe schließlich die Hand, krümme den Zeigefinger und zitiere sie wie die Hexe bei Hänsel und Gretel zu mir. Sie geht um den Tisch herum und bleibt neben mir stehen.

»Wie kommt die Nummer meines Berliner Freundes Joe Muskat in dein Handy?«, flüstere ich.

Schweigen.

Noch mehr Schweigen.

»Du gehörst auch dazu«, sage ich schließlich, worauf Ria mir wie einem alten Kumpel auf die Schulter klopft.

»Ich wusste es, dass du selbst darauf kommen würdest.« Sie grinst übers ganze Gesicht, dreht sich zur Seite und schreit plötzlich: »Luisa!«

Im nächsten Moment steuert die rothaarige Luisa mit einer Flasche Sekt und zwei Gläsern auf uns zu.

»Bravo, Noah, du hast deine erste Aufnahmeprüfung bestanden. War nicht leicht. Deine Widerstände waren riesig, aber du hast es durchgezogen. Respekt!«

Wenn Ria ein Teil des Netzwerks ist oder ein Mitglied des Ordens der heiligen Festplatte, dann ist nichts zufällig geschehen. Aber wie kann das sein?

»Du hast mir eine Komödie vorgespielt. Angefangen bei deinem Diabetes-Unterzucker bis zum Abweichen vom Weg und Einchecken im Kloster. Die Alte mit den Panda-Pantoffeln, hast du die auch irgendwie bestochen?«

»Quatsch. Ich hab sie einfach nach dem Weg zum Kloster gefragt, das hast du nur falsch verstanden. Mensch, Noah, was hättest du denn gesagt, wenn ich dich hier im Hotel nach deinem Gespräch mit dem Pilger und seinem Hund gefragt hätte, ob du mitkommst und mit mir ein paar Dokumente in einem Kloster klauen willst? Du hättest mir doch glatt einen Vogel gezeigt. Dass ich mich an dich hefte und dich zu meinem Komplizen mache, war Joes Idee. Er meinte, zu zweit sind wir sicherer. Und außerdem wüsste er, dass du irgendwann irgendeinem von uns das Leben rettest.«

Seine Vision. Er glaubt wirklich, dass ich eine Funktion erfülle in allem, was hier geschieht. Dass ich nicht einfach nur auf der Flucht bin. Wenn ich genug Champagner trinke, glaube ich es bestimmt auch.

»Die Sache mit Elias und Oskar hast du auch eingefädelt?«

»Oskar?«

»Der Hund von Elias.«

»Ach so, nein, das hast du ganz allein eingefädelt. War richtig clever von dir.«

Sie lässt den Sektkorken knallen und schenkt uns ein. »Feuertaufe, Noah. Jetzt freu dich doch mal!«

Wir stoßen an.

»Auf unser kleines Abenteuer!«, sagt Ria. »Und darauf, dass du jetzt bei uns bist. Sag doch auch mal was!«

»Cheers«, sage ich. »Zwei Fragen hab ich noch. a) Wie seid ihr überhaupt drauf gekommen, dass die Stiftungsurkunde hier im Kloster sein könnte?«

»Bei unseren Ausflügen zu den Rechnern in Crypto City, also denen der NSA, haben wir in gescannten Dokumenten einen Hinweis darauf gefunden, dass dieses Darlehen an den Monte dei Paschi durch eine Stiftung in Asturien getilgt wurde. Die Urkunde dazu sollte die Priorin des Felsenklosters aufbewahren. Oder aufbewahrt haben. Ob sie überhaupt noch vorhanden war, wusste niemand. Aber wir dachten eben, wir schauen mal nach, ob sie noch da ist. Und sie war da! Und b)?«

»b) Wie geht es jetzt weiter?«

»Ich fliege mit der nächsten Maschine in die Schweiz und setze mich morgen mit Lorenzo Rizzi in Verbindung. Und dann könnten sie mich in den Adelsstand erheben oder zur Ehrenbürgerin von Siena ernennen.«

»Und ich?«

»Willst du auch Ehrenbürger werden?«

»Wie geht's bei mir weiter? Gibt es weitere Aufträge, von denen ich nur noch nichts weiß?«

»Du folgst jetzt schön dem Camino – zu Fuß, hörst du? – und holst dir in Santiago deine Pilgerurkunde.«

»Ist das eine Voraussetzung, um zu eurem Club dazuzugehören?«

»Das ist Ehrensache, Noah, und es wird dir guttun. Wenn du deine Kleider verbrannt haben wirst in Finisterre, dann gibt es den alten Noah nicht mehr, diesen Zauderer und Suchenden. Der neue weiß dann, wo es langgeht und wo sein Platz ist.«

»Ah ja, gut«, sage ich, »passt! Ich hab sowieso gerade nichts Besseres vor. Allerdings wird der neue Noah auch aufhören, sich von euch herumkommandieren zu lassen.«

Ria lacht, nickt und trinkt ihr Glas aus. Dann packt sie die Dokumente zusammen und stopft sie in ihren Rucksack.

»Okay«, sagt Ria. »Ruf Joe an. Ich geh noch ein bisschen raus und lasse dich telefonieren. Mach aber den Akku nicht ganz leer, sonst komme ich in Zürich an und kann nicht mal Sina Bescheid geben, dass sie heute Nacht nicht alleine schlafen muss«, ermahnt sie mich.

»Wer ist Sina?«

»Kennst du nicht. Einfach ein bisschen Strom im Akku lassen, okay? Ich gehe jetzt, sonst ist die Sonne ganz weg.«

Typisch Ria. Lässt mich jetzt damit allein, dass ich nicht weiß, ob Sina ihre Freundin, eine Frau oder so etwas wie Conchita Wurst ist. Ist mir aber auch egal. Aber für mich bräuchte sie nicht so ein Geheimnis daraus zu machen.

Eine Stunde später fahre ich mit Ria zum Flughafen. Ein letzter Kaffee im Stehen, Stimmengewirr, das Rattern der Rollkoffer. Eine Taube hat einen Weg ins Terminal gefunden. Sie hockt unter unserem Tisch und gurrt vor sich hin.

»Ach, jetzt hätte ich es fast vergessen.« Ria kramt in einer der Außentaschen ihres Rucksacks und legt einen angerosteten Schlüssel auf den Tisch. Alt, nicht sehr groß, nicht besonders schön.

»Das ist der Schlüssel, der in der Tür zum Seiteneingang steckte.«

»Seiteneingang? Im Hotel?«, frage ich.

»Quatsch, Hotel. Im Kloster!«

»Und wieso hast du den abgezogen?« Ich könnte mich schon wieder aufregen.

Ria zuckt die Achseln. »Ich dachte, den kann man vielleicht noch mal brauchen. Man weiß ja nie.«

Klar, man weiß nie, wofür man anderer Leute Schlüssel braucht. »Und was soll ich jetzt damit?«

»Zurückbringen vielleicht oder mitnehmen, keine Ahnung. Du kannst ihn natürlich auch wegwerfen.«

Ich stecke ihn ein, sage weiter nichts dazu, sonst rege ich mich tatsächlich noch auf. Nicht gut beim Pilgern und meditativen Wandern.

Wir verabschieden uns, und ich gehe noch einmal zurück ins Hotel. Für eine Nacht. Ab morgen erfinde ich mich dann neu. Zu gerne würde ich jedenfalls diesen zähflüssigen Teer in meinen Gefühlsbahnen loswerden. Vielleicht schaffe ich das ja tatsächlich. Vielleicht sterbe ich aber auch, weil sie mich schließlich doch noch finden.

Nach dem Frühstück schnalle ich mir meinen Rucksack um und gehe los. Ich werde ihn schaffen, meinen Camino. Ich ziehe meinen Pilgerausweis aus der Tasche. »Credencial«, steht vorne drauf, drinnen immer noch kein Stempel, vollkommen weiß und leer. Ich werde genau da anfangen, wo ich hinwollte, als Ria mich aus dem Bus gelockt hat. Luarca klingt immer noch gut für einen Neuanfang, finde ich.

Bis Luarca holt mich nichts und niemand mehr aus diesem Bus, denke ich beim Einsteigen. Nach einem Blick in meinen Führer entscheide ich mich dann aber doch, früher auszusteigen. Denn bald nach Luarca verlässt der Nordweg die Küste, und ich möchte noch länger das Meer nahe bei mir wissen. Ich entscheide mich, in Soto de Luiña auszusteigen. Von dort bis nach Luarca sind es einundvierzig Kilometer, die ich unmöglich an einem Tag bewältigen werde, aber das ist mir egal. Ich gehe einfach, so weit ich komme, immer dem Küstenverlauf folgend, in einem ewigen Auf und Ab. Auf einer Seite das Meer, gehe ich Richtung Westen. Bei Ribadeo werde ich dann die Küste verlassen und den Weg nach Santiago durchs Landesinnere nehmen. Zweihundertfünfzig Kilometer sind es von Soto de Luiña nach Santiago. Ich rechne aus, dass ich dafür zehn bis vierzehn Tage brauchen werde. Dann noch einmal achtzig Kilometer bis ans Kap von Finisterre, dem westlichsten Punkt der Reise, wo mich das Meer wieder erwarten wird.

Ich ziehe das jetzt durch. Latsche im Durchschnitt meine fünfundzwanzig Kilometer am Tag, manchmal weniger, manchmal auch ein bisschen mehr. Den leichten Regen ab und zu spüre ich kaum. Er ist nicht kalt. Carlo hat mich extrem gut ausgestattet. Er hat wirklich an alles gedacht. Ich nehme immer die erste Herberge, vergleiche nie. Ich komme an, hole mir meinen Stempel, richte mir meinen Schlafplatz ein, wasche mich und meine Klamotten, esse, trinke ein, zwei Bier und schlafe. Meist wache ich auf, wenn der Tag anbricht und sein graues Zwielicht wie feiner Nebel durch den Schlafsaal wabert. Ich funktioniere wie ein Uhrwerk und habe das Gefühl, der feste Rhythmus gibt mir Kraft und hält mich am Laufen.

Ich bin einer, der einfach nur geht. Karges Land, trutzige Steinhäuser. Mit meinem Bild von Spanien stimmt das kein bisschen überein. Aber wo war ich denn schon groß gewesen? Abiturfahrt an die Costa Brava, ein Wochenende in Barcelona mit seinen tausend Kneipen und Clubs, ein Andalusien-Trip damals, mit Nina. Wir waren so jung und haben uns fast ständig gestritten. Nina. Protestantin, blasse Haut, ein rötlicher Stich im blonden Haar. Südspanien war für sie ein ständiger Kampf gegen die Sonne. Und dann noch ich. Der Norden hier hätte viel besser zu ihr gepasst als der trockene, heiße Süden.

Monte de Gozo. Tag zehn seit meinem Start in Soto de Luiña. Zweihundertfünfzig Kilometer. Nun fehlen keine fünf bis Santiago. Ich muss nur noch die Anhöhe hinunter und hinein in die Gassen der Stadt. Kann die Kathedrale von hier aus schon sehen. Den Bus habe ich nicht mehr benutzt, und ein Schnitt von fünfundzwanzig Kilometern am Tag ist für einen Ex-Barmann gar nicht so schlecht.

In den Gassen der Altstadt von Santiago geht es zu wie auf einem Basar. Das Pilgervolk, das dem Platz vor der Kathedrale zuströmt, hat es eilig. Es ist Sonntag. Alle wollen zur Messe mittags um zwölf, vorher noch ihre Compostela abholen und dann mit ihrem Namen und dem Ort, von dem aus sie gestartet sind, vom Priester während der Messe genannt werden. Ich will meinen Namen gar nicht hören, aber zur Messe gehe ich schon, das hat Tradition. Man dankt, dass man sein Ziel erreicht und alle Abenteuer heil überstanden hat. Und tatsächlich scheint der Teer jetzt eher eine Erinnerung zu sein. Jedenfalls ist er nicht mehr ganz so schwarz und lähmend.

Der Platz vor der Kathedrale ist leer, die Kirche überfüllt. Ein Mikrofon springt knatternd an, der Priester räuspert sich. Wie auf Kommando hustet und schnäuzt sich die Menge, dann beginnt die Messe. Später ziehen acht Männer in Messgewändern den berühmten hundert Kilo schweren Weihrauchpott an einem Seil hoch und bringen ihn in Schwung. Ein Meer von Handys verfolgt, wie er in einem Affenzahn durchs Querschiff saust. Die Köpfe fliegen ebenso schnell hin und her.

Nach der Messe ist die Stimmung auf dem Platz vor der Kathedrale ausgelassen. Fotos werden gemacht, Selfiestangen gekauft, Grimassen geschnitten, Daumen hochgereckt. Ich laufe in das Pilgerbüro und hole mir meine Compostela. Ich habe es geschafft, und die Urkunde wird mein Beweis sein.

Ich gönne mir ein Pensionszimmer mit eigenem Bad und gehe erst mal duschen und ziehe frische Sachen an. Ich will etwas von der Stadt sehen und lasse mich durch die Gassen von Santiago treiben.

Immer dann, wenn ich gerade nichts suche, finde ich etwas. Es geht mir eigentlich nur um Wi-Fi. Ich möchte nachsehen, ob ich vielleicht eine Nachricht auf Wire habe, und dann ein bisschen Berliner Zeitungen online lesen. Ich habe kein nostalgisch stilvolles Café gesucht, in dem ich mich auf Anhieb wie zu Hause fühlen würde, und es dennoch gefunden auf der Wi-Fi-Jagd. Auf der einen Seite des rechteckigen Raumes eine durchgehende gepolsterte Sitzbank und vier quadratische Holztische in einer Reihe hintereinander. Auf der anderen Seite eine Spiegelwand und davor vier runde Marmortische, die eleganten Holzstühle mit runder Sitzfläche und hohen Lehnen. Wie automatisch gucke ich mich um, betrachte die anderen Gäste. An der Bar drei Männer. Einer mit verwaschenen Jeans, schwarzem Sakko, grauen, kinnlangen Haaren, um die fünfzig. Er isst einen Toast und liest eine spanische Zeitung, Intellektueller, so unverdächtig wie die anderen beiden neben ihm auch. Der eine mit dunklen Locken, Jeans, braunem Sakko, Typ Lateinlehrer. Ein Stück weiter einer im dunkelblauen Trainingsanzug, der gerade vom Joggen kommt.

An einem der runden Tische sitzt ein Paar, sie keine zwanzig, er verliebt bis über beide Ohren, mit dicken roten Lippen, man könnte meinen, ein Chirurg hätte der Natur nachgeholfen. Sieht und hört nichts vor lauter Liebe. Es riecht nach Kaffee und Maiglöckchen. Sie trägt ein schwarzes Top mit Spaghettiträgern. Ihr Maiglöckchenduft macht mich melancholisch, und ich setze mich etwas weiter nach hinten, als ich es vorhatte. Ich bin im Café Venecia, lese ich auf der Speisekarte.

Ich bestelle mir einen Cappuccino und suche mir ein Stück Mandeltorte an der Kuchentheke aus. Die chromblitzende Astoria macht Krach, dampft, und bevor mein Cappuccino vor mir steht, rieche ich schon, dass er perfekt sein wird. Ich lasse mir den Internetzugang geben. Gleich nach dem Einloggen macht es »ring«. Eine Nachricht von Ria wartet auf Wire.

»Ruf mich an!« Ein typischer Ria-Satz, und ich stelle sie mir dazu in schwarzen Lederklamotten mit Peitsche in der Hand vor. Ich gehorche. Noch.

»Noah, na endlich! Ich dachte schon, du hättest dich nach Südamerika abgesetzt.«

Ich erzähle ihr, dass ich in Santiago angekommen bin, in der Mittagsmesse war und nun ein Café entdeckt habe, in das ich am liebsten sofort einziehen würde. Dabei kann ich Rias wachsende Ungeduld förmlich durch die Leitung spüren.

»Ich habe eine ganz spannende Sache für dich«, fällt sie mir mitten ins Wort.

»Super, wenn du denkst, dass ich etwas Spannendes suche. Aber wie geht es dir denn? Alles okay? Sind deine Auftraggeber zufrieden mit deiner Arbeit?«

»Alles super, alles gut. Aber jetzt hör mal zu. Joe hat den verschlüsselten Text von der Fugger-Prophezeiung mit seinen Computern entschlüsseln können. War auch nicht besonders schwer. Du weißt ja, die Rechenknechte von heute können ganz andere Rätsel lösen als so eine frühneuzeitliche Geheimsprache. Das ist sozusagen ein Klacks. Aber was da geschrieben steht, ist so sensationell, dass du unbedingt noch einmal zu unserem Monasterio de Piedras zurückkehren musst.«

An dem Punkt muss ich ihren Redefluss gleich stoppen. »Ich glaube, bei dir hackt es. Du denkst doch nicht im Ernst, dass ich noch mal in das Kloster fahre, aus dem ich vor einer gefühlten Ewigkeit und einem kilometerweiten Fußmarsch zwei wertvolle Dokumente geklaut habe?«

»Jetzt warte doch mal. Du weißt ja noch gar nicht, was in diesem verschlüsselten Text überhaupt steht. Willst du das gar nicht wissen?«

»Doch«, gebe ich zu, »wissen ja, ins Kloster gehen nein.«

»Jetzt hör dir das mal an, dann denkst du bestimmt anders. In dem entschlüsselten Text steht, dass man diese Tafel in der Kirche, das Relief mit dem Kopf von Jakob Fugger drauf, erinnerst du dich?«

»Klar. Der Glatzkopf mit der Haube.«

»Also, wenn man die ein bisschen ›nach Osten‹ verschiebt, dann findet man dort einen Ziegelstein, den man herausnehmen kann. Und dahinter, tja, dahinter befindet sich ein ganz besonderes Ding.«

»Sag bloß, ein Schatz oder so etwas.«

»Doch, ja, könnte man so sagen. Es ist ein Stein oder eine Art Stein –«

»Das enttäuscht mich jetzt aber schon«, wende ich ein. »Ich soll einen Stein aus dem Felsenkloster holen?«

»Jetzt wart’s doch mal ab, Noah! Dieser Stein oder was immer es genau ist, der ist schwerer als Gold. Im verschlüsselten Text steht sogar: ›zweimal so schwer‹.«

Ja und? Sollte da irgendwas klingeln bei mir? Da klingelt nichts.

»Noah, echt jetzt, du hast keine Ahnung, oder?«

»Wovon denn?«

»Welches Element ist doppelt so schwer wie Gold? Na? Keines natürlich! Es gibt überhaupt kein Element, das so schwer ist. Nicht auf der Erde und im Universum auch nicht. Und jetzt mach den Mund wieder zu und kneif die Arschbacken zusammen. Als Wiederentdecker des Steins wirst du unsterblich werden. Du wirst in Wikipedia stehen und Held von Romanen und Sagen werden.«

»Äh, und wo hat denn der Jakob Fugger dieses Ding überhaupt her? Schreibt er dazu auch etwas? Ist es vom Himmel gefallen wie ein Meteorit?«

»Es kann aus Gründen der Physik, die dir offenbar nicht sehr geläufig ist, gar nicht vom Himmel gefallen sein. Fugger schreibt, dass er es von einem Kaufmann in Venedig erworben hat, der bis nach China gereist war. Und dass es über magische Kräfte verfügt. Die Pest konnte er damit nicht heilen, aber er konnte sich mit Hilfe des Steins in eine Art Trance oder Zwischenwelt versetzen, die ihn Dinge in der Zukunft sehen ließ. Und er nutzte dieses Wissen für seine Geschäfte. Dadurch konnte er öfter als seine Konkurrenten die richtigen kaufmännischen Entscheidungen treffen.«

»Okay«, setze ich zu einer Antwort an, die ich selbst noch nicht kenne.

»Wusste ich es doch, dass du nicht Nein sagen wirst. Du bist doch jetzt einer von uns, oder?«

»Okay«, fange ich noch einmal an. »Das klingt schon ziemlich phantastisch. Joe muss ja total aus dem Häuschen sein wegen der Geschichte.«

»Er würde sich am liebsten in den nächsten Flieger setzen und herkommen, um das Ding zu sehen.«

»Falls es noch da ist. Und nicht inzwischen zu Staub zerfallen. Es könnte sich auch einfach in Luft aufgelöst haben. Ist ja schließlich ein paar hundert Jahre her, dass Jakob Fugger dieses Ding dort abgelegt hat. Und man weiß ja nicht, wozu so unbekannte Elemente fähig sind.«

»Noah, wie soll ein Stein sich in Luft auflösen, wenn er in einer Wandnische eingemauert ist?«

»Bin ich der Stein?«

»Jetzt hör aber auf, Noah. Du warst schon einmal ein Held, da wirst du doch jetzt nicht wieder unter die Hasenfüße gehen.«

»Ich werde es mir überlegen.« Heimlich überlege ich, wie ich noch einmal zum Kloster komme, das jetzt hoffentlich bereits verlassen ist. Mit Hilfe des Schlüssels, den Ria, genial, wie sie ist, vorsorglich mitgenommen hat, könnte ich mich dort einschleichen. Ich probiere aus, ob es diesen Hokuspokus an der Fugger-Tafel tatsächlich gibt, nehme den Stein, dieses magische Ding, falls er da liegt, und dann nichts wie weg, wenn er mir nicht zu schwer ist.

»Bist du sicher, dass dieser Stein weder giftig noch radioaktiv oder sonst wie in Flugzeugen verboten ist? Wie alt ist dieser Fugger noch mal geworden?«

»Ich dachte, du bist der, der alles über Jakob Fugger weiß. Dann ist dir bestimmt bekannt, dass er nicht jung gestorben ist.«

»War auch nur ein Scherz«, sage ich. »Natürlich weiß ich das. Und sonst? Erzähl doch mal. Ist bei euch alles in Ord-

nung?« Ich frage aus echtem Interesse, nicht nur anstands-
halber.

»Ja, ja, alles perfecto. Du, ich muss jetzt boarden, also ciao
und viel Glück!«

Meine Frage, wo es denn hingeht, stelle ich schon ins
Leere. Ich nippe an meinem Kaffee und lasse mir ein Stück-
chen Mandeltorte auf der Zunge zergehen. Immer noch liegt
der Maiglöckchenduft in der Luft, der junge Mann mit den
fleischigen Lippen ist immer noch verliebt, sie sieht mit ihren dunklen Augen zu mir herüber. So zarte Haut, so feine
Gesichtszüge. Bevor ich traurig werde, denke ich an den
Fugger'schen Stein, schwerer als Gold, der in seinem Versteck auf mich wartet wie Dornröschen hinter der Hecke.
Vielleicht. Ich überlege, wie ich es anstelle, noch einmal in
dieses Kloster zurückzukommen, und welchen Superman ich
mir am besten als Begleitschutz mitnehme.

Überhaupt: Immer wieder vergesse ich, dass ich noch
gesucht werde. Woher weiß ich, dass mir Giannas Mörder
nicht längst auf der Spur sind? Ich sollte meine Schutzschilde
wieder etwas hochfahren. Auch der neue Noah, so unfertig
er noch sein mag, hängt nämlich am Leben.

Abends esse ich Meeresfrüchte in einem lauten, aber
gemütlichen Restaurant und trinke Weißwein, der in Por-
zellanschüsseln serviert wird. Ich freunde mich mit Pablo,
meinem sympathischen Kellner, an, der immer wieder an meinem Tisch stehen bleibt und sich rührend um mich kümmert.
Einen Plan, wie ich ins Kloster komme, habe ich noch nicht,
aber der magische Stein wird mir ja auch nicht weglaufen.

Am nächsten Morgen gehe ich wieder hinunter in die Altstadt und suche das Lokal, in dem ich am Abend gegessen
habe. Pablo hat nach der Spät- auch die Frühschicht. Er ist
der Besitzer des Restaurants. Ich setze mich auf die Terrasse,
bestelle café con leche und Buttertoast. Ich frage Pablo, ob
er jemanden wüsste, der mich mit dem Auto an die Küste
fahren kann.

»Du willst nach Kap Finisterre?«

»Nein, ich muss vorher noch einmal nach Norden«, antworte ich. »Nach Asturien.«

»Mietwagen?«, fragt er.

»Kein Führerschein«, sage ich. Stimmt nicht, ist aber einfacher so.

»Okay«, sagt er. »Ich bin gleich wieder da.«

Als er wiederkommt, sagt er, seine Schwester könne das machen. Alicia. Sie sei für Uber Taxi gefahren, bis Uber in Spanien verboten wurde. Jetzt fahre sie auf eigene Rechnung.

»Wann kann sie hier sein?«

»In fünfzehn Minuten.«

Ich warte auf Alicia. Nach dem zweiten Espresso hält ein dunkelblauer Dacia Logan vor der Kneipe, ich schätze, mindestens zwölf Jahre alt und den Beulen und Schrammen nach im Dauereinsatz. Eine Frau in schwarzer Hose mit Querschlitzen am Knie und verwaschenem Guns-N'-Roses-T-Shirt steigt aus, klein, zierlich, kinnlanges dunkles Haar, der Pony wie mit der Haushaltsschere geschnitten. An ihrem rechten Nasenflügel glänzt ein Silberring.

Ich zahle hundert Euro an, nehme meinen Rucksack und gehe mit Alicia zum Wagen. Als sie losfährt, fällt mir ein großes Tattoo an der Innenseite ihres linken Unterarms auf: eine blaue Schwalbe.

Bei der Ausfahrt aus Santiago ist unser erster Halt eine Tankstelle. Der Tank des Dacia muss entweder riesig oder bis auf den Bodensatz leer gewesen sein.

Während der zweistündigen Fahrt nach Nordosten reden wir nicht viel. Dafür höre ich mich quer durch die spanische Heavy-Metal-Musik.

»Und warum willst du nach Asturien, zu diesem Kloster?«, fragt Alicia.

»Ich muss dort etwas holen«, sage ich.

»Und das kann man nicht mit der Post schicken? Muss etwas sehr Wichtiges sein. Kostet dich jedenfalls 'ne Stange

Geld, die Taxifahrt, wenn du mit mir und nicht mit dieser Gringo-Ausbeuterfirma Uber fährst.«

Ich zucke die Achseln.

»Ist dir egal, was? Hast du so viel?«

Als sich unsere Blicke im Rückspiegel begegnen, lächle ich sie freundlich an.

»Glaubst du wirklich an dieses ganze Pilgerdings?«, fragt Alicia.

»Eigentlich nicht«, antworte ich.

»Warum hast du's dann gemacht?«

»Ach, weißt du immer, warum du etwas machst? Warum du dir eine Schwalbe auf den Unterarm tätowieren lässt zum Beispiel?«

»Das ist so ziemlich das Einzige, von dem ich weiß, warum ich es gemacht habe«, sagt sie und lacht ein bisschen. »Ansonsten sammle ich Irrtümer, weißt du? Aber ich bin glücklich dabei.«

Ein Motorradclub kommt uns auf der Straße entgegen, und Alicia blendet auf wie verrückt und reckt die Faust aus dem Fenster. Die Biker hupen und johlen, dann ist der Spuk vorbei.

»Gute Jungs«, sagt Alicia, »ich kenne sie alle. Jeden einzelnen Kerl.« Und ihr Lachen klingt so, als wüsste sie ein bisschen mehr von ihnen als nur ihre Namen und die Anzahl ihrer Goldzähne.

Nach etwas über zwei Stunden fahren wir von der Schnellstraße ab. Wir kommen an der Stelle vorbei, an der Ria mich aus dem Bus gelockt hat. Ich werde nie wieder jemandem glauben, der mir weismachen will, er wäre unterzuckert. Wir passieren auch den Laden, in dem ich die Cola für sie gekauft habe. Die Bar im Dorf ist immer noch oder schon wieder zu, die Alte im Haus daneben nicht zu sehen. Das ist mir recht so. Wir fahren auf die Steilküste zu, über der das alte Kloster hockt wie ein Geier auf seiner Beute.

»Ist es das?«, fragt Alicia. »Sieht aus wie ein Ort in einem gruseligen Videospiel. Leben da wirklich noch Nonnen oder Mönche?«

»Im Moment nicht«, antworte ich, »aber sie werden wiederkommen.«

Sie sieht mich an, als sei ich auch so eine Gestalt aus einem Horrorfilm, aber sie fährt mich bis vor das Haupttor.

»Hör zu. Hier hast du noch einmal hundert Euro. Den Rest bekommst du, wenn du mich in einer Stunde hier wieder abholst. Alles klar?«

»Ey, Mann, hier ist doch niemand. Der Schuppen sieht absolut verlassen aus.«

»In einer Stunde!«

Alicia wendet, dabei kurbelt sie das Fenster hinunter. »Ich geh runter zum Strand, was essen.« Sie fährt los.

Seit wir von der Schnellstraße abgebogen sind, ist uns kein Auto mehr begegnet. Auch hier kein Mensch weit und breit. Zumindest sehe ich keinen. Ich gehe um die Außenmauern des Klosters herum zu dem Seiteneingang, zu dem Rias Schlüssel passen müsste. Ich stecke ihn ins Schloss, drehe ihn – und der Bart rutscht leer durch. Die Sonne brennt mir auf den Nacken. Ich mache noch einen Versuch, suche die Stelle, an der der Schlüssel richtig einrastet, und finde sie.

15

Die Tür lässt sich nach innen öffnen. Ich lasse sie einen Spalt offen, damit ich höre, falls jemand auftauchen sollte.

Ich trete ins Halbdunkel. Befinde mich in einer Art Lagerraum. Das kleine Fenster ist fast ganz in Spinnweben eingepackt. Ich gehe durch zwei weitere, ähnliche Wirtschaftsräume und komme schließlich in den Kreuzgang, wo ich damals – es kommt mir tatsächlich vor, als wäre es ewig her – im Innenhof lag und auf den Morgen wartete oder darauf, zu erfrieren und nie wieder aufzuwachen.

Zwischen den Steinplatten auf dem Weg hinter der Buchsbaumhecke wachsen alle möglichen Arten von Kräutern. Ob es an der mangelnden Zeit oder dem schon eingeschränkten Sehvermögen der älteren Schwestern liegt, dass nicht jede Fuge sauber ausgekratzt und deshalb hier ein kleines Paradies für Hirtentäschel und Huflattich entstanden ist, wird sich niemals klären. Es sieht so aus, als würden hier bald weitere Paradiese entstehen, für wuchernde Pflanzen, verfolgte Kleinsäuger, Insekten und alle Arten von Streunern. Hunderte Jahre bewahrt, gepflegt und bewohnt, und der Verfall beginnt schon nach wenigen Tagen des Verlassenseins.

»Letztendlich strebt immer alles nach unten«, hat Joe mir einmal zum Ende einer Kneipennacht als philosophische Erkenntnis mit auf den nächtlichen Weg gegeben. »Denn unter allen Elementarkräften ist die Gravitation zwar mit großem Abstand die schwächste, aber – und das ist das Geheimnis fast aller Triumphe – sie ist auch die beharrlichste, und sie siegt immer.«

Ich habe diesen Satz gehört, ohne dass ich viel damit anfangen konnte. Aber ich habe ihn nicht vergessen. Mein Unterbewusstsein hat ihm offenbar mehr Bedeutung beigemessen und ihn für mich abgespeichert.

Ich erreiche die Kapelle. Licht fällt schräg durch die Fenster auf die glatt polierten Bodenplatten. Die Holzbänke sind verwaist, Jesus schaut vom Kreuz herunter auf seine abwesende Gemeinde.

Wie Indiana Jones komme ich mir vor, als ich das zu Ehren des Stifters in die Wand eingelassene Steinrelief mit den Fingern abtaste, auf der Suche nach einem Hinweis auf den geheimen Mechanismus. Mit aller Kraft schiebe ich die steinerne Gedenktafel nach Osten, nach Norden, nach Westen. Nach Süden geht nicht, dazu müsste ich ziehen. Vielleicht Fugger an seiner Nase. Keine Chance. Dieser ganze Aufwand! Entweder war alles von Anfang an ein phantastisch inszenierter Betrug. Sogar mit Verschlüsselung und Prophezeiung, die sich so überzeugend, konkret und spannend anhörte, dass wir vielleicht vergessen haben zu überprüfen, ob wir nicht einem gigantischen Bluff auf den Leim gehen. Aber weshalb? Wer könnte so etwas planen? Oder war es einfach in seiner Gesamtheit nur ein Scherz, um in einem billig gemachten YouTube-Video von einer großen Verschwörung schwafeln zu können?

Ja, zum Teufel, es macht etwas mit mir. Ich bin verdammt noch mal frustriert. Mehr, als ich es je wieder sein wollte oder mir auch nur vorstellen konnte zu sein. Scheiße, verdammte. Alles umsonst und ich schon wieder der Gearschte.

Da höre ich plötzlich ein Geräusch. Etwas wie rollende Reifen auf einem Kiesweg. Das müsste, wenn mich meine Orientierung nicht im Stich lässt, dieser Weg sein, der an der Tür, durch die ich gekommen bin, vorbeiführt. Wer sollte gerade jetzt durch den Dienstboteneingang kommen? Keiner. Vielleicht ein Bauer auf dem Weg zu seinem Feld oder ein Jäger auf dem Weg zum Revier. Will heute noch einen Fasan schießen oder was auch immer. Die Klosterschwestern kämen durch den Haupteingang, sonst kommt hier keiner mehr. Ich schlage mit der Faust gegen das Bildnis des Herrn Jakob Fugger.

Ich kann es nicht glauben. Ich könnte jetzt einfach gehen, klar. Aufgeben. Aber dieses Ding, von dem ich nicht weiß, weshalb gerade ich es bekommen sollte, geht mir nicht mehr aus dem Kopf. Ein Leben lang hat es mir nicht gefehlt, aber jetzt möchte ich es haben. Langsam verstehe ich, wie sich Gier anfühlt. Schrecklich. Stünde jemand zwischen mir und diesem Ding, ich würde ihn einfach wegschieben. Ich schlage mir mit der flachen Hand gegen die Stirn, und wundersamerweise hilft es. Ich fühle Scham und das Bedürfnis, demütig zu sein und jemanden um Vergebung zu bitten.

Noch ist Wasser im Weihwasserbecken neben dem Eingang. Ich benetze drei Finger, stelle mich gegen den Altar und schlage mit den geweihten Fingern das Kreuz. Knie mich in die Bank und tue etwas, das ich seit Jahrzehnten nicht mehr gemacht habe, worüber ich mich sogar lustig gemacht habe. Es überrascht mich, dass ich es noch kann. Wort für Wort, wie automatisch: »Ich glaube an den einen Gott, den Vater, den Allmächtigen, der alles geschaffen hat, Himmel und Erde, die sichtbare und die unsichtbare Welt. Und an den einen Herrn Jesus Christus, Gottes eingeborenen Sohn, aus dem Vater geboren vor aller Zeit.«

Es hilft, dass ich ruhiger werde und verstehe, dass alles kommt, wie es kommen muss. Ich muss mich nicht grämen und nicht den Sinn erkennen. Gleichzeitig bin ich mir sicher, dass ich jetzt zur Wand gehen, die Platte berühren und den Stein an mich nehmen werde.

Entsprechend entschlossen ist mein Schritt, und entschlossen strecke ich den Arm aus. Doch die Gedenktafel lässt sich immer noch nicht verschieben. Ich fasse noch einmal dem Stifter an die Nase und ziehe daran, und da ist plötzlich ein ganz leises Knacken, als hätte mein Gebet ein Wunder bewirkt. Dann schiebe ich die Fugger'sche Nase nach Osten, und die Wand antwortet mit einem dunklen Ton. Es klingt wie ein Klopfen gegen eine Wand, die ein geheimes Zimmer verschließt.

Einer der Ziegel unter der Tafel ist ein, zwei Zentimeter nach vorne gerutscht, sodass ich ihn mit meinen Fingerkuppen greifen und herausziehen kann. Dahinter ein Hohlraum. Ich taste mit den Fingern ins Dunkel. Mir ist, als hörte ich ein Schaben, und blitzschnell ziehe ich meine Hand heraus. Ich weiche einen Schritt zurück. Eine kleine pechschwarze Schlange kriecht aus dem Loch. Sie ist nur fingerdick und geschätzte vierzig Zentimeter lang. Fällt zu Boden und schlängelt sich an der Wand entlang, so schnell, dass meine Augen ihr gerade noch folgen können. Dann verschwindet sie in einer dunklen Ecke, wo sie ein Schlupfloch findet.

Noch immer hämmert mein Herz. Ich hätte vor Schreck umfallen können. Noch immer habe ich den Stein nicht. Noch einmal da reingreifen?

Ich lausche nach draußen. Keine Geräusche mehr. Vielleicht habe ich mir die Reifen auf dem Kies auch nur eingebildet. Ich gehe wieder zur Wand. Hilft ja nichts. Ich habe entdeckt, wie es geht. Der Ziegel liegt am Boden. Ich kann doch jetzt nicht aufgeben, nur weil ich in meiner Jugend alle Indiana-Jones-Filme gesehen habe und an all die Käfer und Schlangen denke. Ich hätte nur besser aufpassen müssen, dann wüsste ich, wie Harrison Ford es geschafft hat, nicht nur seinen Ekel und seine Angst zu überwinden, sondern auch immer wieder mit heiler Haut davonzukommen. Stattdessen war ich fasziniert, wie Karen Allen nach jeder bestandenen Gefahr noch besser aussah als zuvor, egal ob sie aus dem Morast gezogen wurde oder tagelang im Dschungel von gefährlichen Locals verfolgt worden war.

Diese Kapelle ist wie leer gefegt. Ich brauche einen Stock oder irgendwas, in das Insekten, Schlangen oder Skorpione beißen oder stechen können, ohne dass meinen Fingern etwas passiert. Aber es ist nirgends ein Stock zu finden, nur Kerzen, aber das wird nicht klappen. Am Altar finde ich endlich mein Werkzeug. Ein Kerzenlöscher, ideal. Mit dem Hütchen vorne dran kann ich etwas zu fassen kriegen, und falls immer noch Viecher in der Kuhle sind, können sie sich am Messing meinetwegen gern die Zähne ausbeißen.

Mit der Taschenlampe des Handys leuchte ich in das Ziegelloch, und tatsächlich, da liegt er. Ich überlege, was in Wikipedia über mich stehen wird.

Der Stein ist nicht größer als ein Tischtennisball. Nicht rund, aber rundlich, mit kleinen Ecken und Kanten. Als ich danach greife, spüre ich sofort, dass dieses Ding wirklich ungewöhnlich schwer ist und nichts mit einem Tischtennisball zu tun hat. Keine weiteren Insekten, keine Skorpione und keine Schlangen. Das Licht ist schlecht, und der Stein sieht aus wie eine grob behauene Kugel. Eine Murmel. Nicht metallisch, eher wie ein Kristall, ein Bergkristall, der dunkelbläulich glänzt.

Ich bin darauf gefasst, dass das Gewölbe über mir zu bröseln beginnt, wenn ich nach dem Stein greife und ihn gleich in Händen halte. Vielleicht stürzen auch nur Wasserfälle durch die zerberstenden Kirchenfenster, oder ein Blitz, heller als tausend Sonnen, kündigt an, dass jetzt Armageddon durch die größte jemals vom Menschen gezündete Wasserstoffbombe eingeleitet wird.

Nichts passiert.

Die Oberfläche fühlt sich glatt an. Irrsinnig glatt, glatter als die Beschichtung einer nagelneuen Teflonpfanne und fast ein bisschen weich. Das Gewicht ist enorm. Ich war immer stolz darauf, zwei Zentiliter Rum ohne hinzusehen nur über das erspürte Gewicht dosieren zu können. Ich schätze, das Ding wiegt an die zwei Kilo. Ungefähr so viel wie zwei volle Mineralwasserflaschen. Trotzdem stopfe ich es mir in die Hosentasche, was sich prompt nicht besonders angenehm anfühlt.

Ich schiebe den Ziegel ins Loch zurück und rücke mit Hilfe der Fugger'schen Nase das Relief wieder in die Ausgangsposition. An der Kapellentür drehe ich mich um und checke den Raum. Der Kerzenlöscher. Ich gehe noch einmal zurück und lege den Kerzenlöscher wieder auf den Altar. Ein Blick in die Ecke, in der die Schlange verschwunden ist, nichts. Es ist, als sei ich nie hier gewesen, und doch, es fehlt etwas. Vielleicht sogar das Wesentliche. Kann es sein, dass dieses Kloster nur errichtet wurde, um dem magischen Stein ein Zuhause zu schaffen, in dem er geschützt ist, auch über Jakob Fuggers Zeit hinaus? Damit der Stein nicht in falsche Hände gerät, wenn er sich selbst nicht mehr darum kümmern kann? Aber welches sind die richtigen Hände, auf die dieser Stein über die Jahrhunderte gewartet hat? Meine? Vielleicht gibt es die Stiftung überhaupt nur, damit sichergestellt ist, dass dieses Kloster nicht verwaist und irgendwann jemand die Chance hat, das Ding zu finden.

Beim Hinausgehen fällt mir schon wieder die Schlange ein. Von Grottenolmen weiß ich, dass sie bis zu zehn Jahre ohne Nahrung leben können. Irgendwo habe ich gelesen, dass ein Olm ganze siebenundzwanzig Jahre hungerte, und ich mochte es mir lieber nicht ausmalen, wie ein Forscher dies feststellen konnte. Doch das ist alles nichts im Vergleich zu einer Zeitspanne von fünfhundert Jahren. Wie hat diese Schlange es geschafft, ein halbes Jahrtausend hinter dem Steinrelief zu existieren, ohne zu essen? Gab es ein Loch, durch das sie raus- und reinkonnte? Doch welche Schlange sucht sich freiwillig diesen Platz? Es muss ein anderes Geheimnis dahinterstecken.

Auf dem Weg zum Ausgang sehe ich schon vom ersten der Lagerräume aus, dass die Tür nach draußen weit offen steht, obwohl ich sie angelehnt ließ und der Spalt sehr klein war. Vielleicht der Wind, Zugluft? Aber als ich hier ankam, regte sich kein Lüftchen. Ich bleibe stehen, horche und höre einen Schritt. Genau einen, dann einen Klingelton. Ruhe.

Ich habe Angst, dass mein Herz gleich stehen bleibt, und springe hinter die Tür, die mich noch vom nächsten Raum trennt, dem letzten vor dem Ausgang, dem, in dem gerade das Handy geklingelt hat. Spinnweben streichen mir über das Gesicht, es fühlt sich eklig an, und ich möchte schreien. Stattdessen halte ich die Luft an und ziehe den Bauch ein, um mich dünner zu machen, falls er, ich denke, es ist ein Er, die Tür weiter aufdrückt.

Hat er mich bemerkt, meinen Schatten in der Tür, eine Bewegung in dem dunklen Raum? Weiß er sogar, wo ich bin? Wer ist er überhaupt? Ein harmloser Tourist, der hier zufällig durch die Hintertür hereingeschneit kommt, auf der Suche nach Klosterlikör oder wegen einer Familienforschung? Unwahrscheinlich.

Ansatzlos, wie aus dem Nichts, tritt jemand mit voller Wucht gegen die Tür, die mir gegen Stirn und Nase kracht. Ich halte mich nicht damit auf, über die Schäden zu spekulieren, sondern nutze den Schwung meines Gegners und hole zum Gegenschlag aus. Ich stemme mich von meiner Seite gegen die Tür und kann zumindest einen Überraschungserfolg verbuchen. Während ich mich von der Wand wegbewege, sehe ich, wie er taumelt. Ich renne in das nächste Zimmer, auf die Tür zum Hinterhof zu, wo sein Wagen auf der gekiesten Zufahrt steht.

Aus den Augenwinkeln sehe ich, dass er sich wieder fängt, ohne zu stürzen, und hinter mir herhechtet.

Ich stehe schon fast in der zweiten Tür, da holt er mich ein, bekommt meinen linken Arm zu fassen, und ich spüre, dass seine Hände wie Schraubstöcke zupacken, nur viel schneller.

Vorbei! Und alles wegen dieses beschissenen Steins. Wäre nicht schlecht, wenn jetzt die Schlange aus ihrem Loch rauskröche, um ihn in den Knöchel zu beißen.

Mein Angreifer schiebt mich mit meinem Arm auf dem Rücken auf die Wand zu. Ich weiß nicht, was ein echter Profi in dieser Situation macht, werde es aber bestimmt gleich erfahren. Erschießen, erdrosseln, meine Hände und Beine mit Kabelbindern verknoten. Seinen Kollegen mit dem Zahnarztbesteck holen. Scheiße!

Endlich hört er auf, mir meinen Arm zu verrenken, packt mich am Kragen und drückt mich mit solcher Wucht gegen die Wand, dass mein Kopf gegen den Putzt knallt und Staub durch meine Haare und in mein Gesicht rieselt.

»Was machst du hier?«, brüllt er in seinem breiten Amerikanisch. Ich könnte kotzen.

»Meine Freundin hat hier einen Schlüssel mitgenommen, den wollte ich zurückbringen.« Mir fällt nichts Besseres ein.

»Welchen Schlüssel? Was soll der verdammte Bullshit?«

»Diesen hier!« Ich greife mit der Rechten in meine Hosentasche, als wollte ich einen Schlüssel herausholen. Der Typ starrt auf meine Hand, ist auf alles gefasst. Den Stein in meiner Faust, ziehe ich meine Hand aus der Tasche.

»Wo ist er?«, fragt der Amerikaner und starrt mich an.

»Hier«, sage ich und schleudere ihm meine Faust mit dem Gewicht von zwei Flaschen Mineralwasser gegen das Kinn.

Es knackt, als seien mehrere meiner Finger gebrochen, doch ich spüre zum Glück noch nichts, bin vollgepumpt mit Adrenalin. Ein paar warme Spritzer ins Gesicht und auf mein Shirt, rot wie Blut.

Lucky Punch. Wie ein Sack fällt mein Gegner zu Boden. Bevor der Schmerz in meine Hand dringt, lasse ich den Stein wieder in die Tasche sinken und sprinte wie der gedopte Ben Johnson auf die offene Tür zu. Ich zähle und hoffe, dass ich bis neun komme, dann wäre er ganz klar k.o., und ich hätte gewonnen. Bei fünf bin ich zur Tür hinaus. Bei sieben höre ich etwas Schweres, Schnelles hinter mir, und bei acht fliege ich auf die Schnauze. Ich bringe noch die Hände nach vorne, trotzdem knalle ich mit dem Gesicht in den Staub. Schneller, als ich wegkriechen kann, packen die Schraubstöcke meine Fußknöchel und ziehen mich wie ein erlegtes Reh an den Hinterläufen über den Weg zu seinem Wagen.

Plötzlich ein aufheulender Motor, Reifenquietschen und ein Schlag. Der Typ lässt meine Knöchel los. Meine Knie krachen auf den Kies, und aus der Bodenperspektive sehe ich, wie die Schrottkiste, dieser blaue Dacia, mit dem ich hergekommen bin, ihm den Arsch wegfährt. Ich bin schneller auf den Beinen als der Kerl, der mit dem Kopf voraus gegen die Hauswand fliegt. Und ich werde jetzt nicht zählen und auch nicht warten, bis er wieder auf die Beine kommt. Mit durchdrehenden Reifen wendet meine Fahrerin. Die Beifahrertür springt auf, und ich sitze neben ihr.

»Weg, weg, weg!«, schreie ich hysterisch. Sie sieht mich bestürzt an. Ich kann mir denken, was sie sieht: den Überlebenden eines Boxkampfes im Superschwergewicht. Sie macht die Becker-Faust, schreit: »Tschakka!«, und fühlt sich schon als Heldin.

Ich lege den Sicherheitsgurt an und sage erst mal nichts, sondern genieße es fast, wie der Schmerz langsam in meine Finger, das Gesicht, die Beine und die Arme kriecht. Am Leben zu sein ist echt geil!

»Wer war das?«, fragt Alicia, als wir wieder auf der Autobahn sind.

»Keine Ahnung«, antworte ich. »Hat sich nicht bei mir vorgestellt. Irgend so ein Amerikaner.«

»Amerikaner?«

»Yes, ma'am.«

Ich atme tief durch und versuche meinen Puls auf Normaltempo runterzufahren.

»Und was hast du da drinnen gesucht?«, fragt Alicia, als sie sich wieder beruhigt hat.

»Hm«, mache ich.

»Das glaube ich jetzt nicht«, sagt Alicia und tötet mich mit ihrem Blick. »Ich rette dir deinen Hintern, und du sagst mir immer noch nicht, was du da drinnen gesucht hast? Ganz schlechter Stil.«

»Jetzt hör schon auf«, sage ich.

»Ein Danke hab ich auch noch nicht gehört.«

»Danke.«

»Also was?«, bohrt sie weiter.

»Ich kann meine Finger nicht mehr in meine Hosentasche reinquetschen«, sage ich. »Tut einfach zu weh. Greif rein, wenn du es sehen willst. Aber vielleicht fährst du zuerst von der Autobahn runter.«

Alicia reißt das Steuer nach rechts und biegt in die Einfahrt zu einem Parkplatz, an dem wir schon so gut wie vorbei waren, als sie das Bremsmanöver einleitete.

Ich kann noch nicht mal aussteigen, so weh tun mir mittlerweile alle Glieder. Alicia schnallt mich ab und hievt mich hoch wie eine kranke Kuh. Als ich stehe, greift sie in meine rechte Hosentasche.

»Ist es dieser Stein?«, fragt Alicia.

»Nimm ihn raus.«

»Boah, was ist das denn? Blei?«

»Ein bisschen schwerer als Blei, schätze ich mal.«

»Und woraus ist er dann?«

»Weiß ich noch nicht. Vermutlich weiß das keiner. Von diesem Ding gibt es genauso viele, wie du jetzt in der Hand hast. Ich schätze, es wiegt zwei Kilo. Stell dir vor, von Gold, das jeder haben will, gibt es Zigtausende Tonnen auf der Erde. Dagegen gibt es nichts in unserem Universum, was seltener ist als dieser Tischtennisball. Hat man mir gesagt.«

Alicia lässt den Stein wieder in meine Tasche gleiten. Sie schiebt mich zu einer der Picknickbänke auf dem Parkplatz und sagt, ich soll mich hinlegen. Dann holt sie einen alten Verbandskasten aus dem Auto und fängt an, meine Wunden im Gesicht und an den Händen zu säubern und zu desinfizieren. Wenn ich »Au« schreie, macht sie »Scht«, wie zu einem Kind.

»Du meinst das alles ernst, stimmt's?«, fragt sie, ihr Gesicht ganz dicht über meinem.

»Wenn du nicht gewesen wärst, hätte der Stein jetzt schon den Besitzer gewechselt, und ich glaube nicht, dass es gut wäre, wenn der Kerl, der mir ans Leder wollte, ihn jetzt besäße.«

»Und du kanntest diesen Typen gar nicht?«

»Nie gesehen.«

»Aber du prügelst dich mit ihm. Wegen des Steins.«

»Ich weiß gar nicht, ob er etwas von dem Stein weiß.«

»Aber wenn es stimmt, was du sagst, dass es dieses Ding nur ein Mal gibt ...«

»Ja?«

»Dann ist es ziemlich wertvoll.«

»Wahrscheinlich.«

»Wertvoller als Gold?«

»Sicher.«

Jetzt will sie mir auch noch meine Finger verbinden.

»Spinnst du?«, sage ich. »Wie sieht das denn aus?«

»Du weißt, dass du zum Arzt gehen musst. Könnte was gebrochen sein.«

»Weiß ich. Also?«

»Also was?«

»Wie viel? Du spekulierst doch jetzt auf eine Belohnung.«

»Ich? So schätzt du mich ein? Man rettet doch nicht jemandem das Leben für Geld.«

»Das nicht«, sage ich. »Aber jetzt, wo du weißt, was ich von dort geholt habe, witterst du doch auf jeden Fall Morgenluft.«

»Da hast du ein ganz falsches Bild von mir«, behauptet sie und verfrachtet mich wieder auf den Autositz. »Kann sein, dass es bei euch in Deutschland immer nur ums Geld geht. Vielleicht ist das sogar gut. Vielleicht gibt es dann weniger Arbeitslose, keine Ahnung. Aber bei uns in Spanien geht es immer erst um die Freundschaft und dann vielleicht auch noch ums Geld. Und weißt du was, obwohl ich jederzeit nach Deutschland gehen könnte und dort vielleicht mehr verdienen würde als hier, bleibe ich lieber in Spanien, bei meinen Freunden und bei meiner Familie. Und weißt du auch, weshalb? Weil Geld mich nicht in den Arm nimmt und streichelt, weil Geld nicht mit mir lachen kann und weil Geld nicht mit mir weint, wenn das das Einzige ist, was mir noch weiterhilft.«

»Geht mir auch so«, rudere ich zurück. »Mir ist Freundschaft auch wichtiger als Geld. Wenn du nicht gewesen wärst, dann würde ich jetzt nicht mehr leben oder wäre womöglich auf dem Weg in einen Kerker irgendwo in Rumänien oder Polen, zu einer Behandlung, die medizinisch nicht begründet wäre. Deshalb würde ich dir auch gerne etwas geben, aus Dankbarkeit, verstehst du?«

»Klar! Dann gib mir deine Adresse, deine E-Mail-Adresse,

deine Telefonnummer, irgendwas, wo ich dich erreiche, wenn es mir mal schlecht oder an den Kragen geht. Denn du weißt ja, du schuldest mir etwas. Kein Geld, sondern deine Freundschaft.«

Mit einem breiten Grinsen schlage ich ein. »Abgemacht.«

In der nächsten Raststätte mit Wi-Fi rufe ich Ria an und, als ich sie nicht erreiche, Joe.

»Wer war der Typ?«, frage ich ihn. »Haben die mich wieder geortet? Oder haben sie Elias erwischt und ausgequetscht?«

»Muss gar nicht sein«, antwortet Joe. »Wahrscheinlich haben sie einfach unseren Daten-Diebstahl bemerkt und mal nachgesehen, was in den Dokumenten, die wir geklaut haben, so drinsteht. Dabei könnten sie auf die Geschichte mit der Fugger-Forderung an den Monte dei Paschi gestoßen sein. Monte dei Paschi, das hat dir Ria bestimmt erzählt, ist traditionell eine Bank für kleine Leute. Sie vergeben viele Kleinkredite. Wenn sie pleitegehen, dann wären verdammt viele Kleinanleger und Sparer betroffen. Ein Bankrott würde nicht nur Italien, sondern die ganze Welt betreffen. Keiner will das. Nicht mal die NSA. Vielleicht sind die eben jetzt auch auf die Idee gekommen, da jemanden hinzuschicken, um diese Stiftungsurkunde zu suchen. Aber wir waren eben schneller, also Ria und du. Ich bin stolz auf euch, ehrlich!«

»Er hätte mich beinahe umgebracht, Joe. Von wegen schneller.«

»Das konnten wir nicht vorhersehen, ein blöder Zufall eben. Und hast du jetzt das Ding?«

»Du könntest mich auch fragen, wie ich eigentlich lebend aus der Sache rausgekommen bin.«

»Entschuldige, Noah. Also, wie bist du da heil rausgekommen?«

»Meine Taxifahrerin hat mich gerettet.«

»Und wie hat sie das geschafft?«

»Sie hat ihn mit dem Auto k.o. gefahren.«

»Und du bist sicher, dass er nicht tot ist?«

Ich glaube, mich verhört zu haben. Oder möchte es glauben. »Den Puls gefühlt hab ich ihm nicht. Abhauen war mir irgendwie wichtiger.«

»Trotzdem, Noah! So geht das nicht. Wir sind doch keine Mörder. So wenig wie Gandhi oder Martin Luther King. Keine Gewalt.«

»Und was soll ich deiner Meinung nach tun?« Ich merke, wie ich plötzlich ziemlich wütend werde.

»Keine Ahnung, fahrt halt noch mal hin.«

Ich laufe mich gerade warm, um ihn anzuschreien, als Joe ganz von allein zur Vernunft kommt. »Okay, ist wahrscheinlich doch keine gute Idee. Zu gefährlich.«

Verdammt, es war Joe, der mir geraten hat, ganz schnell aus Berlin abzuhauen und unterzutauchen. Hat da jemand die Simulationen vertauscht? Auch wenn er eingelenkt hat, kann ich mich einfach nicht beruhigen.

»Dieses Ding, auf das Ria dich angesetzt hat, hast du es denn gefunden?«

»Ding?«

»Na, das von Jakob Fugger.«

»Ach so, den Stein hinter dem Relief meinst du. Wegen dem ich die zweihundert Kilometer zum Kloster gefahren bin, um ein zweites Mal etwas sehr Wertvolles zu entwenden, nur dass ich diesmal dabei fast draufgegangen wäre. Meinst du den?«

»Dieser Sarkasmus passt überhaupt nicht zu dir, Noah.«

»Der kommt immer dann, wenn ich wütend bin.«

»Ja, schon klar. Wie die NVA-Pistole. Jetzt sag mir endlich, ob du den Stein gefunden hast.«

»Er steckt in meiner Hosentasche und zieht mir meine Jeans fast bis zu den Knien runter, weil er so schwer ist. Zwei Kilo, schätze ich. Bei Tischtennisballgröße.«

»So schwer? Wow! Und wie sieht er aus?«

»Hm, ich würde sagen: dunkel, irgendwie glänzend, aber nicht metallisch, sondern eher wie ein Kristall, also durchscheinend, aber nicht so transparent wie Glas.«

»Und merkst du irgendwas, ich meine, geht da irgendetwas Spürbares von diesem Ding aus?«

»Du meinst so etwas wie eine eigene Kraft? Ich würde sagen: nein. Es ist einfach nur schwer, aber schon schön, ich meine, etwas Besonderes.«

»Dann pass gut darauf auf, Noah. Er ist tausendmal wertvoller als jeder lächerliche Pink Star oder gehypte Superschliffdiamant.«

»Pink Star?«, frage ich.

»Ist kürzlich in Hongkong für sechzig Millionen Dollar versteigert worden. Ein Dreck gegen den Fugger-Stein, wenn er wirklich so schwer ist, sage ich dir.«

»Und von wo soll er dann herkommen, wenn nicht von der Erde und nicht aus unserem Universum, wie Ria behauptet?«

»Na, vielleicht aus einem anderen Universum, vielleicht aus der Simulation oder doch aus einer der Galaxien in unserem Universum, denn unser Universum ist so groß, dass noch Platz für ein paar Spekulationen ist. Ist dir bekannt, dass es allein in unserem Universum zwei Billionen Galaxien gibt?«

»Äh, nein, aber ich bin ja auch Barmann, kein Astrophysiker. Hast du nicht mal erzählt, dass du als Professor in Harvard warst?«

»Das war Ende der achtziger Jahre, am Smithsonian Center für Astrophysik. Ich habe dort zusammen mit meiner Kollegin Margaret ein Bild des Himmels entdeckt, das meinen Glauben an die Wissenschaft und mein Leben verändert hat.«

**

Ich beschäftigte mich damals mit Zeit und Raum, und meine These war: Zeit ist eine Illusion. Nur einmal angenommen, das Universum wäre frei von jeder Materie, völlig leer geräumt für diesen Versuch, kein einziges Atom wäre mehr vorhanden: Gäbe es dann noch Zeit? Nein, niemals. Zeit ist nur eine Hilfskonstruktion, weil die Relativitätstheorie sonst nicht funktioniert. Für die Relativitätstheorie benötigen wir Raum, Zeit, die es aber nicht gibt, und den Äther, den es sehr wohl gibt. Den mussten wir abschaffen, sonst hätten wir eine Division durch null.

Es war eine tolle Zeit in Harvard. Ich lehrte Physik und hatte für meine Forschung gerade einen neuen Cray-Computer bekommen, für damalige Verhältnisse ein Spitzengerät. Man hätte damit den Hörsaal heizen können, aber er war pfeilschnell. Mit dem Zeitproblem, das ich entdeckte, habe ich meine Professorenkollegen genervt, aber ich hatte auch meinen Spaß dabei.

Die wunderbare Margaret hatte auch diese fixe Idee. Sie war ebenfalls Hochschullehrerin, in den achtziger Jahren die zweite Professorin überhaupt am Institut, wurde vom Direktor aber nicht für voll genommen, nur weil sie eine Frau war. Am Tag ihrer Berufung zischte er ihr zu, sie sei doch nur als Quotenfrau auf den Posten gekommen. Worauf sie zurückzischte, wenn sie die Quotenfrau sei, dann sei er wohl so etwas wie der Quotenzwerg am Institut. Der Kerl war nämlich ziemlich schmächtig. Das saß und war typisch für Margaret. Ich liebte sie dafür.

Margarets Idee war es, die Galaxien dreidimensional zu kartieren. Und weil sie keinen leistungsfähigen Computer bekam, fragte sie mich, ob ich auf meinem Cray-Supercomputer noch Kapazitäten für ihr Experiment frei hätte. Einer der wenigen Kollegen, die sie unterstützten, war John Huchra, natürlich auch ein Physiker. Dann hatten wir noch eine Doktorandin, die als Physikerin und Frau ganz gut in unseren Club der Geächteten passte. Wir waren die Unangepassten, die ein Stück weit außerhalb des Universitätskollegiums standen. Meine Mitarbeit war nicht ganz uneigennützig, denn ich versprach mir von diesem Experiment auch Erkenntnisse über das Verhalten von Licht, Raum und Zeit und vor allem etwas über den Äther, der meiner Meinung nach zu früh aus der Lichttheorie verbannt worden war.

Unsere Zusammenarbeit war phantastisch. Die Möglichkeit, dass wir mit unseren Erkenntnissen vielleicht die Welt aus den Angeln heben könnten, berauschte uns und feuerte uns an. Euphorisch speisten wir die Daten in mein Computersystem. Ich adaptierte oft nächtelang die Programme.

Das Projekt kam gut voran. Wir gaben die Daten, Position und Masse von unzähligen Galaxien ein, deren Entfernung wir mühselig mit Hilfe der Rotverschiebung berechnen mussten. Wir nahmen alle Daten für den sichtbaren Bereich des Weltalls mit einer Ausdehnung von sechshundert Millionen Lichtjahren auf. Als unsere Berechnungen abgeschlossen waren, erlebten wir eine Sensation. Wir sahen etwas völlig Unerwartetes, und obwohl ich schon immer an der Lehrmeinung der homogenen, gleichmäßigen Materienverteilung gezweifelt hatte, traf mich das, was auf der Karte sichtbar wurde, wie ein Hammer. Unsere Entdeckung hat mein Leben verändert und meinen naiven Glauben an das naturwissenschaftliche Weltbild pulverisiert. Und das um fünf Uhr morgens:

»Bist du so weit, den Schatten Gottes zu betrachten?«, rief ich zu Margaret hinüber. Es war als Scherz gedacht.

»Her damit«, antwortete sie. »Noch nie im Leben war ich so bereit wie jetzt.«

Ich gab dem Computer den Befehl, das berechnete Bild an die Wand zu projizieren, und stellte mich für diesen feierlichen Augenblick, zu dem erwartungsgemäß nichts anderes als ein Lichtergewirr an die Wand geworfen würde, neben Margaret. Das Bild wurde in Zeilen aufgebaut. Es ging ziemlich schnell, und das Ergebnis war atemberaubend. Ich sah Margaret an. Sie war zu Tränen gerührt, und mir ging es nicht anders. Milliarden Sterne fügten sich zu einer menschlichen Gestalt, die sechshundert Millionen Lichtjahre groß war. Natürlich sah dieser Mensch nicht aus wie auf einer Fotografie, mehr wie ein Strichmännchen, aber ganz klar, das war das Abbild eines Menschen. Wir interpretierten dieses Bild des Himmels als Hinweis darauf, nach welchem Ebenbild wir Menschen geschaffen worden waren.

Wahrscheinlich hatte noch nie jemand durchlebt, was wir in diesem Moment durchlebten. Später einmal erzählte Margaret mir, dass sie genau in dieser Sekunde gläubig wurde. Wir fielen uns in die Arme und tanzten durch den Raum. Danach hörte Margaret gar nicht mehr auf, vor sich hin zu dozieren, als spräche sie zu ihren Studenten und nicht zu mir, der ich das alles sowieso schon wusste. So aufgedreht war sie.

»Über die Hälfte aller Galaxien gehört zu Galaxien-Gemeinschaften, deren Größe zwischen einigen wenigen bis zu mehreren tausend Milchstraßen liegen kann. Große Galaxienhaufen senden sehr energiereiche Röntgenstrahlen und Radiowellen aus und haben einige sonderbare Eigenschaften. Die Menge an Materie, die nötig wäre, um diese Galaxienhaufen durch ihre Schwerkraft zusammenzuhalten, müsste etwa zehnmal so groß sein wie die Masse, die wir bisher berechnen konnten.«

»Richtig«, unterbrach ich sie, »und woher nun diese fehlende Kraft kommt, damit unser Universum nicht auseinanderfliegt wie ein zerplatzender Luftballon, das ist eines der großen Rätsel der Astrophysik. Vielleicht sind es Neutrinos, schwarze Löcher oder exotische Teilchen.«

Im Januar 1986 veröffentlichte Margaret zusammen mit John Huchra unsere Arbeit in verschiedenen wissenschaftlichen Publikationen und erzielte ein sensationelles Echo. Die Laienpresse stürzte sich auf unsere Karte, und für ein paar Tage nahm die Menschheit Anteil an unserer Entdeckung. Dann widmeten sich die Zeitungen dem Vorschlag Gorbatschows, in drei Stufen bis zum Jahr 2000 alle Nuklearwaffen abzuschaffen. Der Abrüstungsvorschlag war sein Versuch, die UdSSR zu retten, da ihm klar war, dass sein Land mit Rüstungskosten von zwanzig Prozent des Bruttosozialprodukts nicht dauerhaft existieren konnte. Reagan wusste das auch, sah darin aber eine historische Chance. Er wies das Angebot zurück und stellte dafür später, auf dem Gipfeltreffen in Reykjavík, sein SDI-Programm vor.

Am 28. Januar explodierte das Raumschiff Challenger

eine Minute nach dem Start. Alle sieben Besatzungsmitglieder kamen dabei ums Leben. So ging es Schlag auf Schlag. Ein Unglück nach dem nächsten passierte, und unsere Entdeckung war bald wieder vergessen. Im April hatte ich die Möglichkeit, Harvard zu verlassen und an die Yale University zu gehen. Ich nahm das Angebot an. Margaret wollte trotz aller Schwierigkeiten in Harvard bei ihren Studenten bleiben. So trennten sich unsere Wege. Doch wir hatten eine geile Zeit zusammen in Harvard.

✳✳✳

»Was machst du, wenn wir zurück sind?«, fragt Alicia, als wir Santiago erreichen.

»Vermutlich duschen.«

»Aha. Und dann?«

»Schlafen. Mir tut jeder einzelne Knochen weh.«

»Bleibst du noch ein bisschen hier in Santiago?«

»Morgen früh geht es weiter, nach Finisterre.«

»Soll ich dich fahren? Hey, du bezahlst das Benzin, und ich fahre dich. Das ist doch ein Deal?«

Die letzte Etappe wollte ich auch noch zu Fuß gehen. Aber heute oder morgen werde ich das mit meinen Schrammen nicht schaffen.

Sie lässt mich bei meiner Pension raus. Ich gebe ihr den dritten Hunderter für die Fahrt und meine Kontaktdaten in Wire. Mehr will sie wirklich nicht.

Dann fährt sie mit ihrer Klapperkiste davon, die auf unserer Fahrt noch ein paar Beulen an der Stoßstange zugelegt hat.

Ich versuche, am Rezeptionisten vorbeizuschleichen, aber der alte Herr hat mich schon bemerkt.

»Werden Pilger jetzt auch schon überfallen?«, fragt er besorgt.

»Ich bin gestürzt«, behaupte ich und gehe auf mein Zimmer.

Duschen, bis das Wasser kalt aus der Leitung kommt. Dann lege ich mich ins Bett und schlafe bis zum Morgen.

Der Mann an der Rezeption empfiehlt mir ein Gesundheitszentrum zwei Querstraßen weiter. Ich gehe lieber zum Frühstücken in mein Lieblingscafé, das Venecia.

Es ist elf Uhr, der Laden brummt. Die meisten Gäste belagern den Tresen und trinken ihren Kaffee im Stehen. Zweites Frühstück für die Angestellten aus den umliegenden Büros und Läden, sie sind laut wie ein Käfig voller Affen.

Ich verziehe mich an einen der hinteren Tische, bestelle die Speisekarte rauf und runter: Toast, Ei, Croissant, Kaffee, Orangensaft, das alles habe ich mir verdient. Ein flüchtiger Blick in den Spiegel gibt mir recht: mehr als verdient.

Ich schalte das Handy an, logge mich ein, eine Wire-Meldung von Joe: »Kannst du einen kleinen Teil von der Kugel abmachen oder so? Ich muss das Material unbedingt untersuchen lassen.«

»Spinnst du? Abmachen? Wie stellst du dir das vor?« Ich sehe, dass er die Nachricht schon gestern Abend geschrieben hat. Seine Antwort kommt trotzdem sofort.

»Absägen oder abkratzen, mit einem Skalpell. Oder einer Feile, was weiß ich.«

»Hä? Wie soll ich das denn machen? Die Kugel ist so groß wie ein Tischtennisball und sauschwer. Skalpell, so ein Käse.«

»Dann kauf dir eine Zange, Werkzeug eben. Oder geh zu einem Goldschmied.«

»Das Ding ist nicht nur steinhart, es sieht aus wie zusammengeschmolzen, so wie diese Bomben, die aus Vulkanen rausfliegen, wie bei einer Explosion.«

»Ich muss wissen, ob das irgendein Material ist, das wir kennen«, bettelt Joe.

»Wieso? Du sagst doch, so etwas Schweres gibt es auf der Erde und im All gar nicht. Woher sollten wir das also kennen?«

»Vielleicht ist es nur extrem verdichtetes Material. Versuch es bitte. Es ist wichtig. Wir schicken es direkt ins CERN, nach

Genf. Zu einem Kumpel von Julia. Er macht das für uns. Ich geb dir dann noch seine Adresse. Du musst es versuchen. Es ist wirklich total wichtig.«

»Okay.«

Ich hole die Kugel aus meiner Hosentasche. Kann sie ja nicht einfach so im Zimmer liegen lassen. Rolle sie zwischen meinen Handflächen hin und her. Sie fühlt sich so stark an, als stecke ein ganzes Kraftwerk unter der Außenhaut. Von der Form und Struktur her erinnert sie mich jetzt an eine Praline. Champagner-Trüffel oder so. Die Oberfläche nicht ganz glatt, aber auch nicht zerfurcht, keine Kratzer oder Krater, höchstens feine Unebenheiten. Sie stören die ideale Kugelform nicht, sondern machen sie auf eigenartige Weise noch vollkommener als einen maschinell hergestellten und perfekt geschliffenen Körper. Die Unebenheiten sind nicht scharfkantig, sondern trotz der Härte des Materials auf eine seltsame Art glatt. Es fühlt sich gut an, diesen Fremdling zu berühren. Als gebe er in der Berührung irgendwas an meine Haut zurück. Ich merke, wie mir dieses Ding ans Herz wächst, und finde es selbst komisch.

My precious.

Ich bin nicht Gollum, aber ich fühle mich mit ihm verbunden. Und obwohl es meinen Schutz nicht braucht, dessen bin ich mir ziemlich sicher, weiß ich bestimmt, dass ich ihm nicht mit scharfem Werkzeug zu Leibe rücken und ihm kein Stück absägen, abkratzen oder abzwicken werde. Was für eine grässliche Vorstellung. So eine Idee kann nur jemand haben, der das Ding noch nicht in der Hand gehalten oder zumindest berührt hat. Schon wenn Joe es persönlich in Augenschein genommen hätte, wäre er im Leben nicht auf den Irrsinn gekommen, diesen Findling aus Raum und Zeit verstümmeln zu wollen.

»Bloody bastard«, hat Edmund Hillary den Mount Everest nach der Erstbesteigung im Affekt genannt. Später kam der Respekt, und er hat sich für den Ausdruck entschuldigt. Ich kann das verstehen. Als es mir gelang, das Geheimversteck zu öffnen, war mein erster Gedanke: Da ist es endlich, das Scheißding. Jetzt würde ich das so nicht mehr sagen. Wir kennen uns, zumindest ein bisschen. Und es kommt nicht in Frage, dass ich mich an irgendeinem Werk der Zerstörung von etwas so Vollkommenem beteiligen werde. Aus die Maus und Ende der Diskussion.

My precious!

Ich will die Kugel gerade wieder einstecken, da rollt sie zwischen meinen Fingern hindurch und landet mit einem dumpfen Plopp auf einer der Bodenfliesen. Sie hat sich eine Kuhle geschlagen, in der sie unbewegt liegen bleibt, und ich kann dabei zusehen, wie feine Haarrisse sich sternförmig auf der Fliese und in alle Richtungen ausbreiten und sogar auf einer Seite über die Fuge auf die Nachbarfliese übergreifen. Ich sehe mich um, ob jemand mein Malheur bemerkt hat.

Nur eine Person im ganzen Café schaut zu mir her, während ich mich bücke, um meine Kugel wieder aufzusammeln. Im Spiegel begegnen sich unsere Augen. Es ist die zierliche Frau, die mir am Vortag schon aufgefallen war, von ihrem Freund mit den Schlauchlippen sehe ich nur den Rücken. Ihre dunklen Augen fixieren mich, nicht erschrocken, nicht neugierig, einfach nur beobachtend.

Und da geschieht es. Jemand oder etwas wischt dieses Bild vom Spiegel. Stattdessen sehe ich eine Sendung wie »Wer wird Millionär« auf Spanisch. Und auf dem Kandidatenstuhl sitzt sie, die Brünette mit den dunklen Augen, vielleicht vier, fünf Jahre älter als jetzt. Es wird die Eine-Million-Euro-Frage gestellt. Sie lautet: »Wie heißt der höchste Berg Deutschlands?« Und ich spüre, dass sie keine Ahnung hat und dass ihr alle vier Auswahlbegriffe gleich wenig sagen werden. Sie weiß es einfach nicht. Und dann ist dieses Bild plötzlich fort, und ich sehe wieder in ihre Augen, die mich immer noch interessiert betrachten, wie ich die Kugel aufhebe, aufstehe, sie in die Tasche gleiten lasse und mich wieder auf meinen Platz setze.

Die Vertiefung in der Fliese ist kaum zu erkennen. Auch die feinen Risse könnten schon vorher dort gewesen sein oder zur Maserung der Keramik gehören, nur dass sie an der einen Stelle auch durch die Fuge gehen. Dem Putzpersonal wird es egal sein.

Ich sitze ganz still und rühre mich nicht. Die junge Frau hat sich wieder ihrem Begleiter zugewandt, der jetzt zärtlich mit dem Finger über ihre Hand streicht. Ich bitte um die Rechnung. Beim Hinausgehen zieht es mich einfach zum Tisch der beiden hin. Sie blicken erstaunt auf. Betrachten den Ausländer mit dem blutigen Schorf und den blauen Flecken im Gesicht. Und dann sagt der Kerl auch noch: »Señorita, falls Sie jemals Kandidatin bei ›Wer wird Millionär?‹ werden sollten, mein Tipp für die Ein-Million-Euro-Frage: Der höchste Berg Deutschlands, er heißt Zugspitze. Zugspitze! Können Sie sich das merken? Zugspitze. Wenn nicht, schlagen Sie es bitte zu Hause nach.«

Sie lächelt, weil sie denkt, sie hat es mit einem Irren zu tun, den man am besten nicht provoziert. »Zugspitze«, sage ich noch einmal, dann gehe ich.

Die nächsten drei Stunden verbringe ich im staatlichen Gesundheitszentrum. Als ich endlich an der Reihe bin, sagt mir der Arzt, ich hätte Glück gehabt. Keine Brüche, keine Wunden, die man nähen müsste. Das Glück, sage ich, hätte ich mir immer anders vorgestellt. Irgendwie sanfter. Er verspricht, mich ganz sanft zu behandeln, Grobheiten hätte ich ja schon genug erlebt. Und das in Santiago, neben Rom und Jerusalem eines der drei wichtigsten Zentren der Christenheit. Schon seit dem Mittelalter und bis heute. Wenn ich einen Pilgerausweis hätte, bekäme ich eine Ermäßigung auf die Rechnung, sagt er. Damit kann ich dienen. Ob ich von den Idioten der Bürgerinitiative »Pilger raus« so zugerichtet worden sei? Ich verneine.

»Was haben die denn gegen Pilger? Ich meine, es sehen ja längst nicht alle so schlimm aus wie ich.«

»Sie beschweren sich, dass das Bier so teuer geworden ist, weil die ganzen Pilger so viel saufen. Aber eben nicht nur für die Ausländer, das wäre ihnen ja egal, sondern auch für die

Einheimischen. Sie stellen Schilder auf und pöbeln Leute auf dem Camino an.«

Vielleicht bin ich nicht weit genug gegangen, um ihnen zu begegnen. Oder ich habe zu wenig Bier getrunken.

»Ich schäme mich für diese Hornochsen.«

»Zum Glück sind nicht alle so.«

»Nur der, der Sie so zugerichtet hat. Ein Landsmann von mir?«, fragt er.

»Nein, nur ein blöder Zufall«, antworte ich und bezahle meine Rechnung abzüglich des Pilgerrabatts.

Den Abend verbringe ich bei Alicias Bruder Pablo in der Kneipe. Er verdächtigt gleich seine Schwester, als er mich sieht.

»Manchmal geht das Temperament mit ihr durch«, sagt er, »und dann kann es böse ausgehen.«

»Mein Glück, dass sie nicht zu viel nachdenkt, bevor sie eingreift«, sage ich. Sie ist anscheinend schon ins Nachtleben eingetaucht, denn sie lässt sich den ganzen Abend nicht blicken. Ich sage Pablo, dass sie mich am nächsten Tag um elf in der Pension abholen soll.

Beim Einsteigen fallen mir an Alicias Dacia zwei neue Beulen an der Stoßstange auf. Ein Wunder, dass mir eine Beule mehr bei diesem Auto überhaupt auffällt. Autos mit Beulen verbrauchen zwar genauso viel Benzin wie andere, sind mir aber grundsätzlich sympathischer.

Trotz des Pausentags bin ich immer noch erschöpft und auch so durcheinander, dass ich gar nichts reden will. Ich bin erledigt von dem, was ich im Kloster erlebt habe, was alles kaputtgegangen ist, von meinen Wunden im Gesicht, an den Händen, meinem Rücken und den vom Gehen geplagten Füßen und vor allem von der Tatsache, dass jetzt bald alles vorbei ist und ich meine letzte Station auf dem Camino erreichen werde. Und was kommt dann?

Schon die ganze Zeit sage ich nichts. Eine halbe Stunde lang ist mein Mund verschlossen, und Alicia, oh Wunder, lässt mich sogar in Ruhe. Aus dem Radio plärrt spanische Werbung, und wenn mal ein Song aus den amerikanischen Charts gespielt wird, summt Alicia mit. Wenn mir der Song und ihr Singen gefällt, schlage ich mit den schmerzenden Fingern vorsichtig den Takt.

Vorbei an Berdeogas, einem Kaff zwischen hier und da, kleiner als der kleinste Plattenbau im Berliner Osten. Der Dacia Logan ist zwar nichts gegen einen Porsche, trotzdem fährt Alicia wieder viel zu schnell für ihre abgefahrenen Reifen. Im Kreisverkehr gedanklich links, die Reifen quietschen, und falls noch ein bisschen Profil an ihnen war, dann ist es jetzt futsch.

Vollgas und dann Vollbremsung. Mich drückt es so fest in den Sicherheitsgurt, dass mir irgendetwas wehtut, ich glaube, es sind die Rippen.

»Tanken, wir müssen noch tanken«, sagt sie.

»Klar«, sage ich. Es ist mein erstes Wort seit Santiago, Silentium nicht durchgehalten. Wollte ich ja aber auch gar nicht.

Sie tankt voll, ich humple zur Kasse und zahle. Kaum zurück, gibt Alicia Gas, als wollte sie möglichst schnell ankommen und wieder zurück sein.

Ich halte diese Werbung und diese x-beliebige Chart-Musik nicht mehr aus und möchte einen anderen Sender einstellen.

Noch bevor meine Hand am Senderwahlrad ist, schlägt Alicia mir auf die Finger. Ich schreie vor Schmerz.

»Sorry, ich wollte dir nicht wehtun. Aber an dem Knopf darf man nicht drehen, sonst geht gar nichts mehr, verstehst du? Weder Radio noch Motor. Aber du kannst Kassetten hören, wenn du magst. Im Handschuhfach sind welche.«

Kassetten? Ich fische eine heraus. Das Radio in diesem Dacia sieht sowieso aus wie Baujahr 1976. Mit Kassettenrekorder. Ein so altes Gerät darfst du in Deutschland nicht einmal im Kofferraum dabeihaben, sonst erlischt die Betriebserlaubnis für dein Fahrzeug.

»I am the passenger, I stay under glass«, leiert Iggy Pop aus dem Lautsprecher.

Darauf war ich nicht gefasst und spule etwas zurück. Grace Slick singt noch die letzten Worte von »Somebody to Love«. Jefferson Airplane, Woodstock. Ist es zu fassen?

»I am the passenger«, grölen Alicia und ich gemeinsam, als hätten wir die letzte halbe Stunde genau auf diesen Einsatz gewartet.

»I stay under glass
I look through my window so bright
I see the stars come out tonight
I see the bright and hollow sky
Over the city's ripped backsides
And everything looks good tonight
Singin' la-la-la-la-la-la-la-la
La-la-la-la-la-la-la-la
La-la-la-la-la-la-la-la-la-la.«

Ist das schön! Ich kurble das Fenster runter, halte meine flach ausgestreckte Hand nach draußen und spüre, wie der Wind sie nach oben und nach unten drückt. Alles um uns herum ist grün. Costa Verde. Hier regnet es auch im Sommer, haben die Leute mir gesagt.

»Ich bin froh, dass du mich fährst.« Es rutscht mir einfach so heraus.

Alicia lacht mir zu, sie nimmt mir meine plötzliche Sentimentalität nicht übel. Auch sie hat das Fenster heruntergekurbelt, ihre Haare flattern im Wind.

»I am the passenger.«

Durch den Stoff fasse ich meine Kugel an und freue mich, dass sie da ist.

Tagträume aus anderen Zeiten. Mit offenen Fenstern durch die Hitze in Frankreichs Süden, entlang der Küste, immer auf der Suche nach den schönsten Mädchen oder tollsten Frauen, die einen von uns Jungs verführen sollten. Ist nie passiert, aber egal.

Endlich rieche ich das Meer, obwohl mir mal jemand gesagt

hat, dass man das Meer nicht riechen kann, ohne es gleichzeitig zu sehen. Ich rieche es, und es riecht phantastisch. Jetzt sehe ich es außerdem. Vielleicht ist es schon das Kap.

»Wohin jetzt genau?«, fragt Alicia.

»Weiter, noch weiter. Carlo hat gesagt, durch Finisterre durch, fast bis zum Leuchtturm, dort gibt es einen kleinen Parkplatz, wo er auf uns wartet. Wenn er nicht da ist, soll ich zum Souvenirladen gehen, dort gäbe es Wi-Fi, und ich kann ihm eine Nachricht senden.«

»Okay. Dort, wo das Land endet und das Meer beginnt.« Es klingt poetisch, wie Alicia es sagt.

Die Straße zieht sich auf einem Grat über das Kap bis hin zum Leuchtturm, wo man tatsächlich parken kann. Links ein niedriges eisernes Kreuz, wie ein Gipfelkreuz in den Alpen. Noch während Alica einparkt, sehe ich Carlo und dass er uns auch schon entdeckt hat. Mehrere Frauen stehen bei ihm und laufen wimpelschwenkend auf uns zu, frenetisch wie nordkoreanische Staatsbürger, wenn Kim in der offenen Staatskarosse um die Ecke biegt, nur dass sie bloß zu dritt sind. Auf den Wimpeln ein Icon, irgendwas Stilisiertes mit geometrischen Formen. Und eine Schwalbe ist auch darauf. Nein, es ist eine Taube.

»Eigener Fanclub. Bist du ein Rockstar oder so was?«, mault Alicia.

»Sieht verdammt danach aus, oder?«

Kaum bin ich ausgestiegen, drückt mich Carlo so fest, dass ich Angst habe, zwei weitere Rippen könnten gerade angebrochen sein. »Noah, Noah, hast du dich schon wieder verdreschen lassen? Dich kann man ja wirklich nicht allein lassen!«

Er will mir gegen den Arm boxen, aber ich kann ihn gerade noch davon abhalten. Die Frauen schwenken immer noch ihre Wimpel.

»Hey, wer sind die denn?«, flüstere ich ihm zu. »Müsste ich die kennen?«

»Dein Empfangskomitee, France, Cloé und Marie Claire.

Drei Pilgerinnen. Hab ich hier in Finisterre aufgegabelt. Überraschung geglückt?«

»Und was sind das für Wimpel?«

»Ordenswimpel natürlich.«

Festplatte mit Friedenstaube. Genial.

»Und was ist das für eine heiße Braut, die dich hergebracht hat?«

»Alicia, die beste Fahrerin jenseits der Pyrenäen.« Carlo ist ganz angetan, kann seine Blicke nicht von der tätowierten Schwalbe an ihrem Unterarm abwenden.

Zum Abschied umarmt Alicia mich und lässt mich nicht mehr los. Mir fällt es auch schwer, zu glauben, dass nun der Augenblick gekommen ist, in dem Jakobsweg, Felsenkloster und Alicia Geschichte sind.

»Du schuldest mir noch was, du weißt es!«, sagt sie zum Abschied. »Und wenn es mir schlecht oder richtig scheiße geht, dann hast du gefälligst hier zu sein, egal, wo du gerade rumfährst. Und du musst mich dann da rausholen, ist dir das klar?«

»Logo.« Und das meine ich ernst.

»In Wirklichkeit schuldest du mir noch viel mehr.«

»Tausendmal mehr.«

»So, und jetzt haut endlich ab. Ich will noch zum Leuchtturm gehen. Wenn ich zurückkomme, seid ihr weg, verstanden?« Die verschmierte Wimperntusche in ihrem Gesicht macht mich noch trauriger, als ich es ohnehin bin. Als ich mich bei Carlo unterhake, sehe ich, dass er auch feuchte Augen hat. Also noch so ein Weichei.

Wir verabschieden die drei französischen Grazien und fahren in Carlos Mietwagen zum Campingplatz. Mit den Fischern aus dem Dorf trinken wir Weißwein und essen die beste Paella unseres Lebens.

Carlo begleitet mich auf meinem Spaziergang zum Meer. Ein zerschlissenes Shirt und eine Hose, ein Feuerzeug und eine Zeitung habe ich in meinem Rucksack, für meine rituelle Wiedergeburt, der Grund, weshalb ich nach Finisterre gekommen bin. Das Alte hinter mir lassen und frei und bereit sein für das neue Leben, das jetzt beginnen soll. Leer werden wie ein weißes Blatt Papier.

Das Verbrennen der alten Kleider ist gar nicht besonders spektakulär. Carlo und ich sitzen auf einem Felsen und sehen zu, wie das glimmende Zeitungspapier Shirt und Hose entzündet. Ein paar Minuten später liegt nur noch ein Häufchen Asche mit ein bisschen Glut vor unseren Füßen, das war es. Mein altes Leben.

Ich übernachte bei Carlo im Trailerpark. Beim Einschlafen höre ich die Brandung gegen die Felsküste anrollen. Es wird eine unruhige Nacht. Durch meine Träume geistern so viele Fetzen von Erinnerungen. Auch Gianna taucht einmal auf, und irgendein alter Teil meines Gehirns will mir einreden, dass sie noch lebt und dass ich sie wiedersehen werde. Ich wache weinend auf.

Carlo brutzelt Eier in der Küchenzeile des Trailers.

»Die Tränen, die man im Schlaf weint, das sind die, die wirklich heilen«, sagt er.

Carlo hat draußen den Tisch gedeckt. Es ist zwar noch kühl, aber wir wollen das Meer sehen.

»Lass dich mal richtig durchpusten, du neuer Mensch«, sagt Carlo. Doch wenn ich in den Spiegel sehe, komme ich mir uralt vor.

»Versteckst du ihn eigentlich absichtlich vor mir, oder hast du nur vergessen, mir deinen kleinen Schatz zu zeigen?«

»Mein Schatz!«, krächze ich wie der synchronisierte Andy Serkis alias Gollum. Dann fingere ich ihn aus meiner Hosentasche.

»Wow, ist der schwer, das gibt's doch gar nicht.« Er lässt die Kugel von einer Hand in die andere rollen. »Ich habe eine Goldschmiedin gefunden, die uns ein paar winzige Partikel vom Stein ablösen wird, ohne ihn zu ramponieren. Die schicken wir dann heute noch ins CERN nach Genf. Julia hat schon alles organisiert.«

»Komm, gib ihn mir wieder. Der Stein wird nicht kaputt

gemacht. Ich wäre fast hopsgegangen, als ich ihn aus dem Kloster geholt habe.«

»Natürlich nicht. Los komm, wir fahren jetzt. Du bestimmst, an welcher Stelle wir was abhobeln. Nichts wird davon zu sehen sein.«

Ein Städtchen, nicht besonders groß, nicht besonders schön, aber direkt am Meer und mit Palmen an der Hafenstraße. Das Haus der Goldschmiedin ist ein blauer Bungalow mit Blick auf die schaukelnden Boote im Hafen.

Sie steht schon in der offenen Tür, als wir aus dem Auto aussteigen. Schwarzes Haar bis auf die Schultern, signalroter Mund, ein enges graues Strickkleid. Nicht älter als vierzig. »Melissa.« Sie gibt uns die Hand.

In der Werkstatt stellt sie mit einem Glas Wasser und einer Waage die Dichte fest.

»Vierundvierzig fünf, mehr als doppelt so schwer wie Gold, wenn der Stein massiv ist. Ist er innen hohl, dann ist die Dichte des Materials noch höher. Ich bin Goldschmiedin, keine Physikerin, aber dass es eine solche Materie nicht gibt, das weiß sogar ich.«

»Du hast geschworen, wie ein Grab zu schweigen«, erinnert Carlo sie.

»Ich weiß«, sagt Melissa. »Und jetzt nehmen wir einige winzige Partikel ab, damit ihr sie untersuchen lassen könnt.«

Mit einer Feile versucht sie über einem Spiegel etwas von der Oberfläche abzureiben. Kein einziges Körnchen fällt auf den Spiegel, nur die Feile ist nach fünf Strichen stumpf. Sie spannt den Stein in einen Schraubstock, um mit Hammer und Meißel ein winziges Stück abzusprengen. Das Einzige, was passiert, ist, dass der Meißel unbrauchbar wird.

»Das ist jetzt die letzte Möglichkeit, die mir einfällt.« Melissa legt den Stein auf den Werktisch. Wie eine Fadenschlinge ragt eine winzige Ausbuchtung einige Millimeter aus der glatten Oberfläche des Steins. Mit dem Seitenschneider versucht Melissa diesen Teil einfach abzuknipsen, aber auch das ist unmöglich. Der Stein gibt einfach nichts her.

»Dann werde ich mit meiner Kugel selbst nach Genf fahren müssen«, sage ich. Wobei mir die Vorstellung nicht gefällt, dass dort irgendwelche Physiker meinen Stein womöglich mit Neutronen beschießen werden.

»Die Härte kann ich noch bestimmen. Okay?«

Ich nicke.

Es gelingt Melissa nicht, den Stein mit einem Diamanten zu ritzen, während der Stein problemlos den Diamanten ritzt.

»Das bedeutet, höher als Härtegrad zehn«, sagt Melissa, »aber das kann es gar nicht geben. Die Kugel ist einfach nicht von dieser Welt.«

16

Tel Aviv, 28. Mai

»Was war das denn für eine Schlange, die unsere Kugel dort im Kloster bewacht hat?« Carlo wischt auf seinem Handy herum, während wir auf den Start der Maschine nach Tel Aviv warten. »War es so eine?«

Im nächsten Moment habe ich das Display unter der Nase. Es geht so schnell, dass ich zusammenzucke.

»Die im Kloster war dünner.«

»Das glaube ich gern. Fünfhundert Jahre nichts zu futtern, da wäre ich auch dünner.«

»Zeig noch mal. Was ist das überhaupt für eine?«

»Kreuzotter, schwarze Form. Wird auch ›Höllenotter‹ genannt.«

»Uhh. Gibt es die auch in Nordspanien?«

»Sí, señor. Hattest Glück, dass sie dich nicht gebissen hat, als du da in dieses Loch reingefasst hast.«

»Wieso, ist die giftig? Echt?«

»Sehr schmerzhaft und nicht ungefährlich.«

»Jetzt hör schon auf. Sie hat mich nicht gebissen. War bestimmt froh, dass endlich einer gekommen ist, der sie da rausgelassen hat.«

»Eigentlich hätte sie sich mehr über einen freuen müssen, den sie in den Finger beißen kann«, sagt Carlo.

»Spinnst du? Hört sich an, als hättest du es mir gegönnt, von einer Höllenotter gebissen zu werden.«

»Natürlich nicht, aber versetz dich doch mal in die Schlange.«

Ich finde, da verlangt er zu viel von mir. Über mir, im Gepäckfach, liegt »meine« Kugel, sie steckt in mehreren Socken. Carlo wollte, dass ich meinen Koffer aufgebe und im Frachtraum der Maschine transportieren lasse. Das war mir aber zu heiß. Am Ende verbaseln sie mal wieder das mit dem Gepäck, und mein Koffer landet irgendwo, wird durchleuchtet, und es gibt endlosen Ärger, weil man wissen will, was das für ein Ding ist, bei dem ihre Geräte ausschlagen. Und wenn ich nicht dabei bin und es irgendwie aufklären kann, dann wird sie am Ende noch konfisziert und fault in irgendeiner Asservatenkammer in Athen oder Ankara vor sich hin. Und ich suche mir einen Wolf, bis ich sie wiederfinde.

»Dass sie dir das mit dem Mitbringsel aus Disneyland Paris für deinen Neffen in Tel Aviv geglaubt haben«, sagt Carlo, »das fand ich schon stark. Die ›magische Kugel‹ von Spider-Man. Waren die Leute alle nicht im Kino, dass die dir diesen Quatsch geglaubt haben?«

»Oder sie dachten, sie hätten das mit der Kugel bei Spider-Man übersehen oder vergessen. Und das gibt keiner gern zu, oder?«

Egal wie, die Kugel liegt über mir im Gepäckfach, und ich hüte sie wie einen echten Schatz. Und das ist sie ja auch.

Ich denke an unser Reiseziel. Israel war nie auf meiner Liste der »hundert Länder, die ich noch besuchen möchte, bevor ich sterbe«. Gefährliches Pflaster, habe ich immer gedacht. Orthodoxe Fundis, Siedler, die auf perfide Weise palästinensisches Gebiet erobern, die Mauer, die Jerusalem in einen West- und einen Ostteil zerschneidet wie unsere Mauer in Berlin, als sie noch stand.

Wenigstens steht der Flughafen Ben Gurion nicht auf der Liste der zehn gefährlichsten Flughäfen, zu denen unter anderem Funchal auf Madeira und Innsbruck zählen. Ich habe mich erkundigt. Die sind nämlich Hotspots für Planespotter. Sie treiben sich auf Flughäfen zum Fotografieren herum und versichern, dass Ben Gurion in dieser Hinsicht sicher ist.

Carlo bereitet mich schon mal auf die Befragung der Sicherheitspolizei bei der Einreise vor, als wir endlich in der Luft sind.

»Sag lieber nichts von dem Simulations-Kongress in Jerusalem. Nicht dass sie das in den falschen Hals kriegen. Mit

Verschwörungen und so. Du sagst am besten, dass wir einfach nur Urlaub in Ein Gedi machen. Und dass wir zum ersten Mal in Israel sind und außerdem gay.«

»Wozu soll das gut sein?«, frage ich.

»Weil es authentisch klingt, so entwaffnend persönlich. Findest du nicht?« Überzeugt mich nicht so richtig.

»Und wie passt mein Gesicht zu dieser Geschichte? Ich sehe doch aus wie ein Schläger.«

»Weiß doch jeder, wie viele Schwulenhasser es immer noch gibt.«

»Wo liegt dieses Ein Gedi überhaupt?«

»Auf einem Sandhaufen in der Nähe des Toten Meers. Da gibt es eine Oase und einen Kibbuz, nicht viel mehr.«

»Ist die Gegend sicher, oder sind wir da auf besetztem Palästinensergebiet oder so etwas?«

»Der Kibbuz ist auf israelischem Gebiet. Wir fahren auf der Route 1 durch das Westjordanland, dann auf der 90, dem Dead Sea Highway, am Toten Meer entlang bis Ein Gedi. Israelische Busse und Autos werden auch nicht kontrolliert, hat man mir gesagt.«

»Und was machen wir dort?«

»Urlaub natürlich«, sagt Carlo.

»Ich meine, was machen wir wirklich?«

»Das wirst du dann schon sehen. Kleine Überraschung.«

Wir fliegen seit Stunden über das blau blitzende Mittelmeer, dessen Oberfläche sich immer irgendwo weiß schäumend kräuselt und von großen Schiffen durchpflügt wird. Ich sehe Inseln, bin mir aber meist nicht sicher, welche es sind. Nur das griechische Festland mit dem Peloponnes und Kreta glaube ich zu erkennen. Eine Stunde später Zypern, und dann ist das Meer zu Ende, und wir sichten das Gelobte Land.

Eigentlich beginnt hier der Orient, aber danach hört es sich nicht an, als wir endlich landen, und es sieht auch nicht danach aus. Genau genommen fühlt es sich gerade an wie Osteuropa vor zwanzig Jahren, woran vor allem die Frau in hellblauer Uniformbluse mit Schulterklappen und Abzeichen schuld ist, die in einem kleinen Glaskasten sitzt wie früher an der innerdeutschen Zonengrenze, abwechselnd meinen Pass durchblättert und mein Gesicht mustert und mich schließlich fragt, was ich denn vor fünf Jahren in Moskau so getrieben hätte.

»Meinen schwulen Freund Juri besucht«, antworte ich und versuche ein ganz persönliches Lächeln. Doch meine Charmeoffensive prallt an ihr ab wie Regen auf Lotus. Auf Nachfrage erzähle ich, dass ich Juri in Berlin kennengelernt habe, wo er studierte. In Wirklichkeit hing er den ganzen Tag bei uns im Camp herum und ist so hetero wie ich, aber das erzähle ich nicht. Die Fragen nach meinem Zielort in Israel und unseren Freizeitplänen beantworte ich wie von Carlo instruiert, und nach zehn Minuten bin ich durch.

Es gibt Leute, die behaupten, alle Flughäfen sähen gleich aus, mit den immer gleichen öden Gängen, den Hallen und Shoppingzeilen, den engen Toiletten und den endlosen Rollbändern. Ich dagegen sehe vor allem die Unterschiede. Ben Gurion ist modern, hell, luftig, und das Dach des Terminals wird von schlanken Steinsäulen getragen, deren Kapitelle sich auffächern wie die Schwingen einer Palme. Der Blick wandert automatisch nach oben, wie in einem Tempel.

Carlo steuert auf einen Bankautomaten zu.

»Kriege ich hier Geld von meinen Paper Wallets, die Julia mir in Berlin noch gegeben hat? Mein Bargeld ist alle.«

Carlo zieht sein Handy aus der Tasche und scannt einen der QR-Codes auf meinen Wallets.

»Du bist reich, Noah«, sagt er. »Auf dem ersten hast du schon mal zwanzigtausend Euro. Wenn du willst, dann buche ich mir von diesem Wallet vierhundert Euro ab und gebe sie dir in Schekel.«

»Das geht?«, frage ich.

»Klar geht das«, sagt Carlo. »Ein Paper Wallet ist so gut wie Bargeld.«

»Und wie funktioniert das jetzt genau?«

»Dieser Buchstaben-Ziffern-Code hier ist dein Private

Key, also der Schlüssel, mit dem du oder jeder, der dein Paper Wallet in die Finger bekommt, bestimmen kann, was mit deinem Geld passieren soll.«

»Und der Barcode da?«, frage ich.

»Der QR-Code ist einfach die für Maschinen aufbereitete Darstellung deines Ziffern-Codes.«

»Also noch mal das Gleiche?«

»Genau. Gäbe es hier einen Bitcoin-Automaten, könnte der ganz einfach deinen QR-Code einlesen, und du müsstest deine Buchstaben und Ziffern nicht per Hand eintippen.«

»Ist das dann so etwas wie die IBAN bei einem Bankkonto?«

»Der Code ist IBAN, Passwort und TAN gleichzeitig. Wer dein Wallet hat, hat auch dein Geld. Weshalb du am besten gut darauf aufpasst.«

»Leuchtet mir ein. Hast du mir nicht erzählt, dass Bitcoin in Israel weiter verbreitet ist als bei uns?«

»In Tel Aviv gibt es besonders viele IT-Start-ups und entsprechend weniger Ressentiments gegen den Bitcoin.«

»Und warum gibt es dann hier keinen Bitcoin-Automaten?«

»Das weiß ich jetzt auch nicht. Vielleicht gibt es ja einen, und wir haben ihn nur nicht gesehen. Es gibt auch einige Wechselstuben, die Bitcoin annehmen.«

»Und wie komme ich jetzt an das Geld auf meinem Wallet?«

»Mit deinem Private Key überweise ich mir von deinem Konto Bitcoins im Wert von vierhundert Euro auf mein eigenes Bitcoin-Konto und gebe dir dafür Schekel, die ich mir von meinem Konto hole.«

»Und was ist das hier?«, frage ich, während mein Zeigefinger auf eine nur geringfügig kürzere Buchstaben-Zahlen-Kombination zeigt. »Noch ein Code? Wozu brauche ich den?«

»Das ist dein Public Key. Den brauchst du, wenn du selbst oder jemand anders dir Geld auf dein Wallet überweisen oder einzahlen möchte. Das ist sozusagen deine IBAN. Alles klar?«

Doch, ja, ich glaube schon. Am besten nähe ich mir die Lappen in den Saum meiner Hose ein, damit ich sie nicht verliere. Denn damit kann ich immer über mein Vermögen verfügen, selbst wenn der Gerichtsvollzieher oder nur das Finanzamt hinter mir her ist. Ich kann Geld ausgeben oder kassieren, ohne dass ich dazu eine Bank betreten oder auf mein eigenes Bankkonto zugreifen muss, bei dem mir diverse Behörden über die Schulter gucken können, wenn sie sich relevante Erkenntnisse davon versprechen.

Carlo geht an den Bankautomaten und gibt mir ein Päckchen Banknoten. »Bitte, eintausendfünfhundertfünfundachtzig Schekel.«

Während ich noch die unbekannten Geldscheine betrachte, bläst jemand in eine gigantische Trillerpfeife. Alle Lautsprecher im Flughafengebäude geben Alarm. Es folgen Durchsagen, Bodenpersonal in grünen Westen taucht plötzlich überall auf und weist die Passagiere auf die am nächsten liegenden Ausgänge hin. »Please leave the building immediately«, kann ich nun auch verstehen. Ich sehe nirgendwo Rauch, Terroristen oder einen Attentäter.

»Trotzdem raus hier«, sagt Carlo. »Vielleicht nur eine Übung, aber wer weiß. Jedenfalls ist es garantiert kein Jux.«

Jemand fragt, wohin man uns schickt. »Shelter«, ruft einer der Uniformierten und bittet uns, weiterzugehen und nicht in Panik zu verfallen. An einem Kofferband versucht ein alter Mann einen großen Koffer vom Band zu ziehen. Seine Frau drängt ihn, mit ihr zum nächsten Ausgang zu laufen, aber er will partout diesen Koffer nicht zurücklassen und schafft es doch nie und nimmer, ihn herunterzuziehen. Er stolpert mit der Hand am Koffergriff neben dem laufenden Band her.

Ich drücke Carlo meinen Koffer in die Hand und laufe gegen den Strom, der uns Richtung Ausgang spült.

»Bist du verrückt, Noah?«, ruft mir Carlo nach.

Ich stürme an dem Uniformierten vorbei und komme beim

Transportband an, als der Koffer gerade unter der Abdeckung verschwindet. Ich klettere auf das Band, krabble durch die Sperre, schiebe den Koffer zurück und hebe ihn hinunter, sobald ich selbst wieder am Boden bin.

»Thank you, young man«, sagt die weißhaarige Dame.

»Where are you from?«, fragt ihr Mann mich.

»Germany«, sage ich, worauf der Alte seinen Koffer packt, sich umdreht und wortlos davonrollt.

Als ich wieder zu Carlo stoße, ist das ganze Treppenhaus voller Menschen, aber alle bleiben ruhig. Einer vermutet, dass eine Rakete aus dem Gazastreifen auf den Flughafen gezielt hat. Ein anderer behauptet, bei einem Laptop seien Spuren von Sprengstoff angezeigt worden. Erst nach einer Stunde wird der Flughafen wieder freigegeben.

»Los komm, Robin Hood«, sagt Carlo. »Lass uns in die Wüste reiten.«

Der erste Schritt heraus aus dem klimatisierten Flughafen haut mich fast um. Busse, Taxis, Kleinbusse mit laufendem Motor, gelangweilt aussehende, unrasierte Busfahrer, Radio-Gedudel. Bis alle, die mitwollen, in den wartenden Kleinbus eingestiegen sind, kleben mir Hemd und Hose am Leib.

»Hier, Bruder.« Carlo reicht mir eine Flasche Wasser und einen Stadtplan von Jerusalem, mit dem er mir Luft zufächelt. Die Klimaanlage stottert.

Wir fahren gefühlt jedes zweite arabische Dorf im Umkreis von zwanzig Kilometern rechts und links der Hauptstraße an und brauchen für eine Strecke von sechzig Kilometern über zwei Stunden. Hupen können wir auch, aber es fällt nicht so richtig auf.

In einem dieser Käffer sehe ich am Straßenrand einen Mann nach einem Taxi winken. Die ganze Silhouette kommt mir so bekannt vor. Kann das sein? Hier, in Israel? Meine Hände fangen an zu schwitzen, und ich reibe sie an meiner Jeans trocken. Das gibt es doch nicht.

»Was ist?«, fragt Carlo. »Irgendwas passiert?«

»Siehst du den Mann dort?«

»Den mit der Sonnenbrille?«

»Ich glaube, den kenne ich.«

»Echt? Wer soll das sein? Ich dachte, du warst noch nie in Israel.«

»Nicht aus Israel. Aus Berlin!«

Carlo zuckt mit den Achseln.

Ich springe auf, laufe zur hinteren Reihe und drücke mir die Nase an der Scheibe platt. Ein klappriges Taxi hält vor dem Mann. Es ist so merkwürdig. Er könnte es sein, auch wenn er nicht aussieht wie vor drei Wochen in Berlin, als ich ihn zuletzt gesehen habe. Die Frisur ist ganz anders, der Nacken ausrasiert und die Haare nur oben am Kopf länger. Und er trägt einen Vollbart, das habe ich nie bei ihm gesehen. Ein bisschen schlanker kommt er mir außerdem vor. Auf den ersten Blick hätte ich geschworen, dass das Dave ist, mein Kumpel Dave aus Berlin. Aber er hier? Wie ist das möglich? Spielt mir meine Phantasie einen Streich? Oder doch die Simulation?

Der Busfahrer ruft irgendwas.

»Er will wissen, ob du aussteigen möchtest«, sagt Carlo.

Noch bevor ich antworten kann, öffnet er die Tür, ich springe hinaus, und der Wagen mit Dave oder Daves Doppelgänger fährt in die Gegenrichtung davon. Ich steige wieder in den Bus, die Türen schließen.

Ich setze mich wieder zu Carlo.

»Alles klar?«, fragt er.

»Alles klar.«

»Und, war das nun dein Freund?«

»Ich hab keine Ahnung. Er könnte es gewesen sein. Aber vielleicht täusche ich mich.« Mir ist ganz flau. Ich sehe zum Fenster hinaus und sehe nichts als immer wieder diese gedrungene Gestalt in Klamotten, die ich an ihm nicht kenne. Mit einem Haarschnitt, den ich auch nicht kenne. Vollbart und Sonnenbrille, kann man da überhaupt jemanden wiedererkennen? Wenn es nach meinem Bauch geht, war er es. Der

Kopf sagt: möglich, aber unwahrscheinlich. Ein Rätsel, das ich nicht lösen kann.

Carlo wischt über den Bildschirm seines Smartphones. Sieht aus, als studiere er Wechselkurse.

»Was ist das?«, frage ich ihn.

»Der Bitcoin-Kurs über die letzten drei Tage.«

»Und? Bin ich schon wieder ein bisschen reicher geworden seit heute Morgen?«

Carlo sieht mich an. »Du wirst doch jetzt nicht etwa gierig werden, oder? Also da muss ich dich leider enttäuschen, mein Lieber. De facto bist du um etwas mehr als tausend Dollar ärmer geworden.«

»Scheiße«, sage ich. »Ist der Hype jetzt vorbei oder was?«

»Also echt«, sagt Carlo. »Du hast es immer noch nicht ganz kapiert.«

»Dann erklär's mir.«

»Das ist ungefähr so, wie wenn gerade ein neuer Kontinent entsteht. Da gibt es riesige Landmassen, von denen einige wegbrechen. Aber je mehr wegbrechen, umso mehr steigen aus den Ozeanen auf und kommen neu dazu. Das geht nicht wie im Lift, du wirfst unten eine Münze rein, und dann kannst du hochfahren. In der Anfangszeit, also genau jetzt, muss es einfach rauf- und runtergehen. Nur so kann sich das Fundament herausbilden, auf dem es dann weitergehen wird. Der Fachmann nennt das Volatilität.«

»Du meinst, ich soll jetzt nicht verkaufen oder in Euro oder Dollar umwechseln.«

»Auf keinen Fall. Das wird schon wieder. Alles ganz normal.«

Wir nähern uns jetzt Jerusalem, und es wird richtig gruselig. Das Sammeltaxi fährt an einer sieben, acht Meter hohen Betonmauer entlang. Teil der Sperranlagen, die Israel von den palästinensischen Autonomiegebieten der Westbank trennen.

»Zum größten Teil auf Palästinensergebiet gebaut«, sagt Carlo.

»Wie lang ist denn dieses Monster, weißt du das?«

»Die Sperranlagen sollen, wenn sie fertig sind, über siebenhundertfünfzig Kilometer Länge haben. Das allermeiste ist Metallzaun, mit Bewegungsmeldern, Sandstreifen und allen möglichen Schikanen. Die Stahlbetonmauer geht über fünfundzwanzig Kilometer. Der internationale Gerichtshof hat den ganzen Bau für völkerrechtswidrig erklärt. Aber da steht sie, wird schwer bewacht und trennt Völker, Religionen, Familien, Menschen. Wie das Mauern halt so tun.«

Ich sehe die Berliner Mauer vor mir und dazu die Bilder von den Baggern, wie sie einzelne Abschnitte dieser Mauer mit der Schaufel herausbrechen. Sie haben der Bestie die Zähne nacheinander gezogen, und hier haben sie eine neue gebaut. Irgendwann wird auch diese Mauer fallen, und die Menschen werden zusammen leben, lachen, tanzen. Sogar das scheinbar Unmögliche wird irgendwann wahr. Über Nacht sprießen neue Möglichkeiten aus dem Boden. Alles löst sich auf, und Mauern werden gesprengt.

Wir steigen am Jaffa-Tor aus und machen einen kurzen Spaziergang durch die Altstadt. Die Klagemauer, die goldene Kuppel des Felsendoms, die Moschee auf dem Tempelberg, die Grabeskirche mit ihren Tausenden Menschen, der Ölberg mit den Gräbern, die sich den ganzen Hügel hinaufziehen. Wie Blitzlichter treffen all diese Orte auf meine Netzhaut, und ich frage mich, wieso mir das alles so bekannt vorkommt.

»Hast du alles schon im Fernsehen gesehen«, meint Carlo. »Osternacht in der Grabeskirche, ein Meer von Kerzen. Der Sabbatabend an der Klagemauer, die Männer mit ihren Gebetsmänteln und -riemen am Arm. Die Zettelchen, die in den Mauerritzen stecken. Jeder Politiker, der nach Israel kommt, wird hierhergeführt, und die Kameras sind mit dabei und senden die Bilder in die ganze Welt.« Wahrscheinlich hat er recht. »Jeder Mensch hat doch etwa ein Dutzend Bilder im Kopf, manche mehr, manche weniger, die er mit dem Rest der Menschheit teilt.«

»Welche meinst du?«, frage ich.

»Die Twin Towers von New York zum Beispiel, einmal ohne, einmal mit Flugzeug. Oder eben die Western Wall.«

»Checkpoint Charlie«, sage ich, »und die Öffnung der Berliner Mauer, die hellblauen Trabbis, die über die Grenze fahren, Tausende Hände, die auf Autodächer trommeln.«

»Genau. Das ist universell. Dazu kommen noch die nationalen Bilder, wie bei uns in Italien zum Beispiel das von Aldo Moro in der Hand der Roten Brigaden oder bei euch in Deutschland die Rote Armee Fraktion, die diesen Arbeitgeberboss gekidnappt hatte. Das Attentat auf John F. Kennedy, auch wenn wir damals noch gar nicht auf der Welt waren.«

»Oder Michael Jacksons Moonwalk.«

»Alle möglichen Menschen auf der ganzen Welt haben diese Bilder in sich gespeichert. Sie werden kopiert und kopiert, da gibt es kein Copyright und keine Schranken. Sie gehören zu unserem kollektiven Gedächtnis. Deshalb kommt dir vieles hier so bekannt vor.«

In einem Straßencafé essen wir eine Kleinigkeit. Carlo rülpst zufrieden und checkt auf dem Handy die Busse nach Ein Gedi.

»Du legst hier aber keine Spuren mit deiner Internet-Surferei?« Das hätte ich besser nicht gesagt.

»Meinst du wirklich, ich bin so doof und gehe ins Internet, um mich orten zu lassen? Ich geh da natürlich nur über WLAN rein. Dann habe ich ein VPN eingebaut.«

»Ein was?«

»Das ist so etwas wie ein nicht angreifbarer privater Tunnel. Damit gehe ich zum Server, der irgendwo auf der Welt steht. Auf dem Server ist ein Diffusor installiert, der sich über ein Node-Netzwerk alle paar Sekunden über eine andere Ecke der Erde ins Internet einwählt. So verwischt man Spuren.«

»In deinem Kopf ist das vielleicht alles logisch, aber ich bin hier draußen. Verstehst du?«

»Dann verlass dich einfach auf mich, Noah. Das System ist wirklich so was von sicher, da beißen sich alle Datensammler der Welt die Zähne aus.«

»Und wer macht so was?«

»Was meinst du? Diese Sicherheitsvorkehrungen? Na, die Krypto-Aktivisten. Solche wie ich und Joe und Julia. Wir sind eine große, weltweite Familie.«

Das klingt ja rührend. »Und kann ich das auch lernen, oder ist das nur was für Nerds?«

»Könntest du, musst du aber nicht. Führerschein machen ist leichter. Aber du hast ja mich.«

Mit seiner Serviette wischt Carlo sich über die nasse Stirn. Wir verlassen die Altstadt durch das Damaskus-Tor und nehmen ein Taxi zum Busbahnhof.

Schon am Eingang zum Terminal gibt es Taschenkontrollen. Wir leeren unsere Taschen, legen unsere Jacken auf das Band, werden aufgefordert, die Koffer zu öffnen. Meine Kugel könnte als Waffe identifiziert werden, aber keiner interessiert sich für meine Hosentaschen.

17

Ein Gedi, Kibbuz, 28. Mai

»Habe ich geschlafen?« Ich friere und habe Halsschmerzen. Verdammte Klimaanlagen, ich glaube, ich bin krank.

Carlo fühlt meine Stirn. »Brauchst du etwas?«

»Einen heißen Tee.«

»Tut mir leid.«

Ich sehe zum Busfenster hinaus. Es ist immer noch hell draußen, aber die Sonne steht schon tief. Ich denke, ich bin im Grand Canyon, Steinwüste rechts, Sandhaufen links.

»Sind wir bald da?«

»Dauert noch ein Weilchen.«

»Wieso? Sollten wir nicht in eineinhalb Stunden da sein?«

»Vor ein paar Tagen gab es hier starke Regenfälle. Nicht verkehrt in der Wüste, aber gefährlich. Steinschlag, unterspülte Straßen. Deshalb geht es jetzt nur langsam vorwärts.«

Woher weiß Carlo eigentlich immer alles? Weil er jedes WLAN immer sofort zum Surfen auf seinem Smartphone nutzt. Ich decke mich mit meiner Jacke zu, lehne den Kopf gegen das Fenster und schlafe sofort wieder ein. Als Carlo mich aufweckt, ist mein Fieber gestiegen. Anscheinend sind wir angekommen.

Der Bus leert sich. Ich erkenne draußen Dattelpalmen und Bäume mit Stämmen wie Elefantenbeine. Es sieht nach Oase oder drittklassigem Golfresort aus, mit kurz gehaltenem Rasen, einstöckigen Apartmenthäusern und blühendem Oleander. Carlo nimmt unser beider Gepäck, ich muss nur mich selbst zur Rezeption schleppen, um meinen Zimmerschlüssel abzuholen. Mein Rachen brennt wie Feuer. Während Carlo uns an der Rezeption anmeldet, lege ich mich auf eines der Sofas in der Lobby.

Wie vom Skorpion gebissen komme ich in einem Schwung

wieder in die Vertikale. Da draußen vor der Glaswand läuft der Typ, den ich auf der Fahrt vom Flughafen nach Jerusalem gesehen und für Dave gehalten habe. Er trägt statt der Sonnenbrille nun eine große Hornbrille und eine dunkle Windjacke, aber er könnte es tatsächlich sein. Oder kann man einen Doppelgänger von jemandem zweimal hintereinander an verschiedenen Orten treffen? Ich weiß es nicht, ist jetzt zu viel für meinen kranken Kopf. Ich lege mich wieder hin. Aber ich werde der Sache auf den Grund gehen. Morgen.

Carlo verfrachtet mich ins Bett und macht mir eine Tasse Tee. Er legt mir Tabletten auf den Nachttisch, aber ich behaupte, ich schlafe das einfach so weg.

»Bis morgen, großer Prophet. Wenn du mich brauchst, klopf an die Wand. Ich bin im Zimmer nebenan.«

Irgendwas ist hier oder irgendwer. Ich mache das linke Auge auf. Wo bin ich? Jugendherberge? Nein, Quatsch, das muss ein Hotelzimmer sein.

In der Nacht, als das Fieber nicht runterging und ich dachte, mein Kopf fliegt davon, fiel mir nichts anderes ein, als mich unter die Dusche zu stellen. Es gab kein warmes, nicht einmal lauwarmes Wasser. Nur eisiges. Mein Pimmel machte einen bemitleidenswerten Schrumpfungsprozess durch. Ich hatte solches Mitleid mit ihm, dass ich gar nicht merkte, wie ich fror, bis meine Zähne anfingen aufeinanderzuschlagen wie die eines alten Hundes. Ich biss ins Handtuch und blieb, wo ich war. Entweder würde ich gleich umfallen und in meiner Duschwanne ertrinken, oder das Fieber ginge vor lauter Schreck runter. Ich wollte sehen, wie diese Sache ausgeht, und blieb einfach stehen. Erst als ich mir die erste Zehe abfror, nahm ich das Handtuch aus dem Mund und rubbelte mich damit ab. Dann kroch ich, wie ich war, ins Bett und schlief weiter.

Das war meine Nacht gewesen, und anscheinend ist es jetzt Tag. Da, wieder dieses Tak, Tak, Tak, und jetzt weiß ich auch, woher es kommt. Ich setze mich auf. An dem kleinen

Resopaltisch vor dem Fenster sitzt mein Freund Carlo, und die Schweißflecken unter seinen Achseln haben die Form von Südamerika.

»Wieso machst du die Klimaanlage nicht an?«

»Buongiorno. Du hast dich so über die Klimaanlage im Bus aufgeregt, dass ich es nicht gewagt habe, sie anzuschalten. Geht es dir besser?«

»Was sind das denn für Leute da?«

»Wo?«

»Die bei dir auf dem Bildschirm.«

Carlo klickt eine andere Seite an, aber ich habe es gesehen, nicht supergenau, mein Winkel zum Monitor ist nicht ideal, aber da waren Leute dabei, die ich kenne. Ich meine, ich hätte Julia erkannt und auch Joe. Warum macht Carlo jetzt daraus so ein Geheimnis?

»Also?«

»Was?«, fragt Carlo.

»Jetzt stell dich nicht dumm. Als Schauspieler bist du eine Null.«

»Dafür kann ich kochen und kenne mich mit Bitcoin aus. Hast du Hunger?«

Carlo öffnet unsere Terrassentür, und da steht, wie im Märchen, ein gedeckter Frühstückstisch mit einer Thermoskanne Kaffee.

»Private room service im Kibbuz. Da sagst du nichts mehr, oder?«, fragt Carlo.

Und ob ich was sage: »Na, da geht es mir doch gleich besser!« Ich strecke mich, mache eine Rumpfbeuge. »Und was ist das dahinten?« Ich setze mich an den Tisch.

»Wo?«, fragt Carlo, und ich zeige in Richtung des zwischen den Apartmenthäusern angelegten Parks.

»Ach das. Ein Steinbock«, sagt Carlo. »Keine Angst, die sind hier ganz friedlich.«

»Meinst du?« Ich schenke uns Kaffee ein.

Eine halbe Stunde später drängt Carlo zum Aufbruch. Er muss mir einen ganz besonderen Platz zeigen, sagt er.

»Gehen wir wandern?«, frage ich, als er mit gepacktem Rucksack aus dem Zimmer kommt.

»Nur Wasser und Handtücher.«

»Also schwimmen?«

»So was Ähnliches.«

Wir durchqueren die Gartenanlage, vorbei an einem Pool, in dem schon einige Schwimmer ihre Bahnen ziehen. Dann verlassen wir die Anlage und folgen einem Tal, in dem tatsächlich ein kleiner Fluss Wasser führt. Der Weg führt direkt in wüstenartiges trockenes Gelände. Alles voller Felsen und richtiger Berge. Die Vegetation beschränkt sich auf die flussnahen Stellen im Tal. Als wir eine kleine Anhöhe erreichen, drehe ich mich um. Richtung Osten liegt unter uns der Kibbuz inmitten von Palmen, dahinter die unwirklich blaue Wasserfläche des Toten Meers und am anderen Ufer die kahlen Berge, die schon zu Jordanien gehören. Über allem ein knallblauer Himmel. Bin ich wirklich hier? An der Seite dieses Römers, der wie ein Bär vor mir herstapft, den kleinen Rucksack wie einen Ranzen lässig über eine Schulter gehängt? Er hat mir erzählt, hier gäbe es sogar Leoparden. Steinböcke, aufgepasst!

Wir laufen einige Kilometer an diesem Fluss entlang, die Felsen und Sandsteine haben alle Farben von Gelb über Ocker, Braun bis Rostrot. Hinter den Bäumen am Fluss gibt es nur noch Disteln, Karden, Büsche mit scharfen Dornen und harten Blättern. Irgendwann höre ich Wasserrauschen, und da sind Stimmen, helles Lachen. Das Tal wird ein wenig breiter, und wir erreichen eine Art Oase mit einem Wasserfall mitten in der Wüste. Das Wasser fällt aus etwa sechs Meter Höhe in einer kräftigen Kaskade herunter. Am Rand des Beckens, das der Wasserfall speist, liegen Kleiderhäufchen herum.

Im Wasser vielleicht fünfzehn, sechzehn Männer und Frauen. Als Ersten erkenne ich Joe mit seinem kurz geschorenen Grauhaar, dann Julia, die mich jetzt auch gesehen hat und mir heftig winkt. Sie strahlt über das ganze Gesicht und schwimmt zu einer Frau mit dunklem Wuschelhaar. Als sie sich zu mir umdreht, erkenne ich Ria. Wir winken uns zu.

Carlo ist schon dabei, sich auszuziehen. In weißem Unterhemd und blauer Armani-Unterhose stürzt er sich ins Wasser. Ich überlege, was ich mit der Kugel mache, stecke sie in eine meiner Socken und lege sie unter einen losen Stein.

»Jetzt komm schon endlich!«, schreit jemand.

Das Wasser ist angenehm kühl. Ich schwimme zu den anderen unter den Wasserfall. Julia hält sich an mir fest und küsst mich auf den Mund. Ich spüre ihre nackten Brüste auf meiner Haut.

»Hey«, sagt Ria und grinst über das ganze Gesicht. »Wir haben dich schon vermisst.«

»Das ist Noah«, schreit Joe, »der nach der Bibel neunhundert Jahre alt geworden ist. Noah hat sich jeden Tag auf den Marktplatz gestellt und allen gesagt, dass die Sintflut kommen wird, wenn sie so weitermachen. Und keiner hat ihm geglaubt. Er hat ganz alleine angefangen, die Arche zu bauen, während die Leute über ihn gelacht haben.« Joe taucht ab, bleibt unter Wasser und kommt an einer anderen Stelle wieder nach oben. Wir schwimmen zu ihm hin.

»Noah war fest im Glauben und mutig, deshalb durfte er sich, seine Familie und eine große Zahl von Tieren retten. Als die Wasser abflossen und die Taube mit dem Ölzweig im Schnabel wiederkam, machte Noah seinen Deal mit dem Herrn. Er sollte nie wieder so eine Flut über die Menschheit schicken, und zum Zeichen ihres Bundes setzte der Herr einen Regenbogen in den Himmel ...« Joe taucht noch einmal ab, wir folgen ihm unter den Wasserfall. »... als Brücke zwischen oben und unten. So, meine Freunde, ihr seid hier, weil ihr heute in den Orden der heiligen Festplatte aufgenommen werdet. Und das soll eure Taufe sein, unter dem Wasserfall, der in der Wüste Leben spendet und den Ort für Mensch und Tier erst bewohnbar macht. Wir freuen uns über jeden von euch, dass ihr zu uns gefunden und eure Aufnahmeprüfungen so glänzend bestanden habt. Wir arbeiten gern mit verdeckten

Karten.« Dabei sieht er mich an, ich sehe Ria an, und sie wirft mir eine Kusshand zu. »Was ich noch sagen will: Wir sind sehr stolz auf euch. Wir, das sind die senior members hier im Wasser: Julia, Ria, unser Freund Carlo aus Rom und ich – für die, die uns noch nicht alle kennen. Und wir sind noch mehr, ihr werdet es schon bald sehen.«

Wir Neuen werden nun nacheinander untergetaucht.

»Der Weg, die Wahrheit und das Leben«, lautet mein Taufspruch. Dann drücken Ria und Joe mich unter Wasser. Prustend tauche ich wieder auf, glücklich, dazuzugehören zu diesem Haufen von Irren.

Wenn uns jemand so sehen würde, könnte er denken, wir seien eine ausgeflippte Clique von Hippies, die Zeit um fünfzig Jahre zurückgedreht. Ich warte, bis Julia aus dem Wasser kommt. Joe schwimmt neben ihr. Ich muss das jetzt einfach prüfen. Während Julia aufsteht und mir die Wange tätschelt, um mir zur Taufe zu gratulieren, betrachte ich ihre Füße und zähle. Eins, zwei, drei … sechs Zehen am rechten Fuß. Nach dem kleinen Zeh kommt noch ein zweiter kleiner Zeh. Habe ich mich doch nicht verzählt bei ihrem Fußabdruck in meinem Badezimmer in Berlin.

»Hat nicht jeder seine kleinen Geheimnisse?« Ihr Lächeln ist entwaffnend. Nur Joe stupst mich ungeduldig in die Seite.

»Und?«, fragt er. »Wo ist sie?«

»Wo ist wer?«, frage ich, aber ich weiß genau, was er sucht.

»Die Kugel natürlich, wer sonst?«

Ich hebe den Stein hoch und wickle die Kugel aus meiner Socke. Joe ist überwältigt. Er setzt sich auf den Boden, das Wasser tropft ihm aus dem Haar. Julia reicht ihm ein Handtuch, und er wischt zuerst die Kugel trocken, dann hängt er es sich um die Schultern. Er starrt den magischen Stein an und scheint vollkommen ergriffen. Er riecht an ihm, berührt ihn mit den Fingerspitzen, leckt mit der Zunge an ihm. Legt ihn sich auf die Hand, schließt sie zur Faust und macht die Augen zu.

»Pass gut auf sie auf«, sagt er, als er sie mir zurückgibt.

Auf dem Rückweg zum Hotel muss ich Ria in allen Einzelheiten von meinem zweiten Besuch im Kloster erzählen und darf nichts weglassen: Fuggers Nase, die dünne schwarze Schlange, die Kugel, die sie auch in die Hand nehmen muss, dann der Kampf mit dem Beißer und seinen Schraubstockhänden und Alicias Rettungsaktion. Sie klopft mir ein ums andere Mal auf die Schultern, wie ich es von ihr schon gewohnt bin.

Schwatzend erreichen wir den Eingang zum Hotelgelände, da denke ich, mich streift ein Blitz. Dort, auf einer Parkbank, sitzt der Typ, der mir als Daves Doppelgänger nun schon zum dritten Mal in Israel begegnet. Und er zerstreut selbst alle Zweifel, indem er sich linkisch an seine seltsame Schiebermütze tippt und »Hi, Noah« sagt. Damit ist klar, dass er trotz seiner Verkleidung und des Vollbarts der echte Dave ist. Cool sitzt er da, die Beine übereinandergeschlagen, die Arme rechts und links auf der Rückenlehne der Bank abgelegt. Das Blut sackt mir vom Kopf in die Beine, die bleischwer werden. Während sich im Magen etwas zusammenballt, was sich verdammt nach Wut anfühlt.

Er nimmt die Sonnenbrille ab, als hätte er Angst, ich könnte sie ihm mit der nächsten Bewegung vom Kopf schlagen. Ich habe den gleichen Gedanken.

»Was macht der hier?«, frage ich Julia, die neben mir steht.

»Beruhige dich, Noah«, sagt sie. »Was ist denn jetzt los? Du kennst doch Dave.«

»Das dachte ich auch, aber seit Mailand weiß ich nicht mehr, wer er ist.« Ich balle die Fäuste und merke, wie ich zu zittern beginne.

»Scht«, macht Julia wie zu einem Kind und nimmt meinen Arm.

Ich mache mich von ihr los und gehe einen Schritt auf Dave zu. Fühlt sich so an, als ob ich mich mit ihm prügeln wollte. Julia hält mich fest. Und Dave? Setzt die Brille wieder auf, steht auf und geht. Die Hände in die Hosentaschen gesteckt und die Schultern hochgezogen, schlendert er ein wenig hüpfend davon, wie er es immer macht. Man könnte es für gewollt cool oder lässig halten, aber ich glaube, er merkt es nicht einmal.

»Noah.« Julias Stimme klingt weit weg, dabei steht sie immer noch neben mir und hält meinen Arm fest.

»Was?« Ich mache mich von ihr los.

»Noah, bleib hier. Wir müssen reden. Es ist nicht so einfach, wie du denkst, Noah.«

»Sondern?«

»Komplizierter.«

Julia steuert auf einen Tisch unter dem Sonnensegel zu, der zur Kibbuzbar gehört.

»Aufgrund meiner langjährigen Erfahrung als Barmann weiß ich, dass ›komplizierter‹ nichts anderes bedeutet, als dass es zu Hause noch einen Mann oder eine Frau gibt, einen Ahnungslosen jedenfalls, und der wird dann beschissen.«

»Kaffee oder was Stärkeres?«, fragt Julia, ohne auf mein Statement einzugehen.

»Starken Kaffee.«

Sie bestellt drinnen am Tresen und setzt sich wieder zu mir.

»Warum verkleidet er sich seit Neuestem so komisch?«, frage ich sie. »Und was macht er hier in Israel?«

»Er verkleidet sich so komisch, weil sie hinter ihm her sind, natürlich. Er muss untertauchen, aber er sagt, er möchte sich vorher von dir verabschieden. Idiotisch und lebensgefährlich, aber wir konnten ihn nicht davon abbringen.«

»Was habt ihr mit Dave zu tun? Ich kapiere überhaupt nichts mehr. Es gab mal eine Zeit, da war Dave mein Freund, oder zumindest dachte ich ein paar Jahre, dass er einer wäre. Aber ihr? Ihr kennt euch doch höchstens aus der Uberbar? Dachte ich jedenfalls.«

Der Kellner bringt mir einen doppelten Espresso und dazu zwei Cognac.

»Stark genug?«, fragt Julia. »Ich glaube, den können wir jetzt brauchen.« Sie hebt ihr Glas. »Auf deine Taufe!«

Ich bin gar nicht mehr in Feierlaune.

»Jetzt raus mit den Fakten. Wird Zeit, dass ich mal wieder ein paar Dinge erfahre. Warum muss Dave untertauchen?«

»Weil er für den amerikanischen Geheimdienst gearbeitet hat.«

»Er hat … was?« Also doch! Fassungslos starre ich Julia an. Die sagt aber nichts, sondern guckt nur zu, wie die Info bei mir einsickert.

»Seit wann?«

»Seit immer, also, seit wir ihn kennen.«

Also auch, seit ich ihn kenne.

»Sie haben ihn damals zu euch ins Camp im Regierungsviertel geschickt, um euch kennenzulernen.«

»Kennenzulernen? Du meinst, auszuhorchen.«

»Um zu erfahren, was ihr für Leute seid. Ob man euch ernst nehmen muss. Ob da noch mehr draus werden kann, oder ob ihr euch in absehbarer Zeit selbst auflöst.«

»Tja, dann hatten die anderen also recht. Sie haben Dave von Anfang an für einen Spitzel gehalten.« Nur ich Idiot nicht. Ich wollte nicht sehen, was die anderen sehen konnten, weil ich ihn als Freund sehen wollte. Als meinen Freund. Ich will gar nicht wissen, was er über uns erfahren hat. Wir waren doch friedlich, haben uns ohne Widerstand räumen lassen. Wir waren nicht mehr viele am Ende.

»Er sollte euch nicht nur bespitzeln, sondern als Agent Provocateur eure Leute zu Straftaten anstiften, Sachbeschädigungen, Autos anzünden, solche Sachen. Aber er wollte nicht, vielleicht auch, weil er dich kennengelernt hatte und ihm allmählich der ganze Auftrag Probleme bereitete. Eine Art Loyalitätskonflikt. Ich glaube, da fing er zum ersten Mal an zu überlegen, ob er nicht vielleicht auf der falschen Seite steht.«

Ich weiß nicht, was ich glauben soll. Für irgendwelche inneren Konflikte eines Spitzels bin ich gerade nicht sehr empfänglich. Da interessieren mich andere Dinge jetzt mehr.

»Und was zum Teufel habt ihr mit ihm zu tun?«

»Tja, das wird dir jetzt nicht so gut gefallen, aber du bist gerade einer von uns geworden, also verstehst du vielleicht auch besser, was unser Motiv war und weshalb er wichtig ist für uns.«

Dave ist ein Spitzel, ein Verräter, mir leuchtet nicht ein, wie man sich mit ihm einlassen kann. Und es gefällt mir überhaupt nicht. Am liebsten würde ich aufstehen und gehen. In der Wildnis herumbrüllen oder Steine gegen ein Garagentor donnern. Stattdessen bleibe ich sitzen und trinke meinen Kaffee, bevor er kalt wird.

»Und?«

»Es muss irgendwann im September oder Oktober gewesen sein, da saßen wir in der Überbar, Dave war auch da, und er trank. Also so richtig. Wir wussten damals schon, oder wir ahnten es zumindest, dass er ein Spitzel war. Du hast uns irgendwann rausgeworfen, und dann waren wir zu dritt draußen auf der Straße und torkelten heim. Joe fragte Dave ganz harmlos, was er denn so mache, und Dave hat gesagt: ›Ich arbeite für die NSA.‹ ›Interessant‹, sagte Joe daraufhin, ›genau so einen wie dich brauchen wir.‹ Ich dachte erst, das wäre alles Schmäh, das Gelaber von zwei betrunkenen Männern. Aber dann habe ich kapiert, dass Joe es wirklich ernst meinte.«

Und ich habe währenddessen ahnungslos meinen Tresen sauber gewischt, den Geschirrspüler eingeschaltet und Horvaths Geld im Tresor eingeschlossen.

»Dave hat uns auch gesagt, dass wir selbst als Bitcoin-Aktivisten der ersten Stunde schon im Fadenkreuz der Geheimdienste standen. Das heißt, das wussten wir eigentlich schon, aber er hat es uns bestätigt. Sie hatten uns sogar mit Satoshi Nakamoto in Verbindung gebracht, also dass wir wissen könnten, wer er ist, oder vielleicht sogar persönlich mit ihm in Verbindung stehen.«

»Und? Ist das so?«

»Leider nein«, sagt Julia, aber es klingt nicht so richtig überzeugend.

»Erst hat er uns nur ab und zu mal einen Tipp gegeben, dann wurde es immer mehr. Das hat uns enorm geholfen.«

»Und was hat er dafür bekommen? Du willst mir jetzt nicht weismachen, dass er euer Freund sein wollte und deshalb Doppelagent wurde.«

Die Frage gefällt ihr nicht. Sie bestellt noch einmal zwei Kaffee.

»Ihr habt ihm Geld gegeben?«

»Seine Dienste sind wirklich wichtig für uns, Noah. Im Grunde unbezahlbar.«

»Er hat sich schmieren lassen von euch. Ich fasse es nicht.«

»Fändest du es besser, er hätte abgelehnt?«

»Für ihn fände ich es besser. Ein Mensch braucht schließlich ein Rückgrat und eine politische Haltung, oder nicht?«

»Also mir ist es ganz pragmatisch lieber, er liefert die richtigen Infos. Oder wie, glaubst du, können wir uns so mir nichts, dir nichts in einen NSA-Computer einhacken? So leicht ist das nicht, ohne Dave für uns fast unmöglich, obwohl wir beinahe so gut sind wie die Russen.«

Die Welt ist irgendwie schlecht, und das Blödeste von allem ist, dass ich wieder mal nicht weiß, was da alles hinter den Kulissen läuft. Dabei interessiert mich nur eines.

»Hat Dave uns in Mailand diese Killer auf den Hals gehetzt?«

»Ganz bestimmt nicht. Er hat immer versucht, dich zu schützen.«

»Und wieso wusste er dann von Mailand? Ich habe ihm nie gesagt, dass Gianna in Mailand wohnt.« Ein heißer Stich durchfährt mich.

»Das wusste Dave von Joe.«

»Von Joe?«

»Ja, aber Dave hat euch diese italienische Mafia nicht hinterhergeschickt.«

»Wer dann?«, frage ich, obwohl ich die Antwort ahne.

Sie will es nicht sagen, druckst herum, rührt in ihrer leeren Kaffeetasse.

»Wer dann?«

»Tut mir leid, Noah, aber wir denken, das warst du selbst.

Durch deinen unverschlüsselten Anruf von Giannas Handy konnten sie dich wahrscheinlich orten.«

Mir wird schwarz vor Augen. Ich merke, wie ich mich an Julia festhalte. Damit ich mich nicht in was auch immer auflöse bei dem Gedanken, dass Gianna durch meine Schuld gestorben ist.

»Noah, beruhige dich. Du bist nicht schuld an ihrem Tod. Hast du schon mal was von Echelon, PRISM oder PRES-TON gehört? Überwachung von Satellitenkommunikation durch Geheimdienste? Fakten, keine Verschwörungstheorie. Noah ...« Sie streichelt meinen Arm. »... mach dich nicht verrückt. Ohne deinen Anruf hätten sie einen anderen Weg gefunden. Sie waren hinter dir her, und diese Italiener, die den Auftrag ausführen sollten, waren eben brutale Kriminelle.«

Was soll ich ausrichten können, wenn solche Mächte einen Mord planen, um mich oder sonst irgendwen unter Druck zu setzen?, sage ich mir. Ich muss diesen Schuldgedanken verdrängen. Ich brauche einen klaren Kopf.

»Wusste Dave auch über die Ermordung dieses Japaners Bescheid, der zufällig auch Satoshi hieß?«

Julia nickt, und ich will gar nicht mehr weiterfragen. Es schüttelt mich gerade innerlich, und mir ist kalt. Was ist das für eine schreckliche Welt? Und was ist das für ein schreckliches Leben? Gesetze brechen, Leute umbringen, und das alles für das Wohl der eigenen Nation, für den Erhalt der Vormachtstellung, der Überlegenheit im Wissen und Handeln. Wie kann man das aushalten? Wie kann jemand wie Dave das ertragen, von dem ich weiß, dass er Gefühle hat wie andere Menschen, wie ich auch? Dass er seit ewigen Zeiten eine Frau sucht, die länger bleibt als eine Nacht und den Morgen danach.

»Dave riskiert viel, wenn er hierherkommt. Da wird ihm seine Verkleidung auch nicht viel nützen. Er würde so gern noch mal mit dir reden, Noah. Ich habe den Eindruck, es gibt etwas, was er nur dir erzählen will. Er trägt es wie einen Stein mit sich herum.«

Beim Stichwort »Stein« fasse ich instinktiv in meine Hosentasche und schmiege meine Finger um meine Kugel. Sie fühlt sich kühl und fest an, unendlich stark.

»Kannst du ihm da nicht eine Hand reichen?«, fragt Julia.

»Warum hat er mir nie etwas gesagt?«

»Viel zu gefährlich, Noah. Für ihn und für dich auch.«

Kurz durchzuckt mich eine Art Mitgefühl, aber ich weiß, so weit bin ich noch nicht.

Am Nachmittag fahre ich mit einer kleinen Gruppe in einem Shuttle zum Toten Meer. Das muss man einmal im Leben gemacht haben, heißt es, Zeitung lesen im Wasser.

»Es gibt noch einen anderen Grund, warum ihr euch das ansehen müsst«, sagt Joe beim Mittagessen. »Ihr könnt euch das Ausmaß der Katastrophe, die sich dort abspielt, nicht vorstellen, wenn ihr sie nicht mit eigenen Augen gesehen habt.«

»Das wird aber ein lustiger Ausflug«, raunzt Ria mir zu. Ich freue mich, dass sie mitfährt.

Uri, unser Guide, erzählt uns, dass der Kibbuz und das Hotel vor vierzig, fünfzig Jahren noch am Strand lagen. Heute bringt er uns im Traktor mit Anhänger die zwei Kilometer bis zum Toten Meer. Das Wasser zieht sich jedes Jahr um Meter zurück. Wir fahren an einem Holzsteg vorbei, der fünf Meter aus dem Sand ragt und zwanzig Meter vom Ufer entfernt steht. Irgendwie gespenstisch. Im zweiten Anhänger klappern Plastikstühle und Sonnenschirme, die ebenfalls immer weiter transportiert werden müssen. Freie Strände gibt es gar keine mehr, und Uri warnt uns eindringlich davor, auf eigene Faust loszuziehen.

»Der ganze Uferbereich ist gefährdet«, sagt er. »Plötzlich brechen Löcher auf und verschlucken ganze Strandabschnitte inklusive Möbeln, Kiosken und gelegentlich auch Menschen und Fahrzeugen.«

»Ist da schon mal was Schlimmes passiert, ich meine, den Menschen?«, fragt Ria.

»Bisher hatten wir nur Knochenbrüche, keine Toten, wenn

du das meinst, aber das kann sich ändern. Auch die Route 90, die vom Roten Meer durch das Westjordanland bis hinauf zum See Genezareth verläuft, musste schon umgeleitet werden, weil sich metertiefe Löcher unter der Fahrbahn aufgetan haben.«

»Praktisch, wenn du mal jemanden oder etwas loswerden willst. Hier wären die Löcher dafür.« Typisch Ria, vielleicht hat sie sogar schon ein konkretes Opfer im Auge.

»Wenn ich siebzig bin und bis dahin nichts Einschneidendes passiert, ist das Tote Meer nur mehr ein Tümpel«, sagt unser Fahrer.

»Und warum ist das so? Wer ist daran schuld?«, frage ich.

»Wir alle«, sagt Uri. »Das Tote Meer hat nur einen einzigen Zufluss, das ist der Jordan. Wenn er durch Jordanien, Syrien, Israel und den Libanon durch ist, ist er nur noch ein Rinnsal. Das meiste zweigen wir Israelis für unsere Landwirtschaft ab. Achtundneunzig Prozent des Wassers werden auf dem Weg verbraucht, ganze zwei Prozent bleiben übrig, um das Tote Meer zu versorgen. Das heißt, es wird bald vertrocknet sein. Dann wird das Tote Meer zu einem riesigen Salzsee werden.«

Schade um das Meer, denke ich.

»Stellt euch mal vor: Noch vor hundert Jahren war der Jordan bis zu sechzig Meter breit. Heute reicht das Wasser manchmal gerade noch bis an die Knöchel.«

»Gibt es denn gar keine Lösung für dieses Problem?«, frage ich.

»Zum Roten Meer sind es vom Südende hundertachtzig Kilometer. Israel und Jordanien wollen von dort einen Kanal bauen, und die Weltbank soll Geld dafür geben. Außerdem sind Entsalzungsanlagen zur Trinkwassergewinnung in Jordanien und Wasserkraftwerke wegen des Gefälles geplant. Die übrige Salzbrühe soll dann ins Tote Meer geleitet werden. Vier Milliarden Dollar wurden vor ein paar Jahren veranschlagt. Jetzt ist von zehn Milliarden die Rede. Aber wer weiß, was aus Israel wird in den nächsten Jahren und aus Jordanien mit seinen Abertausenden Flüchtlingen.«

Klingt ziemlich deprimierend. Die Strandmöbel im An-hänger scheppern jetzt so laut, dass Uri kaum noch zu ver-stehen ist. Aber er hat uns schon genug erzählt, dass wir uns nicht mehr euphorisch in die Fluten stürzen, was beim Salz-gehalt des Wassers auch nicht ratsam ist. Bloß nichts in die Augen oder auf meine Schürfwunden im Gesicht bekommen.

Einer der Mitfahrer behauptet, am Toten Meer bekäme man keinen Sonnenbrand, weil es sich vierhundert Meter un-ter dem Meeresspiegel befindet und die UV-Strahlen nicht bis hierher kämen. Die Dunstglocke über dem Wasser mit dem extrem hohen Salzgehalt wirke wie ein Schutzschild. Ria und ich cremen uns trotzdem ein.

Es fühlt sich seltsam an, diesem Binnensee hinterherzu-laufen, um das zu tun, was alle tun, die nach Israel kommen: reinsetzen wie in eine Badewanne und die Zeitung aufschla-gen.

»Sag bloß, du willst tatsächlich mit der Zeitung in den See«, blafft Ria mich an, als ich meine englische Haaretz unter den Arm nehme. War klar, dass Ria da nicht mitmacht.

»Ich weiß immer noch nicht, wie die Geschichte mit der Stiftungsurkunde ausgegangen ist«, sage ich.

»Gut für Italien, schlecht für die Fugger-Erben, wobei die deshalb jetzt nicht verarmen. Es wird ihnen ja nichts genom-men. Sie bekommen nur nicht noch unfassbar mehr dazu.«

»Und wird das Kloster denn nun wieder besetzt werden?«

»Die Nonnen sind praktisch schon unterwegs. Dreiund-zwanzig, mit Oberin, habe ich erfahren.«

Ich frage mich, ob die zwei, die wir dort kennengelernt haben, auch wieder dabei sein werden.

»Der Monte dei Paschi mit all seinen Spareinlagen ist jedenfalls vorerst gerettet. Und damit auch der italienische Staat. Noch mal Glück gehabt.«

»Dafür hast du dich bestimmt gut bezahlen lassen.«

»Ich bin eben top, was willst du machen?«

»Und ich? Hast du für deinen Assistenten auch etwas aus-gehandelt?«

»Du? Du bist doch überhaupt der Zweifachheld. Einmal hilfst du, die Dokumente rauszuholen, beim zweiten Mal die Kugel. Doppelhelden sind unbezahlbar. Sie leben von der Dankbarkeit der Menschheit.« Dazu grinst sie frech wie eh und je.

Ich sehe zum Ufer, wo meine Jeans hoffentlich außerhalb der Löcherzone am Boden liegt. Uri hat die Möbel ausgeladen und den Traktor gewendet. Jetzt sitzt er unter einem Sonnenschirm, hat die Füße hochgelegt und döst. Dort will ich auch hin, unter den Schirm, und vorher unbedingt duschen. Die Süßwasserleitungen stückeln sie ja hoffentlich genauso ständig an und versetzen die Duschen so, dass sie auch am Strand stehen. Was für ein Wahnsinn.

»Du hast sie mir noch gar nicht gezeigt«, sagt Ria gerade.

Das Salz fängt an auf meiner Haut zu brennen.

»Dann komm mit«, sage ich zu Ria. »Ich zeig sie dir.«

18

In der Nacht nach unserem Ausflug werde ich wach. Es ist noch dunkel, fünf Uhr morgens. Wenn die Klimaanlage auch nur halb so viel Kälte wie Lärm produzieren würde, könnte man hier Eisbären ein artgerechtes Zuhause bieten. Doch die Klimaanlage verwandelt die gesamte zugeführte Energie in Lärm, und ich samt meiner frisch gesalzenen Haut schwitze ganz schön. Zusätzlich zum Scheppern der Klimaanlage höre ich, wie sich quietschend und unter metallischem Stöhnen die Schranke am Eingang zum Kibbuz öffnet. Unentwegt scheinen Autos hereinzufahren. Die Fahrer denken offensichtlich nicht im Traum daran, dass die meisten Menschen um diese Zeit noch schlafen wollen.

Durch das Fenster sehe ich eine endlos scheinende Schlange von Autos, die mit eingeschalteten Scheinwerfern über die buckelige Piste wackeln. Ich beschließe, unter die Dusche zu gehen und unter dem härtestmöglichen Wasserstrahl langsam wach zu werden.

Das Wasser ist erstaunlich kalt, trotzdem werde ich nicht wach, denn selbst der härtestmögliche Wasserstrahl tropft mehr, als dass er fließt. Klopf, klopf macht es an der Wohnungstür. Um diese Zeit? Da hätte ich ja gleich in Berlin bleiben können, wenn es meine Bestimmung ist, unter lauter Verrückten zu leben. Ich sage weder »Herein« noch »Draußen bleiben«, höre aber die Tür quietschen. Schritte. Groß ist das Apartment nicht, trotzdem braucht der ungebetene Gast eine Weile, bis er kapiert, dass keiner da ist, beziehungsweise nur ich, aber ich bin im Bad. Das aus dem Duschkopf kommende Rinnsal schwemmt in feinen Adern den Schaum von meiner Haut und zeichnet Flussläufe darauf. Unter meinem Bauchnabel ein paar kleinere Stromschnellen, ansonsten fließt der Fluss ohne Kapriolen bis zum Knöchel und ergießt sich ohne Umwege in die Duschwanne.

Kein Klopfen, trotzdem bewegt sich die Türklinke nach unten. Ich überlege kurz, wo mein Handtuch ist und wie ich dorthin komme. Die Gedanken sind weg, als die Tür aufgeht. Mindestens eins achtzig, den Kopf gerade so durch den Türstock, dann steht sie vor mir.

Aufgerissene dunkle Augen, schwarz geschminkt, was sie noch größer und leuchtender wirken lässt, als sie schon von Natur aus sind. Ihre rechte Hand geht zum Ohrhörer ihres iPods und stöpselt ihn aus den Ohren. Den Mund aufgerissen, die Spitzenbluse luftig bis durchscheinend. Schaum läuft mir in die Augen, die sofort Feuer fangen. Ein kurzer schwarzer Rock mit einer weißen Borte als Abschluss. Carole Bouquets Beine auf dem Filmplakat zu »For Your Eyes Only«, in dem sie das Bond-Girl spielte, waren auch nicht länger. Draußen ein Hupen. Ich starre auf ihren Busen, sie auf meinen Schwanz, es ist peinlich, und wenn mir das Zeitgefühl keinen Streich spielt, dauert diese Szene Minuten.

»Sorry«, sagt sie und schaut mir immer noch nicht in die Augen. Sie scheint ein starkes Interesse an meinem Penis zu haben. Aufgrund der Beachtung ist er eine Nuance größer geworden.

»Entschuldige«, sage ich und löse meinen Blick von ihrer Bluse, zwar ungern, aber ich glaube, es gehört sich so.

»Ich geh dann mal wieder«, sagt sie, dreht sich um und ist weg. Kein Wort darüber, woher und weshalb sie kam oder was sie von mir wollte, trotzdem habe ich das Gefühl, dass der neue Tag doch noch gut begonnen hat. Jetzt, wo ich wieder alleine bin, überlege ich, ob ich das jetzt wirklich erlebt habe oder ob es eine Halluzination war. Wenn ja, was wollte sie mir dann sagen? Vielleicht hat diese Frau tatsächlich bei mir im Bad gestanden und mich angestarrt. Sogar noch unverschämter als ich sie. Dass mir im Badezimmer aber auch immerzu Frauen begegnen. In Berlin Julia, in Israel diese Ayscha. Vielleicht sollte ich mal mit jemandem darüber reden. Ich weiß natürlich nicht, wie die Frau heißt, die mir eben erschienen ist, aber Ayscha passt zu ihrer Augenfarbe. Und ob sie nun wirklich war oder ein Defekt in der Simulation, ich krieg sie irgendwie nicht aus dem Kopf.

Später werde ich zum botanischen Garten gehen, wo heute irgendetwas Größeres passieren soll. Was, hat Carlo mir nicht genau gesagt, nur, dass ich, wenn ich erst um elf Uhr dort auftauche, das Beste versäumt hätte.

Elf Uhr wird heute kein Thema für mich sein. Es ist Viertel nach sechs. Als ich mich auf den Weg zum Frühstück mache, sehe ich die Bescherung. An jeder Ecke stehen jetzt Pkws, Pick-ups und Wohnmobile. Gerade eben aufgebaute Pavillons mit Aufschriften: »Co-founder«, »Blockchain«, »Women & Tech«, und alles garniert mit dem orangen Bitcoin-₿. Sieht aus, als würde hier heute ein riesiges Festival oder eine große Bitcoin-Party steigen. Ohne aktiv nach der Erscheinung, die ich Ayscha genannt habe, zu suchen, stoße ich zwangsläufig in jedem zweiten Pavillon auf ein Foto von ihr. Sie muss in der Szene ein Promi sein, und sie heißt auch gar nicht Ayscha, die Dunkeläugige, sondern Devorah Weiss.

»Suchst du was?« Carlo steht hinter mir und legt den Arm um meine Schultern.

»Nichts Bestimmtes.«

»Frühstück?« Wo Carlo ist, gibt es eigentlich immer was zu essen. Ich setze mich auf einen der Campingstühle, die er organisiert hat, und bediene mich an seinem Frühstück, das zum Teil aus der Bar geliefert, zum Teil im Supermarkt gekauft wurde.

Wie Pilze sind über Nacht diese Pavillons und Infostände aus dem Boden geschossen. Start-ups, von denen viele mit Blockchain, Bitcoin, veganem Essen und esoterisch klingenden Beratungsdienstleistungen zu tun haben. Offensichtlich suchen sie Investoren. Vielleicht ist das ihr Geschäftsmodell. Einen Investor finden und zwei Jahre bei einem tollen Gehalt eine ruhige Kugel schieben.

»Test, Test« und pfeifende Rückkopplungen kommen aus den Lautsprechern vor der Bühne. Auf der großen Videowand steht in weißer Schrift auf schwarzem Grund:

WELCOME TO THE BLOCKCHAIN
FIRST EIN GEDI BITCOIN SUMMIT

»Geht sicher gleich los«, sagt eine Blondine in Klamotten, als wäre sie bereit für eine Joggingrunde mit ihrer Freundin. Die zwei haben es sich neben uns auf einer Decke bequem gemacht.

Zwei Techniker verlassen die Bühne, die Scheinwerfer gehen aus. Wie ein leerer, innen schwarzer Guckkasten steht die überdachte Bühne auf der Wiese, die sich etwas in Richtung Totes Meer neigt.

»Test, Test« ist vorbei, und Musik ist jetzt aus den Lautsprechern zu hören. Ich kenne das Lied. »Radioactive«, Imagine Dragons.

Ein Mann und eine Frau kommen über die Treppe auf die Bühne. Er von rechts, sie von links. Die Scheinwerfer gehen an und nehmen die beiden in den Fokus. Wie einem Popstar-Duo folgt ihnen die Kamera, ihre Gesichter füllen die ganze Videowand.

Was für ein irre schönes Paar, denke ich. Und irgendwie sehen sie aus, als gehörten sie schon immer zusammen. Wie Zwillinge.

Die Kamera macht einen Schwenk über die Köpfe der Zuschauer hinweg, die auf Decken und Isomatten sitzen, die Szenerie erinnert an ein Popkonzert im Park.

Zum ersten Mal sind die beiden nun in der Totale und überlebensgroß auf dem LED-Screen zu sehen. Sie machen beide einen Schritt zurück, gehen etwas in die Knie und beginnen synchron eine Geste, die an den Sprinter Usain Bolt erinnert. Den linken Arm ausgestreckt, den rechten angewinkelt. Vier Hände zeigen mit den Fingerspitzen hinauf zur Sonne.

»Alle Energie, die wir brauchen, liefert sie. Alle und millionenfach mehr«, tönt ihre Stimme in voller Stärke aus dem Lautsprecher.

»Seid willkommen beim Ein Gedi Bitcoin Summit.«

Klatschen und Juhu-Rufe. Alle, die hier sitzen, wollen begeistert werden, das spüre ich, und ein bisschen beneide ich die beiden da oben.

»Viele von euch werden als andere Menschen nach Hause fahren. Vielleicht sogar als bessere!«, sagt die junge Frau mit den dunklen Augen. Ihre lockigen Haare sind zu einem schlampigen Dutt gedreht, der aussieht, als hätte sie das mal eben mit zwei Handgriffen nach dem Aufstehen erledigt. Der schlanke Hals kommt darunter so klar und weich zur Geltung wie auf einem gemalten Renaissance-Porträt. Absolut atemberaubend und faszinierend in seiner Schönheit.

»Spürt ihr es auch? Dieses …«

Jetzt spricht der junge Mann, und sein Strahlen in dem leicht unrasierten Gesicht ist richtig ansteckend.

»Es liegt etwas in der Luft! Wer von euch spürt das? Du? Du? Oder ihr beide?«

Mit dem Zeigefinger zeigt er dreimal in die Menge, und ich glaube, alle brüllen zurück.

»Jaaaaa!«

Seine Haut ist einen Tick dunkler als ihre, ansonsten könnten sie vom Aussehen her fast Geschwister sein. Nur benehmen sie sich nicht wie Bruder und Schwester, sondern wie ein Paar. Das gegenseitige Strahlen, auch wenn sie sich gar nicht einander zuwenden, ist nicht zu übersehen.

»Wenn ihr wollt, dann beginnt heute ein neues Zeitalter«, sagt die Frau. »Mit euch und Bitcoin machen wir eine bessere Welt!«

»Seid ihr dabei?«, fragt er.

Natürlich, alle wollen dabei sein, glaubt man den begeisterten Zurufen.

Jetzt macht sie wieder einen Schritt nach vorne. »Viele von euch kennen Joe. Manche denken, er hat einen Nachnamen,

Muskat, aber das stimmt natürlich nicht.« Pause. »Joe ist einfach Joe.«

Sie lacht, und die Menschen um mich herum stimmen ein. Ich natürlich sowieso. Und doch frage ich mich, wo Joe steckt.

»Der eine oder die andere von euch weiß auch, dass er seit mehr als zwanzig Jahren an den besten Universitäten forscht und unterrichtet. Und so hat er mit dafür gesorgt, dass die technologische Entwicklung einen Punkt erreicht hat, von dem aus die Abschaffung von Hunger, Krieg und Herrschaft tatsächlich möglich geworden ist.«

Fast unbemerkt hat sich Romeo wieder zu seiner Julia gesellt. »Weshalb zum Teufel steht dann nicht Joe hier auf der Bühne?«, fragt er und spielt den Empörten.

»Weil er uns vorgeschickt hat«, sagt Julia.

»Haben wir uns überhaupt schon vorgestellt?«, fragt er.

Und die Menge brüllt: »Nein«, und kriegt sich gar nicht mehr ein vor Euphorie. Bestimmt geht es ihnen wie mir: Sie wollen endlich wissen, wer da warum auf der Bühne steht und dabei so unverschämt schön und glücklich aussieht wie in irgendeinem beschissenen Hollywoodfilm, bei dem trotzdem alle heulen.

»Ich heiße Malka«, sagt sie.

»Und ich heiße Karim.«

»Ich komme aus Israel«, sagt Malka.

»Ich komme aus Palästina«, sagt Karim.

»Vor nicht allzu langer Zeit waren wir beide noch allein. Wir fühlten uns schwach und waren manchmal auch verzweifelt«, erzählt Malka. »Trotzdem haben wir beide nie die Hoffnung verloren, und wir hatten ja noch unsere Musik.«

An dieser Stelle sehen sich beide an, und alles, was ich ohnehin längst wusste, liegt in diesem Blick.

»Und wisst ihr, wer uns zusammengebracht hat?«, fragt Karim wie ein Showmaster, und einige aus dem Publikum antworten tatsächlich. »Satoshi«, sagen sie, nicht synchron, aber einstimmig.

Enttäuschte Gesichter auf der Bühne. »Nein, leider falsch geraten«, sagt Karim.

»Es war natürlich Daniel Barenboim. Karim und ich haben uns im West-Eastern Divan Orchestra kennengelernt. Und irgendwie haben sich die Oboe und das Cello magisch angezogen.« Die beiden da oben strahlen, und wir hier unten applaudieren. Und ich halte wieder vergeblich nach Joe Ausschau. »Wir haben Joe in Berlin kennengelernt. Er meinte, wir sollten hier auf die Bühne kommen und allen zeigen, wie Frieden aussehen kann. Die bessere Welt. Also sind wir hier.«

Karim küsst Malka frech auf den Mund, dann übernimmt wieder er. »Wir beide hatten großes Glück, dass Daniel uns in sein Orchester aufgenommen hat. Aber wir dürfen die Welt nicht den Glücksspielern überlassen. Es gibt zu viele dunkle Mächte, die gegen das Glück arbeiten. Gegen Frieden und Gerechtigkeit.«

Ich staune, wie elegant Karim zum ernsten Ton gefunden hat. Und Malka spricht im gleichen Modus weiter: »Wollt ihr das Gute, und schafft ihr es friedfertig und tolerant, einen einzigen anderen Menschen für diese Sache ebenso zu begeistern, wie ihr selbst begeistert seid?«, fragt sie. »Macht euch bewusst, dass die Geschichte nicht von einer dubiosen Macht geschrieben und gemacht wird, sondern das, was ihr macht oder nicht macht, das ist die Geschichte, die in den Geschichtsbüchern stehen wird.«

»Jaaa«, antworten alle, als Malka fragt, ob sie bereit seien, Geschichte zu schreiben.

»Es gibt fünf Dinge, über die wir heute mit euch sprechen möchten«, sagt Karim.

Nichts an dieser wunderbaren Choreografie der Sprecherwechsel wirkt einstudiert. Stattdessen scheinen sie sich unentwegt zu verständigen, ohne Worte oder Gesten. Noch immer gibt es keine Spur von Joe. Vielleicht, denke ich, ist er ja der Überraschungsgast, der später auf die Bühne springt.

Auf der Videowand erscheint die Überschrift: »Wie Bitcoin die Welt verändern kann«, darunter stehen fünf Punkte:

»Hoher Stromverbrauch gegen Erderwärmung
Rettung der Umwelt durch Deflation
Wohlstand für alle
Selbstbestimmung der Völker
Das Ende aller Kriege«

In das Gemurmel hinein spricht Malka schon weiter. »Liebe Freunde, ihr alle kennt die Vorwürfe gegen Satoshi Nakamoto und den Bitcoin: Bitcoin macht Blasen, die Mafia wäscht mit Bitcoin Blutgeld, und Bitcoin verbraucht so viel Strom wie ganz Dänemark. Sie treffen zu. Aber sie relativieren sich, wenn man genauer hinsieht. Die Bitcoin-Blasen sind alle geplatzt, das ist richtig, die erste, die zweite und die dritte. Aber alle, die zum Höchstpreis bei einer dieser Blasen ein paar Bitcoins gekauft haben, haben damit das beste Investment ihres Lebens gemacht. So wird es auch mit der aktuellen Bitcoin-Blase passieren. Sie wird platzen, der Bitcoin wird vielleicht achtzig Prozent von seinem Wert verlieren und nach dem Halving seinen Wert verzehn- oder sogar verhundertfachen. Unser Freund Joe sagt immer: ›Hör mit dem Rauchen auf, investiere das gesparte Geld in Bitcoin, und du wirst alt werden und deinen Kindern ein Vermögen schenken.‹«

»Ich werde mein Geld lieber selbst verjubeln«, sagt die Blondine neben mir.

»Und weißt du auch schon, mit wem?«, fragt ihre Freundin, dreht sich zu Carlo und mir um und zwinkert uns zu.

»Die Mafia wäscht millionenfach mehr Blutgeld mit US-Dollar als mit Bitcoin«, sagt Karim, »und der Stromverbrauch von Computerspielern ist um einiges höher als der der Bitcoin-Miner. Und der ganze militärisch-industrielle Apparat? Armeen und Waffenproduktionen haben nachweislich einen enormen Anteil an der Klimakatastrophe. An die alltägliche Bedrohung, dass durch einen Zufall, einen Fehler oder auch absichtlich die Kriegsmaschine gestartet wird und die Erde in wenigen Tagen zerstören kann, haben wir uns gewöhnen müssen. Dabei könnte man zu Recht fragen, weshalb?«

»Ja, weshalb eigentlich?«, frage ich Carlo, der sich gerade eine Handvoll Mandeln in den Mund schiebt.

»Falsche Frage für uns. Wir tun doch was. Und ich bin mir sicher, dass wir nach dieser Rede des jüdisch-palästinensischen Liebespaares noch viel mehr werden. Ich glaube, wir schaffen das.«

»Mir wäre es auch lange Zeit lieber gewesen, Bitcoin würde nicht so viel Strom verbrauchen«, sagt Karim. »Die Menschheit verbraucht enorm viel Energie. Was nicht so schlimm wäre, wenn dafür nicht vor allem Kohle, Gas und Öl verbrannt würden. Denn dadurch wird die Luft verpestet, das Klima verändert sich, die Erderwärmung steigt, und bei der Förderung der fossilen Brennstoffe werden Land und Meere zerstört.«

»Außer zum Heizen nutzen wir die meiste Energie für die industrielle Produktion, den Verkehr und zum Führen von Kriegen«, sagt Malka. »Verkehr, Wachstumswahn und Kriege sind die größten Feinde künftiger Generationen von Menschen und der gesamten belebten Natur. Möglich ist diese Verschwendung von Energie vor allem, weil Strom heute so billig ist. Das ist jedenfalls unsere These.«

»Wenn der Stromverbrauch zur Sicherung der Blockchain weiterhin stark steigt, wird es womöglich irgendwann einen Kampf um den zu verteilenden Strom geben«, sagt Karim. »Der kann wiederum zu einem drastischen Ansteigen des Strompreises führen und macht dadurch – im besten Fall – die Produktion von sinnlosen Produkten wirtschaftlich unattraktiv. Das ist eine der wenigen verbliebenen Hoffnungen, wie die Klimaerwärmung doch noch zu stoppen oder zumindest aufzuhalten sein könnte. Informiert euch über den Bitcoin und das Thema Stromverbrauch, denkt selbst nach.«

Dann übernimmt wieder Malka. »Ein weiteres Argument, das gegen den Bitcoin ins Feld geführt wird: Das deflationäre Konzept von Bitcoin gefährde das Wachstum der Weltwirtschaft. Aber, ich frage euch, was soll denn diese bescheuerte Wirtschaftswachstumsreligion? Was soll sie denn bewirken?

Dass noch mehr Landschaften auf der Erde verwüstet werden? Dass noch mehr Tiere und Pflanzen für immer verschwinden? Dass die Mächtigen und Reichen immer noch mächtiger und reicher werden? Dass wir es uns leisten können, in noch mehr Ländern Krieg zu führen und Bürgerkriege anzuzetteln, damit noch mehr Leute fliehen und alles zurücklassen müssen, was sie geliebt haben?«

Was da oben gesagt wird, könnte trocken sein wie eine Vorlesung oder hitzig wie ein Parteitag der Linken. Aber aus allem spricht eine zweistimmige Zuversicht, und durch den Tanz dieser beiden, die Leben und Schönheit und eben Frieden ausstrahlen, überträgt sich die Zuversicht auf uns alle. Zum ersten Mal glaube ich mit jeder Faser, dass tatsächlich eine andere, bessere Welt möglich ist. Auch die anderen sind ganz leise geworden. Vermutlich spüren sie das Gleiche wie ich.

»Was kann denn die Erde retten, wenn nicht ein System, dem es gelingt, das weltweite Wirtschaftswachstum zu reduzieren?«, fragt Karim. »Eine deflationäre Währung wird tendenziell ständig mehr wert. Daher überlegt sich ein Verbraucher, ob er eine bestimmte Ware wirklich gerade dringend benötigt oder ob er sie auch später anschaffen kann, denn später muss er weniger dafür bezahlen. Dann kaufen wir tendenziell erst später oder vielleicht gar nicht. Wir nutzen unsere Waschmaschine und unser Auto länger und kaufen weniger sinnlose Güter, die wir nach vier Wochen sowieso schon wieder entsorgen. Denn die einleuchtende Alternative ist, dass das gesparte Geld im Prinzip Tag für Tag mehr wert wird.«

»Wie geht das, Bitcoin und Wohlstand für alle?«, fragt Malka und antwortet selbst: »Mit Bitcoin bekommt jeder ein Konto, der eines haben möchte. Egal, ob arm oder reich, ob mit oder ohne Arbeit, egal, ob in Afrika, in Asien, Europa oder Amerika. Es braucht nicht mehr als ein Fingerschnippen, und der erste Schritt zu mehr Unabhängigkeit ist getan. Das deflationäre Konzept wird außerdem dafür sorgen, dass Bitcoins immer mehr wert werden.«

»Wie soll denn das gehen?«, ruft einer lautstark in Richtung Bühne. »Ein Huhn, das goldene Eier legt? Das wäre doch dann nichts anderes als ein Schneeballsystem.«

»Schneeballsystem«, antwortet Karim. »Das bedeutet, dass das System nur so lange funktioniert, wie mehr Teilnehmer dazugewonnen werden, als das System verlassen. Das ist bei Bitcoin nicht der Fall, denn spätestens in zehn Jahren wird die Zahl der verfügbaren Bitcoins nicht mehr steigen, sondern sinken. Habt ihr eine Ahnung, weshalb?«

Ein Typ in schwarzem T-Shirt mit der weißen Aufschrift »Nerd« gibt die Antwort: »Weil immer wieder welche verloren gehen.«

»Genau so ist es. Und etwa ab 2024, das kann man ausrechnen, gehen täglich mehr Bitcoins verloren, als neu erzeugt werden können.«

»Wie können die denn verloren gehen?«, fragt eine Frau mit Strohhut.

»Zum Beispiel, weil Leute sterben, ohne dass sie vorher ihre Konten weitergeben«, sagt Malka. »Oder weil Festplatten oder Handys mit ungesicherten Konten kaputtgehen. So werden Bitcoins praktisch auf natürlichem Wege immer weniger.«

Das leuchtet den meisten sofort ein, denn fast jeder kennt die Angst, dass Festplatten oder Handys crashen und alle Daten verloren sind, ohne dass man ausreichend gesichert hat.

»Zugegeben, das System und die Systematik dahinter sind komplex, und es gibt keine Garantie, dass alles genauso eintrifft, wie Leute wie Joe, die sich auskennen, es vorhersagen. Es wäre natürlich auch möglich, dass das System scheitert.«

Das ist nicht das, was die Leute hören wollen.

Karim fährt fort: »Trotzdem: Bitcoin ist eine riesige Chance, der ein ziemlich geringes Risiko gegenübersteht. Und die Gefahr, dass die Welt irgendwann, vielleicht schon bald, in Trümmern liegt, ist, völlig ohne Bitcoin, ohnehin gewaltig. Die Politiker werden die anstehenden Probleme nicht lösen, denn die sind viel zu sehr mit sich selbst beschäftigt. Deshalb müssen wir alle zusammen die Sache selbst in die Hand nehmen. Und Bitcoin ist ein Werkzeug, das uns dabei helfen wird. So haben wir in meinen Augen eine Chance, mit Bitcoin die Welt zu retten.«

Malka und Karim strahlen jetzt geradezu um die Wette. Dafür gibt es einen Extra-Applaus.

Aus dem Augenwinkel sehe ich, wie ein grau gewordener Althippie sich plötzlich erhebt. Er steht ganz am Rand des Halbrunds, in dem das Publikum sitzt. Als wäre er aus dem Nichts aufgetaucht. Irgendwas an ihm beunruhigt mich. Ich spüre plötzlich, dass etwas in mir zu vibrieren anfängt. Und gleich darauf sehe ich niemand anderen mehr außer diesem Mann, der irgendwie verkleidet wirkt. Er macht zwei Schritte auf die Bühne zu und brüllt nach vorne: »Nichts ist, wie es scheint. Nichts bleibt, wie es ist. Nichts kommt, wie man denkt. Gewöhne dich daran und lebe einfach weiter.«

Gelächter.

Nur ich kann nicht mitlachen. Ich springe auf und laufe los. Er sieht mich nicht kommen, sieht nicht, wie ich die Arme ausstrecke und ihn mit aller Kraft von der Bühne wegschubse. Zurück dorthin, wo er herkam. Wo er ganz allein stand. Als Einziger. Immer noch ohne nachzudenken, stürze ich mich auf ihn.

Er fliegt zu Boden, ich lasse mich zur Seite fallen und schütze meinen Kopf mit den Armen. Das dämpft den Knall, der dennoch in meinen Kopf vordringt und dort zu einem Bild der Zerstörung wird. Dieses Bild ertrage ich nicht. Weil alle tot sind. Explodiert in einer Rauchwolke der Verwüstung. In dem endgültigen Beweis, dass diese Welt niemals besser werden wird. Dass wir alle naiv sind, auch Joe und Julia – oder sie am allermeisten. Die anderen, diejenigen, die an Ungerechtigkeit, Armut und Kriegen verdienen, werden für immer und alle Zeit die Stärkeren sein. Ich habe nicht nur Tränen in den Augen, ich bin ein ganzes Meer aus Tränen.

Deshalb muss ich mich jetzt erheben, auch wenn das meinen Tod bedeuten sollte. Noch bevor ich stehe, höre ich die verzweifelten Schreie, Stimmen der Panik und dann auch Stimmen der Vernunft, die für Ruhe sorgen wollen in der Verzweiflung. Die Schlimmeres verhindern wollen. Also traue ich mich, die Augen wieder zu öffnen. Und die Ersten, die ich sehe, sind Malka und Karim. Sie strahlen nicht mehr wie zuvor, aber sie leben. Und sie helfen mit, die Menschen von hier wegzuführen. Weg von diesem Ort der Zerstörung.

Als Malka vor mir steht und mich anlächelt, begreife ich es nicht. Dann umarmt sie mich, und ich verstehe immer noch nicht. Erst als Karim sich neben uns stellt und meinen Blick auf die Festwiese lenkt, erkenne ich das Wunder: Der Rauch hat sich verzogen, und nirgendwo liegen Leichen oder auch nur Verletzte. Mit Ausnahme des Mannes mit der Handgranate. Für ihn kommt jede Hilfe zu spät. Zwei Leute beugen sich zu ihm hinab, doch es gibt nichts mehr, was sie für ihn tun könnten.

Eigentlich war es für ihn schon zu spät, als er sich hat kaufen lassen, denke ich, und dann denke ich gar nicht mehr und umarme Karim und Malka und heule vor Glück und Erleichterung.

Es ist unglaublich. Fast fühlt es sich an, als wäre rein gar nichts geschehen. Alles sieht fast noch so aus wie vor dem missglückten Anschlag. Nur dass jetzt niemand mehr auf der Bühne oder in ihrer unmittelbaren Nähe ist. Aber in Panik geflohen ist auch niemand, wie es scheint. Es herrscht eine Stimmung wie nach einer erfolgreichen Großdemo, von der sich die Leute trotz offizieller Auflösung immer noch nicht trennen können. Überall sitzen oder stehen Menschen in Gruppen zusammen. Es wird getrunken, gegessen, geredet, ja sogar gelacht.

Angst scheint hier niemand mehr zu haben. Als wüssten jetzt alle, was man überleben kann, und wären jetzt noch um einiges entschlossener und zusammengeschweißt. Hin und wieder kommt jemand vorbei und klopft mir auf die Schulter.

Manche wollen mich auch umarmen, und ich lasse es gern zu, weil es mich auf den Boden zurückbringt. Denn noch immer fühlt sich irgendwas in mir so an, als hätte ich Besuch aus einer anderen Welt gehabt. Noch immer ist das Vibrieren in meinen Ohren, wenn auch eher wie ein leiseres Echo dieses Warnsignals, das ich nicht überhören konnte.

Was mich am meisten erstaunt: Niemand spekuliert über den oder die Täter. Und das bestimmt nicht aus Desinteresse. Es ist eher so, als wüssten sowieso alle Bescheid. Nicht über einzelne Auftraggeber, sondern über unsere Widersacher im Allgemeinen. Details sind dabei jetzt nicht wichtig.

Ich hole mir gerade Kaffee, als Ria mir über den Weg läuft. Sie umarmt mich stürmisch. Sagt nichts, schüttelt nur immer wieder den Kopf.

»Hast du Joe irgendwo gesehen?«, frage ich sie.

»Er ist in Sicherheit«, sagt Ria.

»Meinst du, er hat was gewusst von dem Anschlag?«

»Gewusst eher nicht, aber vielleicht hat er etwas geahnt. Und es war ihm dann doch zu gefährlich, sich auf so einer Bühne zu exponieren. Die Idee mit dem west-östlichen Liebespaar war doch genial, oder?«

»Klar«, sage ich. »Aber sie hätten dabei umkommen können.«

»Joes Worte.« Ria nickt. »Sie wollten es trotzdem machen. Malka soll gesagt haben: ›Jemand wird auf uns aufpassen.‹«

Dann richtet Ria mir aus, dass Dave mich sprechen will.

»Er sagt, es ist dringend.«

Ich bin zwar friedlich gestimmt und willig, aber ich bin auch erschöpft. Trotzdem nicke ich und mache mich auf den Weg.

Statt auf mein Zimmer gehe ich tatsächlich zu Daves Apartment. Nummer 23, hat Ria mir gesagt. Erdgeschoss. Die Häuser sind versetzt gebaut, der Eingang liegt neben der Außentreppe in den ersten Stock. Ich will gerade die Klingel drücken, da kriege ich mit, dass Dave telefoniert. Offenbar ein hitziges Gespräch. Kein guter Zeitpunkt für eine Aussprache, nach allem, was vorgefallen ist. Später vielleicht. Wenn ich mich wieder ein wenig erholt habe. Ich höre, wie die Sirene eines Ambulanzfahrzeugs sich dem Eingang zum Kibbuz nähert.

Am Nachmittag taucht Dave nicht auf. Als ich Ria nach ihm frage, sagt sie, sie hätten ihn über die Grenze ins Westjordanland gebracht. Dort sei er erst mal sicherer als hier im Kibbuz.

»Du warst nicht mehr bei ihm?«, fragt Ria.

Ich schüttle den Kopf.

»Schade.« Sie sagt es so leise, dass ich mir gar nicht sicher bin, ob sie es überhaupt gesagt hat.

19

Jerusalem, 30. Mai

Devorah Weiss bietet an, uns in ihrem Mitsubishi-Kleinbus
bis nach Jerusalem mitzunehmen, von wo aus sie dann nach
Tel Aviv weiterfahren wird. Kurz vor der Abfahrt taucht Joe
auf. Er streckt die Hand nach mir aus. Ich schlage ein, und er
schüttelt meine Hand, scheint tief bewegt. »Danke«, flüstert
er mir ins Ohr, als er mich an sich zieht und umarmt. »Danke,
dass du uns alle gerettet hast.« Mir fällt die Szene in Berlin, in
der Küche des »Labors« ein, als Joe Tamy und mir von seiner
Vision erzählte. War es das, was er gesehen hatte? Dass ich
ihm oder stellvertretend für ihn anderen Menschen das Leben
retten würde? Joe sagt nichts weiter, und ich tue es auch nicht.
Aber ich sehe ihm an, wie erleichtert er ist, dass die Sache so
ausgegangen ist. Nicht auszudenken, was der Täter für ein
Blutbad hätte anrichten können.

Dieses Mal ist die Strecke trocken, und wir kommen nach
einer knappen Stunde in Jerusalem an. Auf der Fahrt wird
nicht viel gesprochen. Jeder hängt seinen Gedanken nach.
Joe wirkt besonders abwesend. Devorah sagt, dass in den
Morgennachrichten über den Anschlag in Ein Gedi berichtet
wurde. Über die Identität des Attentäters und die Hintergründe der Tat haben sie nichts gesagt.

Der Stop-and-go-Verkehr beschert uns ein wenig Sight-
seeing. Es regnet jetzt ganz leicht, und die Außentemperatur
ist merklich gesunken. Von vierhundert Metern unter dem
Meeresspiegel haben wir uns zurück auf siebenhundertfünfzig
Meter Seehöhe bewegt. An den Fassaden der Hochhäuser in
den Neubauvierteln sitzen die Abluftkästen der Klimaanlagen
wie Seepocken. Auf den Flachdächern Wassertanks dicht an
dicht. Es sieht improvisiert aus, behelfsmäßig, aber diese Art
von Anarchie inmitten der Eintönigkeit der Bauten gefällt mir.

Am Damaskustor, außerhalb der Stadtmauer zur Altstadt, lässt Devorah uns raus. Wir umarmen uns zum Abschied, und für ein paar Sekunden habe ich wieder die Szene unserer ersten Begegnung im Badezimmer in Ein Gedi vor Augen. Ich nackt, sie angezogen, Stöpsel im Ohr, neugieriger Blick. Irgendwie bin ich mir sicher, wir werden uns wiedersehen.

Vom Damaskustor gehen wir durch die Souvenir- und Süßigkeiten-Stände auf der Al-Wad-Straße ins arabische Viertel hinein. Ich bin hier schon mit Carlo gewesen. Andenken, bunte Tücher, Hüte und Kappen als Sonnenschutz, arabisches Gebäck, Rosenkränze mit Perlen aus Holz, Horn, Plastik. Hello, come in, good prices.

Überall Militär in den Gassen der Altstadt. Ganz junge Frauen und Männer um die zwanzig, schwer bewaffnet. Israel ist eines der wenigen Länder, die alle ihre Wehrpflichtigen auch tatsächlich einberufen, es sei denn, sie sind schwanger, ultraorthodox oder nicht jüdisch.

Der Eingang zum Österreichischen Hospiz, in dem wir wohnen werden, liegt in der Via Dolorosa. Auf dem Dach weht die rot-weiß-rote Flagge. Eine Ordensschwester erscheint, als wir uns an der Pforte anmelden. Es ist die Vizerektorin. Eine Österreicherin, was nicht zu überhören ist. Joe wird als »Herr Dr. Muskat« wie ein Promi begrüßt. Es ist bekannt, dass er auf dem Kongress im Hotel Plaza sprechen wird. Die Vizerektorin freut sich, dass er mit seiner Begleitung das Austrian Hospice und nicht das Luxushotel als Stützpunkt gewählt hat. Als wir mit unseren Zimmerschlüsseln loslaufen, ruft mich die Schwester an der Pforte noch einmal zurück.

»Herr Franzen? Eine Nachricht für Sie.«

»Für mich?«

»Sie sind doch Herr Noah Franzen?«

Ich nicke, und sie reicht mir einen gefalteten Zettel, aus einem Notizheft ausgerissen.

»Noah, ich bin hier und muss dich unbedingt treffen. Es ist absolut dringend, und zwar nicht für mich. Heute Abend auf der Treppe gegenüber der Western Wall, zum Rabinovich Square hinauf. Neunzehn Uhr. Dave«.

»Kommst du, Noah?«, ruft Ria.

Wir laufen durch Gänge mit zweifarbigen Fliesen, schwarz-weiß, schwarz-weiß, wie ein Schachbrett. Das Hospiz ist eine Pilgerherberge. Ein Wiener Kaffeehaus soll es hier im Haus geben, mitten in Jerusalem. Mein Zimmer hat die Nummer 3, links von mir checkt Carlo ein, rechts Ria.

»Von wem war der Zettel, den du an der Pforte bekommen hast?«, fragt Ria. Ich gebe ihn ihr zu lesen.

»Und, wirst du hingehen?«

»Ich weiß es noch nicht.«

»Ihr müsst aufpassen, Noah. Ich finde es ja Wahnsinn, dass er aus seinem Versteck in den Westteil der Stadt kommen will. Wo er genau weiß, dass sie ihm auf den Fersen sind. Sag mir Bescheid, falls du wirklich hingehst.«

Ich räume gerade meine Sachen in den Schrank, als es an meiner Zimmertür klopft. Es ist Joe.

»Wie bist du eigentlich auf den Attentäter aufmerksam geworden?«, fragt er, als er bei mir im Zimmer steht. »Ich meine, was hast du gesehen, das die anderen nicht gesehen haben, die dabei waren? Wieso bist du losgelaufen und hast dich auf ihn geworfen, wie man mir erzählt hat?«

Ich sehe ihm in die Augen, erkenne aber nicht wirklich etwas. Er wirkt irgendwie fahrig, als sei er mit den Gedanken ganz woanders.

»Es hat sich angefühlt, als würde ich einen Auftrag ausführen. So als würde ich auf irgendeinen Knopfdruck reagieren. Gehört habe ich ein lautes Vibrieren oder Summen, und dann habe ich nur noch die Bedrohung gesehen, alles andere war weg.«

Joe legt mir eine Hand auf die Schulter und nickt. »Es passt ins Bild, Noah, mehr kann ich im Moment auch nicht sagen.« Dann hellt sich sein Gesicht etwas auf. »Aber es ist ein gutes Zeichen, ganz sicher.«

Das finde ich auch. Ich weiß zwar nicht, wofür, aber am Leben zu sein finde ich auf jeden Fall besser, als in einem Krankenhaus zu liegen oder Schlimmeres. Ich bin ganz ruhig nach der ganzen Aufregung. Joe dagegen wirkt auf eine Weise nervös, die ich noch nie an ihm erlebt habe.

»Kannst du mir die Kugel leihen?«, fragt er.

»Wozu?«, frage ich zurück. »Willst du sie noch mal mit Hammer und Meißel bearbeiten? Das klappt nicht, haben wir dir doch gesagt.«

»Ich habe einen Kontakt zur Hebrew University in Jerusalem. Zu einem Professor am Department of Applied Physics.«

»Und womit soll der meiner Kugel zu Leibe rücken, mit der Atombombe?«

»Ich dachte eher an eine REM-Untersuchung.«

»Mit der Tiefschlafphase oder der 2011 aufgelösten Band hat das vermutlich nichts zu tun?«

»Richtig. REM steht für Rasterelektronenmikroskop.«

»Und was passiert da?«

»Die Oberfläche wird mit Elektronen beschossen.«

»Das will ich nicht.«

»Ja, das hab ich mir schon gedacht. Du bist ja kein Physiker. Um es mal ganz simpel zu formulieren: Eine Beschießung mit Elektronen tut der Materie nicht weh. Ich meine, falls du das geglaubt hast.«

»Okay.«

»Und außerdem ist es nicht deine Kugel. Du hast sie entdeckt und geholt, aber gekauft hat sie Jakob Fugger, und das entsprechende Dokument gefunden und entschlüsselt haben wir, unser Büro, also der Orden. Und den sehe ich deshalb auch als Eigentümer. Dir kommt eine besondere Rolle in dem ganzen Prozess zu. Einverstanden. Aber der Professor hat um vierzehn Uhr für mich Zeit, ich muss also los. Und die Kugel muss mit.«

»Dann komme ich auch mit.«

Joe schnaubt wie ein Pferd, dann gibt er mir zehn Minuten bis zur Abfahrt.

Wir fahren mit dem Taxi zum Institut. Der Taxifahrer zeigt uns auf dem Weg noch ein paar Punkte, die wir besichtigen könnten, hätten wir nicht etwas anderes vor: das Israel Museum, die Knesset und die Nationalbibliothek.

Im Institut begleitet uns jemand vom Empfang bis zu Professor Amir Hershko, Joes Kontaktperson, mit dem er bereits telefoniert hat.

Der Professor, ein sportlich wirkender Mann Anfang vierzig mit einer auffälligen fast weißen Haarsträhne im dunklen Haar, wartet bereits auf uns. Joe stellt mich als seinen Assistenten vor. Ich packe die Kugel aus und reiche sie dem Professor. Sein Blick wechselt von Skepsis zu Erstaunen. Bevor er an das Elektronenmikroskop geht, legt er unsere Kugel auf eine ganz normale elektronische Waage und schüttelt den Kopf, als er das Ergebnis abliest. Er legt die Kugel in eine Schale mit Flüssigkeit und setzt einen Deckel darauf.

»Wir bereiten das Objekt jetzt für die Untersuchung unter dem Elektronenmikroskop vor.« Hershko geht zu einer ziemlich großen Apparatur, die sich mir gar nicht als Mikroskop zu erkennen gibt, legt die Kugel in eine Art Schublade und justiert an den Einstellungen. Ich sehe gespannt auf die beiden Bildschirme auf dem Schreibtisch daneben, auf denen die zigfach vergrößerte Oberfläche bald zu sehen sein müsste.

Als ich zu Joe hinsehe, merke ich, dass er zu der Glaswand starrt, hinter der ein großer Laborraum mit allen möglichen Hightechgeräten liegt, in dem einige Leute an Tischen arbeiten oder sich im Raum bewegen. Aber er scheint nicht das Geschehen hinter der Glaswand zu betrachten, sondern die Glaswand selbst. Und sein Blick wirkt, als sei er in einer Art Trance.

Ich kann mich nicht mehr darauf konzentrieren, was der Professor macht. Stattdessen starre ich genauso auf die Glaswand. Und da erkenne ich sie. Eine Reflexion, wie eine Spiegelung. Nur dass es nirgendwo einen Menschen gibt, der zu diesem Spiegelbild passt. Es ist eine Frau, Ende vierzig vielleicht, blond. Und ohne Frage sehr attraktiv. Sie trägt einen Kittel und hat ein Datenblatt oder etwas Ähnliches in der

Hand. Sie sieht zu uns herüber, nein, nicht zu uns, denn sie sieht nur Joe an, und sie lächelt. Langsam schreitet sie die Glaswand ab, und als gingen magnetische Kräfte von ihr aus, scheint Joe mich, den Professor und die Kugel zu vergessen, und es zieht ihn in die Richtung, in die sie sich bewegt. Und gleich darauf sehe ich ihn als Reflexion neben ihr stehen. Auch in dieser Glaswand.

»Joe?«, rufe ich, aber er hört mich gar nicht.

Die beiden schreiten wie im Ballett an der Glaswand entlang, wie im Gleichschritt, und Joe verschwindet am Ende durch eine Tür.

Dann drehe ich mich zum Professor, will ihm sagen, er soll warten. Aber da steht auf einmal Joe wieder neben mir, auf seinem Gesicht ein seliges Lächeln.

Der Professor zeigt auf einen der Bildschirme, und wir dürfen einen Blick auf die Oberfläche der Kugel werfen, die das Mikroskop abbildet, nachdem es sie mit Hilfe von Elektronen abgetastet hat. Ich bin überwältigt. Meine glatte, harte Kugel sieht aus, als hätten sich Tausende von Eisschollen auf wenigen Millimetern übereinandergeschoben. Oder scharfkantige Bergkristalle. Professor Hershko erklärt uns auch, welche Vergrößerung er jeweils eingestellt hat und dass man die Abbildungen noch farblich nachbearbeiten kann. Dass Joe wirkt, als sei er ganz woanders oder vollkommen high, scheint der Wissenschaftler nicht zu bemerken.

Da schaltet sich das Gerät aus. Die Bildschirme werden dunkel, das Geräusch der Lüfter verstummt. Sogar die LEDs zur Anzeige des Betriebszustands leuchten nicht mehr. Der Professor läuft aufgeregt zu einem Sicherungskasten am anderen Ende des Raums. Ich spüre Joes Hand auf dem Rücken, die mich sanft zur Tür drücken möchte. Ich drehe mich kurz um. Ein Griff, und die Schublade mit meiner Kugel ist offen, und schneller als irgendwas stecke ich die Kugel wieder in meine Hosentasche. Raus aus dem Zimmer, wir laufen durch mehrere Gänge und schließlich nach draußen, wo uns das Sonnenlicht blendet.

Dann laufen wir durch einen kleinen Park, der zwischen den Uni-Gebäuden angelegt ist.

»Das ist das Albert Einstein Institute of Mathematics.« Joe zeigt auf einen modernen Flachbau mit einer Fassade aus sandfarbenem Naturstein. »Hier war ich vor fünfundzwanzig Jahren als Student.«

Wir setzen uns auf eine Bank, und Joe stützt den Kopf in die Hände, sein Blick wie verklärt.

Ich sehe Joe an und nicke. Weil ich Bescheid weiß. Ich weiß es so sicher wie bei dem Attentäter. »Ich verstehe«, sage ich leise. »Ich habe euch gesehen in der Glaswand. Dich und Rachel.«

Joe sieht mich an. In seinen Augen flackert kurz so etwas wie ein Staunen auf, dann ist er derjenige, der nickt.

»Wann?«, frage ich.

»Morgen.«

»Wann morgen?« Ich will es genau wissen. Schließlich wird es unsere letzte Begegnung sein.

»Du wirst es sehen, denn du wirst dabei sein.«

Am Abend, halb sieben, laufe ich durch die Gassen des arabischen Viertels. Alle Straßenschilder sind dreisprachig: oben Hebräisch, Mitte Arabisch, beide von rechts nach links geschrieben. Die dritte Sprache ist glücklicherweise Englisch, sonst wäre ich verloren.

Rund um die Grabeskirche im christlichen Viertel ballen sich die Menschenmassen. Sie ist der Magnet in der Altstadt, dem man kaum entkommen kann, dazu muss man nicht einmal gläubig sein. Zettel mit den tiefsten Wünschen stecken im Eingangsbereich in der Wand des uralten Gebäudes, genau wie an der Klagemauer. Auf der rötlichen Steinplatte, auf die das samtene Licht von darüberhängenden Öllampen fällt, knien die Menschen nieder, berühren sie mit den Händen, reiben über den Stein, auf dem der Leichnam Jesu vor der Grablegung gesalbt wurde. Egal, ob es wirklich so war oder nicht – ich habe dort eine Energie spüren können, die so alt zu sein schien wie der Glaube selbst. Die Luft vibrierte über diesem Stein.

Dann musste ich wieder daran denken, dass mich mein Weg seit meiner Flucht aus Berlin durch drei der wichtigsten Zentren der christlichen Welt geführt hatte: Rom, Santiago de Compostela, Jerusalem. Hatte das etwas zu bedeuten? Bestimmt hatte es das. Aber was?

Den Übergang vom arabischen ins jüdische Viertel merkt man. Die Gassen sind mit einem Mal etwas weiter, die Mauern und Häuser neuer, moderner, da ist mehr Luft, weniger Gewusel, kein Dauerbasar, alles diskreter. Keiner quatscht dich an, will dir was verkaufen oder dich irgendwohin fahren. Nach Bethlehem, ans Tote Meer, nach Nablus, ins Westjordanland, sogar ans Rote Meer. Hier nichts von alledem. Eher eine fast abweisende Stille. Alles scheint zu sagen: Lass uns in Ruhe, Mann, wir sind keine Zootiere zum Anglotzen. So wie die meisten Berliner die Touris auch satthaben.

Ich bin jetzt oben am Rabinovich Square angekommen und gehe erst einmal in Deckung hinter einer Gruppe von Jugendlichen, die Fähnchen an ihre Rucksäcke gesteckt haben, weiß mit zwei blauen Streifen oben und unten und dem blauen Davidstern in der Mitte. Die jungen Männer tragen Kippa. Sie schubsen sich und schneiden bei ihren Selfies die gleichen Grimassen wie alle anderen Jugendlichen auf der Welt. Es ist noch nicht sieben, und ich habe Dave noch nirgendwo entdeckt. Die Jungs wechseln die Positionen innerhalb der Gruppe und machen noch ein Foto und noch eins.

Da sehe ich aus dem Augenwinkel, wie jemand mit Daves Statur und Daves hüpfendem Gang die Treppe heraufkommt. Dort, wo die goldene Riesen-Menora in ihrem Panzerglasschrein steht. Vierhundertfünfzig Kilo Gold, bestens gesichert. Bestimmt wird es dort auch Kameras geben. Er trägt Jeans und ein weißes T-Shirt mit Aufdruck.

Die Jugendlichen ziehen eine Etage tiefer zum Platz vor der Western Wall. Am Eingang zu dem Platz gibt es eine Taschenkontrolle. Die Rucksäcke werden durchleuchtet. Ein Anschlag auf diesem Platz würde einen Krieg auslösen. Ich glaube, deshalb gibt es auch keine Meuterei bei den Kontrollen. Nicht hier, nicht in den Einkaufszentren oder Krankenhäusern.

Dave hat die Hände auf dem Treppengeländer aufgestützt. Sein Kopf bewegt sich nur minimal von links nach rechts. Er sieht hinunter auf den Platz und den Treppenzugang, als rechne er nicht damit, dass ich auch von oben kommen könnte. Oder es ist ihm egal.

Ich wechsle auf die nächste Etage hinunter. Stelle mich neben Dave und beuge mich ebenfalls über das Geländer.

»Hey«, sagt er, »da bist du ja.«

Komm ja nicht auf die Idee, mich zu umarmen oder auch nur irgendwie anzufassen. Ich schaue hinüber auf den Tempelberg. Die Kuppel des Felsendoms leuchtet überirdisch golden, wie mit einem Zauberstab zum Funkeln gebracht.

»Was gibt's?«, frage ich ihn.

»Du musst Joe warnen. Oder in Sicherheit bringen. Dringend!«

Ich schüttle den Kopf. »Ich verstehe, dass du versuchst, irgendwas wiedergutzumachen, aber das funktioniert nicht.«

»Hör zu, ich weiß, du denkst, ich hab dich verraten. Am Anfang stimmte das ja auch. Und dann habe ich meine Leute verraten, weil ich tatsächlich dein Freund geworden bin.«

»Du bist nicht mehr mein Freund.«

»Schon klar.«

»Sag bloß, du kannst das nicht verstehen.«

»Doch, klar, versteh ich. Du hast keine Wahl.«

»Aber du. Du hattest eine Wahl.«

Dave schüttelt langsam den Kopf. »Nicht wirklich, glaub mir.«

»Man hat immer eine Wahl«, sage ich. »Du hast mir eine Riesenshow vorgespielt, angefangen mit dem Tag, an dem du im Occupy-Zelt aufgetaucht bist. Ich dachte wirklich, du wärst einer von uns geworden.«

Ich starre auf diese unfassbar goldene Kuppel und denke: Warum muss das alles so sein, wie es ist? Wozu ist das gut?

»Aber weißt du was?«, fragt Dave. »Ich bereue es nicht, dass ich dir begegnet bin.«

»Hör doch auf, Dave. Lügen bringen den kleinen Jesus zum Weinen, hat meine Oma immer gesagt. Ich war nicht dein Freund, das war doch alles fake.« Jetzt steigt in mir doch die Wut hoch. »Hast du dir mal überlegt, was das für deinen sogenannten Freund heißt, der nichts von dem ganzen Dreck geahnt hat, in dem du bis zur Halskrause steckst? Was hast du gedacht, wie diese ganze Geschichte ausgeht irgendwann? Dass du mir unter Tränen ein Geständnis machst, oder wie? Und ich dann sage: Okay, macht ja nichts, wir können trotzdem Freunde bleiben? Sag doch mal!«

Dave reibt sich mit Daumen und Zeigefinger die Augen. Eine Geste, die ich in- und auswendig kenne bei ihm. »Ich bin eben auch nur ein Mensch«, sagt er.

Dabei würde ich ihm gern an die Gurgel gehen. Ich muss mich mal durchstrecken und Dampf ablassen. Die Uniformierten hinter uns sind verschwunden. Scheiße, und wir stehen da an der Brüstung wie die idealen Targets im Fadenkreuz eines Zielfernrohrs. Dave in seinem weißen Shirt, ich in meinem hellblauen, damit die Dämmerung uns nicht verschlucken kann. Ich setze mich auf die Bank vor dem Schrein mit dem Goldschatz und den vermuteten Kameras. Dave setzt sich breitbeinig neben mich. Unterarme auf die Oberschenkel gestützt, Kopf in die Hände.

»Was mich wundert, ist, dass dich dein doppeltes Spiel nicht längst zerfetzt hat«, sage ich.

»Was weißt du darüber, wie es in mir aussieht?«

»Und warum steigst du dann nicht einfach aus?«

»Hast du gerade ›einfach‹ gesagt?«

»Allen wirst du es damit nicht recht machen, das ist klar.«

»Jetzt hör mal zu, du Klugscheißer«, fährt Dave mich an. »Es geht hier nicht darum, Everybody's Darling oder meinetwegen Everybody's Arschloch zu sein. Weißt du, worum es wirklich geht?«

»Du wirst es mir gleich sagen, schätze ich.«

»Es geht um mein Leben, du Schwätzer. Kann sein, dass du in den letzten Wochen was dazugelernt hast. Aber bilde dir nicht ein, du wüsstest jetzt über alles Bescheid. Du hast überhaupt keine Ahnung, in welcher Klemme ich stecke. Und das ganz Besondere an dieser Klemme ist, dass sie so gut wie keinen Ausweg hat, höchstens ein klitzekleines Loch, durch das ich mit ganz viel Glück entkommen kann.« Er sieht mich an. »Und jetzt sag bloß nicht, dass es immer irgendeinen Weg gibt«, zischt er.

Wollte ich gar nicht. »Gibt es nicht so etwas wie ein Zeugenschutzprogramm, unter das du fällst, wenn du bei deinem Verein aussteigen würdest?«

»Ach ja, prima Idee.« Daves Lachen ist der reine Hohn. »Kannst du dich erinnern, was für ein Sturm durchs Land ging, als herauskam, dass mein Verein, wie du ihn nennst, eure Kanzlerin und außerdem noch Millionen ganz normaler deutscher Bürger abgehört hat? Wie groß war dieser Sturm, so auf der Skala von Orkan bis hinunter zu Windstößchen? Und dass Deutschland kein Herz für Whistleblower hat, daran kannst du dich auch noch erinnern, oder? Vergiss es, Mann.«

Ich höre zu, aber dort, wo mein Herz sitzen müsste, liegt so etwas wie hartes Brot. »Um Joe musst du dir jedenfalls keine Sorgen machen, der ist ab morgen abgetaucht. Und zwar so was von!«

Dave sieht mich entsetzt an und rüttelt mich plötzlich. »Verdammt noch mal, Noah, genau deshalb suchen sie ihn. Die halten ihn für eine Mischung aus Supernerd und Superhirn und irgendwas aus ›Blade Runner‹ oder ›Star Wars‹ oder was weiß ich. Sie sagen, er will morgen auf eine Weise untertauchen, wie es noch nie jemand zuvor gemacht hat. Also komplett. Restlos. Wie bei einem Computerprogramm, von dem beim Deinstallieren alle zugehörigen Dateien mit verschwinden. Nur dass die Dateien meist nicht wirklich verschwinden, aber Joe schon. Und deshalb wollen sie ihn vorher töten. Denn sie wollen weder einen Messias haben, der sich in Luft auflösen kann, noch einen Manipulator in einer

Zwischenwelt, der die Spielregeln auf unserem Planeten zu ihren Ungunsten ändert.«

Das klingt unglaublich, ist es aber nicht, deshalb werde ich nun doch nervös. »Wer sind *die*? Deine Leute?«

»Die, das sind die Geheimdienste, aber sie sind auch nur Erfüllungsgehilfen der wirklich Mächtigen. Die wirklich Mächtigen sitzen in den Finanzzentren, verteilt über den ganzen Planeten.«

Dave legt mir jetzt tatsächlich die Hand auf die Schulter, zieht sie aber gleich wieder zurück. Müsste er von mir aus gar nicht unbedingt. Ich merke gerade, dass die Welt noch viel, viel komplizierter ist, als ich dachte.

Plötzlich dreht Dave den Kopf zu mir, sieht mich aber nicht an, sondern an mir vorbei, als hätte er irgendeine Bewegung aus den Augenwinkeln wahrgenommen. Und während ich ihn beobachte, noch bevor ich meinen Kopf in dieselbe Richtung drehen kann, sehe ich diesen kleinen roten Punkt auf seiner Stirn. Ich bin starr vor Schreck, wie gelähmt. Dann zerfetzt ein Schuss die Mainacht, Dave kippt um und fliegt von der Bank aufs Pflaster. Ich habe Angst zu sterben und weiß, dass keine der Kameras, die hier wegen der goldenen Menora installiert sind, diesen Schützen aufhalten wird. Es war ein Scheiß-Plan, hierherzukommen.

Ich lege mich flach auf die Bank, suche Deckung hinter der Lehne. Schließlich wage ich es, den Kopf zu heben und nach der Person zu sehen, die da geschossen hat. Aber da ist kein Schütze. Doch ich sehe einen Mann in Jeans und dunklem Hemd das obere Ende der Treppe erreichen. Ich sehe gerade noch, wie er um die Ecke ins jüdische Viertel abbiegt.

Als Nächstes bemerke ich, wie sich Daves Füße ganz leicht bewegen. Ich möchte losschreien. Vielleicht schreie ich auch wirklich. Denn vorne an der Brüstung der Treppe steht ein etwa zwölfjähriger Junge und beobachtet uns. Dann läuft er mit schnellen Schritten davon.

Langsam richtet sich Daves Oberkörper auf, und er starrt mich an. Ganz und gar nicht tot.

»Was ist? Musstest oder wolltest du nicht in Deckung gehen?«, fragt er mit belegter Stimme. »Bist du unverwundbar oder so was?«

Er lebt. Zuerst bin ich nur erleichtert.

»Was war das?«

»Also wenn du mich fragst, dann war das ein Schuss.«

»Den habe ich auch gehört. Aber wer hat geschossen?«

»Ich weiß es nicht«, sagt Dave. »Aber die, die von meiner Truppe angeheuert werden, schießen selten daneben. So gut wie nie.«

Ich denke an den roten Punkt auf Daves Stirn, will aber lieber nicht davon sprechen. Vielleicht hat er den Laserpointer ja selbst gar nicht bemerkt.

»Wieso liegst du da unten? Ich dachte, du bist tot.«

»Das dachte ich auch. Ich hab mich auf den Boden geworfen, als ich den Schuss hörte.«

Irgendwas fängt an zu summen. Ich bin in Alarmstellung, aber es ist nur Daves Handy. Er kriecht auf allen vieren zu dem Mäuerchen an der Treppe und gibt mir ein Zeichen. Ich folge ihm geduckt. Das Telefon summt immer noch.

»Ja?«, fragt Dave. »Ria«, sagt er und schaltet auf Lautsprecher um.

»Hey, ihr zwei Helden, alles gut? Nur kurz: Ich habe euch einen Bodyguard besorgt, der auf euch aufpassen sollte. Und das hat er getan. Wie ich gehört habe, hatte ich es mir also nicht nur eingebildet, dass ihr in Gefahr seid, wenn ihr euch da mitten in der Altstadt trefft. Euer Guard hat den Sniper wegen des Ziellasers entdeckt. Habt ihr den selbst nicht bemerkt?«

»Doch«, sage ich. »Und wer war der Kerl?«

»Unser Mann hatte keine Zeit, ihn nach seinem Namen zu fragen. Manchmal ist einfach Handeln das Mittel der Wahl. Vielleicht kennt Dave ihn ja. Du wirst in zwanzig Minuten mit einem Wagen abgeholt, Dave. Arabischer Taxifahrer. Er wartet am Ausgang von der Klagemauer Richtung Dungtor auf dich, dort, wo die Busse abfahren. Er wird dich nach

Jericho und von dort über die Allenby-Bridge nach Amman bringen. Viel Glück, Dave! Und melde dich.« Aufgelegt.

»Dann bist du jetzt auf der Flucht«, sage ich.

»Sieht ganz so aus.«

»Und wer war der Typ, der es auf uns abgesehen hatte?«

»Ich denke, es war der Major selbst.«

»Der Major?«

»Du kennst ihn, Noah. Mein Vorgesetzter. Der Mann, den du gehört hast, wie er den Befehl ›Kill Satoshi Nakamoto‹ gegeben hat.«

Mir jagt eine Gänsehaut vom Nacken bis hinunter zum Steißbein. Derselbe, der auf mich geschossen hat in Berlin. Und ich muss noch an etwas anderes denken.

»Hast du ihn umgebracht?«, frage ich Dave.

»Wen?«

»Den falschen Satoshi.«

»Ich habe ihn gesehen und mit ihm gesprochen. Umgebracht habe ich ihn nicht.«

»Aber du wusstest, dass sie ihn umbringen würden, stimmt's?«

Dave sieht mich ernst an. »Sagen wir, ich habe es befürchtet und wusste gleichzeitig, dass es mehr ist als eine Befürchtung. Nicht das einzige Mal, dass ich mir in die Tasche gelogen habe.«

Was für ein grauenhafter Job.

»Okay, Noah.« Es sind nur noch wenige Minuten, bis Dave abgeholt wird. »Lass mich nur noch eine Geschichte erzählen. Sie ist ganz kurz, und ich erzähle sie zum ersten Mal jemandem.«

Ich weiß gar nicht, ob ich jetzt noch weitere Geschichten hören möchte, nicke aber.

»Mit dreizehn gehe ich in die Schule, und von einer Minute auf die andere ist alles anders. Weil mich plötzlich alle anstarren und tuscheln, hinter der Hand und mit Tränen in den Augen, dass mein Vater tot ist. Alles ist so unsagbar bedeutungslos außerhalb der Seifenblase, in der ich sitze. Dann komme ich nach Hause. Dort wartet schon der Major auf mich und erzählt mir, was für einen tollen Vater ich hatte und dass er für sein Land alles gegeben hat, sogar sein Leben. ›Dein Vater ist stolz auf dich‹, hat er gesagt, ›denn er kann dich sehen und weiß, wie stark und kräftig du bist.‹ So hat es angefangen. Ich habe mich einseifen lassen, und irgendwann, als ich merkte, dass das alles nur scheiße ist, schon vor Berlin, war ich bereits auf dem falschen Gleis und bin einfach weitergefahren, ohne einen Plan zu haben, wie ich aus dieser Sache jemals wieder rauskomme. Ich habe den Major gehasst, aber ich habe es ihm nie gesagt. Ich habe es gehasst, wie er meiner Mutter den Hof gemacht hat, wie er sich eingeschlichen hat in mein Leben und das Leben meiner Mom, und irgendwann habe ich ihm auch nicht mehr geglaubt, wenn er vom Heldentod meines Vaters sprach, sondern ich war mir sicher, dass er ihn auf dem Gewissen hatte. Kaltblütig geplant und alles nur, um sich bei uns einzuschleichen und den Nebenbuhler aus dem Weg zu räumen.«

»Du musst jetzt gehen.« Ich mache einen Schritt auf ihn zu, und tatsächlich umarmen wir uns nun doch. Kann sein zum letzten Mal.

»Und nun sieh zu, dass du Joe warnst. Es ist ernst, glaub mir!«

»Wohin wirst du gehen? Amman und dann?«

»Am besten nach Krasnojarsk oder Nordkorea«, sagt er und grinst. »Sibirien soll sehr schön sein, hat man mir gesagt.«

»Aber nur im Sommer«, antworte ich.

Dann hebt er noch einmal die Hand, winkt mir fast schüchtern und läuft davon in diesem hüpfenden Gang, den Jungen mit acht oder neun Jahren haben. Auf jeden Fall mit unter dreizehn.

20

Jerusalem, 31. Mai

Der Vortragsraum im Leonardo Plaza Hotel, einem festungs-
artigen Hochhaus nicht weit von der Altstadt entfernt, erinnert mich an einen großen Kinosaal. Hinter der Bühne eine
Leinwand im Cinemascope-Format über die volle Breite des
Raums.

So als käme gleich die Langnese-Werbung, wird das Licht
über den Zuschauern heruntergedimmt, und die schweren
roten Vorhänge, die die Leinwand flankieren, gehen noch
einen halben Meter weiter auf.

Noch ist die Leinwand schwarz. Helle, kleine Punkte
durchbrechen das Dunkel. Immer mehr Punkte, die sich zu
einem Sternenhimmel gruppieren. Die Milchstraße, dann
unser Kosmos. Farbige Pixel wachsen von der Mitte her zu
einem Planeten zusammen, der die volle Leinwandhöhe aus-
füllt: die Erde, aus dem All betrachtet.

Darunter steht: »World Simulation Congress mit Ingmar
Halverson«.

Dunkler Anzug, weißes Hemd, keine Krawatte, blonde
Haare, Seitenscheitel. In der rechten Hand Notizen auf weißem Schreibmaschinenpapier.

»Guten Tag und willkommen in der Simulation! Ich freue
mich, dass hier nahezu alle akademischen Fakultäten vertre-
ten sind. Gerne begrüße ich die anwesenden Physiker und
Mathematikerinnen, Philosophinnen und Informatiker. Aber
genauso herzlich unsere Theologen der verschiedenen Kon-
fessionen, Linguistinnen, Politologen, Psychologen, Päda-
goginnen und alle anderen. Danke, dass Sie gekommen sind
und mit uns eine der ganz großen Fragen der Menschheit
diskutieren wollen. Was spricht dafür, dass wir uns in einer
Simulation befinden, und, wenn es so wäre, was würde das für

unsere Existenz bedeuten, und welche Auswirkungen hätte es auf unser Leben?«

Ich sitze in der ersten Reihe. Links neben mir Ria, rechts Julia, die abwechselnd todunglücklich und kämpferisch aussieht. Als kämpfe sie mit sich selbst. Carlo sitzt hinter uns. Joe ist nicht da. Zum Glück hat er auf Daves Warnung gehört und seine Teilnahme abgesagt, was Halverson auch gerade verkündet. Es ist nicht die einzige Absage.

»Norman Bindstrom, Direktor des Future of Humanity Institute (FHI), Philosoph und Mitbegründer der wissenschaftlichen Simulationshypothese, grüßt aus Abisko in Nordschweden alle Teilnehmer und bedauert, dass er wegen eines heftigen Schneesturms leider nicht kommen konnte. Elton Mask, Co-Founder und Founder einiger weltweit agierender US-Internet-Unternehmen, wäre gerne hier, wenn es sein Terminkalender erlauben würde, und wird uns teilweise per Live-Stream begleiten. Er wünscht uns allen einen spannenden Kongress. Eine ganz besondere Ehre ist es mir, Ihnen das Grußwort des Erfinders von Bitcoin und Mitinitiators von Namecoin vorzutragen: Mr Satoshi Nakamoto. Unser Kongress ist ihm so wichtig, dass er sich zum ersten Mal seit sieben Jahren zu Wort meldet. Was für eine Ehre!«

Halverson räuspert sich und hebt ein DIN-A4-Blatt so weit hoch, dass er es lesen kann. »Mr Satoshi Nakamoto schreibt: ›Aus bekannten Gründen – wie Sie wissen, bin ich ein Phantom – kann ich heute nicht persönlich bei Ihnen sein. Trotzdem wünsche ich Ihnen viel Erfolg bei der Erforschung des gemeinhin als unerforschlich Geltenden. Ich werde immer der Erfinder des Bitcoin genannt, doch basiert der wesentliche Teil meiner Arbeit auf den Erkenntnissen vieler Generationen von Forscherinnen und Forschern und der wissenschaftlichen Tradition. Ich betrachte es als Tatsache, dass die Inventoren der Simulation es aufgrund unserer derzeitigen Entwicklungsstufe für richtig befanden, uns die Blockchain-Technologie zur Verfügung zu stellen, so wie uns in früheren Jahrhunderten oder Jahrtausenden das Feuer, das

Rad oder der Buchdruck übergeben wurde. Wie alle großen Erfindungen kann sie zum Segen oder zum Verderben genutzt werden. Mit Bitcoin und der Blockchain kann sich die Schere zwischen Reich und Arm ins Unermessliche öffnen oder jeder Einzelne bis in den privatesten Bereich hinein lückenlos überwacht werden. Sie bietet aber auch die Chance auf Freiheit, Selbstbestimmung, Privatsphäre und Chancengleichheit zwischen allen Menschen und Völkern. Mischen wir uns ein und gestalten wir mit, damit wir etwas wirklich Gutes daraus machen.‹«

Wieder ein Räuspern, dabei lässt Halverson das Blatt sinken. »Danke, Satoshi Nakamoto, wo immer Sie sich befinden. Ob Sie uns über Streaming zugeschaltet sind oder ob Sie gerade in einer anderen Simulation gebraucht werden.«

Nach einer Schrecksekunde versteht das Publikum den Scherz des Moderators und applaudiert.

»Satoshi Nakamoto schickt eine Botschaft«, flüstert mir Ria zu. »Das ist eine Sensation.«

»Für mich heißt das vor allem, dass er am Leben ist«, sage ich vielleicht etwas zu laut. »Er oder sie oder sie alle.« Ria, Carlo und Julia stimmen mir zu und nicken.

Kurz darauf betritt Sir Peter Hunting die Bühne, der eine viel beachtete vernichtende Kritik zur Simulationshypothese veröffentlicht hat.

»Wenn es nach Ihnen ginge, Sir Peter, könnten wir uns diesen Kongress glatt sparen«, beginnt Halverson das Gespräch. »Können Sie Ihre kürzlich veröffentlichte These hier noch einmal kurz erläutern?«

»Ich behaupte tatsächlich, der Kongress ist sinnlos, denn ich habe bewiesen, dass wir nicht in einer Simulation leben. Der Beweis ist bis dato unwiderlegt. Meine These: Es gibt selbst rein theoretisch keinen Computer, der die Rechenaufgaben bewältigt, um die Zustände und Abhängigkeiten von allen im Universum vorhandenen Elementarteilchen zu berechnen. Ein Computer, der das kann, bräuchte mehr Silizium, als im Universum überhaupt zur Verfügung steht.«

Er scheint selbst sehr zufrieden mit seiner Antwort.

»Auf einem Simulationskongress darf diese These natürlich nicht unwidersprochen bleiben. Ich begrüße daher Carlo, der nur Carlo genannt werden möchte und hier anstelle von Joe Muskat spricht, dem heute leider verhinderten Astrophysiker, Bitcoin-Aktivisten, Simulationstheoretiker und Gründer des Ordens von der heiligen Festplatte. Heißen Sie ihn mit mir willkommen.«

Carlo geht auf die Bühne, setzt sich zu den beiden anderen und räuspert sich. »Ich habe gehört, was Sie gesagt haben, Sir Hunting. Wenn jedoch das, was Sie hier vorgetragen haben, das Ergebnis Ihrer Forschungsarbeit ist, dann frage ich mich, ob bei Ihnen die Sonne der Kultur schon so weit untergegangen ist, dass selbst kleine Geister lange Schatten werfen.«

Peter Hunting weicht mit dem Oberkörper zurück, als habe er eine Ohrfeige bekommen. Carlo lässt ihm keine Zeit, zu antworten.

»Jetzt die Ohren gespitzt: Wenn wir uns in einer Simulation befinden, dann findet sie außerhalb unseres Systems und in einem ganz anderen System statt, dessen Naturgesetze wir überhaupt nicht kennen. Wir wissen nichts über dieses andere Universum, kennen weder seine Physik, noch können wir erahnen, über welche Ressourcen es verfügt. In jedem Fall besitzt es aber genügend, um unseren Kosmos simulieren zu können, denn sonst gäbe es ihn nicht. Und das war doch jetzt gar nicht so schwer, oder?«

Damit steht Carlo auf und möchte gehen, doch Peter Hunting fordert ihn auf, seine These zu beweisen.

»Sie werden es erleben, glauben Sie mir. Und es ist auch gar nicht mehr so lange hin. Aber ich muss jetzt weg, denn ich habe einen Freund, der mich genau jetzt braucht.«

Unruhe im Publikum ob dieses Affronts. Auch wir sind beunruhigt. Ich ahne, dass Carlo weiß, was Joe vorhat. Auch Julia und Ria wissen Bescheid, aber wir alle wissen nicht, ob es klappen wird. Und wenn doch, ob es gut sein wird. Ob sie wissen, dass Joe an der Uni Rachel wiedergesehen hat? Und dass dieses Erlebnis für ihn der letzte Beweis war, dass die Simulation existiert und es tatsächlich klappen kann? Dass er vielleicht nicht wegen der von Dave behaupteten Gefahr weggeblieben ist, sondern weil er es für Zeitverschwendung gehalten hat, überhaupt noch hierherzukommen und sich mit Idioten wie diesem Hunting auseinanderzusetzen?

Carlo verlässt den Saal, Ria und ich folgen ihm. Der Moderator sitzt etwas verloren seinem bislang einzigen Podiumsgast gegenüber. Julia erbarmt sich und macht sich auf, ihm aus der Patsche zu helfen. Sie steigt zum Podium hinauf, und ich höre im Weggehen, dass sie mehr Geduld hat als Carlo. Vielleicht muss sie sich aber einfach nur ablenken von ihren Sorgen und der Ungewissheit darüber, was bald mit Joe passieren wird.

Ich bin nervös und unruhig und denke, meinen Freunden geht es nicht anders. Als ich den dritten Espresso an der Hotelbar bestelle, bekomme ich eine Nachricht. Von Devorah Weiss. Sie fragt mich, ob ich Frühaufsteher bin.

»Kommt darauf an«, schreibe ich zurück.

»Wir könnten zusammen auf den Ölberg gehen.«

»Du kennst den Weg?«

»Klar. Um kurz vor sechs geht die Sonne auf. Sollen wir uns um Viertel vor sechs am Löwentor treffen? Das ist nicht weit von eurem Hostel.«

»Okay«, schreibe ich, ohne zu zögern.

21

Jerusalem, 1. Juni

»Das Jüngste Gericht«, sagt Devorah, »weißt du eigentlich, wo es stattfinden wird?«

»Wenn überhaupt, dann wahrscheinlich in Jerusalem«, vermute ich.

»Stimmt. Und zwar genau hier unter uns, im Kidrontal.«

Wir haben dieses unscheinbare Tal durchschritten, als wir kurz vor der Morgendämmerung von der Altstadt auf den Ölberg gestiegen sind. Es war noch dunkel, als wir uns am Lion's Gate trafen, aber wir sind nicht die Einzigen, die heute schon zum Sonnenaufgang hierhergekommen sind. Einige sind mit Stirnlampen oder Taschenlampen unterwegs. Sie sehen damit aus wie tanzende Glühwürmchen. Jetzt kommt die Sonne heraus. Unsere Seite liegt noch im Schatten, aber drüben, in der Altstadt, glüht die Kuppel des Felsendoms bereits, und die Straßenbeleuchtungen erlöschen nacheinander. Auf dem gegenüberliegenden Hügel liegen die Steingräber wie umgekippte Dominosteine übereinander.

»Das glauben nicht nur Christen und Juden, das glauben auch die Muslime«, sagt Devorah. »Es heißt, am Jüngsten Tag werde vom Tempelberg bis zum Ölberg ein Seil gespannt, auf dem die Gerechten hinübergehen werden.«

»Dann sind das also muslimische Gräber, drüben, auf der Seite des Tempelbergs.«

»Ja, unsere sind auf dem Ölberg. Wir sind dran vorbeigelaufen. Beide Religionen glauben jeweils, dass sie die Ersten sein werden, die Gott zu sich ruft.«

Ich habe sie gesehen, die schmucklosen jüdischen Gräber. Ein gigantischer Steinhaufen ohne einen einzigen Grashalm, ohne ein einziges Blütenblatt oder gar einen Baum. Hier ist alles kahl. Die jüdischen und muslimischen Gerechten brauchen keinen Firlefanz. Sie wollen nur möglichst bald hinauf ins Paradies.

Die Stadt erwacht. Müllwagen klappern die Tore zur Altstadt ab, Busse bringen Menschen zur Arbeit und Kinder zur Schule. Die Touristen schlafen noch oder sitzen beim Continental Breakfast.

Devorah steht von der Bank auf, wirft sich ihren Strickponcho um, stellt sich so nahe neben mich, dass sich unsere Schultern berühren.

»Schau mal«, sagt sie.

»Was?«, frage ich.

»Na da, am Himmel.«

Der Himmel ist blau und klar, nur eine einzelne Wolke steht dort über dem Kidrontal, wo dereinst das Seil gespannt werden wird. Und neben der Wolke sehe ich eine Spiegelung am Himmel wie in der Glaswand an der Uni. Sie setzt sich zusammen, verschwindet wieder, wird pixelig, dann klarer.

Immer mehr Menschen trudeln jetzt ein. Ich erkenne einige aus Ein Gedi wieder. Und ich beginne zu ahnen, dass sie alle einer geheimen Einladung gefolgt sind. Dass sie wie Devorah und ich angezogen wurden von einem Ereignis, das jeder miterleben will.

Jetzt kommt auch Julia mit Ria den Berg herauf, in einigem Abstand keucht Carlo hinterher. Sie sehen alle übernächtigt aus.

Ich glaube, Julias Augen sind feucht.

Gestern hat Joe mir eine ausgerissene Seite aus einem Notizbuch gebracht. Die Seite hatte zwölf Zeilen, die von dreizehn bis vierundzwanzig durchnummeriert waren. In jeder Zeile ein Wort.

»Du musst jedes Wort mit der dazugehörigen Nummer auswendig lernen«, sagte Joe. »Bis jetzt waren es meine Wörter. Solange ich nicht erreichbar bin, musst du diese Aufgabe übernehmen. Du bist jetzt im Core-Team des Ordens.« Er klang wie ein Orakel. »Jeder von uns hat seine Wörter, die er kennen muss. Und zwar ganz genau. Groß- und Kleinschreibung, alles ganz exakt. Es gibt vier Dutzend Wörter, jeder von euch kennt genau ein Dutzend davon. Immer wenn ihr zu dritt seid, könnt ihr über das initiale Bitcoin-Vermögen verfügen. Sozusagen die Satoshi-Nakamoto-Stiftung, deren Hüter das Core-Team des Ordens der heiligen Festplatte ist. Ihr dürft diesen Schatz nur zum Schutz von Bitcoin einsetzen. Nicht um euch zu bereichern, nicht um Marketing für unsere Weltanschauung zu machen. Deshalb müssen immer drei einer Meinung sein, bevor etwas mit dem Vermögen gemacht werden kann.«

Es erinnerte mich an die Fugger'schen Stiftungen, die Fuggerei und das Monasterio de Piedras, wo Jakob Fugger fünfhundert Jahre nach seinem Tod immer noch etwas zu sagen hat. Eine Stiftung für ewig, und täglich wird für ihn gebetet. So ein Vermächtnis hat Satoshi Nakamoto sich also einfallen lassen.

Noch in der Nacht habe ich die Wörter auswendig gelernt. Das Blatt Papier, auf das sie geschrieben waren, habe ich verbrannt. Mein Kopf ist jetzt der dritte Teil des Schlüssels zu diesem Vermögen, das es mit dem Fugger'schen vielleicht bald aufnehmen kann.

1 action 2 journey 3 spirit 4 inhale 5 warn 6 half 7 finish 8 handle 9 sword 10 fright 11 phone 12 any.

Meine Wörter. Ich werde sie nicht mehr vergessen.

Der Ölberg hat als Ort nichts Idyllisches. Hinter uns Hotelbauten. Eine Straße mit Taxistreifen und ein Busparkplatz. Einige mit Steinmauern eingefasste und bewässerte Rasenstücke, ab und zu ein Bäumchen. Wir stehen auf der letzten Terrasse über dem Tal und sehen nach Westen hinüber zur Altstadt, dominiert vom Tempelberg und den Kuppeln der Moscheen auf ihm.

Immer mehr Leute kommen an, setzen sich auf die Treppen des Theatrons, das unterhalb der Aussichtsterrasse eine kleine Steinbühne im Halbkreis umfasst.

Eine sehr seltsame Stimmung herrscht jetzt. Die Vögel

haben aufgehört zu singen, wie kurz vor einer Sonnenfinsternis. Das Wölkchen, das zuvor noch über dem Kidrontal stand, ist näher gekommen. Es kommt mir so vor, als sei die Temperatur gesunken.

Inzwischen ist es totenstill. Dann spüre ich wieder dieses Vibrieren, ich starre nach oben, wo eine Luftspiegelung erscheint, in der ich Rachel und Joe erkenne.

Das Vibrieren wird stärker, das Bild verzerrt sich wie auf einem defekten Monitor, bis es schließlich ganz verschwindet.

Julia macht einen Schritt auf mich zu, legt ihren Kopf an meine Schulter. Sie hat Tränen in den Augen.

»Eine gute Nachricht, die unendlich traurig macht«, flüstert sie.

***

Das Buch Genesis

Am Anfang war alles, und nichts war. Denn erst durch die Ordnung wurde das Sein. Und wie in der Bibel steht, schwebte der Geist über den Wassern, und Gott sprach, es werde Licht, und es ward Licht. Er schied den Himmel von der Erde, das Hell vom Dunkel und Wasser von Erde. Und obwohl am Anfang schon alles war, konnte erst nach dem Wort alles werden.
Dann kam das Leben in die Welt und mit dem Leben Entstehen, Verändern und Vergehen, Leben und Tod. Mit dem Leben kamen wir, und mit uns kamen Gut und Böse, Haben und Sein, Herrschen und Beherrschtwerden.

Satoshi Nakamoto öffnet das Fenster und genießt den Schwall frischer Winterluft, der ihr Gesicht streift. Tausende rosa Blüten werden in ein paar Monaten die braunen Knospen aufbrechen und den Winter vergessen lassen. Der Himmel ist taubenblau. Eiskristalle glitzern in der Luft, Feenstaub, denkt sie. Für einen Augenblick deuten ihre geschwungenen Lippen ein Lächeln an. Dunkel, kirschrot wie die Früchte, die im Frühsommer vor diesem Fenster hängen werden. Jetzt hat sich der Schnee auf den Zweigen niedergelassen, und kein Windhauch konnte ihn noch vertreiben. Eine Krähe landet auf dem Ast, und ein paar Kleckse Schnee fallen vom Baum. Die Krähe kümmert sich nicht darum. Sie blickt zum Fenster, interessiert und ohne Scheu. Alles voller Schnee, doch nicht für immer, nicht einmal mehr für lange, denkt der Mensch, der sich Satoshi nennt. Bald wird etwas Neues beginnen.

Tief durchatmen. Sie beugt sich vor, schiebt das Fenster zu. Auf dem Futon steht ein Tablett mit einer schwarzen Kanne Tee, ein Keramikbecher. Sie ist alleine, wird es eine ganze Woche bleiben. Am Bildschirm ein Programm-Quellcode in der Computersprache C++. Gleich wird sie das Programm speichern, kompilieren und ausführen. Dann wird das Neue begonnen haben. Eine neue Epoche.

Es ist endlich so weit. Sie ist gespannt und trotzdem ruhig, zwingt sich, langsamer zu machen, als sie möchte. Noch einmal liest sie die Schlagzeile der Times, die sie eben als Zitat in den Computer getippt hat: »3 January 2009 Chancellor on brink of second bailout for banks« – 3. Januar 2009 Zweites Rettungspaket für die Banken vor der Verabschiedung.

Sobald sie die Enter-Taste drückt, wird alles starten: das Speichern, das Kompilieren, das Erstellen des Genesis-Blocks und der Beginn des Bitcoin-Zeitalters. Es wird nichts schiefgehen, da ist sie sich sicher. Die Regel, dass niemals mehr als einundzwanzig Millionen Bitcoins erzeugt werden können, wird unveränderlicher sein als die in Stein gemeißelten Zehn Gebote, die Gott auf dem Berg Sinai Moses und damit der Menschheit übergab.

Für immer wird der Genesis-Block als der Beginn des Bitcoin-Zeitalters sichtbar sein. Noch in zehn, hundert und fünftausend Jahren, unzerstörbar. Vielleicht sogar länger, als es Menschen geben wird. Nur ganz am Anfang könnte noch etwas passieren. Heute oder morgen oder in einer Woche. Solange nur ihr eigener Rechner die Blockchain sichert und neue Bitcoins erzeugt, so lange könnte noch ein Fehler, eine Abweichung dazwischenkommen, danach nicht mehr. In einer Woche schon werden zehn, dann hundert und bald tausend Rechner dieses System sichern. In ein paar Jahren werden es Millionen sein, verteilt über die ganze Welt und alle miteinander verbunden. Sogar auf Satelliten werden aktuelle Kopien der Blockchain gesichert werden. Sobald sie »Enter« drücken wird, wird etwas anlaufen, das nie wieder gestoppt werden kann. Nicht von einer Regierung, nicht von der UNO, nicht vom Papst und auch nicht vom Dalai-Lama oder sonst irgendjemandem. Zuverlässig wird die Blockchain alle zehn Minuten um einen Block erweitert werden, und unveränderbar wird ihr Genesis-Block für immer an Position eins bleiben.

Vielleicht ist Bitcoin noch nicht perfekt, doch Bitcoin ist besser als das Schuldgeldsystem, von dem die Menschen, die Gesellschaften, die ganze Welt heute beherrscht werden. Allein die Ungerechtigkeit, die in diesem System steckt und fast automatisch die Reichen immer reicher macht und dafür sorgt, dass die Armen für immer arm bleiben, ist es wert, eine Alternative zu schaffen.

Sie legt ihre Fingerspitzen auf die Tastatur. Der rechte kleine Finger rückt nach rechts, senkt sich, ganz langsam. Noch könnte sie es stoppen und nichts tun. Dann der Klick.

Zahlenkolonnen rasen von unten nach oben über den Bildschirm. Das Programm rechnet. Schneller, immer schneller bewegen sich die Ziffern und Buchstaben. Mit Tausenden Rechnungen pro Sekunde versucht der Computer die Lösung für ein Zahlenrätsel zu finden. Er muss Milliarden Zahlen von unbegreiflicher Größe erzeugen und ausprobieren, ob sie als Lösung für das Rätsel taugen. Sobald er die Lösung gefunden hat, kann er den ersten Block mit einer Hash-Zahl versiegeln. Ihre Richtigkeit kann jeder überprüfen. Sie passt nur so lange zum ersten Block, wie in diesem kein Punkt und kein Komma, keine Ziffer und kein Buchstabe verändert wird.

Weshalb auch noch in fünftausend Jahren in diesem Block zu lesen sein wird: »3 January 2009 Chancellor on brink of second bailout for banks«.

Noch ein Blick auf den Monitor, dann steht sie auf, löst den Gürtel von ihrem Seidenkimono, auf dessen Rücken ein roter Drache gestickt ist. Glücksdrache nennt sie ihn. Neben dem Futon die Ausrüstung: Hakama, der schwarze Hosenrock, Gi, das blütenweiße Hemd, Obi, der Gürtel, Muenati, der Brustschutz, Tabi, die Socken, dazu die traditionellen Zehensandalen aus Bambus. Stück um Stück legt sie die Ausrüstung an, zieht den Handschuh an, nimmt Bogen und Köcher und verlässt das Zimmer. Am Ende des Flurs hängt die Zielscheibe. Sie spannt den Bogen, zieht die Sehne an ihre rechte Wange, so nah, dass sie es spüren wird, wenn sie loslässt. Nur eine kleine Bewegung nach vorne, eine kleine Bewegung zur Seite, und der Pfeil surrt ins Ziel. Ohne die Stellung ihres Körpers zu verändern, greift die rechte Hand in den Köcher, nimmt den nächsten Pfeil, legt ihn in den Bogen, spannt die Sehne, *swft*. Wie auf Schienen laufend führt ihr Arm die Bewegungen aus und feuert die Pfeile im Sekundentakt ab. *Swft, swft, swft.*

Die Tage sind kurz im Januar. Nur die Krähe spürt, dass sie täglich länger werden. Wenn sie nachts auf ihrem Ast im Kirschbaum sitzt, kann sie das gleichmäßig schwache grünliche Licht aus dem Zimmer gegenüber erkennen. Die Frau liegt schlafend, nur mit einem Laken bedeckt, auf ihrem Futon. Kein Wecker, keine Kirchenglocken stören ihren Schlaf. Erst wenn genügend Tageslicht durch ihre Lider dringt, erwacht sie. Jeden Tag das gleiche Ritual. Aufstehen, KaQiLa-Übungen, Frühstück mit Miso-Suppe, Reis und Gemüse. Dann erst geht sie zum Schreibtisch, um die angezeigten Statistikwerte zu prüfen und zuzusehen, wie die Zahlen von unten nach oben über ihren Bildschirm ziehen wie eine endlose Karawane.

Fast schon Routine. Doch am siebten Tag stoppt sie das Programm, überprüft alles und sieht, dass es gelungen ist.

Und wie in der biblischen Schöpfungsgeschichte ruht sie am siebten Tag und mit ihr das Programm Bitcoin, und die Blockchain macht Pause und erzeugt nicht eine Zeile. Es wird das letzte Mal sein. Nie wieder wird die Blockchain von jetzt an stoppen, bis ans Ende aller Tage.

Erst als der siebte Tag zu Ende geht, startet sie das Programm und lädt die Welt ein, teilzuhaben am neuen Zeitalter Bitcoin, in dem keiner mehr von Banken ausgegrenzt werden kann, egal, ob er in New York, in der Mitte Afrikas oder an einem der Ränder der Welt lebt. Keine Regierung wird Verfolgten mehr willkürlich die Lebensgrundlage entziehen können, und Banken werden nicht mehr das Geld der Menschen verspekulieren können. So wird es sein, und diese Zukunft beginnt jetzt.

Epilog

Tel Aviv, 1. Juli

»Einmal Mocha, einmal Iced Chai Latte mit Sojamilch. Und wo bleibt mein Lachs-Bagel, Tzvi?«

»Den Mocha auch mit Soja?«

»Nee, normal, denke ich.«

»Mann oder Frau?«

»Frau.«

»Dann frag lieber noch mal nach. Ach, Noah?«

»Ja?«

»Was macht dein Hebräisch?«

»Keine Ahnung, frag mich das mal, wenn ich mit der Schrift durch bin. Dann lese ich dir die Speisekarte vor, von rechts nach links. Okay?«

»Okay! Noah?«

»Jaaa?«

»Hast du schon eine Idee, wie lange das noch dauern wird?«

»Wenn ich mich im Herbst zum Studium anmelde, sollte ich mich einigermaßen verständlich machen können.«

»Was willst du denn studieren?«, fragt Tzvi, von dem ich weiß, dass er Medizin abgebrochen hat. Stattdessen hat er eine Kneipe aufgemacht.

»Peace and Security Studies.«

»Geil. Was kannst du da werden?«

»Master«, sage ich, und Tzvi fängt an zu wiehern.

Seit zwei Wochen bin ich jetzt in Tzvis Soho-Bar. Bei uns gibt es vegan und vegetarisch, und wer will, kann sogar Essen mit Augen bestellen. Es gibt den Kaffee mit Soja- und mit Mandelmilch, Mocha, Matcha, was du willst. Und bei uns kann man natürlich auch mit Bitcoin bezahlen.

In meiner Mittagspause ruft Devorah an. Sie begrüßt mich

jetzt immer mit einem Satz auf Hebräisch. Er heißt übersetzt:
»Hallo, mein Freund, wie geht es dir?« Und ich antworte:
»Hervorragend.« Nächste Woche drehen wir das dann um.
Ich frage, sie antwortet. Bis dahin arbeite ich noch an meiner
Aussprache.

»שלום יקירתי, מה שלומך?«

»מעולה«

»Du, sag mal«, fragt sie. So fangen alle ihre Sätze an, in
denen sie mich um einen Gefallen bittet. »Wegen des Treffens
heute Abend.«

Ja, ich weiß. Heute gibt es einen Starvortrag in der Bitcoin
Embassy.

»Könntest du vielleicht Craig vom Flughafen abholen?«

»Wieso ich? Ich dachte, du holst ihn ab. Ich hab später
noch meinen Sprachkurs an der Uni.«

»Seid ihr immer noch beim Alphabet?«

»Wie ich die Sache sehe, werden wir auch noch länger dabei sein.«

»Sind die anderen auch so langsam wie du?«

»Pffft! Lern du mal Deutsch. Ich bin eben ein gründlicher
Lerner. Ich dachte, du fährst zum Flughafen und holst ihn
ab.«

»Ich kann nicht weg. Wir haben hier jemanden von der
Steuerprüfung sitzen. Sagt er jedenfalls. Verdacht auf Steu-
erhinterziehung, Geldwäsche oder irgend so etwas. Wenn du
mich fragst, ist das nur ein Vorwand. Sie wollen sich hier
umsehen. Sie sind alle in Alarmstellung.«

»Und weshalb genau?«

»Na, wegen des hohen Besuchs heute. Craig Wright, das
bedeutet: Sicherheitsstufe Rot. Es wird jede Menge Sicher-
heitspersonal rund um die Embassy geben. Auch welches,
das wir selbst angeheuert haben. Ich muss mich jetzt drum
kümmern, dass alles läuft. Da kann ich unmöglich weg.«

»Aber er kennt mich doch gar nicht.«

»Ich werde ihn informieren, dass du ihn abholen kommst.«

»Wann kommt er an?«

»Um sechzehn Uhr fünfundvierzig.«

»Okay, ich frag Tzvi, ob ich freimachen kann. Aber du bist schuld, wenn ich wieder nicht vorwärtskomme mit dem Aleph-bet.«

»Ja, ist mir klar. Dann muss ich dir eben ein paar Privatstunden geben.«

Keine Einwände meinerseits. »Und wo wird Craig wohnen?«

»Im Rothschild, wegen der Espressomaschine im Zimmer.«

»Ah, verstehe. Ist er da sicher?«

»Ich würde sagen, so sicher wie in Abrahams Schoß. Wir können uns die ganze Security sowieso nicht leisten.«

»Wie geht das dann überhaupt?«

»Wir haben eine großzügige, sagen wir, eine sehr großzügige Bitcoin-Spende erhalten für das Event.«

»Von wem?«

»Das weiß ich doch nicht. Die Spende war anonym.«

»Meinst du, sie kommt von Craig? Sorgt er selbst für seine Sicherheit?«

»Ich weiß es nicht. Das ist alles ein großes Rätsel. Wie Joes Verschwinden. Und wie das Thema des Vortrags heute Abend.«

Julia ist nach Berlin zurückgekehrt. Sie hätte gern Joes Sachen mitgenommen, die er im Österreichischen Hospiz zurückgelassen hat. Als Erinnerung. Aber da war nichts mehr, was sie hätte mitnehmen können. Auch sonst scheint es nirgendwo mehr Spuren von ihm zu geben. Selbst im Internet taucht sein Name nicht mehr auf. Nicht in dem für unsere Zivilisation zugänglichen jedenfalls.

»Noah? Bist du noch da?«, fragt Devorah.

»Alles klar. Dann sehen wir uns abends.«

Ich weiß, wie sehr Julia unter Joes Verschwinden leidet. Nach außen hin ist das alles großartig. Durch seinen Übergang in eine andere Dimension oder ein anderes Universum oder wohin auch immer ist ihm der Beweis für die Existenz der Simulation gelungen. Die halbe Wissenschaft steht kopf.

Die Bitcoin-Community ist zahlenmäßig sprunghaft angewachsen.

Aber ich fühle, wie es innen drin aussieht bei Julia. Sie ist tief getroffen, dass Joe das ohne sie durchgezogen hat. Dass sie bis kurz davor von gar nichts wusste. Und klar, Rachel.

Ein bisschen eingeschnappt bin ich selbst auch oder eher verwirrt, dann wieder geflasht von dem, was passiert ist. Eigentlich warte ich jeden Tag auf eine Nachricht von Joe. Oder dass er plötzlich wieder vor mir steht.

Tzvi lässt mich früher gehen. Er sperrt sogar ausnahmsweise seinen Laden um achtzehn Uhr zu. »Aus familiären Gründen«, hat er auf ein Schild an seiner Tür gemalt, aber schuld ist eher ein akuter Personalmangel. Ich fehle, er fehlt, seine Frau Yael fehlt, außerdem Aaron aus der Küche. Wir werden alle heute Abend in die Embassy gehen, um Craig zu erleben. Ich glaube, er ist zum ersten Mal in Israel. Ein australisches IT-Genie und ein Bitcoin-Aktivist der ersten Stunde. Alle wollen ihn hören. So schade, dass Joe nicht dabei ist. Er hätte Craig bestimmt gern kennengelernt. Oder vielleicht kennen die beiden sich sogar.

Ich fahre mit Devorahs Mitsubishi zum Ben-Gurion-Flughafen, wo ich zusammen mit Carlo in Israel angekommen bin. Es ist überhaupt nicht lange her, vier Wochen vielleicht, aber es ist so viel passiert.

Am Flughafen gibt es wie immer ziemlich viel Polizei und Security. Gerade finde ich das sehr beruhigend. Craigs Maschine landet pünktlich, und nach einem prüfenden Blick auf sein Handy und dann auf mich gibt er mir die Hand und vertraut sich mir an. Devorah hat ihm ein Foto von mir geschickt.

Auf der Fahrt sprechen wir über Belanglosigkeiten. Er fragt, wo ich herkomme, wie es mir hier gefällt, solche Sachen. Ich liefere ihn im Hotel Rothschild ab und verspreche, ihn in einer Stunde wieder abzuholen, um ihn zur Embassy zu bringen.

Die Bitcoin Embassy ist ein Szeneladen. Mehr wie eine Wohnung mit mehreren Räumen, die Wände unrenoviert, so übernommen, wie sie waren, oder sie haben allenfalls die Tapeten abgezogen und dann nicht weiter renoviert. Mobiliar vom Flohmarkt oder Sperrmüll. Die meisten Räume haben keine Heizung, aber genügend Steckdosen für die Computer und das ganze elektronische Zubehör.

Als wir ankommen, sind schon eine Menge Leute da. Alle Augen sind auf Craig gerichtet, aber der bekommt erst mal einen doppelten Espresso. Entweder der Espresso im Rothschild ist nicht gut, oder Craig ist Kaffee-Junkie. Devorah überprüft gerade noch einmal, ob das Mikrofon funktioniert.

»Test, Test. Ich erzähle euch mal kurz einen Bitcoin-Witz, und ihr ruft mir zu, ob ihr ihn versteht, okay?«, fragt sie die Zuhörer, die noch nicht wie Luchse lauschen.

»Ich meine natürlich, rein akustisch, nachdem ihr hier alle Bitcoin-Profis seid.« Jetzt werden doch einige aufmerksam, und die Ersten fangen bereits zu kichern an, obwohl der Witz noch nicht mal um die Ecke guckt.

»Okay, keiner muss lachen, aber ehrlich, ich finde ihn saulustig. Also: Wie viele Miner benötigt man, um eine Glühbirne auszuwechseln? Na, was schätzt ihr? Einen, fünf, zehn?«

Geraune im Publikum, man unterhält sich, überlegt.

»Okay, ich werde es euch sagen. Man braucht genau eine Million. Einen, um die Glühbirne zu wechseln, und 999.999, um zu bestätigen, dass er sie tatsächlich gewechselt hat.«

Die meisten Leute lachen, aber nicht alle.

»Sorry«, sagt Devorah. »Das war jetzt ein echter Insider, über den man vor allem dann lachen kann, wenn man schon mal dringend auf das Geld einer Bitcoin-Überweisung gewartet hat, weil die nötigen Bestätigungen erst eintrudeln mussten. Bis die erste Bestätigung durch einen Miner eintrifft, dauert es meist nur zehn Minuten, aber es muss mehr als eine Bestätigung eintreffen, damit die Transaktion gültig wird.«

Jetzt haben alle verstanden, und es gibt ein wenig Applaus.

»Okay, Leute, Mikro-Test erledigt.«

Draußen vor der Tür stehen noch ein paar Grüppchen von Rauchern und Sympathisanten zusammen. Unter ihnen erkenne ich Julia. Eigentlich klar, dass sie anreist, wenn Craig Wright hier einen Vortrag hält. Sie ist noch schmaler geworden in den letzten Wochen. Und ey, das ist doch Carlo, der dabei ist, ihr ein Glas Weißwein zu bringen. Ich will gerade zu ihnen rausgehen, als Devorah mich abfängt. Ob ich den Jungs und Mädels an der Getränkeausgabe helfen könnte. Sie schaffen es nicht mit den Bestellungen. So viele Besucher hatten sie noch nie hier. Alle Zimmer sind leer geräumt und mit Lautsprechern und Bildschirmen ausgestattet worden, damit die Leute überall dem Vortrag lauschen können.

Kurz bevor es losgeht, bekommen wir ein Signal, dass wir jetzt leise sein sollen. Wir stellen Bierflaschen auf den Tresen, damit sich jeder selbst bedienen kann.

Auf den Bildschirmen erscheint das Thema von Craigs Vortrag: »WER IST SATOSHI NAKAMOTO?«

Craig tritt ans Mikrofon. »Ich bin es nicht«, sagt er.

Devorah begrüßt ihn in Tel Aviv und stellt ihre erste Frage. »Craig, welches Motiv hattest du, letztes Jahr zu behaupten, du wärst Satoshi?«

»Ich habe erfahren, dass die amerikanischen Geheimdienste auf ihrer Suche nach Satoshi alle möglichen Leute verfolgten und bedrohten, die sie für Satoshi hielten. Das war die Konstellation zu dem Zeitpunkt, als ich mit meinem Geständnis an die Öffentlichkeit trat. Mai 2016. Ich meine, das Leben dieser Personen war bedroht, und meine einzige Möglichkeit, ihnen zu helfen, war, dass ich mich selbst zu Satoshi erklärte.«

»Du wolltest also andere aus der Schusslinie bringen. Und wieso hast du dann einen Rückzieher gemacht? Wolltest du nicht den Beweis erbringen, dass du wirklich Satoshi bist, indem du ein Satoshi-Wallet öffnest und einen Bitcoin davon überweist? Oder egal, wie viele Bitcoins. Nur um zu zeigen, dass du es wirklich kannst.«

Im Raum ist es sehr still.

»Vielleicht hätte ich es tun können«, sagt Craig. »Weil Satoshi mir vertraut und mir den Private Code für sein Wallet gegeben hat.«

Was heißt hier »vielleicht«?, frage ich mich. Er hat es nicht getan.

»Vielleicht hätte ich es aber auch *nicht* machen können. Ich meine, ich muss schließlich gar nichts. Keiner kann mich dazu zwingen, Beweise zu liefern.«

Ein paar Leute schmunzeln. Einige sind der Meinung, dass Craig ein Schwätzer und Wichtigtuer ist. Dass er vielleicht in der Startphase ganz nahe dran war an Satoshi, aber dass er weder Satoshi ist noch weiß, wer er ist und wo er steckt.

»Fakt ist«, fährt Craig fort, »dass, nachdem ich bekannt gegeben habe, dass ich Satoshi Nakamoto oder ein wesentlicher Teil davon bin, sowohl ich als auch meine Familie, meine Mitarbeiter und alle meine Freunde in die Schusslinie der brutalsten und skrupellosesten Organisationen geraten sind. Sodass für mich die einzig mögliche Konsequenz war, meine Ankündigung nicht umzusetzen. Und zwar selbst auf die Gefahr hin, von der ganzen Welt, auch von denen, die keine Ahnung haben, was es mit Bitcoin überhaupt auf sich hat, als Betrüger, Hochstapler oder kcamerageiler Idiot verlacht zu werden.«

»Und?«, fragt Devorah. »Bist du ein Betrüger?«

»Ich bin Craig Wright, IT-Unternehmer aus Australien, mit Firmen in London und in Übersee, und ich muss niemandem etwas beweisen.«

»Okay, wenn wir jetzt annehmen, du bist nicht Satoshi Nakamoto. Wer könnte es dann sein?«

»Tja, zum Beispiel mein Freund Joe Muskat, der heute nicht hier sein kann. Ich hoffe, es geht ihm gut, wo immer er auch sein mag. Wer weiß, vielleicht sitzt Satoshi ja heute mitten unter uns, genau in diesem Raum. Wer weiß.«

Wir alle spielen mit und mustern uns gegenseitig. »Und? Bist du es?«, fragt mich der Hipster-Typ neben mir. Ich zucke die Achseln und sehe mich nach den anderen um. Ich kenne längst nicht alle Aktiven aus der Embassy. Viele sehe ich heute zum ersten Mal. Schließlich bleibt mein Blick an einem Paar cognacfarbener Cowboystiefel hängen. Und ich weiß genau, zu wem sie gehören. Ich kenne auch die unverschämt langen Beine, die in diesen Stiefeln stecken, die schmale Gestalt und die blonde Mähne, die Julias Gesicht mehr verdeckt als einrahmt. Eine blonde Patti Smith, ein paar Jahrzehnte jünger als das Original. Julia? Nein, oder?

Nach Craigs Vortrag und nachdem die Leute noch ihre Fragen an ihn losgeworden sind, sehe ich Julia wieder draußen stehen. Carlo ordert bei mir gerade ihren Nachschub an Weißwein.

»Ey, ist sie es?«, frage ich ihn und zeige mit der Hand nach draußen.

»Ist wer was?«

»Na, Julia!«

»Und was soll sie sein?«

»Satoshi Nakamoto.«

Carlo sieht mich an, als wäre ich von allen Seiten bekloppt. Dann fängt er an zu lachen, bis der Wein in den Gläsern hin und her schaukelt.

»Du hast schon 'ne Menge dazugelernt, Noah«, sagt er, als er wieder sprechfähig ist. »Und hier in Tel Aviv werden diese Häufchen bestimmt noch wachsen. Frag doch Devorah mal, was sie von deinem Verdacht hält. Oder Craig. Warum fragst du nicht Craig?«

»Ich frage aber dich.« Julia macht ihm ungeduldig Zeichen, dass sie durstig ist, und Carlo zieht ab wie ein Hündchen an der Leine. Immer noch grinsend und den Kopf schüttelnd.

»Mach's gut, Junge«, sagt er im Rausgehen. »Man sieht sich. Ach, Noah, deine privaten Wallets kannst du natürlich behalten und darüber frei verfügen. Kauf dir was Schönes davon oder heb sie auf für schlechtere Zeiten, wenn jeder einen Bitcoin haben will, aber nicht mehr genügend da sind für alle. Du weißt doch noch, wie viele es höchstens geben wird, oder?«

»Einundzwanzig Millionen«, sage ich.

Carlo nickt. »Ach«, sagt er dann. »Ich soll dir noch was ausrichten.«

»Von wem?«

»Von Joe natürlich.«

Ich halte die Luft an.

»Du wirst deinen Gap finden, sagt er. Er arbeitet schon daran. Du sollst Ausschau halten nach Reflexionen. Und wenn du darin Giannas Gesicht erkennst, wirst du wissen, was du zu tun hast.«

Ich merke, wie ich Carlo mit offenem Mund anglotze. »Heißt das …?«

»Ja, das heißt es. War aber wohl eine einmalige Angelegenheit. Eine noch nicht ganz geschlossene Tür.«

Und weg ist er, wieder an der Leine von Julia.

Ich sehe ihm nach, suche Julia. Sie hat auf meinen Blick gewartet, zwinkert mir zu. Die Kugel. Ich nehme sie in die Hand und halte sie an meine Wange. Sie fühlt sich zugleich heiß und kalt an, zugleich rau und glatt. Die Tür ist noch nicht ganz verschlossen, hat Carlo gesagt. Einen Spalt gibt es da noch. Und wer weiß, vielleicht werde ich der Nächste sein, der hindurchgeht.

Lisa Graf-Riemann, Ottmar Neuburger
HIRSCHGULASCH
Broschur, 304 Seiten
ISBN 978-3-89705-960-3

»Das Buch steckt voller Action, schlagfertiger Dialoge und grausiger Entdeckungen.«   Passauer Neue Presse

»Dieser Spagat ist grandios, und es ist absolut fantastisch, wie es dem Autorenduo gelingt, eine spannende Gangsterkomödie mit ernstem Hintergrund zu schaffen, ohne moralinsauer zu werden. Dazu noch grandiose Bilder – wer da nicht sofort an Verfilmung denkt, dem ist nicht mehr zu helfen!«   Krimi-Forum.de

www.emons-verlag.de

Lisa Graf-Riemann, Ottmar Neuburger
REHRAGOUT
Broschur, 336 Seiten
ISBN 978-3-95451-261-4

»Wie schon bei ›Hirschgulasch‹ ist den Autoren eine gute Mischung aus verschiedenen Genres gelungen, die nicht nur wegen des Berchtesgadener Lokalkolorits Spaß macht zu lesen.«
Berchtesgadener Anzeiger

www.emons-verlag.de

Lisa Graf-Riemann, Ottmar Neuburger
STECKERLFISCH
Broschur, 336 Seiten
ISBN 978-3-95451-817-3

Hauptkommissar Stefan Meißner hat gerade ein historisches
Haus in der Stadtmauer von Ingolstadt bezogen und alle Hände
voll zu tun. Doch familiäre Verpflichtungen zwingen ihn, seinen
unsympathischen und geizigen Onkel in dessen nobler Senioren-
residenz am Chiemsee zu besuchen. Der alte Herr fühlt sich von
Heimleitung und Personal bedroht und berichtet von seltsamen
Todesfällen unter den Bewohnern. Meißner ahnt nicht, dass sich
sein Sonntagsausflug zu einem mörderischen Fall auswächst.

www.emons-verlag.de

LISA GRAF-RIEMANN
UND OTTMAR NEUBURGER

111
ORTE IM
BERCHTES-
GADENER
LAND, DIE
MAN GESEHEN
HABEN
MUSS

emons:

Lisa Graf-Riemann, Ottmar Neuburger
111 ORTE IM BERCHTESGADENER LAND,
DIE MAN GESEHEN HABEN MUSS
Broschur, 240 Seiten
ISBN 978-3-89705-961-0

»Dieses Buch versteht sich weder als Reisebegleiter noch als Wanderführer, es lädt vielmehr jeden ein, eine der schönsten Regionen des Alpenraums mit wachen Augen, sensibler Neugier, vorhandenem Bewusstsein für gewachsene Traditionen und ehrlicher Offenheit für zeitgemäße Veränderungen kennenzulernen.«
Bayern im Buch

www.emons-verlag.de

Lisa Graf-Riemann, Ottmar Neuburger
111 ORTE VOM WILDEN KAISER BIS ZUM DACHSTEIN, DIE MAN GESEHEN HABEN MUSS
Broschur, 240 Seiten
ISBN 978-3-7408-0138-0

»Ein bunter Mix aus Klassikern und wenig Bekanntem, elegant, humorvoll und übersichtlich präsentiert und spannend zu lesen. Für alle Fans der Alpen ein guter Ferienstoff, den originelle, hilfreiche ›Tipps für Flachlandtiroler und Frischlinge‹ abrunden.«
Berchtesgadener Anzeiger

Lust auf mehr? Laden Sie sich die »LChoice«-App runter, scannen Sie den QR-Code und bestellen Sie weitere Bücher direkt in Ihrer Buchhandlung.

www.emons-verlag.de